weissbooks.w

Dieter David Seuthe

Frankfurt verboten

Roman

weissbooks.w

Frankfurt verboten

Für Remmi, der unsere Hoffnungen trägt.

Erlösung

Dieses Buch sollte nie geschrieben werden.

1936, kurz vor meiner Auswanderung, die ich nicht Flucht nennen will, habe ich beschlossen, mein deutsches Leben, das man mir verboten hat, für immer in mir zu verschließen. Die Erinnerung an das Verlorene hätte mir die Luft genommen. Erstickt wäre ich.

Aber wirklich geschafft habe ich es nicht, das Vergessen. An jedem Abend meiner langen Ankunft in der Fremde, die mir mit den Jahren so schwer nur zur Heimat geworden ist, war ich gequält von der immer gleichen Frage. Wieso gerade ich? Wieso bin ich entkommen, wieso mussten die anderen sterben? Jeden Morgen beim Aufwachen habe ich daran gezweifelt, mich zusammenhalten zu können. Aber ich konnte es, immer wieder. Meine Musik hat es möglich gemacht, jeden Tag neu. Musik, das Lebendigste in mir, haben sie nicht töten können.

Im Alter dann, nachdem ich Geoffrey verloren habe, bin ich krank geworden. Mein Tod hat sich mir genähert, respektvoll. Ob ich jetzt bereit bin, hat er gefragt. Nein, habe ich geantwortet, noch nicht. Eine Aufgabe bleibt mir noch. Wieder hat er erlaubt, ihn auf später zu vertrösten, mein geduldiger Tod, der mich schon früher verschont hat.

1936 hat Max ihn gehindert, mir mein Leben zu nehmen, so wie all den anderen, die ich kannte, und den Unzähligen, die ich nicht kenne. Max musste ich versprechen zu leben, wie es auch meine Eltern wollten. Dieses Versprechen habe ich gehalten.

Meine späte Krankheit hat mich gelehrt, dass ich einen Ausweg finden muss, damit die Anstrengung meines Überlebens nicht zum Schluss vergebens war. Die Erinnerungen meiner unruhigen Nächte sollen mich nicht überwältigen, jetzt, da das Alter mich zurückschauen lässt, jetzt, da der Nachklang meines verbotenen Lebens lauter in mir wird. Mein Schweigen muss aufhören für Sarah, die ich liebe und die nach mir kommt. Erlösung muss ich finden – für meine Tochter, jetzt, da auch Geoffrey mein Leben nicht mehr teilt.

So habe ich mich entschieden, meine Geschichte aufzuschreiben. Wie eine Schriftstellerin will ich es tun, mit dem Blick von außen. Damit die junge Frau aus der verbotenen Heimat mit dem Namen Elise endlich wieder existieren darf, muss ich sie lebendig werden lassen.

Ich schließe meine Augen und versuche, mich zu erinnern an dieses ferne Leben, das einst mein eigenes war.

Gore, Neuseeland, im Sommer 1985
Elise,
die jeder anders nennen darf,
weil sie ihren Namen selbst nicht mehr kennt

Dunkel die Welt 1

Louises Stimme bebte, ganz sacht. So wenig, dass man es nur bemerkte, wenn man sehr genau hinhörte.

Elise, ihre einzige Enkelin, hörte immer genau hin. Für die 17-Jährige war das Leben eine unendliche Abfolge von Geräuschen und Tönen, mal laut und lustig, mal leise und traurig, vor allem aber immer spannend.

»Ach Elly, Kind … wie dunkel die Welt um mich geworden ist.«

Die Zärtlichkeit, mit der ihre Großmutter sie Elly nannte, tat der Enkelin gut. Nur das Beben in Louises Stimme irritierte sie. Was meinte sie mit »wie dunkel die Welt«? Elise blickte von ihrem Notenheft auf, in das sie zur Übung eine Melodie in verschiedenen Tonarten schrieb.

Früh am Sonntagnachmittag zogen sich Elises Eltern immer zu ihrem geliebten Wochenendluxus, dem ausgiebigen Mittagsschlaf, unter die warmen Federbetten ihrer Schlafkammer zurück. Gemeinsam mit ihrer Großmutter saß Elise dann am Tisch in der Küche des alten, etwas schief ans Nachbarhaus gelehnten Fachwerkhauses mit der Nummer 15 oben im Pfahlgraben von Bad Ems.

Im Herd brannte in diesem kalten Winter 1929 immer ein kleines Feuer. Dann war es in der Küche wärmer als in den anderen Räumen, und Strickjacken genügten, um die Enkelin und ihre Großmutter angenehm warm zu halten.

Im Sommer des vorigen Jahres hatte der Vater das Haus durch einen Zufall günstig anzahlen können. Beide Eltern stammten aus besitzlosen Familien. Ihr ganzes Arbeitsleben lang hatten sie Geld für ein eigenes Haus zurückgelegt, damit sie im Alter keine Miete zahlen mussten. Aber 1923 kam die Inflation und zehrte sämtliche Ersparnisse auf. Sie begannen von vorn, was sonst blieb ihnen übrig?

Nach der Reichstagswahl im Mai 1928 hatten sie, ermutigt durch solide Mehrheiten von SPD und bürgerlichen Parteien, wieder genügend Vertrauen in die Republik, um diesen Kauf zu wagen. Im heißen August 1928 hatte die Familie begonnen, sich in dem Haus mit den ochsenblutrot gestrichenen Fachwerkbalken einzurichten.

Ein kleines Zuhause war es, mit einem zu großen Janowsky-Klavier im Wohnzimmer. Dadurch war der Kreis der Kaufinteressenten von Anfang an klein. Die verstorbenen Vorbesitzer hatten das Klavier in besseren Zeiten unter hohen Kosten ins Haus schaffen lassen. Aber der steile Pfahlgraben war nicht für Klaviertransporte gedacht. Also entschieden sich die Erben, das Instrument im Haus zu belassen und mit zu verkaufen.

Elise freute sich darüber. Sie hatte Klavierunterricht bekommen, seit sie sieben Jahre alt war. Ihr bisheriges Klavier hatte der Vater für einen zierlich geschwungenen Damensekretär aus Kirschbaumholz eingetauscht, der jetzt in Elises kleinem Zimmer im Obergeschoss stand.

Ja, Pianistin wollte Elise immer schon werden. Dies war ihr inniger Wunsch von klein auf, das erhoffte sie von ihrem Leben. Ein so verzaubertes Instrument wie das Pianoforte, mit dem man die Menschen zum Weinen, Lachen und Träumen bringen konnte, was konnte es denn Besseres geben?

Die lebhaften Erzählungen der Großmutter, die als fünfjähriges Mädchen Clara Schumann bei ihrem Konzert mit Johannes Brahms und der »schwedischen Nachtigall« Jenny Lind im prächtigen Kursaal von Bad Ems erlebt hatte, waren Elise sehr präsent. Noch heute konnte ihre Großmutter sich genau an die umlaufende Empore mit den vielen Marmorsäulen erinnern, an drei riesige Kristalllüster, die von der hohen, mit üppig geschnitzten Holzkassetten verzierten Decke hingen und den großartigen Saal erleuchteten. Ihre musikbegeisterte Tante hatte die kleine Louise damals mitgenommen, weil das Kind es sich so sehr gewünscht hatte. Nur für einen Stehplatz hatte das Geld gereicht. Die Begeisterung der Menschen für den Vortrag dieser begnadeten Musiker, der tosende Applaus, all das hatte sich unauslöschlich in das Gedächtnis des Mädchens eingeprägt. 22 Jahre später nannte Louise deshalb ihre einzige Tochter Clara nach der immer noch berühmten Pianistin, die zu der Zeit bereits in Frankfurt am Hoch'schen Conservatorium neue Generationen von Klaviervirtuosen ausbildete. Dass auch ihre Enkelin Pianistin werden wollte, diesen Wunsch unterstützte Louise nach Kräften.

Zwar hatten sie jetzt zu Hause im Wohnzimmer nur das einfache Janowsky-Klavier, aber für Elise gab es die Gelegenheit, regelmäßig auf besseren Instrumenten zu üben. Ihr Klavierlehrer, Professor Wenkemann, besaß ein Klavier und dazu einen Bechstein-Flügel, auf dem gelegentlich seine besten Schüler spielen durften. Das Spielen vor Publikum, die Macht, Menschen in den Bann zu ziehen, fühlte sich unvergleichlich an, göttlich sozusagen. Nicht umsonst hatte Orpheus mit seiner Musik die Herzen der Götter berührt, als er Eurydike verloren hatte. Das ging Elise oft durch den Kopf, wenn sie an ihren zukünftigen Beruf dachte.

Die Realität des Sonntagnachmittags in diesem kältesten Winter seit Menschengedenken holte die junge Frau aus ihren Träumen zurück. Sie legte ihren Bleistift beiseite und wickelte nachdenklich eine Haarsträhne um den Zeigefinger.

An eine Ausbildung in einem guten Konservatorium war wegen der fehlenden finanziellen Mittel der Eltern nicht zu denken, zumal sie jetzt noch das Haus abzahlen mussten. Elises Traum würde sich nicht erfüllen, Talent und Begeisterung hin oder her. Andererseits hatte sie keine Idee, was sie sonst aus ihrem Leben machen könnte.

Draußen rieselte Schnee vom grauschwarzen Himmel. In der Küche war es schon dämmerig und Elise glaubte, die Großmutter hätte mit ihrem Satz über die dunkle Welt die Schneewolken draußen gemeint. Doch im Aufblicken bemerkte sie, wie Tränen eine feuchte Spur auf den Wangen ihrer Großmutter hinterlassen hatten.

Eine kleine Lache Milch glänzte neben der Kaffeetasse ihrer Großmutter auf der vom Alter und der täglichen Reinigung mit Scheuersand hell gewordenen Holzplatte des Tisches.

Elise strich die Seitenfransen ihrer dunklen, leicht welligen und zu einem modischen kurzen Pagenkopf geschnittenen Haare mit einer energischen Bewegung hinter die Ohren zurück. Rasch stand sie auf, um das Spültuch zu holen. Nachdem die kleine Milchpfütze aufgewischt war, trat Elise hinter den Stuhl der Großmutter und drückte ihr liebevoll einen Kuss auf die silbergrauen Haare, die im Nacken mit zwei Hornkämmen zu einem lockeren Knoten zusammengesteckt waren.

»Ach Louischen, das ist doch nicht so schlimm.«

Sie hauchte ihren warmen Atem ins Haar der Großmutter. Ihre Stimme wurde dunkel vor Zuneigung für Louise.

»Vergossene Milch ist doch kein Grund für Tränen, nicht bei uns beiden. Siehst du, schon habe ich sie aufgewischt. Gieß dir einfach etwas Milch nach.«

Die Großmutter beugte den Kopf nach hinten und schaute auf zu ihrer Enkelin. Elly war alles, was sie gern selbst gewesen wäre – dieses überragende musikalische Talent, diese zarte, ungewöhnliche Schönheit der blauen Augen zu den schwarzen Haaren und diese Entschlossenheit, etwas aus sich zu machen.

»Weißt du, Elly, in letzter Zeit passiert mir das immer öfter. Ich denke, ich gieße etwas in die Tasse, aber dann läuft es einfach daneben. So wie vorhin.«

»Kein Wunder, Großmutter, du hältst die Kanne ja neben die Tasse. Du musst sie richtig darüber halten.«

Elise griff zur Tülle des Milchkännchens, das ihre Großmutter zum Gießen angehoben hatte, und schob sie mitten über die Tasse. Louise atmete langsam durch, um sich zu beruhigen.

»Ich kann es einfach nicht mehr richtig sehen, Kind. Es ist seit ein paar Wochen, als würden zwei Bilder nebeneinander stehen. Ich weiß dann nicht mehr, welche Tasse die richtige ist und wo ich wirklich die Milch hineingießen muss.«

Ein einzelnes, mühsam unterdrücktes Schluchzen brach aus Louise heraus. Sie schämte sich und versuchte, es hinunterzuschlucken. Trotzdem, ihre Sorge konnte sie nicht verbergen.

»Ich will doch niemandem zur Last fallen, Kind. Vor nichts habe ich mehr Angst, als blind zu werden und euch allen lästig zu sein.«

Elly legte der Großmutter eine Hand auf den vor Aufregung zitternden Arm.

»Wahrscheinlich ist dein Grauer Star schlimmer geworden, Großmutter. Wenn du den Finger auf den Rand der Tasse legst, kannst du genau fühlen, wo die Tasse steht. Sieh mal, so …«

Mit diesen Worten demonstrierte sie ihrer Großmutter, wie man das machen könnte mit dem Eingießen, auch wenn die Augen schlechter geworden waren. Louise, die nicht kleinmütig scheinen wollte, fasste sich wieder.

»Du hast ja Recht, Elly. Mit 78 Jahren wird man schnell ein wenig mutlos. Ja, so kann ich es versuchen, mit dem Finger auf den Rand der Tasse, das müsste gehen.«

Louise nickte und bemühte sich um ein beruhigendes Lächeln.

Willy, ihr fortschrittlicher Schwiegersohn, hatte die »Frankfurter Zeitung« abonniert, deren Redaktion aus Vertretern eines liberalen bis sozialistischen und zumeist jüdischen Bürgertums bestand.

»Als Lehrer muss man wissen, was in der Welt so vorgeht«, sagte er immer als Begründung für den Luxus eines auswärtigen Zeitungsabonnements. Sein Nachname Hermann deutete nicht unbedingt auf seine jüdische Herkunft hin, sein zweiter Vorname Samuel schon. Kollegen, Freunde und Familie aber nannten ihn nur Willy.

Gern las Elise im Feuilleton der »Frankfurter Zeitung«, auch weil sie das feine Rascheln beim Umschlagen der Seiten liebte. Oft wurde dort über wissenschaftliche und kulturelle Fortschritte speziell der Deutschen berichtet.

Erst kürzlich hatte sie einen Artikel über neue Erkenntnisse bei der Heilung der verbreiteten »Alterskrankheit Grauer Star« gelesen und ihrer Großmutter darüber berichtet. Dort war eine vom deutschen Augenchirurgen Elschnig in Prag entwickelte neue Operation beschrieben worden, bei der die getrübte Linse in einem Stück aus dem Auge entfernt wurde und dadurch die Erkrankung mit geringem Infektionsrisiko im wahrsten Sinn des Wortes an der Wurzel gepackt werden konnte. Die nach der Operation fehlende Linse wurde durch eine »Starbrille« mit stark gewölbten Gläsern ersetzt. Auch über die Kosten eines solchen Eingriffs hatte der Journalist berichtet. Das Mädchen wusste, dass ihre Familie diese Mittel nie würde aufbringen können. Bloß, die Großmutter brauchte eine solche Operation, und zwar bald.

Sie fragte ihren Vater, aber der bestätigte, was ohnehin klar war: Man würde eine solche Operation niemals bezahlen können. Unvorhergesehene Ausgaben in dieser Höhe waren einfach nicht machbar, nicht jetzt, in einer sich abzeichnenden Wirtschaftsflaute und mit dem gerade gekauften Haus, das abgezahlt werden musste.

Doch Elise gab nicht auf. Vielleicht konnte man einen anderen Weg finden, es gab ja immer einen anderen Weg. So hatte es der Vater ihr beigebracht.

Öfters sprach sie mit ihrem besten Schulfreund Arno Kolp über das Problem. Mit ihm redete sie über alles, was ihr wichtig war. Er stammte von einem großen, aber abgelegenen Bauernhof im Westerwald. Seit einem Jahr bezahlten ihm seine Eltern ein möbliertes Zimmer in Bad Ems, weil er dort das Abitur machen sollte.

1926 hatte die Schulbehörde entschieden, die Kaiser-Friedrich-Schule, an der Elises Vater Englisch, Geschichte und Sport unterrichtete, zur Oberrealschule auszubauen. Dadurch konnten Abiturprüfungen auch in Bad Ems abgelegt werden, und zwar in Zukunft auch für Mädchen. In diesem Jahr nun würde Elise zum ersten Abiturjahrgang gehoren.

Außer ihr gab es aber noch keine anderen Mädchen auf der Oberrealschule. Ihre früheren Mitschülerinnen aus der höheren Töchterschule von Bad Ems, der Luisenschule, waren mit dem »Einjährigen« ausgeschieden oder nach Koblenz gewechselt, um dort ihr

Abitur zu machen. Elise hatte, weil ihr Vater an der Kaiser-Friedrich-Schule unterrichtete und sie die geplante Koedukation erproben wollten, eine Sondergenehmigung des Schulrats bekommen. So hatte sie keine beste Freundin mehr in Bad Ems. Diese Rolle füllte jetzt Arno aus. Er war feinfühlig und lustig, hatte einen guten Geschmack und originelle Ideen. Außerdem war er der extravaganteste junge Mann, den man sich denken konnte.

Zum Beispiel weigerte er sich nachdrücklich, seine beste Freundin Elise zu nennen. Für ihn war sie »Elle, die Verkörperung der göttlichen Französin«. Das Aufsehen, das er ständig hervorrief, machte ihm überhaupt nichts aus, im Gegenteil: Er schien es zu genießen. Elise bewunderte dieses Selbstbewusstsein, das so gar nicht zu seinem recht ländlichen und traditionellen Elternhaus zu passen schien.

Als sie einmal darüber sprachen, lachte Arno ihre Bedenken weg.

»Ich bin eben die neue Zeit, Elle«, bemerkte er lässig und strich seine blonden Haare mit einem koketten Schwung aus der Stirn zurück. So unbekümmert und mutig wie er wäre Elise gern auch gewesen.

Allerdings musste Arno zunehmend vorsichtig sein, weil seine offensichtliche Andersartigkeit bei den auch in der Kurstadt Bad Ems inzwischen massiver auftretenden Nationalsozialisten Widerwillen auslöste. Vor allem einige Mitschüler seiner Klasse, der Oberprima, hänselten ihn immer wieder. Einmal hatten ihn ein paar angeheiterte Mitglieder der ein Jahr zuvor in der Kurstadt gegründeten Hitlerjugend wegen seiner »weibischen« Haare abends auf der Straße handgreiflich belästigt. Verprügelt hatten sie ihn bloß deshalb nicht, weil zufällig Dr. auf der Haar, Studiendirektor der Oberrealschule, mit seiner Frau vorbeikam und die lärmenden Schüler scharf zur Ordnung rief.

Arno weigerte sich, trotz solcher Erfahrungen diskreter aufzutreten.

»Eines Tages werden sie mich erschlagen und in den Fluss werfen, so wie die Luxemburg und den Liebknecht vor zehn Jahren. Und wenn du morgens zur Schule gehst, werde ich dich aus meinen Wasserleichenaugen anschauen und du wirst dich zu Tode erschrecken.«

Spöttisch gelacht hatte ihr Freund, als er das sagte, aber Elise hörte den bekümmerten Unterton. Sie sah ihn entsetzt an.

»Lass das, Arno. Das ist nicht lustig, überhaupt nicht.«

Er hatte sie angelächelt, etwas hilflos.

»Soll ich denn weinen, Elle? Ich bin wie ich bin, und alle werden damit leben müssen. Ich auch.«

Am besten an Arno aber war: Er sprühte nur so vor überraschenden Ideen. Eines Morgens Anfang März, kurz vor den mündlichen Abiturprüfungen, zog er Elise auf dem Pausenhof der Schule beiseite. Er strahlte sie an und sein Blick zeigte ihr, dass er einen vielversprechenden Plan im Kopf hatte.

»Auch wenn du nicht aus einer wohlhabenden jüdischen Familie kommst, liebste Elle, ihr habt doch bestimmt gute Beziehungen. Mir ist eingefallen, dass Clara Schumann ihre kleine Rheinreise mit ihrem Geliebten Brahms auch durch ein Konzert in Bad Ems finanziert hat. Weshalb solltest nicht du die Operation deiner Großmutter ebenso bezahlen? ›Elises Konzert‹ könnten wir es nennen oder ›Konzert für Louise‹.«

Er machte eine Kunstpause, um die Wirkung seiner Idee auf die Freundin zu prüfen.

»Stell dir vor, du wirst in der Aula auftreten, unsere ganze Schule, die jüdische Gemeinde und alle möglichen Kurgäste werden sich drängen, ihre wohltätigen Spenden für die begabte und schöne, aber mittellose Pianistin und die Operation ihrer geliebten Großmutter abzugeben, weil die sonst erblindet. Eine rührend dramatische Geschichte, sehr publikumswirksam.«

Arno sah, wie Elise Feuer fing.

»Ich entwerfe dir ein edles und auffälliges Plakat und rede mit Willi Bär, dem Lokalredakteur der ›Emser Zeitung‹. Ich bin sicher, er wird uns unterstützen. Weiß deine Familie nicht jemanden, der wichtige Leute kennt und helfen kann, so was vorzubereiten? Sag doch was, Elle. Was denkst du?«

Arnos Idee war brillant, keine Frage, sie überzeugte Elise auf Anhieb. Das wäre die Lösung für ihre Sorgen. Ein Problem blieb aber: Weder ihre Eltern noch ihre Großmutter unterhielten enge Beziehungen zur jüdischen Gemeinde. Im Gegenteil, sie waren entschieden liberal und assimiliert, fühlten sich eher als Deutsche denn als Juden. Kaum dass sie noch in die Synagoge gingen, nicht einmal zu Jom Kippur oder Rosch ha-Schanah.

Ein Gespräch mit ihrer Mutter brachte Elise entscheidend weiter. Eine ältere Dame, Kurgast in Bad Ems, hatte sich im letzten Herbst von Clara einen warmen Wintermantel schneidern lassen. Sie hieß Rosa Bamberg und war früher Stadtverordnete in Frankfurt gewesen. Diese ältere Dame war klug und couragiert. Bei den Anproben hatte sie sich ein wenig mit Elises Mutter angefreundet. Am Schluss hatten sich beide sogar geduzt.

Sie kannte wichtige Leute, nicht nur in Bad Ems, vor allem in der Main-Metropole, wo sie lebte, aber auch in Gießen, ihrer Geburtsstadt. Rosa, das hatte Clara ihrer Tochter erzählt, war immer interessiert an wohltätigen Projekten zugunsten sozial schwacher Schichten, speziell zugunsten benachteiligter Frauen.

Der jüdischen Gemeinde in Bad Ems, wo sich Frau Bamberg zuweilen zur Erholung aufhielt, fühlte sie sich eng verbunden. Nicht, weil sie besonders religiös gewesen wäre, da waren der Sozialdemokratin und profilierten Frauenrechtlerin aus Frankfurt ihre politischen Überzeugungen schon wichtiger. Aber sie schätzte den Rabbiner Dr. Levisson und seine soziale Einstellung sehr.

Zu Ostern würde Frau Bamberg zum ersten Mal in diesem Jahr wieder in Bad Ems sein. Gleich am Osterwochenende wollte Elise mit ihr sprechen und sie um Unterstützung für ihren Plan bitten. Die junge Frau vergaß ihre Scheu, das Wohltätigkeitskonzert einer bekannten und hoffentlich einflussreichen Dame der Gesellschaft vorzustellen. Die Operation für ihre Großmutter ging vor.

2 Konzert für Louise

1929 fiel der Samstag vor Ostern auf den 30. März. Ihre letzten schriftlichen und mündlichen Prüfungen lagen hinter Elise, das Ergebnis war ein bestandenes Abitur, wenn auch nur mit durchschnittlichen Noten – außer in Musik, Englisch und Geschichte. Aber sie wollte ja keine wissenschaftliche Karriere machen, sondern Pianistin werden. Und sie war entschlossen, einen Weg dafür zu finden, irgendeinen Weg.

Wenn man etwas nur genug wollte, konnte man es auch schaffen. Das hatte sie von ihrem Vater gelernt. Der hatte sich aus bescheidenen Verhältnissen und entgegen der Skepsis seines früh verstorbenen Vaters, der Viehhändler war, zum Studienrat hochgearbeitet, ganz aus eigener Kraft. Jetzt füllte er diesen Beruf voller Hingabe aus.

In der Nacht zuvor hatte es bei klarem Himmel ein wenig gefroren. Beim ersten Blick aus ihrem Zimmerfenster nach dem Aufwachen bemerkte Elise noch den silbrigen Hauch von Raureif, der das Dach des Schuppens in dem kleinen Garten hinter dem Haus überzog.

Später, kurz nach Mittag, schien die Sonne schon angenehm warm vom Himmel. Mit dem zusammengerollten Plakatentwurf von Arno unterm Arm betrat Elise das erstklassige Hotel »Staatliches Kurhaus« gleich vorn an der Römerstraße. Der ergraute Pförtner öffnete die cremeweiß gestrichene Rundbogentür im Haupteingang. Beim Empfang fragte Elise nach Rosa Bamberg. Man war telefonisch übereingekommen, sich um 14 Uhr im zentral gelegenen Hotelcafé zu treffen.

Ein paar jüngere Gäste im Foyer schauten sich interessiert nach der jungen Frau um. Groß war sie und ausnehmend hübsch. Erkennen konnte man aber auch, dass die noble Umgebung sie unsicher machte, dass sie nicht dazugehörte.

Trotzdem, sie passt hierher, sie hat Klasse. Das war das Urteil des Empfangschefs, der in seinem Beruf gelernt hatte, Menschen schnell und sicher einzuschätzen. Freundlich gab er Rosas Nachricht für Elise weiter.

»Ja, Frau Bamberg erwartet die junge Dame im Café des Hauses, beim großen Durchgang vorn links neben der Halle.«

Auch Dr. Julius Levisson von der jüdischen Gemeinde Bad Ems hatte sich angeboten, Kontakt zu Spendern herzustellen, als er von Elises Plan hörte.

Ein »Konzert für Louise«, was für eine fabelhafte Idee! Ein jüdisches Mädchen, das Pianistin werden wollte, aber kein Geld für die Ausbildung hatte, gab ein Konzert für ihre Großmutter, die dringend am Grauen Star operiert werden musste, sich die Operation aber nicht leisten konnte. Mit Sicherheit eine Sache, für die es sich einzusetzen lohnte, vor allem, wenn eine junge Künstlerin so begabt war wie dieses Mädchen. Elise hatte für Dr.Levisson auf dem Klavier in seiner Wohnung gespielt, um ihn für ihren Plan zu gewinnen. Besonders begeistert war er von ihrer innigen Interpretation einer Sonate von Schubert. Wenn Musik so gut gespielt wurde wie von Elise, dann fühlte er sich beflügelt und froh. Seine Frau hatte beim Zuhören nach seiner Hand gegriffen und sie einen Moment lang gedrückt. Das wollte etwas heißen.

Möglicherweise konnte man mehr für diese Familie tun, auch wenn sie sich seiner jüdischen Gemeinde nicht so verbunden fühlte. Vielleicht gerade deshalb.

In Zeiten wie diesen, da er, den seine Frau einen unverbesserlichen Schwarzseher schalt, neue Pogrome von den im Deutschen Reich so dreist gewordenen Nationalsozialisten heraufziehen sah, würde jeder Jude zählen, der selbstbewusst zu seiner Herkunft stand und dagegenhielt. Diese Einstellung war genau das, was ihn am meisten mit Rosa Bamberg verband.

Die sozial äußerst engagierte Stadtverordnete kannte er aus langen Gesprächen recht gut. Wenn sie sich in Bad Ems aufhielt, besuchte sie seine Schabbatgottesdienste regelmäßig.

Sie hatte dem Rabbiner erzählt, dass sie aus Gießen stammte, aus der Familie der Löwensteins. Ihr Vater, der im Gegensatz zur Mutter auf religiöse Dinge wenig Wert gelegt hatte, betrieb in der mittelhessischen Universitätsstadt eine Holzhandlung. In ihrer Jugendzeit hatte er seine Tischlerei für Bugholzmöbel durch ein Feuer verloren, Rosas Familie hatte damals wirtschaftliche Not am eigenen Leib zu spüren bekommen. Ihr Bruder Nathan wurde früh Sozialist und SPD-Mitglied, vielleicht wegen des Geldmangels, der das Familienleben der Löwensteins für einige Zeit bestimmt hatte. Auch Rosa wurde später Sozialdemokratin, obwohl sie nicht immer gemäß den Vorgaben der Partei dachte. Allerdings blieb sie, anders als ihr Bruder, ein Leben lang ihrer jüdischen Herkunft verbunden. »Zum-Trotz-Jüdin« nannte sie sich, weil sie es heuchlerisch fand, wie sie als junge jüdische Frau an einer guten Berufsausbildung gehindert worden war, von der Gesellschaft genauso wie von ihrer eigenen Familie. Ihre acht Kinder mit dem Frankfurter Lederwarenhändler Wilhelm Bamberg, der nach dem Konkurs seiner Firma eine Arbeit als Inspektor der Frankfurter Aktiengesellschaft für kleine Wohnungen aufnahm, hatten ihre Ansichten ebenso stark geprägt. Herkunft und eigene Familie waren für sie kein Hindernis, so beherzt für die politischen Rechte von Frauen einzutreten, im Gegenteil, genau das waren ihre Gründe dafür.

Wenn ihr etwas am Herzen lag, dann die Situation der drei im frühen 20. Jahrhundert immer noch weithin diskriminierten Gruppen: Frauen, Arbeiter und Juden. Als Mitglied der SPD war sie in der Frankfurter Stadtverordnetenversammlung zwischen 1919 und 1924 in den Bereichen Finanzen, Schul- und Gesundheitswesen sowie Soziales tätig gewesen. Daher hatte die inzwischen 67-jährige Dame gute Beziehungen, in Frankfurt und auch in Gießen, im bürgerlichen Lager ebenso wie bei den Sozialisten.

Rosa Bamberg saß also an diesem Ostersamstag mit der aufgeschlagenen »Frankfurter Zeitung« bei einer duftenden Wiener Mélange im Café des nach der Besatzungszeit frisch renovierten Hotels in Bad Ems. Die geschliffenen Kristalle der Wandleuchter funkelten wieder, jetzt im Licht der neuartigen elektrischen Glühlampen in Kerzenform, die die Vorkriegs-Gasbeleuchtung ersetzt hatte. Eine weiß-gold gestreifte Tapete schimmerte elegant, der hohe Kamin aus dunkelrotem Marmor mit dem weichen Perserteppich davor verbreitete eine gediegene Atmosphäre.

Frau Bamberg war bewusst einfach gekleidet und hob sich dadurch von den anderen Gästen ab. Ihr dunkelgraues Wollkostüm schien an den Ellenbogen etwas abgewetzt, nur eine schlichte weiße Bluse trug sie, keinen Schmuck, keinen Schal, keinen Hut. Ihre freundlichen Augen unter den hochgesteckten silbrig-weißen Haaren blickten der jungen Frau mit der Plakatrolle interessiert entgegen.

Sie erhob sich leicht aus ihrem Sessel und streckte ihre Hand zur Begrüßung aus. Dann bot sie Elise einen Platz an und beide setzten sich.

»Du könntest ja meine Enkelin sein. Wusstest du, dass ich acht Kinder und zehn Enkelkinder habe?«, eröffnete sie das Gespräch. Elise schüttelte den Kopf. Nein, das hatte sie nicht gewusst. Aber sie freute sich über die Offenheit und das Du, während sie den Plakatentwurf vorsichtig auf einem freien Stuhl ablegte.

»Meine Großmutter ist schon 78 Jahre. Sie sind doch sicher viel jünger«, antwortete Elise charmant und mit einem zarten Lächeln. Rosa bemerkte, wie die Augen der jungen Frau aufmerksam die noble Umgebung musterten. Ungewöhnlich blaue Augen, bei diesen dunklen Haaren, dachte Frau Bamberg erstaunt. Was für eine schöne junge Frau.

»Na ja, Elise, ich gehe auch auf die 70 zu. Du hast sicher gehört, dass ich Sozialdemokratin bin. Wir in der SPD halten nicht so viel von Standesunterschieden, und ich persönlich glaube sowieso nicht daran. Auf den Menschen und seine Einstellung kommt es an, nicht auf seine Herkunft oder Zugehörigkeit. Es würde mich freuen, wenn du mich duzen würdest. Das machen in meiner Partei viele, egal wie alt wir sind, und das finde ich auch richtig. Fräulein Hermann werde ich dich bestimmt nicht nennen.«

Elise, die Rosa gegenüber Platz genommen hatte, nickte. Sie hörte aus der Art, wie Rosa »Fräulein« sagte, dass sie dieses Wort überhaupt nicht mochte. Noch nie hatte Elise darüber nachgedacht. So war das eben – unverheiratete Frauen wurden »Fräulein« genannt, verheiratete »Frau«. Das war ja auch praktisch, auf diese Weise wusste jeder gleich Bescheid.

Rosa strich nachdenklich die zusammengefaltete Zeitung glatt.

»Und noch etwas, Elise. Nicht, dass du glaubst, ich wohne in diesem Hotel. Das kann ich mir nicht leisten, und das ist auch nicht notwendig für mich. Aber eine schöne Umgebung weiß ich trotzdem zu schätzen. Deshalb komme ich gern hierher ins Café, jetzt, wo es wieder fast so angenehm ist wie vor dem Krieg und der Besatzung.«

Elise war es nicht gewohnt, eine fremde ältere Dame zu duzen. Sie überwand sich nur, weil ihr die Ungezwungenheit von Frau Bamberg so gut gefiel. Eifrig begann sie, ihren Plan zu erklären.

»Ein Freund von mir hat ein Plakat entworfen, und der Direktor und unser Musiklehrer haben mir erlaubt, dass ich unsere Schulaula für das Konzert benutzen darf. Sehen Sie, das ist die Liste der Stücke, die ich mit Professor Wenkemann ausgesucht habe. Er ist seit Jahren mein Klavierlehrer, über 70 Jahre alt und immer noch auf dem Laufenden mit der neuen Musik. Sehen Sie nur, das ›Clair de lune‹ von Debussy, das war sein Vorschlag.«

Elise biss sich verlegen auf die Unterlippe, weil sie Frau Bamberg nun doch gesiezt hatte. Rosa bemerkte ihre Unsicherheit und grinste sie verschmitzt an.

»Lass mich sehen. Oh, ein wunderbares Programm habt ihr zusammengestellt. Dreimal Bach, Scarlatti, Beethovens ›Für Elise‹, zweimal Schumann, Schubert und Debussy. Willst du nicht noch das ›Regentropfen-Prélude‹ von Chopin dazunehmen? Das wäre das Tüpfelchen auf dem i. Es ist eines meiner Lieblingsstücke. David, unser Jüngster, hat es gespielt, als er noch zuhause war. Sehr edel, das Plakat! Wer ist denn der Künstler?«

Die junge Frau erkannte echte Begeisterung in Rosas Augen.

»Gern werde ich auch das ›Regentropfen-Prélude‹ spielen. Und das Plakat ist von meinem besten Freund in der Schule, von Arno

Kolp. Er ist sehr begabt. Seine Entwürfe sind modern und elegant, wie Sie … äh, wie du sehen kannst.«

Rosa nickte beeindruckt. Schwarz-weiß, DIN A3, eine Mischung aus Bauhaus-Elementen und dem in den letzten Jahren besonders beliebten Style Moderne.

»Konzert für Louise« stand in einem Halbkreis aus lang gezogenen, oben sanft gerundeten Buchstaben über einem stilisierten lackschwarzen Flügel. An den Tasten saß eine elegante junge Frau, das Gesicht scherenschnittartig auf einen schwarzen Pagenkopf, Lippen, Augen und die angedeutete Nase reduziert. Ihr gegenüber am Flügel stand eine alte Dame mit weißen Haaren und erblindenden Augen, dargestellt durch die hellgrauen Pupillen.

In einem Textblock wurde der Anlass des Konzerts kurz erklärt. Das musikalische Programm schloss sich an, als Aufführungsort war die Aula der Kaiser-Friedrich-Schule in Bad Ems genannt. Bloß der Termin fehlte noch, weil Elise die Stadtverordnete um ihren Vorschlag bitten wollte.

Rosa blickte Elise anerkennend in die Augen.

»Unser Rabbi Dr. Levisson und ich haben ausführlich über dein Vorhaben gesprochen. Und dann habe ich lange darüber nachgedacht, Elise, wie ich meine Verbindungen für deine Großmutter und dich noch anders nutzen kann als nur für das Konzert.«

Elise fasste Mut und unterbrach ihre Gesprächspartnerin, bevor diese ihre Überlegungen ausführlicher erörtern konnte.

»Ich will bestimmt nicht unhöflich sein, aber ich habe meiner Großmutter versprechen müssen, dich zu uns einzuladen. Sie würde Sie …, na ja, du würdest uns, also … wir wohnen ganz in der Nähe. Meine Mutter würde sich auch freuen, dich wiederzusehen, das hat sie mir extra aufgetragen. Und außerdem muss ich dann nicht wiederholen, was du mir erzählt hast.«

Rosa lachte zufrieden. Die Zielstrebigkeit dieses Mädchens gefiel ihr sehr. Zum Glück waren junge Frauen heute selbstbewusster, nicht mehr so ängstlich und unselbständig wie früher.

»Eine fabelhafte Idee, Kind. Zu dir nach Hause komme ich gern. Du hast recht, so können wir alles gemeinsam mit deiner Familie besprechen. Außerdem brauche ich von deiner Mutter noch ein neues Kostüm für den Sommer. Darüber kann ich dann auch gleich mit ihr reden.«

Und schon hatte Rosa den Kellner gerufen, um ihre Wiener Mélange zu zahlen. Elise rollte das Plakat wieder zusammen und erhob sich ebenfalls.

Als sie draußen den kurzen, von blühenden Krokussen und frühen Osterglocken gesäumten Promenadenweg an der Lahn entlang gingen, bemerkte Elise, dass Rosa das linke Bein ein wenig nachzog. Sie verlangsamte ihre Schritte. Rosa nickte ihr zu.

»Wie du siehst, bin ich tatsächlich nicht mehr die Jüngste. Mein linkes Knie schmerzt beim Gehen etwas, aber ich fühle mich zu jung für einen Stock. Wer eitel ist, muss eben leiden.«

Wieder lachte sie unbekümmert. Dieses Lachen hatte Elise gleich zu Beginn ihres Gesprächs sehr für Rosa eingenommen.

Als sie in die Pfahlgasse einbogen, zeigte die junge Frau auf das Haus der Eltern.

»Da oben wohnen wir schon. Wenn dich der Weg anstrengt, kannst du dich gern bei mir einhängen. Das macht meine Großmutter auch immer.«

Elise merkte, wie sie Rosa gegenüber an Sicherheit gewann.

»Weißt du, unser Haus ist klein und das Klavier ist nicht besonders gut. Aber es ist das, was wir uns leisten können.«

Rosa zog anerkennend ihre Augenbrauen hoch. Jemand, der sich nicht für seine bescheidene Herkunft schämte. Beeindruckend, wirklich. Gern nahm sie das Angebot der jungen Frau an, sich bei ihr einzuhängen. Die steile Straße brachte sie tatsächlich außer Atem. Aber wieder lachte sie die besorgten Blicke von Elise weg. Zwischen zwei schweren Atemzügen meinte sie:

»Es ist nur gesund, Elise, wenn einem das Blut in Wallung kommt. Am besten zweimal am Tag. Das hat mein sportlicher Vater immer gesagt. Insofern wohnt ihr doch genau richtig.«

Im Haus der Eltern bat Elise den Gast ins Wohnzimmer, wo ihre Mutter und Großmutter bereits auf sie warteten. Rosa Bamberg gewann mit ihrer offenen Art sofort das Herz von Louise. Sie bemerkte an den vorsichtigen Bewegungen der alten Dame, dass sie ihre Umgebung wohl nur noch diffus wahrnahm. Aber aus ihrer früheren Arbeit im Sozialausschuss war sie den Umgang mit behinderten Menschen gewöhnt und reagierte unbefangen und warmherzig.

»Vielleicht spielst du etwas auf dem Klavier, während ich einen Tee für uns mache«, schlug Elises Mutter vor.

Das Mädchen entschloss sich, das »Regentropfen-Prélude« von Chopin zu spielen, das Rosa eben erwähnt hatte. Es war auch eines ihrer Lieblingsstücke. Die zarte melancholische Melodie brachte beide, Louise und Rosa, zum Nachdenken darüber, ob wohl die Vorsehung sie zusammengebracht hatte. Louise wollte sich das gern so vorstellen, es gab ihr ein Gefühl von Gehaltensein. Rosa dagegen glaubte eher, dass die Dinge passieren, die man selbst möglich macht.

Kurz nach dem Ende des Prélude kam Clara mit dem Tee aus der Küche zurück, und die vier Frauen setzten sich bei frisch gebackenem Kirsch-Streuselkuchen zusammen, um ihre Ideen für das Konzert auszutauschen und den Plan festzulegen.

Rosa fühlte sich gleich vom ersten Moment an im Haushalt der Hermanns wohl. Man konnte kaum übersehen, dass dies kein begütertes Elternhaus war. Aber es gelang Clara, mit gutem Geschmack, vor allem mit schönen Stoffen, für eine anheimelnde Umgebung zu sorgen. So fiel der mangelnde Wohlstand kaum auf. Wichtig waren den Hermanns Bildung, eigenständiges Denken und innere Freiheit. Man sah das an den vielen Büchern, die trotz der bescheidenen Verhältnisse überall gestapelt lagen.

Auf der Kommode im Wohnzimmer fiel ihr das Foto eines etwa fünfjährigen Jungen im Matrosenanzug auf, der verschmitzt in die Kamera lachte. Wie schön er lachen konnte. Ähnlichkeit mit Elise hatte er, das bemerkte sie sofort. Aber irgendetwas hielt sie zurück, nach dem Foto zu fragen. Soweit sie wusste, war Elise das einzige Kind der Hermanns.

Zwei Stunden später, auf dem Weg zu ihrer Pension, dachte Rosa noch einmal über den gerade besprochenen Plan für das Konzert nach. Genau wie auf Arnos schönem Plakat sollte es »Konzert für Louise« heißen. Zum Beginn der Sommersaison musste es stattfinden, am besten am Freitag vor Pfingsten, der in diesem Jahr auf den 17. Mai fiel. Dann kamen die wohlhabenden und älteren Kurgäste nach Bad Ems zur Sommerfrische.

Man würde das Konzert in der »Emser Zeitung« und in der »Allgemeinen Zeitung des Judentums« ankündigen. Arnos Plakate würden Elise, Clara und der Kantor der jüdischen Gemeinde in Geschäften und an zentralen Stellen von Bad Ems aushängen, so war es vereinbart. 20 Exemplare reichten, wenn man sie geschickt platzierte.

3 Unerfüllte Träume

Nach ihrem Gespräch mit Dr. Levisson hatte Rosa noch zwei weitere Ideen gehabt, die sie zielstrebig umzusetzen begann.

Eine Bindehautentzündung, die hartnäckig wiederkehrte, wurde seit Jahren von Professor Adolf Jess in Gießen behandelt. Der bekannte Ordinarius der Universitäts-Augenklinik hatte ihr kürzlich stolz erzählt, dass jetzt auch an seiner Klinik die neue Staroperation aus Prag durchgeführt wurde. Sie würde mit dem Professor telefonieren. Vielleicht konnte er es irgendwie möglich machen, Louises Augen günstiger zu operieren.

In Frankfurt gab es das berühmte Hoch'sche Conservatorium an der Eschersheimer Landstraße, wo Clara Schumann bis zu ihrem Tod »Erste Klavierlehrerin« gewesen war. Dort würde sie sich nach der Möglichkeit einer Freistelle oder eines Stipendiums für eine begabte Studentin erkundigen. Elises Herzenswunsch nach einer Ausbildung als Pianistin sollte kein Traum bleiben, soweit Rosa dazu beitragen konnte – denn mit unerfüllten Träumen kannte sie sich aus, als Frau des 19. Jahrhunderts, als Jüdin dazu.

Wenn sie keine Frau gewesen wäre, hätte sie genauso erfolgreich studiert wie ihr Bruder Nathan. Aber in ihrer Jugend wurde Frauen ein Studium nicht erlaubt, weil man deren frühe Heirat voraussetzte. Eine Ausbildung zur Lehrerin war das Äußerste, was man als statthaft ansah, und auch nur dann, wenn es Zweifel gab, ob ein Mädchen eine angemessene Partie machen konnte. Kaum hatte Rosas Vater, auf ihr Drängen und das ihrer Lehrer, ihr diese Ausbildung gegen seine eigene Überzeugung erlaubt, da fand er heraus, dass eine jüdische Lehrerin nur ausnahmsweise die Chance bekommen würde, an einer regulären deutschen Schule angestellt zu werden. Dann lieber unter die Haube, entschied er pragmatisch, auch im Hinblick auf den noch nicht lange zurückliegenden Konkurs seiner Firma. So hatte Rosa, ermahnt von beiden Eltern, 1880 mit 19 Jahren zweifelnd, aber gehorsam nach Darmstadt geheiratet und die geliebte Ausbildung wieder abgebrochen.

Aus dieser von der Verwandtschaft arrangierten Ehe mit ihrem 26-jährigen Vetter Wilhelm Bamberg hatte sich eine sturmerprobte Beziehung mit acht Kindern entwickelt, sodass sie ihren Schritt nie bereut hatte. Mit großer Zärtlichkeit dachte sie an ihren Mann. Er liebte sie und war, im Gegensatz zu anderen Ehemännern seiner Zeit, stolz auf ihre intellektuellen Fähigkeiten. Ihr unabhängiges Denken imponierte ihm, deshalb unterstützte er sie auch in ihrer Arbeit für den wissenschaftlichen und öffentlich-politischen Bereich, indem er bei der Betreuung der Kinder half. Er machte das gern, obwohl Bekannte den Kopf schüttelten. Hilfe im Haushalt durch den Ehemann war in den bürgerlichen Familien des Kaiserreichs undenkbar. Dafür aber würde Rosa ihrem Will immer dankbar bleiben. Rosas Vater hatte wenige Jahre vor seinem Tod in Frankfurt ein fünfstöckiges Mietshaus gekauft, zentral im Mauerweg 10, nah an der Ecke zur Berger Straße. Rosa und Will waren 1885 von Darmstadt nach Frankfurt in das Haus des Vaters gezogen. Das war eine wichtige Unterstützung für die junge, rasch wachsende Familie gewesen. Ohne die mietfreie Wohnung wäre es in jeder Hinsicht eng geworden.

Vor allem 1902, als Wills Lederwarenfirma zusammenbrach, verdiente Rosa für einige Zeit mit Vorträgen zu wissenschaftlichen und sozialen Fragen in zahlreichen Städten des Deutschen Reichs den größten Teil des kargen Familieneinkommens.

Schließlich fand ihr Mann über den deutsch-amerikanischen Bankier und Sozialreformer Charles Hallgarten und den an Architektur interessierten Frankfurter Lederwarenhändler May, Vater des später berühmten Stadtplaners Ernst May, eine Anstellung bei der »Frankfurter AG für kleine Wohnungen«. Vom selbständigen Kaufmann zum angestellten Inspektor bei bescheidenem Lohn, was für ein sozialer Abstieg! Das jedenfalls glaubten viele Bekannte, gerade in der jüdischen Gemeinde.

Aber Rosel und Will, wie sie sich gegenseitig liebevoll nannten, standen souverän über Standesdünkeln dieser Art. Im Gegenteil, die Arbeit in der »Frankfurter AG für kleine Wohnungen« fanden beide politisch äußerst wichtig. Stolz und zufrieden waren sie, dass Will in dieser wohlhabenden, aber trotzdem liberalen Stadt etwas Sinnvolles für die rasch wachsende Zahl der Einwohner mit kleinen und mittleren Einkommen tun konnte, selbst wenn er dadurch nie reich werden würde. Diese Aktiengesellschaft bedeutete für sie beide die Verwirklichung freiheitlicher und demokratischer Gedanken dort, wo es für wenig verdienende Menschen am wichtigsten war – im Wohnungsbau. Genau das wollte Ernst May für die Frankfurter heute als Stadtbaurat in großem Stil erreichen: Kleine Wohnungen, intelligent und preiswert geplant, mit »Licht, Luft und Sonne«. Rosa und Will hatten dazu beigetragen, jeder auf seine Weise.

So hatte Rosa Bambergs Leben sie in die Rollen einer jüdischen Ehefrau, Mutter und Hausfrau, Vortragsrednerin, bürgerlichen Sozialdemokratin, Frauenrechtlerin, Stadtverordneten, Soziologin und Gesundheitsexpertin gelenkt. Ihr Engagement für das moralisch Richtige war in allen Facetten ihres Lebens spürbar, obwohl ihre fehlende wissenschaftliche Ausbildung Rosa immer wieder zweifelnde Kommentare aus der überheblichen Männerwelt bestimmter Akademiker eingetragen hatte.

Einen entscheidenden Vorteil jedoch hatte sie auf diese Weise: Nirgends gehörte sie richtig dazu. So konnte sie als erfahrene Mittlerin zwischen all diesen verschiedenen und teilweise sogar kontroversen Welten auftreten und sich trotzdem ihre Unabhängigkeit bewahren.

Rosa war froh, dass sie durch dieses nicht ganz einfache Leben und die von außen erzwungenen Kämpfe nicht bitter geworden war. Wenn sie eine junge und mittellose Frau auf ihrem Weg in die berufliche Selbständigkeit unterstützen konnte, würde sie es tun. Immer. Erst recht, wenn sie so begabt und sympathisch war wie Elise.

Mit einem zufriedenen Lächeln erhob sich Rosa von der Bank im Flur ihrer Pension und ging hoch zu ihrem Will, der inzwischen sicher ausgeschlafen hatte und bei einem Virginia-Zigarillo auf sie wartete.

Elise übte in den sechs Wochen vor ihrem Auftritt mit großer Hingabe. Sie wollte mit ihrer musikalischen und pianistischen Leistung überzeugen – es hing ja viel davon ab. Ihre Familie kannte das Repertoire bald auswendig, genau wie Arno, der wegen der Vorbereitung des Konzerts häufig bei Familie Hermann zu Gast war und Elise unterstützte.

Louise und Clara verstanden intuitiv, dass dieser Freund keine Gefahr für Elise war. Also hatten sie nichts dagegen, wenn sich beide ausgiebig in Elises Zimmer aufhielten. Manchmal hörte man ihr Sprechen und Planen und Lachen bis in den Flur. Clara und Willy waren sicher, dass Elise ihnen gesagt hätte, wenn da etwas Ernsthaftes zwischen ihr und Arno gewesen wäre. Sie vertrauten ihrer Tochter.

Am letzten Sonntagabend Ende April saßen die Freunde wieder in Elises Zimmer. Sie merkte, dass Arno ungewohnt still war, weil er angespannt über etwas nachdachte.

»Was ist denn los?«, fragte sie.

Er strich sich die Haare aus der Stirn, obwohl er sie inzwischen viel kürzer geschnitten trug.

»Ich glaube, ich habe mich verliebt, Elle.«

»Hm. Wer ist denn der Glückliche?«

»Du fragst mich nicht einmal, ob es ein Mädchen sein könnte?«, äußerte der junge Mann fast gekränkt.

»Nein, das habe ich nicht angenommen, Arno. Dazu kenne ich dich zu gut.«

Er nickte langsam.

»Du hast ja recht, Elle. Es ist kein Mädchen.« Er holte tief Luft. »Es ist Martin aus unserer Klasse.«

»Welcher Martin? Du meinst doch nicht Martin Weißensee?«

Ungläubig schaute Elise ihren Freund an und zog die Augenbrauen hoch.

»Der ist doch der Schwarm von so ungefähr allen Mädchen in Bad Ems! Und außerdem ist er in der Hitlerjugend.«

»Genau der. Und da liegt auch das Problem.«

»Was meinst du? Weiß der überhaupt davon, habt ihr darüber gesprochen? Jetzt erzähl doch, Arno.«

Der seufzte, und gleichzeitig lächelte er froh.

›Na ja, neulich bin ich zufällig vorbeigekommen, als er nach der Schule trübsinnig auf einer Bank am Lahnufer saß und auf die Silberau hinüberstarrte. Schon lange habe ich ihn interessant gefunden, aber nie gewusst, ob er das mitbekommen hat oder ob ich es ihm zeigen kann. Er hat mich bemerkt, sich nach mir umgedreht, mich angesehen. Dann hat er neben sich gezeigt, ich sollte mich zu ihm setzen. Weißt du, kein Wort hat er gesagt. Nur angesehen hat er mich und mit dem Kopf auf den Platz neben sich gedeutet.«

Arno schob eine Pause ein, die für Elise viel zu lange dauerte.

»Mach's nicht so spannend, Arno.«

Er fuhr fort und wurde etwas rot dabei.

»Ich habe mich hingesetzt und war so aufgeregt, dass ich kein Wort rausgekriegt habe. Martin hat weiter vor sich hingestarrt. Dann hat er plötzlich gefragt, ganz beiläufig, ob ich eigentlich weiß, dass hier früher die Hexen verbrannt worden sind. Ich habe den Kopf geschüttelt.

›Was für ein passender Platz für uns‹, hat er gesagt und bitter gelacht. Dann hat er sich ganz zu mir herumgedreht und gemeint, er sitzt wegen mir hier. Komisch, dass ich gerade jetzt vorbeikäme, merkwürdiger Zufall. So ganz genau habe ich das mit dem Zufall nicht verstanden. Ich hatte ja auch an ihn gedacht. Dann hat er mir erklärt, dass er mich ziemlich mutig findet. Ich würde nie Rücksicht darauf nehmen, was andere über mich denken. Und dass er jetzt überlegt, ob er selbst vielleicht andersherum ist, weil ausgerechnet er über mich nachdenkt, wo doch jeder in unserer Klasse sicher wäre, dass ich andersherum bin. Seit der Weimarer Republik und Dr. Hirschfeld wäre das ja auch nichts Besonderes mehr. Sogar Ernst Röhm von der SA wäre ganz offen andersherum, und jeder wüsste es, und viele Künstler und Schriftsteller und Schauspieler sowieso.«

Arno drehte eine Ecke von Elises gesteppter Bettdecke zu einer kleinen Rolle zusammen. Sie starrte auf seine kurz geschnittenen Fingernägel.

»Und, was ist dann passiert?«

»Na ja, ich habe ihn gefragt, ob er glaubt, dass er auch andersherum ist. Er hat lange geschwiegen, schließlich hat er geantwortet. Dass er sich manchmal vorstellt, wie es wäre, mit einem Mann eben. Danach hat er wieder aufgehört zu reden und plötzlich über meine Hand gestreichelt, ganz flüchtig und zart. Dann ist er aufgesprungen und weggerannt.«

»Habt ihr später noch mal darüber gesprochen?«

Elise wollte eigentlich wissen, ob noch mehr geschehen war. Arno nickte grüblerisch.

»Ich konnte nicht mehr aufhören, daran zu denken. Er ist mir ständig durch den Kopf gegangen. In der Schule hat er mich drei Tage gemieden, und das war schlimm. Weißt du, es war, als ob er die Macht hätte, mich aus dem Licht in die Dunkelheit zu stoßen.«

Sein Satz erschreckte Elise. Sie, die Liebe noch nie erlebt hatte, stellte sich dieses Gefühl als etwas Schönes vor, nicht als etwas Dunkles, an dem man zerbrechen konnte.

»Weshalb hast du mir denn nichts erzählt, Arno? Wenn meinem besten Freund so etwas Wichtiges passiert, würde ich es gern wissen. Wir erzählen uns doch alles, oder nicht?«

»Elle, ich habe mich nicht getraut, dir davon zu erzählen. Es ist ja nicht so richtig normal, zwischen Jungen, meine ich. Und Martin würde es bestimmt nicht wollen. Jedenfalls, am Mittwoch ist Martin zu mir gekommen und hat gesagt, dass er sich Donnerstagabend mit mir an der Malbergbahn treffen will. Wenn uns wer sieht, würde er sagen, dass er für Samstag einen Gemeinschaftsabend der Hitlerjugend mit Lagerfeuer oben auf dem Berg vorbereiten muss.«

Arno wischte sich über die Stirn und seufzte.

»Erst war ich nicht sicher, ob er wirklich kommen würde. Aber ich war da. Weißt du, ich konnte an nichts anderes mehr denken. Und dann tauchte er tatsächlich an der Station auf. Wir sind schweigend zusammen hochgefahren. Unterhalb vom Hotel Schweizerhaus ist diese alte Bank, du weißt schon, an der kleinen Aussichtsterrasse. Wir beide waren auch schon mal zusammen da. Martin und ich haben uns wortlos hingesetzt. Fast dunkel war es, bloß unten in der Stadt haben die Gaslaternen an der Promenade geglüht. Niemand sonst hielt sich noch dort oben auf, dazu war es zu kalt. Nur die Schwäne auf dem Teich hat man leise gehört. Wir wussten nicht, was wir sagen sollten. Auf einmal hat er sich zu mir herübergebeugt und mich geküsst. Ich habe mit der Hand durch seine Haare gestrichen, durch seine schönen welligen Haare, und seinen Kuss erwidert. Aber es war so traurig, so unglaublich traurig.«

Elise hörte, dass Arno schlucken musste, weil er so bewegt war. Sie selbst hatte noch nie einen Freund gehabt – und Arno küsste sich mit dem Schwarm aller Mädchen auf dem Malberg und beide waren traurig, weil es niemand wissen durfte. Sie konnte es kaum glauben.

»Habt ihr zusammen … na, du weißt schon. Ist noch mehr passiert?«

»Nein, Elle, mehr war nicht. Ich habe etwas geweint. Danach sind wir aufgestanden und langsam den Serpentinenweg zur Stadt durch den Wald hinuntergegangen. Es war ganz dunkel, und mein Herz hat so heftig gepocht, dass ich Angst bekommen habe. Nicht wegen der Dunkelheit. Ich hätte so gern seine Hand gehalten, aber ich habe mich nicht getraut. Martin hat auch über dich geredet. Dass er nicht mag, wenn ich so eng mit dir befreundet bin. Du wärst doch bloß ein jüdisches Mädel, hat er gesagt. Wir wären halt nicht ebenbürtig, ich als Arier und du als Jüdin. Und dass ich in die Hitlerjugend eintreten soll, weil er und ich dann ganz einfach immer zusammen sein können, ohne dass es auffällt.«

Elise war schockiert. Arno sollte nicht mehr ihr Freund sein, weil sie Jüdin war? Sie hätte nie gedacht, dass so etwas zwischen ihnen je eine Rolle spielen würde. Sie störte es doch auch nicht, dass Arno homosexuell fühlte.

»Was hast du Martin denn geantwortet?«, fragte Elise. Es machte ihr Mühe, die Betroffenheit in ihrer Stimme zu überspielen. Arno schaute sie nicht an, er holte tief Luft.

»Nichts, Elle. Und später hat Martin auch nicht mehr darüber geredet.«

Am Klang seiner Stimme konnte Elise hören, dass Arno sich schämte. Plötzlich verstand er, was Martin ihm da vorgeschlagen hatte und wie grundverkehrt es war.

»Vielleicht hat er es ja nicht so gemeint. Bestimmt, er hat das nicht so gemeint, er ist doch nicht dumm. Aber ich wollte dir wenigstens davon erzählen. Ich habe dir immer alles erzählt. Und ich kann doch nichts dafür, was Martin denkt oder sagt.«

Das stimmte, natürlich. Trotzdem, die Unbefangenheit ihrer Freundschaft war gebrochen, zum ersten Mal seit sie sich kannten. Auf einmal fiel es ihnen schwer, über etwas anderes zu sprechen, weil beide immerzu an Martins Satz denken mussten.

»Bloß ein jüdisches Mädel …«

Bald verließ Arno das Haus der Hermanns und kehrte verwirrt in sein möbliertes Zimmer in der Viktoria-Allee zurück.

Ein paar Tage später, am Donnerstag, dem 2. Mai, wurde Elise 18 Jahre alt. Sie hatte beschlossen, in diesem Jahr wegen des Konzerts nicht zu feiern. So gab sie es jedenfalls vor. In Wirklichkeit sollte ihre Familie nicht wissen, weshalb sie Arno im Moment mied. Immer noch kreisten ihr seine Worte durch den Kopf. Sie konnte es kaum glauben, dass er nicht mehr mit ihr befreundet sein sollte und sich nicht wehrte. Wo sie doch so viel miteinander geteilt hatten.

Die Sache mit Martin schien Arno ernst zu sein. Vielleicht ist jedem seine erste Liebe wichtiger als Jugendfreundschaften, vielleicht würde sie es genauso halten. Zu einem anderen Schluss konnte Elise nicht kommen.

Schließlich traf sie eine Entscheidung. Sie würde einfach vernünftig sein. Um alles andere konnte sie sich nach dem Konzert kümmern, jetzt würde sie sich auf ihr Programm konzentrieren und die Stücke noch sorgfältiger üben. Immerhin würde das große Ereignis schon in anderthalb Wochen stattfinden, und außerdem hingen die Gesundheit ihrer Großmutter und ihre eigene Zukunft davon ab, dass sie hinreißend spielte. Da blieb kein Platz für solche Probleme.

Elises Mutter hatte ihr ein einfaches, aber sehr elegantes Kleid geschneidert. Dichter Crêpe de Chine in Schwarz, schwer fallend, mit einem schmalen, gerade geschnittenen Oberteil, am Hals hoch geschlossen. Das Kleid hatte einen wadenlangen Glockenrock, damit sie beim Spielen bequem sitzen konnte. An der Hüfte war es durch ein breites, glänzendes Ripsband mit Schleife abgesetzt, wie es in den späten 20er Jahren Mode war. Dazu hatte Elise von Louises erspartem Geld ein elegantes Paar schwarze Spangenschuhe aus Kalbsleder vom Schuhhaus Leopold in der Römerstraße kaufen dürfen, die allen ausnehmend gut gefielen. Es waren Elises erste Schuhe mit höheren Absätzen, ein Beitrag der Großmutter zum Konzert und zum Erwachsenwerden ihrer Enkelin.

Louise war ungeheuer gerührt, dass Elise so etwas Wunderbares für sie in Gang gesetzt hatte. Von Rosa Bamberg hatte sie erfahren, dass mit dem Professor der Gießener Augenklinik vereinbart war, die Operation dort schon bald nach dem Konzert vorzunehmen, gleich Anfang Juni. Und was am wichtigsten war: Rosa hatte ihr über Clara, die am Telefon der Schneiderei mit der Stadtverordneten gesprochen hatte, ausrichten lassen, dass sie sich wegen der

Operationskosten keine Sorge machen solle. Das sei mit Professor Jess günstig geregelt worden.

Elise fiel ein Stein vom Herzen, weil so das ursprüngliche Ziel der Veranstaltung erreicht war, noch bevor ihr Konzert überhaupt stattgefunden hatte. Und eine weitere Nachricht von Rosa war ihr durch Clara übermittelt worden. Elise machte einen Freudensprung, als ihre Mutter ihr erzählte, dass Bernhard Sekles, Direktor am Hoch'schen Conservatorium in Frankfurt, selbst beim Konzert in Bad Ems anwesend sein würde. Rosa hatte ihm von dem Plan und der außerordentlichen Begabung Elises berichtet. Auch sein wichtigster musikalischer Mitstreiter im Fach Klavier, der österreichische Pianist Fritz Malata, würde am Freitag vor Pfingsten mit nach Bad Ems kommen.

Ungeachtet der extrem schwierigen Finanzlage und politischer Querelen zwischen dem preußischen Kultusministerium und der Stadt Frankfurt gab es vom Konservatorium aus die Möglichkeit eines Patronatsstipendiums. So hatte Bernhard Sekles es jedenfalls Rosa gegenüber erwähnt, und die hatte es Elises Mutter weitergegeben.

Merkwürdigerweise war Elise beim Gedanken an das Konzert nicht aufgeregt. Sie würde ihr Bestes leisten, und alles andere musste sich ergeben. Diesen Spruch ihres Vaters hatte sie von Kindheit an immer wieder gehört und sie wusste: das stimmte. Wenn man sein Bestes gab, entwickelte sich alles Weitere so, wie es für einen gedacht war, irgendwie.

Der Kontakt zu Arno war im Moment völlig abgerissen. Bei Elise war viel enttäuschter Schmerz übriggeblieben über etwas, das sie bei allem Verständnis für seine Verliebtheit doch als Verrat empfand. Er hätte Stellung beziehen müssen, Stellung für sie. Sie war nicht bloß ein jüdisches Mädel, sie war in erster Linie ein Mensch. Das Jüdische war doch nur ein Zufall der Geburt, so jedenfalls sah sie es.

Und obwohl sie die diffuse Ahnung hatte, Arno Unrecht zu tun, blieb vor allem dieses nagende Gefühl einer Ungerechtigkeit gegen sie durch ihren besten Freund zurück. Er war jetzt meist mit Martin zusammen oder mit der Hitlerjugendclique um ihn herum, das bekam sie über ihren Vater mit oder durch andere Abiturienten, die sie gelegentlich in Bad Ems traf.

Im Juni würde Arno nach Frankfurt gehen, so war der Plan. Er hatte sich für ein sechsmonatiges Volontariat als Bühnenbildner bei Ludwig Sievert am Frankfurter Schauspielhaus vorgestellt. Seine Eltern würden ihm diese Möglichkeit finanzieren.

Elise wusste nicht einmal, ob er überhaupt noch zu ihrem Konzert kommen würde. Sie hatte versucht, sich abzulenken, indem sie allein in den Filmpalast gegangen war. Dort wurde der erste große Tonfilm der UFA mit Lil Dagover und Willy Fritsch gezeigt, die »Ungarische Rhapsodie«. Aber allein machte das Kino keinen Spaß, ihr fehlten die ironisch-witzigen Kommentare von Arno, ihr fehlte das gemeinsame Lachen.

Zweimal waren sie sich vor dem Pfingstwochenende zufällig in der Stadt begegnet, und beide Male hatten sie nicht miteinander gesprochen. Es hatte sie ungeheuer geschmerzt, zu merken, wie verlegen Arno wurde, wie er vorgab, sie nicht zu sehen. Noch schlimmer war, als sie beobachtete, wie besitzergreifend Martin den Arm um Arnos Schulter legte und wie triumphierend er zu ihr auf die andere Seite der Römerstraße herüberblickte. Elise hatte Besorgungen für die Großmutter gemacht. Sie kam so bestürzt nach Hause, dass Louise die Niedergeschlagenheit ihrer Enkelin gleich spürte. Auf ihre Nachfrage erzählte Elise, was vorgefallen war.

Louise seufzte.

»Kind, glaub mir: Menschen, die einen nicht wirklich wollen, sind es nicht wert, dass man sich ihretwegen grämt. Und außerdem, wenn eine Tür zugeht, gibt es hundert neue Türen, die man öffnen kann. So ist es immer im Leben.«

Elise brauchte Zeit, bevor sie antworten konnte. Sie blickte auf das alte, schön gerahmte Aquarell mit einer blühenden Rose an der Wand. Es hing neben dem viel benutzten, vom Alter etwas schäbigen Lesesessel der Großmutter. Oft hatte Elise bei ihren vertrauten Gesprächen auf das Bild mit der zartrosa Blüte geschaut.

»Wenn du sehen könntest, wie er mich meidet, Großmutter. Dabei war ich seine beste Freundin. Wir haben über alles gesprochen, wirklich, über alles. Und jetzt tut er so, als ob er mich nicht einmal sieht.«

Die Augen der jungen Frau füllten sich mit Tränen.

»Wieso ist ihm dieser Martin denn so wichtig? Verstehst du das?«

»Er ist eben in ihn verliebt.«

Die Großmutter schien nicht besonders erstaunt zu sein.

»Ich hatte mir schon gedacht, dass Arno sich eher für Männer interessiert, extravagant wie er ist. Früher mussten sich solche Menschen mehr verstecken als heute, aber gegeben hat es sie immer. Wenn Arno Männer liebt, brauchst du das Ganze doch nicht so persönlich zu nehmen, Kind. Als ich meine erste Liebe entdeckt habe, hätte ich auch alles andere dafür stehen und liegen lassen.«

Elise horchte auf. Ihre Großmutter hatte plötzlich so anders geklungen. Eine erste Liebe hatte Louise noch nie erwähnt, also fragte die Enkelin:

»Was ist denn damals passiert?«

Louise strich ihren Rock glatt und setzte sich auf.

»Du kannst dir nicht vorstellen, Elly, wie es früher war, wenn eine junge Frau keinen Mann fand. 1876 war ich immer noch nicht verheiratet, obwohl ich kurz vor meinem sechsundzwanzigsten Geburtstag stand. Zwar kam ich mit dem Lohn als Verkäuferin einigermaßen hin, aber ich galt schon als alte Jungfer. Ich war hübsch, doch ich wollte nicht irgendwen. Meine Eltern haben mir deswegen oft Vorwürfe gemacht. Niemand wäre mir gut genug, ich wäre eingebildet und undankbar. Irgendwann würde ich ihnen als unnützer Esser auf der Tasche liegen. ›Unsere einzige Tochter ein Blaustrumpf!‹, das war ihre größte Angst.«

Die schwere Kränkung über die Vorwürfe ihrer Eltern klang noch heute in Louises Stimme nach.

»Immer wieder haben sie mir erklärt, dass es nun mal die erste Pflicht jeder Frau sei, eine Familie zu gründen und gut zu versorgen. Die Liebe würde dann schon kommen. Ich konnte solche leeren Redensarten nicht mehr hören. Das Schlimme war, irgendwie hatten sie trotzdem recht. Damals war eine Heirat für ein mittelloses Mädchen wie mich der einzige Weg in eine bessere Zukunft. Aber ich blieb bei meiner Einstellung. Es sollte der Richtige sein. Ich wollte einen finden, den ich von Anfang an lieben konnte. Und dann, plötzlich, war er da. Über den Weg gelaufen ist er mir, einfach so.«

Louise atmete tief durch. Die Erinnerung an diese schicksalhafte erste Begegnung überwältigte sie immer noch. Ein Lächeln lag in ihrer Stimme.

»Auf der Römerstraße kam er mir mit seinem schwungvollen Gang entgegen. Wir liefen genau aufeinander zu. Er war auf dem Weg zur russischen Kirche auf der anderen Seite der Lahn, an der Wilhelms-Allee. Früher liebten die Russen Bad Ems. Nun, im Frühjahr 1876 wurde in der russischen Kirche eine prächtige Trennwand zwischen Gemeinde und Altar von Eugen Schrader, dem Hofschreiner des Zaren aus St. Petersburg, eingebaut. Im Juli musste sie fertig sein, zum Besuch des Zaren. Schrader hatte einen Vergolder mitgebracht, einen jungen Balten mit dem Namen Sergej von Borowski. Im April 1876 war das. Damals haben wir uns zum ersten Mal gesehen. Ich wusste sofort: Der ist es.«

Die alte Dame musste noch einmal tief Luft holen. Wie sehr diese Geschichte sie immer noch bewegte, obwohl inzwischen mehr als ein halbes Jahrhundert vergangen war!

»Groß und schlank war er und stark. Seine glatten, dichten Haare hatten in der Frühlingssonne die blassgoldene Farbe von frischem Löwenzahnhonig. Er trug sie etwas länger, und als er mich ansah, ich war etwas kleiner, fielen sie ihm vor die blauen Augen. Da nahm er die gespreizten Finger der rechten Hand und strich die Haare aus der Stirn nach hinten zurück. Ich sehe heute noch diese rasche und bestimmte Bewegung vor mir. Seine Haut war leicht gebräunt. Ein paar Tage hatte er sich nicht rasiert, seine blonden Bartstoppeln schimmerten hell im Sonnenschein dieses Apriltages, als er mich mit seinen weißen Zähnen anlachte. Am besten aber gefielen mir seine Hände: lang und schlank, fein und doch zupackend. Er hätte Pianist sein können, aber er war Vergolder.«

»Und wie ging es dann weiter? Man lernt sich doch nicht kennen, bloß weil man auf der Straße aneinander vorbeigeht.«

»Na ja, weißt du, Elly, wir Mädchen von damals mögen unfrei gewesen sein, aber dumm waren wir deshalb noch lange nicht. Ich sollte gerade für das Geschäft eine Auswahl von besonders schön bestickten Taschentüchern zur Witwe des englischen Duke Caversham in den Darmstädter Hof bringen. Tja, eines davon fiel mir leider in den Staub der Straße, gerade in dem Moment, als Sergej vorbeikam. Als Kavalier bückte er sich und überreichte mir das beschmutzte Tuch mit einer kleinen Verbeugung. Ich wurde rot und er traute sich, mir in die Augen zu schauen. Sein Blick traf mich ins Herz und dieser einzige Blick reichte auch für ihn, um sich in mich zu verlieben.«

Elise war zwar klar, dass ihre Großmutter den schönen Balten nicht bekommen hatte, sonst würde sie jetzt nicht Sälzer heißen. Trotzdem wollte sie die Geschichte, die Louise offensichtlich so glücklich gemacht hatte, zu Ende hören.

»In diesem Frühjahr haben wir uns oft heimlich getroffen, was in unserer kleinen Stadt sehr schwierig war, zumal der Kurbetrieb mit den Fremden erst ab Mai begann. Aber wir haben Wege gefunden, weil wir es wollten. Im Juni hatte Sergej vor, sich mit mir zu verloben. Vermutlich hätten meine Eltern ohnehin nicht zugestimmt, sie hatten sich eher einen älteren, gut situierten Kaufmann für mich vorgestellt. Aber das wäre mir egal gewesen, ich wäre mit Sergej gegangen. Ende Juni, kurz vor der Fertigstellung der Ikonostase zum Einweihungsbesuch des Zaren, hat Meister Schrader dann Wind von der Geschichte bekommen und Sergej umgehend heim zu seiner Familie nach Riga geschickt. Wir haben uns nicht einmal voneinander verabschieden können.«

Elise räusperte sich heftig, Louise bemerkte ihren Ärger.

»Du musst das verstehen, Kind. Damals waren die Zeiten anders als heute. Ein neunzehnjähriger Adliger war dem Hofschreiner vom Zaren persönlich anvertraut worden. Sergej wollte ein Handwerk bei Schrader lernen, er sollte nicht seine Zukunft durch eine falsche Heirat riskieren. Eine Verlobung mit einer deutschen Jüdin, einem mittellosen Ladenmädel dazu, hätte auch die Stellung Schraders beim Zaren gefährdet. Und dann war da noch der Altersunterschied zwischen uns. Lauter gute Gründe für den Hofschreiner, Sergej zu seinen Eltern zurückzuschicken.«

Louise schluckte.

»Untröstlich war ich. Nacht für Nacht habe ich mich abends in den Schlaf geweint, auf dem schmalen Bett in meiner Kammer unterm Dach des Posamentengeschäfts. Dann merkte ich, dass meine Regel ausblieb. Mir war klar, dass ich etwas tun musste, und zwar sofort. Da habe ich Carl Heinrich Sälzer geheiratet, der mich schon lange wollte, den ich aber immer zu alt gefunden hatte. Immerhin dreizehn Jahre Unterschied lagen zwischen uns. Im März darauf wurde deine Mutter geboren. Clara war unser einziges Kind. Insgeheim denke ich jedes Mal an Sergej, wenn ich deine Mutter sehe. Du hast seinen Gang, seine Größe und seine blauen Augen. Das macht mich glücklich, und deshalb liebe ich dich umso mehr.«

Elise traute sich nicht, ihren Gedanken auszusprechen. Demnach war sie die Enkelin eines baltischen Adligen mit dem schönen Namen Sergej von Borowski. Sie verstand sofort, was dieses Wissen für ihre Mutter bedeutet hätte.

»Hat deine Geschichte etwas mit mir und Arno zu tun?«, fragte die junge Frau zögernd.

»Nicht mit Arno direkt, eher damit, was passiert, wenn das Leben nicht so will, wie wir es hoffen und planen. Im Nachhinein habe ich oft gedacht, dass es gut war, wie es gekommen ist. Zum Glück waren Claras Augen nicht so blau wie deine. Mein Mann hat Clara bis zu seinem frühen Tod sehr geliebt. Für ihn hat es keine Rolle gespielt, ob er ihr leiblicher Vater war. Ich glaube, dass er nie daran zweifeln wollte. Männer sind eben so, sie verschließen gern ihre Augen und glauben, was sie glauben wollen. So verlieren sie nicht ihr Gesicht. Und ich war Carlo, wie ich ihn genannt habe, dankbar dafür. Weißt du, auf diese Weise habe ich beides erlebt: eine große Liebe und einen Mann, der sein Leben lang zuverlässig für mich und Clara gesorgt hat und den ich dafür achten und verwöhnen konnte. Sogar

Bald erfüllten die Töne ihren ganzen Körper. Mit einem Seitenblick bemerkte Elise, wie ihre Großmutter sich bei den beiden folgenden Variationen sichtbar entspannte. Wie schimmernde Ketten perlten die Läufe aus ihren Fingern auf die Tasten und erfüllten den Saal mit ihrem anmutigen Klang. Auch ihre Eltern, die sich bei diesem ersten Solokonzert der Tochter zuerst verkrampft bei den Händen gehalten hatten, konnten jetzt befreit loslassen.

Aufmerksam ruhten die Blicke der Mutter auf ihrer Tochter. Jetzt müssen sie mich sehen, endlich auch mich, ihre Tochter, schoss es Elise durch den Kopf, während sie vor dem nächsten Stück kurz innehielt. Sie schämte sich für diesen Gedanken, aber sie hatte ihn gedacht.

Egal, weiter. Spielen musste sie, darauf kam es jetzt an.

Es folgte die Partita Nr. 5 in G-Dur von Bach, ein technisch sehr anspruchsvolles Stück. Ihre Hände formten die Töne der schnellen Passagen, als ob die Musik in ihr lebendig geworden wäre und sie nur das Medium war. Der freudige Funke sprang über, die Macht der Musik zog die Anwesenden in ihren Bann. Elise nahm nicht wahr, dass sie die Melodie manchmal leise mitsummte.

Arno hielt die Luft an, Tränen traten ihm in die Augen. Er musste die Verstimmung zwischen ihnen aus der Welt schaffen, unbedingt musste ihm das gelingen. Sie war seine beste Freundin, und bald würden sie beide in Frankfurt leben und weiter lernen. Er war sicher, dass sie bei ihrem Talent einen Platz am Konservatorium bekommen würde. Vielleicht konnte Martin ja seine Vorbehalte ihr gegenüber korrigieren, das wünschte er sich sehr.

Der saß neben ihm und beobachtete genau, welche Regungen Arno erfüllten. Vielleicht war es unvernünftig, aber er wollte nicht, dass sein Freund mit dieser Jüdin Zeit vertat, mochte sie noch so begabt sein. Alles würde er tun, um diese Freundschaft mit Elise zum Erkalten zu bringen. Arno hatte ihn eindringlich gebeten, heute mitzukommen, und schließlich hatte Martin zugestimmt. Immerhin war es ja die Idee und das Plakat seines Freundes gewesen, die das Konzert in Gang gesetzt hatten. Dennoch, es genügte ihm nicht, dass Arno jetzt die meiste Zeit mit ihm und der HJ-Gruppe verbrachte. Sein Freund sollte ihm allein gehören, nur ihm.

Zur Bestätigung seines Anspruchs legte er kurz die Hand auf das Knie von Arno, so zufällig, dass sich niemand etwas dabei denken konnte. Der schaute ihn an und lächelte. Schnell jedoch war er wieder versunken in den Zauber von Elises Musik. Martin spürte, wie der Freund ihm erneut entglitt.

Martin wurde unruhig. Er musste Arno daran hindern, sich so sehr von Elises Musik ergreifen zu lassen. Immer nahmen die Juden einem das weg, was einem am wichtigsten war. So stand es schon in Adolf Hitlers »Mein Kampf« – der Führer hatte völlig recht.

Mit Uli, dem Kameraden in HJ-Uniform, der hinter ihm saß, hatte er vor ein paar Tagen darüber gewitzelt, dass man so ein jüdisches Konzert ja leicht beenden konnte, wenn sie alle nur entschieden genug aufstehen und schrill genug pfeifen würden. Es war ein halber Scherz gewesen, aber nur ein halber. Im Moment war ihm nicht mehr nach Scherzen zumute, alles andere als das.

Der Applaus zwischen den einzelnen Stücken steigerte sich – jetzt, da es auf das Ende des Konzertes zuging. Die Zuhörer spürten nicht nur das außerordentliche Talent und die frische Musikalität dieser schönen jungen Pianistin, auch ihre seelische Präsenz verzauberte das Publikum.

Bernhard Sekles strich über den dünnen Schnurrbart und lächelte in sich hinein. Er und Fritz Malata nickten einander zu. Genau das liebten sie an ihrer Arbeit: Manchmal, ganz selten, fand man in der Menge der Steine einen rohen Diamanten. Dieses Gefühl war so unbeschreiblich wie der Stoff, aus dem die erste Liebe gemacht ist.

Ein Stipendium für so viel Begabung mussten sie einfach finden, gar keine Frage. Sie würden eine Möglichkeit auftun, egal wie schwierig die Zeiten sein mochten, wie vielen Angriffen ihr Konservatorium ausgesetzt war.

Das zarte Motiv des ›Regentropfen-Prélude‹ von Chopin klang an und bewegte Professor Wenkemann sehr. Ja genau, die Macht der Musik, für die er sein Leben lang gearbeitet hatte, hier zeigte sie sich wieder! Diese Stunde war wohl eine Krönung seiner Laufbahn. Wie schade, dass sie so bald vorbei sein würde.

Auch Elises Großmutter und ihre Eltern waren sichtbar bewegt. Clara schluckte, weil ihr bewusst wurde, dass dies der Moment war, in dem sie ihre Tochter verlor. Nicht an einen Mann, sondern an die Musik. Und die ist eine eifersüchtige Geliebte, sie duldet niemanden neben sich. So hatte Professor Wenkemann es ihr einmal beschrieben, als er zu erklären versuchte, weshalb in seinem Leben kein Raum für eine Familie war.

Das Konzert näherte sich seinem Ende. Das »Clair de lune« von Debussy, sechs Jahre vor Elises Geburt erschienen, war anders als die bekannten Stücke vorher, moderner, eindringlicher, träumerischer, mit neuen, aufregenden Harmonien. Während sie spielte, spürte Elise diffus, wie Unruhe im Publikum aufkam.

Plötzlich hörte sie einzelne leise Pfiffe von hinten, dann Rufe, dann eine Männerstimme, wahrscheinlich die von Lehrer Gilbert.

»Aufhören, sofort aufhören! So eine volksfremde Musik von den Franzosen brauchen wir in Deutschland nicht, wir haben bessere deutsche Komponisten.«

Aus den einzelnen Pfiffen entwickelte sich in den hinteren Reihen rasch ein Pfeifkonzert.

Elise unterbrach ihr Spiel und schaute verblüfft in den Saal. Martin und seine Freunde waren aufgestanden, nur Arno saß noch unentschlossen zwischen ihnen und war ebenso verwirrt wie Elise.

Die beiden Jungen in der HJ-Uniform waren auf ihre Stühle gestiegen. Aus voller Kehle schmetterten sie die letzte Strophe eines in der Bewegung seit kurzem populären Liedes über den Kameraden Horst Wessel. Und schon fielen die anderen aus der Gruppe ein.

»Zum letzten Mal wird Sturmalarm geblasen,
zum Kampfe steh'n wir alle schon bereit!
Bald flattern Hitlerfahnen über allen Straßen,
die Knechtschaft dauert nur noch kurze Zeit.«

Eine Woge der Empörung breitete sich im Saal aus. Einige Zuhörer sprangen auf und wollten persönlich für Ruhe sorgen. Eine handgreifliche Auseinandersetzung drohte das Konzert zu sprengen. Dr. auf der Haar hielt es nicht mehr auf seinem Platz. Blitzschnell stand er am Podium und schlug mehrmals mit der Faust krachend auf das Holz des Rednerpults.

»Ruhe, sofort ist hier Ruhe!«, donnerte er in den Saal– und tatsächlich verebbte der Aufruhr. Man merkte, dass der Schulleiter es gewohnt war, sich Respekt zu verschaffen.

»Herr Kollege Gilbert, dies ist meine Veranstaltung und Sie werden mit ihrem Trupp sofort diesen Saal verlassen. Wir sind hier nicht in Berlin, und wir werden dieses Konzert in Ruhe zu Ende hören. Ich werde nicht zulassen, dass die Freude unserer Gäste durch ein paar halbwüchsige Rüpel kaputt gemacht wird. Gehen Sie, jetzt.«

Nach einer kurzen Pause wiederholte er noch einmal mit Nachdruck:

»Verlassen Sie den Saal, Herr Gilbert, und zwar sofort.«

Ludwig Gilbert stand auf. Elise sah von der Bühne aus, dass Martin sich neben ihn gestellt hatte.

»Dr. auf der Haar, noch ist dies Ihre Veranstaltung, noch können Sie uns den Saal verbieten. Aber nicht mehr lange. Wir gehen jetzt, aber bald sind wir wieder da, und dann werden Sie uns nicht mehr rauswerfen können, im Gegenteil. Dann werden wir Schluss machen mit Ihnen und Ihren jüdischen Volksschädlingen, die Sie hier immer noch schützen und unterstützen.«

Jetzt hielt es auch Dr. Levisson und Hans Kalbach, der in Bad Ems als Gewerkschaftler und Vorsitzender der Sozialistischen Arbeiterpartei sowie der Deutschen Friedengesellschaft bekannt war, nicht mehr auf ihren Plätzen. Kalbach war groß und stark, und es wirkte recht bedrohlich, als der junge Arbeiter auf die hintere Reihe der Ruhestörer zuging. Studienassessor Matt Peter folgte ihm, aber beide wurden unterbrochen von der Stimme des Direktors.

»Sie werden den Saal verlassen, Herr Gilbert, und zwar sofort. Andernfalls werde ich Schulrat Jung bitten, Sie unverzüglich vom Dienst zu suspendieren.«

Elise traute ihren Ohren nicht, als plötzlich Martin Weißensee laut und klar und voller Zorn in die gespannte Stille hineinrief.

»Was interessiert es mich, ob eine alte Jüdin blind wird, weil sie eine Operation nicht bezahlen kann? Soll sie doch!«

Er griff Arno, der immer noch saß, am Arm, zerrte ihn hoch und hinter sich her, während er wütend zum Ausgang stürmte, in den wieder schwül gewordenen Maiabend hinaus. Er war noch nicht draußen, da stimmte er trotzig noch einmal die letzten Zeilen des Horst-Wessel-Liedes an. Uli und die anderen Kameraden der HJ fielen ein, die rechte Hand zum Hitlergruß erhoben.

»Bald flattern Hitlerfahnen über allen Straßen,
die Knechtschaft dauert nur noch kurze Zeit.«

Arno versuchte mit einem letzten verzweifelten Blick zu Elise, ihre Aufmerksamkeit noch einmal zu gewinnen. Das hatte er nicht gewollt. Aber seine Freundin saß wie versteinert hinter dem Flügel. Weder rührte sie sich, noch bemerkte sie seinen Blick. Einen herzloseren, niederträchtigeren Satz hatte sie lange nicht gehört.

»Was interessiert es mich, ob eine alte Jüdin blind wird.«

Aufbruch 5

Trotz dieses Skandals war das »Konzert für Louise« ein in jeder Hinsicht überraschender Erfolg geworden. Der Direktor des Hoch'schen Conservatoriums hatte Elise gleich nach dem Konzert ein Stipendium aus den sogenannten Patronatsstiftungen vorgeschlagen. So eine Begabung musste einfach gefördert werden, da war er sich mit Fritz Malata völlig einig.

Die Sammlung an den Ausgängen ergab eine unerwartet hohe Summe. Jeder Besucher hatte mit einem besonders großzügigen Beitrag seine Empörung über den Vorfall unterstreichen wollen. Dies war das erste kulturelle Ereignis in Bad Ems gewesen, bei dem eine jüdische Künstlerin durch das massive Auftreten einer nationalsozialistischen Gruppe zum Verstummen gebracht werden sollte. Ergebnis war, dass die Kollekte und die nachfolgenden Spenden völlig ausreichten, um die ohnehin wohlwollend gering gehaltenen Kosten für Louises Operation zu bezahlen. Nicht nur das, die Summe würde zudem genügen, um die Ausgaben für den Studienbeginn Elises in Frankfurt abzudecken.

Natürlich ging das Gerücht über die Störung des Konzerts wie ein Lauffeuer durch die Stadt. Man hätte nicht gedacht, dass so etwas im friedlichen Bad Ems möglich war.

Die Reaktionen in der Kurstadt fielen zwiespältig aus.

Dr. Eduard Haller beschloss, den Vorfall in seiner Rezension des Konzerts in der »Allgemeinen Zeitung des Judentums« nur mit einem einzigen knappen Satz zu erwähnen.

»Ich werde diesen Flegeln doch nicht den Gefallen tun, ihnen eine große Bühne für ihren kläglichen Auftritt zu verschaffen. Keinesfalls. Was zählt, ist das Konzert, die gute Sache und die Leistung unserer jungen Künstlerin. Und genau darüber werde ich schreiben.«

Willi Bär von der »Emser Zeitung« schloss sich dem an. Man musste den Konflikt nicht schüren, das war in keiner Weise gerechtfertigt. Dazu waren in Bad Ems die Trennungslinien zwischen den verschiedenen politischen Anschauungen viel zu unscharf.

Zum Beispiel gab es in der Kurstadt den jüdischen Stadtrat Emil Königsberger, Besitzer des gleichnamigen Modehauses. Er lebte völlig ohne Bezug zur jüdischen Religion und war Stadtverordneter für die Deutschnationale Partei. Am liebsten wäre er Stahlhelm-Mitglied geworden, wenn man ihn als Juden dort nur aufgenommen hätte.

Dr. Levisson hingegen gehörte zu der kleinen Gruppe von Bad Emser Bürgern, die sicher waren, dass man den Konflikt keinesfalls herunterspielen durfte. Im Gegenteil, so fanden sie. Man müsse Stellung beziehen und diesen »völkischen« Unsinn, wie er von Adolf Hitler propagiert wurde, als billige Suche nach einem Sündenbock für den verlorenen Krieg entlarven, unter dessen Folgen sie alle litten, vor allem die Deutschen im teilweise immer noch französisch besetzten Rheinland.

Man musste sich dagegen wehren, dass die Verfolgung im aufgeklärten 20. Jahrhundert wieder von vorn begann.

Elise blieb unsicher, welche Position sie selbst in dieser Frage beziehen sollte. Sie war jung und ihre jüdische Herkunft bedeutete ihr kaum etwas. Eigentlich hatte sie das Gefühl, dass sie genauso unwichtig war wie zum Beispiel Arnos Homosexualität. Wer hatte denn schon Einfluss darauf, wie und wann und wohin er geboren wurde? Es durfte doch nicht sein, dass solche Zufälle das ganze Leben bestimmen.

Andererseits hatte sie durch die häufigen Kontakte mit Rosa Bamberg und Dr. Levisson während der letzten beiden Monate so etwas wie jüdische Solidarität erfahren, zum ersten Mal in ihrem Leben. Und die hatte ihr ausgesprochen gutgetan.

Wenn Neugierige sie selbst zu den Störungen bei ihrem Konzert befragten, antwortete Elise oft, dass ihr die Musik vorher und der Anlass des Konzerts wichtiger waren – worauf mancher Fragende beschämt schwieg. Übrigens war die Aussicht, bald in Frankfurt studieren zu dürfen, das, was Elises Gedanken jetzt am meisten beschäftigte.

Ihre Großmutter hatte sie nach dem abrupten Ende des Konzerts mit der Bemerkung trösten wollen, dass die Enkelin doch viel mehr erreicht hatte, als sie beide noch vor wenigen Monaten für vorstellbar gehalten hatten. Die Operation war gesichert und Elise durfte eine Ausbildung beginnen, die sie womöglich in die Konzertsäle der Welt bringen würde. Wie damals Clara Schumann. Ihre Enkelin würde Pianistin werden, und sie selbst würde wieder sehen können, hoffentlich jedenfalls. Das zählte, nicht der herzlose Satz eines verblendeten Jungen.

Sie erklärte Elise, dass man immer selbst entscheiden muss, von was oder von wem man sich treffen lässt. Nie hatte sie zugelassen, dass die Gemeinheiten irgendwelcher Dummköpfe sie trafen.

Schon am Abend nach dem Konzert hatte Elise auf Zuraten ihrer Familie das großzügige Angebot von Rosa angenommen, zunächst bei Will und ihr im Frankfurter Nordend zu wohnen.

Nachdem sich die Aufregung über den unvorhergesehenen Ausgang des Konzerts ein wenig gelegt hatte, hatten Elise und ihre Familie in dem kleinen Gartenlokal am Kurpark beim Haus zu den vier Türmen mit einem Glas frischer Maibowle auf die Zukunft angestoßen. Dabei hatten die Stadtverordnete und ihre Tochter Elises Familie diesen Vorschlag gemacht. Clara, Willy und Louise waren erleichtert, weil sie auf diese Weise Elise in der fremden Stadt in guter Obhut wussten.

Rosa hatte das Zögern von Elise bemerkt und sie ermuntert:

»Weißt du, jetzt, wo auch die Zwillinge schon über 30 Jahre alt sind und längst nicht mehr bei uns wohnen, ist unsere Wohnung eigentlich viel zu groß für uns zwei alte Leute. Fanny findet das auch, eigentlich war es ihre Idee.«

Elise war froh über dieses Angebot. Es stimmte ja: Alle würden etwas dabei gewinnen, und für sie machte es den Start in Frankfurt um vieles einfacher. Aber sie wollte nicht alles geschenkt bekommen, sie wollte etwas dafür tun dürfen.

Fanny nickte zu Elise hinüber und lachte sie an. Sie hatte das gleiche offene Lachen wie ihre Mutter.

»Weißt du, Elise, es wird gut für meine Eltern sein, wenn du wieder etwas frischen Wind in unser Zuhause bringst. Außerdem ist unser schöner Schimmel-Flügel schon viel zu lange nicht mehr gespielt worden. Großvater Löwenstein hatte ja mal gehofft, dass eines von uns Enkelkindern es am Klavier zu etwas bringen würde, aber außer Liebe zur Musik ist bei den Klavierstunden doch nicht so viel herausgekommen. Du tust uns allen einen Gefallen, wirklich. Deshalb wollen wir auch nicht, dass du für das Zimmer etwas zahlst. Es beruhigt mich, wenn du bei meinen Eltern bist. Du kannst so lange bleiben, wie du möchtest. Wenn du etwas besser Passendes gefunden hast, ziehst du eben einfach dorthin.«

Das Anliegen von Fanny war deutlich. Nicht zuletzt würde diese Lösung sie als jüngste Tochter sehr entlasten. Sie lebte weit weg in

Breslau und hatte ständig ein schlechtes Gewissen. Durch die zweite Ausbildung von Fritz am Rabbinerseminar der Fraenckel-Stiftung mussten sie vorerst in Schlesien bleiben. Mehrfach hatte Fanny ihrer Mutter am Telefon diese Idee ans Herz gelegt, nachdem die ihr begeistert von Elises Konzert für die Großmutter und der geplanten Ausbildung am Hoch'schen Conservatorium erzählt hatte.

Außerdem gab es noch einen entscheidenden praktischen Vorteil: Die Bambergs wohnten im Nordend, in der zweiten Etage eines Wohnhauses im Mauerweg 10. Von dort aus konnte Elise das Hoch'sche Conservatorium in der Eschersheimer Landstraße mit der Straßenbahn in wenigen Minuten erreichen. Oder sie konnte mit Fannys altem Fahrrad über den Anlagenring fahren.

Freie Reichsstadt 6

Plötzlich ging alles ganz schnell. Knapp vierzehn Tage nach ihrem Konzert saß Elise schon mit der Großmutter im Zug nach Frankfurt. Louise würde auf Einladung der Bambergs das Wochenende mit ihrer Enkelin in der schönen Stadt am Main verbringen, bevor sie am Montag früh zu ihrer Operation weiter nach Gießen reiste. Elise wollte in Frankfurt bleiben und ihre Großmutter zwei Wochen darauf aus der Augenklinik zurück nach Frankfurt holen. Beide Augen wurden mit einigen Tagen Abstand operiert, damit man eventuelle Komplikationen besser in den Griff bekommen konnte. Anschließend sollte Louise sich noch eine Woche in Frankfurt erholen, bevor sie zurück nach Bad Ems reisen würde.

Dieser 31. Mai 1929 versprach ein sommerlich heißer Tag zu werden, als Großmutter und Enkelin voller Vorfreude am Bahnhof in Bad Ems auf ihren Zug warteten. Nach dem Umsteigen im Bahnhof von Wiesbaden, dem prunkvollen »Weltkurbad«, kamen sie früh am Nachmittag in dem weitläufigen, mit drei hoch gewölbten Glasdächern überspannten Frankfurter Hauptbahnhof an. Elise staunte. Allein dieser Bahnhof mit seinen erlesenen Geschäften in der eindrucksvollen Vorhalle wirkte groß, luxuriös und geschäftig. Sie hatte sich Frankfurt beschaulicher und weniger mondän vorgestellt. Bisher war sie, außer nach Koblenz, noch nie aus dem heimatlichen Bad Ems herausgekommen.

Jetzt begann also das große Abenteuer ihres Lebens, das sie sich so oft in ihren Gedanken ausgemalt hatte.

Ein junger Mann kam zielstrebig auf sie zu. David, der jüngste Sohn von Rosa und Will, hatte wellig nach hinten gekämmte Haare, war schlank, trug einen grauen Flanellanzug und zählte wohl etwas über 30 Jahre. Kein Zweifel, dass er es war: Elise und ihre Großmutter erkannten ihn am gleichen offenen Lachen, das sie schon bei seiner Mutter und der Zwillingsschwester Fanny kennengelernt hatten.

Sehr gespannt war er auf die Bekannten seiner Eltern aus Bad Ems. Natürlich hatten sie ihm die ganze Geschichte erzählt, wie es zu dem »Konzert für Louise« gekommen war, was dabei geschah und was sich schließlich für alle daraus entwickelt hatte. David fiel sofort auf, wie gut Elise aussah. Auch ihre Großmutter war früher einmal eine schöne Frau gewesen, das konnte man heute noch sehen. Den Nachmittag hatte David von seiner Arbeit als Angestellter der Frankfurter Sparkasse von 1822 freinehmen können. Mit einer kleinen Tour würde er den Gästen die wichtigsten Sehenswürdigkeiten der früher so stolz »Freie Reichsstadt« genannten Mainmetropole zeigen, die er liebte und in der er so ausnehmend gern lebte.

Er ging auf Louise zu, die ihm erfreut die Hand schüttelte, obwohl sie ihn nicht sehr gut erkennen konnte.

»Ich nehme an, wir können uns alle duzen, nachdem das in deiner Familie so üblich ist.«

David lachte vergnügt. »Ich bin froh, dass der Vorschlag von dir kommt, Louise. Als Jüngerer hätte ich mich wohl doch nicht getraut. Herzlich willkommen in Frankfurt. Und für dich gilt das natürlich auch, Elise. Guten Tag, ihr beiden.«

David führte die Gäste zum Haupteingang des Bahnhofs in Richtung Kaiserstraße. Den geliehenen dunkelgrünen Opel-Viersitzer eines Freundes hatte er direkt draußen geparkt, ein paar Schritte links vor der imposanten Bahnhofsfront. Auf dem Weg dorthin drehte er sich noch einmal um und begann mit seiner Führung, indem er auf die prächtige Fassade des Gebäudes zeigte.

»Schaut euch mal diesen Bahnhof an. 24 Gleise, der größte seiner Art in Deutschland. Alle Züge kreuzen sich hier, ob man von Stockholm nach Mailand will oder von Paris nach Budapest. Wegen seiner zentralen Lage in Mitteleuropa ist unser Frankfurt der wichtigste deutsche Verkehrsknotenpunkt, nicht nur wegen der Messe oder der Banken.«

Und schon waren sie bei dem Wagen angekommen. Beide Frauen nahmen auf der rückwärtigen Sitzbank des Opel 4/16 Platz und genossen bei heruntergeklapptem Verdeck den Ausblick auf die schönen Häuser dieser wohlhabenden Stadt.

Gemächlich fuhr David in die Kronprinzenstraße, vorbei an den üppigen Kuppeln des vor 30 Jahren erbauten Schauspielhauses. Elise schoss sofort durch den Kopf, dass Arno wahrscheinlich dort schon sein Volontariat als Bühnenbildner angefangen hatte.

Von den großen Frankfurter Bankiers erzählte ihnen David, von den Rothschilds und den Bethmanns, während er in die Bethmannstraße einbog. Nebenan in der Braubachstraße bat er Louise und ihre Enkelin, kurz mit ihm auszusteigen. Nach ein paar Schritten blieb er am Anfang eines lang gezogenen Platzes mit Kopfsteinpflaster stehen.

»Von dieser Stelle aus könnt ihr die wichtigsten Plätze von Frankfurt auf einen Blick besichtigen. Und außerdem schaut ihr hier auf die schöne und wunderbar erhaltene Frankfurter Altstadt.«

Da ist es wieder, dachte Elise, dieses fröhliche Lachen, so voller Freude darüber, dass er uns seine Stadt zeigen kann.

Zuerst wies David auf den leicht ansteigenden Platz mit dem Gerechtigkeitsbrunnen vor dem Römer, der zum Fluss hin wieder abfiel. »Römer« wurde das Renaissance-Rathaus mit den drei gestuften Giebeln im Volksmund genannt, weil es früher römischen Kaufleuten gehört hatte. Vor 200 Jahren noch war es als Messeort genutzt worden. Mit seinem über die ganze Breite des Mittelgebäudes geführten, reich verzierten Sandsteinbalkon demonstrierte dieses Gebäude zwischen all den alten Fachwerkhäusern das bodenständige Selbstbewusstsein einer begüterten und weltläufigen, aber nicht protzigen Stadt. Man musste nichts darstellen, das man nicht war.

Anders als Berlin. Erst vor 60 Jahren, so erklärte David ihnen, war Frankfurt von den Preußen geschluckt worden.

»Geschluckt!«, sagte er – und es war immer noch die Bitterkeit des gebürtigen Frankfurters über diese feindliche Übernahme gegen den Willen der Bewohner der hessischen freien Reichsstadt zu spüren. Er erklärte seinen Gästen den Hintergrund.

»Der Wohlstand und die politische Unabhängigkeit unserer freien Stadtrepublik sind dem Preußen Bismarck ein Dorn im Auge gewesen, so wie den römischen Päpsten in der Renaissance die Unabhängigkeit von Florenz. Schon als Gesandter Preußens in unserem Paulskirchenparlament, dem ersten gewählten deutschen Parlament, ging ihm die Stadt als ›liberales Nest‹ gegen den Strich. ›Fuchshöhle‹ hat er sie abfällig genannt. Es durfte nach seiner Meinung in einem zentral durch Preußen gesteuerten Deutschland keine Konkurrenz zu Berlin geben. Es sollte ganz so sein, wie die Franzosen es mit Frankreich und Paris hielten.«

David sah zu Louise und ihrer Enkelin, die seinen Erklärungen mit Interesse zuhörten.

»Nach dem jahrelangen Krieg der Preußen und des Norddeutschen Bundes gegen die südliche Hälfte von Deutschland hat der ›Eiserne Kanzler‹ 1866 von Frankfurt 25 Millionen Gulden als zweite ›Kriegscontribution‹ erpresst, die innerhalb eines Tages gesammelt und gezahlt werden musste. Wenn nicht, würde Frankfurt sofort besetzt. Die Frankfurter sollten den Krieg der Preußen gegen den Rest Deutschlands finanzieren, letztlich ihren eigenen Untergang als Freie Reichsstadt. Das muss man sich mal vorstellen!«

Rosas Sohn holte tief Luft.

»Mit seiner Erpressung hat Bismarck erst Frankfurts Bürgermeister Fellner in den Selbstmord getrieben und dann den 500-jährigen

Status unserer Stadt als wichtigster ›Freier Reichsstadt‹ Deutschlands liquidiert. Immerhin haben doch alle deutschen Kaiserwahlen hier in Frankfurt stattgefunden.«

Elise war erstaunt über den Ausdruck ›liquidiert‹, den sie nur aus dem Geschäftsleben kannte. Aber wenn David in einer Bank arbeitete… Seine ehrliche Entrüstung über Ereignisse, die mehr als 60 Jahre zurücklagen, schwang deutlich in seiner Stimme mit.

Unvermittelt drehte er sich um und zeigte durch eine schmale Gasse auf einen hohen und reich verzierten Kirchturm.

»Das ist unser Kaiserdom. Hier fanden vom Mittelalter an alle Krönungen der deutschen Kaiser statt, von dort zog die Krönungsprozession durch genau diese Gasse zum Römer in den Kaisersaal, an der Stelle vorbei, wo wir gerade stehen. Seht ihr den Turm des Doms? Der ist nämlich nicht so alt wie der Rest. Genau in der Nacht vor seinem ersten Besuch als preußischer Regent in unserer Stadt, die Wilhelm mit der Inbesitznahme des Kaiserdomes beginnen wollte, ist der Turm nämlich abgebrannt. Das war 1867, gerade ein Jahr nach der Annektierung Frankfurts durch Preußen. Wenigstens diese Genugtuung hat Wilhelm nicht bekommen. Die Frankfurter Bürger haben den Domturm ein Jahr später mit ihrem eigenen Geld wieder aufgebaut, schöner als vorher. Und jetzt zeige ich euch die Kirche, mit der wir Bambergs uns am meisten verbunden fühlen.«

Elise registrierte erstaunt, dass die Bambergs als Juden sich mit einer Kirche verbunden fühlten. Sie hatten sich noch einmal nach links gewandt, waren einige Schritte in Richtung Braubachstraße um die Ecke des reich bemalten »Salzhauses« zurückgegangen und schauten nun auf einen klassizistischen Rundbau aus blass-rötlichem Sandstein mit dem mächtigen, vorgestellten Kirchturm, der links neben zwei dreistöckigen Häusern aus der gleichen Zeit sichtbar wurde.

Dieses Gebäude kannte Elise aus dem Geschichtsunterricht. Sie wollte David zeigen, dass sie auch ein wenig über die Geschichte Frankfurts wusste.

»Hier in der Paulskirche hat 1848 das erste freie und gewählte Parlament versucht, ein einiges Deutschland mit einem durch die Nationalversammlung gewählten Kaiser zu schaffen. Das habe ich bei meinem Vater in der Schule gelernt.«

David erzählte ihnen dann etwas, das Elise in der Schule nicht gelernt hatte:

›Stimmt, aber dieser Gründungsversuch eines Deutschen Reiches in Frankfurt ist am Widerstand des preußischen Königs gescheitert. Zum Kaiser der Deutschen würde sich ein König doch nicht ›von Metzgern und Friseuren‹ wählen lassen, wie der König damals abfällig gesagt haben soll. Ein Kaiser wird allein von Gott und seiner Gnade bestimmt, dann durch die Wahl von Kurfürsten und Bischöfen, aber nicht von ›Volksvertretern‹. So dachte Friedrich Wilhelm IV. Auf keinen Fall würde er eine solche Wahl akzeptieren. Und so scheiterte damals der Deutsche Bund.«

David drehte sich um und schlug wieder den Rückweg zur anderen Seite der Braubachstraße ein.

»Ich hoffe, dass ich euch mit diesen Frankfurter Geschichten nicht zu sehr langweile. Jetzt gehen wir zurück zum Wagen und ich zeige euch den Rest der Sehenswürdigkeiten, die ich für einen ersten Eindruck wichtig finde. Und dann geht's heim zu Mutters Erdbeerkuchen. Sie hat mich schon ermahnt, dass ich euch nach der anstrengenden Eisenbahnfahrt nicht zu lange strapazieren soll.«

Elise protestierte.

»Gar nicht langweilig finde ich das! Ich bin froh, dass jemand uns Frankfurt so spannend erklären und zeigen kann wie du.«

Louise nickte zur Bemerkung ihrer Enkelin, obwohl ihr der Anblick der Gebäude wie durch einen dichten Schleier verhüllt blieb. Sie lachte ein wenig.

»Nun ja, zum Glück kann ich wenigstens noch gut hören. Je mehr man mir erzählt, desto mehr bekomme ich mit.«

David freute sich über das Interesse der Gäste und startete den Wagen. Über die Zeil, die belebte und von großen Kaufhäusern gesäumte Haupteinkaufsstraße, ging es an der imposanten Hauptpost mit den Kuppeldächern und der barocken Hauptwache vorbei, wo sich viele Straßenbahnlinien am zentralen Haltepunkt der Innenstadt trafen. Weiter fuhr David durch die Große Eschenheimer Straße zum Eschenheimer Turm. Kurz danach, vorn in der Eschersheimer Landstraße, hielt er noch einmal am Bürgersteig an und zeigte ihnen aus dem offenen Wagen den klassizistischen Bau des Hoch'schen Conservatoriums.

»Oh!«, bemerkte Elise etwas enttäuscht, die sich das Ganze größer und eindrucksvoller vorgestellt hatte, etwa so wie das Gebäude daneben. Auf ihre Frage hin erklärte David:

»Das Haus nebenan ist seit 1919 unser Volksbildungsheim. Dort im großen Saal spielt jetzt manchmal die neue Jazzklasse des Konservatoriums, weil es da mehr Platz gibt. Tolle Musik, ich war schon ein paar Mal mit meiner Frau Gittel da. Vielleicht spielst du später auch bei Mátyás Seiber mit. Er kommt aus Ungarn und hat schon in Amerika Jazzmusik gemacht. Der Seiber hat einfach den Rhythmus im Blut. Schade, dass es solche Musik noch nicht bei Tanzveranstaltungen gibt.«

Weiter ging ihre Fahrt über die Hochstraße und dann vorbei am großen und erstklassigen Opernhaus, das Kaiser Wilhelm vor 50 Jahren mit einer Aufführung von Mozarts »Don Juan« eingeweiht hatte.

»Dieses Opernhaus ist ebenfalls den Frankfurter Bürgern zu verdanken, die wesentlich zu den Baukosten beigetragen haben. Der Kaiser soll bei der Einweihung wegen der üppigen Ausstattung gemurrt haben, dass er sich so etwas in Berlin nicht leisten könnte.«

David grinste verschmitzt, als er von der unfreiwilligen Anerkennung des preußischen Monarchen für den Bürgersinn der kulturbewussten Frankfurter berichtete.

Auf der Fahrt durch die Bockenheimer Anlage hinüber zum Mauerweg erklärte David seinen Gästen, dass das bürgerliche Nordend nach 1870 durch eine dichte Bebauung mit neuen, mehrstöckigen Mietshäusern samt kleinen Vorgärten zum interessantesten Wohnviertel der Stadt geworden war. Das jedenfalls fanden seine Eltern, die seit ihrer Hochzeit überzeugte Nordend-Bewohner waren und nirgendwo anders hinziehen wollten, obwohl ihre Wohnung inzwischen eigentlich zu groß für sie war. Hier im Nordend mischten sich alle Schichten. Alteingesessene Handwerker arbeiteten und wohnten Seite an Seite mit neu Zugezogenen, Künstlern und Intellektuellen. Es gab viel Mittelstand, aber auch Arbeiter und reiche Leute. Man fand eine breite Auswahl interessanter Geschäfte direkt in der Nähe, in den Eckhäusern waren oft kleine Gaststätten oder Straußwirtschaften für den beliebten Bornheimer Apfelwein entstanden. Die unmittelbar an ihr Haus angrenzende Berger Straße führte ja direkt nach Bornheim hinauf.

Während David noch erzählte, waren sie schon im Mauerweg angekommen. An der Ecke zur Berger Straße, nah beim Haus der Eltern, parkte David schließlich den Wagen. Louise und Elise stiegen aus und der junge Mann ging ihnen voraus.

Das Gründerzeitgebäude der Bambergs war fünfstöckig, sah klassizistisch einfach, aber durchaus stilvoll aus. Ein über die Jahre strapazierter cremefarbener Anstrich wurde durch rötliche Sandsteinbalkone und Umrahmungen der Fenster aus dem gleichen Stein gegliedert. Vier hohe, doppelflügelige Fenster gingen aus jedem Stockwerk auf den Mauerweg hinaus. Im ersten Stockwerk gab es einen breiten Mittelbalkon mit Balustrade. Der zweite Stock, in dem die Bambergs wohnten, trug zwei kleinere Balkone mit verschnörkelten schmiedeeisernen Gittern.

David winkte hoch, weil sein Vater auf dem linken Balkon stand, gemächlich einen Zigarillo rauchte und den Gästen zurief: »Wie schön, dass ihr da seid! Der Kuchen wartet schon.«

Als David die vom Alter abgegriffene Eichenholztür unter dem Oberlicht geöffnet hatte, traten sie in einen dämmerigen Flur. Der ornamentale Boden aus Zementfliesen mit Mustern in Weinrot, Cremeweiß und Senfgelb ließ den Eingang trotz der vielen Gebrauchsspuren einladend und freundlich wirken. Eine abgetretene Eichenholztreppe mit solide gedrechseltem Holzgeländer führte nach oben.

»Eure Koffer hole ich gleich. Erstmal könnt ihr meine Eltern begrüßen und euch etwas frisch machen.«

David holte seinen Schlüssel aus der Jackentasche und öffnete die Tür. Rosa kam ihnen entgegen und nahm Louise und Elise in den

Arm, Will begrüßte beide Gäste mit einem Handschlag. Seine dichten silbernen Haare schimmerten über dem leicht gebräunten Gesicht, der gezwirbelte Schnurrbart tanzte ein wenig beim Sprechen.

»Hoffentlich hat er euch nicht zu sehr mit den alten Frankfurter Geschichten gepiesackt. Unser David ist ein überzeugter Anti-Preuße, dabei hat unsere Stadt doch viel von ihrem Wohlstand dem Kaiserreich zu verdanken. Freilich ist Frankfurt immer die Antithese zu Berlin gewesen. Wir sind liberal, unsoldatisch, bodenständig, wohlhabend, voller Kultur und Lebenslust.«

Als er Elise gegenüberstand, legte Will seine Hände für einen ganz kurzen Moment auf ihre Schultern und strahlte sie an.

»Ich lebe gern hier und ich hoffe, du jetzt auch. Herzlich willkommen, Elise. Du glaubst gar nicht, wie ich mich darauf freue, dass es jetzt wieder lebendiger bei uns wird. Ich habe unsere Kinder sehr vermisst, aber du bist ein wunderbarer Ersatz.«

Die junge Frau war gerührt, ebenso wie Rosa und Louise, die hinter den beiden im Flur standen.

»Darüber hast du mit mir nie gesprochen«, meinte Rosa beiläufig zu ihrem Mann.

»Na, hätte es etwas geändert?«, fragte er mit einem Lächeln zurück. Und, zu Elise gewandt, ergänzte er: »Wenn die Kinder so weit sind, muss man sie eben gehen lassen. Das war schon immer so. Aber ich fand es schwierig, und Rosa noch viel mehr.«

Louise nickte. Dasselbe stand ihr jetzt mit ihrer einzigen Enkelin auch bevor.

Von dem länglichen Flur mit honiggelber Tapete und weinroter Bordüre in Höhe der Türklinken gingen acht weiß gestrichene Türen ab, rechts vier und links vier.

»Kommt doch herein«, lud Rosa sie ins erste Zimmer ein.

Elises Blick fiel auf einen Wohnbereich, der mit geschmackvollen Jugendstilmöbeln aus hellem Holz und einem großen Perserteppich auf Eichenparkett eingerichtet war. Der Raum erschien viel größer durch den Balkon, dessen Gitter mit üppig blühenden Hängegeranien geschmückt war. Durch die Sonnenstrahlen in der offenen Balkontür sah man direkt auf die Baumkronen des gegenüberliegenden Bethmannparks.

Rosa, die ans Praktische dachte, zeigte ihnen zuerst das hinten links in der Wohnung gelegene wc und das separate Badezimmer davor. Will setzte derweil in der neben dem Bad befindlichen schmalen Küche Kaffeewasser auf den modernen Elektro-Kohle-Kombiherd, während David die Koffer aus dem Wagen nach oben holte.

Rosa führte die Gäste zu der Tür gegenüber vom Wohnzimmer. Dabei hakte sie Louise unter, auch weil sie nicht genau einschätzen konnte, wie viel ihr Gast noch sah.

»Dies ist euer Zimmer, in dem Elise dann später wohnen wird. Wir haben gedacht, dass ihr ein gemeinsames Zimmer zu Beginn bestimmt schön findet. Ein wesentlicher Vorteil unserer Wohnung ist, dass sie nicht nur zwei Balkone nach vorn hat, sondern auch noch einen nach hinten raus. Im Hinterhof steht eine hohe Robinie, dort ist es schön grün. Das war früher das Zimmer der Mädchen.«

Mit diesen Worten öffnete sie die Tür für ihre Gäste.

Dieses Zimmer würde jetzt also ihr Zuhause sein, dachte Elise. Die hellen einfachen Möbel im Mädchenzimmer wirkten freundlich, obwohl – oder vielleicht weil – sie deutliche Gebrauchsspuren aufwiesen. Ein vom Alter abgetretener Dielenboden mit einem etwas schadhaften Perser-Läufer, zwei Betten über Eck gestellt mit einem gemeinsamen Nachttisch dazwischen, ein breiter Schrank mit Spiegel, eine kleine Frisierkommode, ein runder Tisch mit zwei Stühlen, eine Stehlampe und ein schmaler Polstersessel mit Armlehnen neben dem hohen Heizkörper machten das Zimmer angenehm wohnlich.

Elise gefiel es gut, dieses Gebrauchte und das Helle und das Praktische. Vielleicht durfte sie später ein Bett in den Keller bringen, damit sie etwas mehr Platz hatte.

Sie trafen sich im Esszimmer, das sich über einen Wanddurchbruch mit zwei Schiebetüren direkt zum Wohnzimmer öffnete. Der Durchgang war auf der linken Seite halb versperrt von dem glänzend schwarzlackierten Schimmel-Flügel, der mit der Rundung zum Eck hin platziert war, sodass der Spieler beide Räume überblicken konnte.

Als Elise das Instrument sah, achtete sie nicht mehr auf die sommerlich eingedeckte Kaffeetafel mit frühen Rosen und dem ersten Erdbeerkuchen dieses Jahres. Sie ging spontan auf den Flügel zu und strich liebevoll über den Lack. Dann klappte sie den Deckel hoch und setzte sich auf die breite Bank davor. Spielerisch schlug sie ein paar Takte vom »Regentropfen-Prélude« an und hörte sofort, dass er sauber gestimmt war. Rosa am Kaffeetisch verstand ihren fragenden Blick genau richtig.

»Ja, wir haben ihn gerade von einem Klavierstimmer überholen lassen. Wir freuen uns so sehr, dass er jetzt von dir benutzt wird.«

»Wenn du spielst, Elise, hört man wirklich die Musik, die der Komponist gemeint hat,« sagte David. »Ich bin mir nicht sicher, ob das bei mir jemals der Fall war, obwohl Mama immer behauptet hat, dass ich wunderbar spiele. Sie hat vielleicht das Verhältnis von Mühe und Ergebnis gemeint. Es war wirklich wunderbar, dass so viel Mühe so wenig Ergebnis gebracht hat.«

Elise lud ihn ein, sich zu ihr auf die doppelt breite Klavierbank zu setzen.

»Komm, David, wir spielen etwas Einfaches zusammen. Ich kenne von meinem Vater ein witziges englisches Stück.«

Sie begann zu singen und spielte dazu eine einfache Melodie in einem hämmernden Rhythmus.

»Strike the concertina's melancholy string.«

Dann bedeutete sie David mit einem Kopfnicken, dass er die nächste Zeile übernehmen sollte.

»Und jetzt du: Blow the spirit-stirring harp like anything.«

Sie machte es David vor, und dann begannen sie noch einmal von vorn. Diesmal übernahm David schon Gesang und Begleitung zum zweiten Vers.

Will lehnte sich gegen den Rahmen der offenen Balkontür und blies kleine Rauchkringel von seinem Zigarillo in die warme Sommersonne. Mit einem Lächeln blickte er ins Wohnzimmer auf diese kleine Szene. Lange schon hatte er sich nicht mehr so zufrieden gefühlt. Genauso war es früher gewesen, als die Zwillinge noch zu Hause wohnten und miteinander am Flügel musizierten.

Der Rest des Nachmittags flog an Elise vorbei wie im Traum. David erzählte von seiner Frau Gittel und seinen beiden kleinen Söhnen, Rosa und Will zeigten ein Foto mit allen acht Kindern und erklärten, wie und wo jeder lebte.

Auch der Abend, an dem sie mit Rosa, Will und ihrer Großmutter auf dem kleinen Balkon gesessen und bei frischer Erdbeerbowle die sanften Geräusche im Park während der Dämmerung genossen hatten, blieb ihr später nur schemenhaft im Gedächtnis. Diese große neue Stadt, all die bedeutenden Gebäude und Geschichten, die neue Familie, bei der sie jetzt leben würde, das alles war etwas viel für einen Tag gewesen.

Morgen, ganz in der Frühe, würde sie mit Fannys altem Fahrrad zum Konservatorium fahren. Dabei wollte sie unbedingt allein sein.

Vor dem Einschlafen fragte ihre Großmutter leise:

»Was hat dir heute eigentlich am besten gefallen, Kind?«

Elise lauschte durch das offen stehende Balkonfenster auf das leise Rauschen des Windes im Robinienlaub und das entfernte Rattern einer späten Straßenbahn.

»Ich glaube, Davids Geschichten von der Unabhängigkeit der freien Reichsstadt fand ich am interessantesten. Frei, das wäre ich auch gern.«

7 Die Freiheit innen

»Hallo.«

Eine angenehm dunkle, melodische Männerstimme überlagerte die lärmenden Rufe der Kinder und das Planschen der vielen Schwimmer im kühlen Mainwasser vor ihren Füßen.

Elise, die auf den von der Sonne heißen Holzplanken lag, schrak aus ihren Gedanken auf. Sie hatte Sorge, dass der Mann hinter dieser warmen Stimme nur eine Enttäuschung werden konnte, wenn sie ihn erst sah. Also behielt sie die Augen lieber noch etwas geschlossen.

An diesem 28. Juli 1929, einem sonnenheißen Sonntagmorgen, war sie mit dem Rad ins Mosler nahe der Untermainbrücke gefahren, wo sich die schicke städtische Jugend Frankfurts im Sommer zum Abkühlen, Schwimmen und Flirten einfand.

Verglichen mit dem kleinen Lahn-Schwimmbad in Bad Ems unterhalb der Tennisplätze an der Viktoria-Allee war dieses Flussbad riesig und unglaublich luxuriös. Drei verschiedene Schwimmbecken, hintereinander gelegene Rechtecke von vielleicht 8 mal 40 Metern, durch die frisches Mainwasser strömte, bildeten das Zentrum des Bades. Umgeben waren sie von breiten, hölzernen Liege- und Promenierflächen auf schwimmenden Pontons, die wegen der winterlichen Eisschollen in jedem Herbst abmontiert und in jedem Frühjahr neu und besser wieder aufgebaut wurden. Eine Rutsche war ebenso vorhanden wie Sprungbretter in verschiedenen Höhen, auf denen sonnengebräunte Jugendliche Mut und sportliche Fähigkeiten bewiesen.

Ergänzt wurde diese größte deutsche Flussschwimmanlage durch ein fabelhaftes und immer dicht besetztes Restaurant- und Caféschiff für Passanten, das an eine von hohen Palmen gesäumte Rollschuhbahn anschloss. Moderne junge Frauen führten dort ihre neuesten Hosenröcke aus geblümten Sommerstoffen spazieren, die fröhlich im Mainwind flatterten. Auch an einen Boxplatz und ein Faustballfeld hatte man gedacht, dazu gab es natürlich zahlreiche Umkleidekabinen. Die gleichnamige Familie hatte das Mosler seit 1921 Jahr für Jahr immer raffinierter ausgebaut und zu einer stets gut besuchten sommerlichen Sportattraktion in der Frankfurter Innenstadt gemacht.

Betan Johanson, eine junge Sopransängerin, der sie bei ihrem allerersten Besuch im Hoch'schen Conservatorium begegnet war, hatte sie Mitte Juni zum ersten Mal ins Mosler mitgenommen. Seitdem hatte Elise das Schwimmbad mehrfach besucht, aber meist allein, weil Betan vormittags, während Elise im Moment noch freie Zeit für Sport und Sonne hatte, im Konservatorium probte. Im Moment war die Freundin ohnehin in Schweden, weil sie die Sommerferien zu Hause bei ihrer deutschen Mutter und ihrem schwedischen Vater verbrachte.

Elise hatte inzwischen auf Vermittlung von David begonnen, nachmittags und abends im Garten des Nassauer Hofs in Bornheim beim Bedienen auszuhelfen und sich auf diese Weise etwas Geld zu verdienen. Deshalb konnte sie, anders als die meisten Leute, nur morgens ins Schwimmbad gehen.

Natürlich waren einige junge Männer im Schwimmbad auf die schöne junge Frau mit den gewellten schwarzen Haaren und den blauen Augen aufmerksam geworden, aber nur wenige hatten sich getraut, sie anzusprechen. Diese wenigen waren abgeblitzt. Der Richtige sollte es sein, solche halbstarken Jungs waren für sie nicht interessant, da war sich Elise sicher.

Noch einmal ließ sich die klangvolle Männerstimme hören.

»Hallo. Ich konnte einfach nicht nach Hause gehen, ohne Hallo zu sagen.«

Elise öffnete ihre Augen, jetzt doch neugierig auf den beharrlichen Verehrer. Ihr Blick wanderte über zwei sportliche Waden mit golden schimmerndem Haarflaum auf gebräunter Haut. Mit übereinander gekreuzten Beinen saß er direkt neben ihr, jung, geduldig und ruhig.

Ihr fiel auf, dass er sie nicht direkt anschaute, sondern seinen Blick über das lärmende Treiben im Schwimmbecken wandern ließ. Sie stützte sich auf die Ellenbogen, richtete ihren Oberkörper halb auf und drehte den Kopf zu ihm hin. Schließlich sah er sie an.

Seine dunkelbraunen Augen standen in ungewöhnlichem Kontrast zu seinem hellblonden Haar mit dem zerstrubbelten Mittelscheitel. Die gespreizten Finger der linken Hand strichen den dichten Schopf aus der Stirn nach hinten, und plötzlich lächelte er zu ihr hin, als ob er Angst hätte, diesen kostbaren Moment sofort wieder zu verlieren. Seine Zähne schimmerten weiß im Licht der Sonne.

»Wir beide haben die falschen Augen.«

Verblüfft fragte Elise zurück:
»Wie meinst du das?«
Seine Antwort war nicht so, wie sie es erwartet hatte. Er überging ihre Frage einfach.
»Wie schön.«
Er lächelte noch einmal, und seine Augen strahlten sie an.
»Wie schön. Du hast mich geduzt.«
»Ja, habe ich. Aber was meinst du mit den falschen Augen?«
»Ich habe blonde Haare und braune Augen, du hast schwarze Haare und blaue Augen. Umgekehrt wäre richtig.«
Er holte Luft, lächelte wieder und streckte seine Hand zu ihr aus. Die schmalen und doch kräftigen Finger fielen ihr sofort auf. Seine Stimme wurde noch etwas ruhiger und eine Idee tiefer.
»Ich bin Max.«
Sie richtete ihren Oberkörper ganz auf, sodass sie nun saß.
»Ich bin Elise.«
Fest hielt er ihre Hand in seiner, etwas länger als notwendig. Max strahlte eine ungewöhnliche Intensität aus, in ihrem Bauch begann es zu kribbeln. Er blickte sie sehr direkt an.
»Ich hatte gehofft, dass dein Name so schön ist wie du. Ich bin hingerissen.«
Elise lachte ungläubig.
»Sagst du immer solche Sachen zu den Mädels, die du im Schwimmbad ansprichst?«
»Nein.«
Sein Blick verschloss sich.
»So habe ich es nicht gemeint, Max.«
»Ich schon, Elise.«
Zu ihrer Überraschung stand Max auf und ging weg. Er drehte sich nicht noch einmal nach ihr um. Er ging einfach weg, genauso ruhig und selbstverständlich, wie er sie angesprochen hatte.
Elise war ratlos. Sie zog die Knie an ihren Körper und legte das Kinn darauf, während ihr Blick ihm folgte. Sie war unsicher, wie sie sich verhalten sollte. Am liebsten wäre sie ihm hinterher gegangen, aber sie entschied sich dagegen.

Es war jetzt kurz nach Mittag. Sie würde Fannys Fahrrad nehmen und nach Hause fahren.

Die Begegnung mit Max ging ihr nicht mehr aus dem Kopf. Abends vor dem Einschlafen dachte sie an ihn, oft. Dann sah sie diese rasche Bewegung vor sich, mit der er seine Haare aus der Stirn zurückgestrichen hatte, dann fühlte sie, wie ihr Bauch gekribbelt hatte, als seine Hand die ihre zu lange festgehalten hatte.

Vermutlich würde sie ihn in einer so großen Stadt wie Frankfurt kaum noch einmal sehen. Ihre Großmutter würde ihr wohl raten, darauf zu vertrauen, dass sie sich wiedertreffen mussten, wenn ihnen das so bestimmt war. So wie es damals ihr und Sergej geschehen war. Louise glaubte nämlich an Bestimmung. Das hatte sie auch vor ihrer Operation erklärt:

»Wenn es mir bestimmt ist, wieder zu sehen, dann wird es passieren, Elise. So ist das im Leben, glaub mir.«

Als der Großmutter Mitte Juni, 14 Tage nach der Operation in der Gießener Universitäts-Augenklinik, zum ersten Mal der Verband von ihren Augen abgenommen worden war, reagierte sie ganz ähnlich.

Elise war extra für diesen Moment mit der Bahn nach Gießen gefahren. Knappe zehn Minuten hatte sie zu Fuß vom Bahnhof bis zur Klinik gebraucht. Jetzt wurde sie von einer Krankenschwester in die Sprechstunde von Professor Jess begleitet.

Louise wartete dort schon auf ihre Enkelin, ungeduldig, weil sie die ganze letzte Woche ihren festen Verband vor beiden Augen hatte tragen müssen und sich dadurch tatsächlich wie blind gefühlt hatte.

Auch Elise war sehr aufgeregt.

Vorsichtig wickelte die Krankenschwester den Verband ab. Nachdem die letzte Lage entfernt war, nahm sie behutsam die darunter liegenden Mullkompressen von den Augen, die verhindern sollten, dass der Glaskörper sich in den durch die Extraktion der Linse entstandenen Hohlraum im Auge hineindrückte. So jedenfalls hatte der Professor es ihr erklärt.

Elise blickte erschrocken auf die Schwellungen um beide Augen und den schwärzlichen Bluterguss über dem linken Lid. Dieses Auge war zuletzt operiert worden. Ihr beunruhigter Blick, ihre unausgesprochene Frage zum Professor hin wurden von diesem mit einem Kopfschütteln beantwortet. Das hieß wohl, dass sie sich keine Sorge machen musste.

Zuerst fiel Louises Blick auf die Bäume vor dem Fenster. Elise bemerkte, wie der Großmutter Tränen in die Augen traten. Sie kam einen Schritt näher und strich Louise behutsam über die Wange.

»Nicht traurig sein, Louischen. Jetzt ist doch alles wieder gut.«

»Und wie gut es ist, Kind. Ich kann wieder ganz klar sehen, die Blätter und die Äste und den Himmel. So grün und so blau und so schön sieht alles aus!«

Ihre Stimme verschwamm, wurde leise. Sie holte Luft.

»Wie ein Wunder ist das. Ich habe gar nicht mehr gewusst, wie schön die Welt ist.«

Louise fasste sich wieder. Sie stand auf und ging auf Professor Jess zu.

»Haben Sie vielen Dank, Herr Professor. Sie haben mich zum glücklichsten Menschen gemacht.«

Der Professor gab Louise lange die Hand, dann wandte er sich an Elise.

»Ich habe vom großen Erfolg Ihres Klavierspiels für Ihre Großmutter in Bad Ems gehört. Frau Bamberg hat mir die Geschichte erzählt. Wissen Sie, ich glaube an die heilende Kraft der Musik, gerade bei Menschen, deren Augenlicht gefährdet ist. Wenn ein Sinn schwindet, wird der andere umso schärfer. Deshalb haben wir schon vor 1918 im Aufenthaltsraum der Klinik ein Klavier aufstellen lassen, als wir im Weltkrieg die vielen erblindeten Senfgasopfer behandeln mussten. Glauben Sie, Elise, dass Sie einen Teil ihres Konzertes heute für unsere Patienten wiederholen könnten? Sie würden uns allen damit eine große Freude machen.«

Und so gab Elise ihr zweites »Konzert für Louise«, ohne Noten aus dem Kopf, in der Gießener Augenklinik, nachdem Professor Jess alle nicht bettlägerigen Patienten in den Aufenthaltsraum hatte bitten lassen. Auch er selbst und Louise nahmen Platz. Diesmal konnte Elise das Stück von Debussy ungestört zu Ende spielen. Kaum war der letzte Ton verklungen und der Applaus hatte begonnen, da fing Elise, die sonst so gefasst war, zum Erstaunen ihrer Großmutter heftig an zu weinen.

Später, wenn Elise sich an diesen Moment erinnerte, fiel es ihr schwer, ihre Erschütterung zu erklären. Vermutlich war es das Glück darüber gewesen, dass ihre Großmutter nun doch nicht blind werden würde und damit die Angst des letzten halben Jahres endlich von ihr abfiel. Vielleicht würden sich ihre anderen Kümmernisse ebenso unerwartet lösen, vielleicht brauchte man sich gar nicht so viele Sorgen zu machen. Vermutlich hatte ihre Großmutter recht: Wenn einem etwas bestimmt ist, dann wird es passieren. Das galt für Arno ebenso wie für Max.

Von Gießen aus war Louise mit ihrer Enkelin zurück nach Frankfurt gefahren. Nach dem Anpassen der Starbrille hatten sie gemeinsam eine Woche lang, oft auch in Begleitung von Rosa und Will, die schönen Stadtteile des alten und neuen Frankfurt erkundet.

Beim säuerlichen Apfelwein, der für die Bad Emser Gäste mit Limonade »süß gespritzt« wurde, hatten sie in Sachsenhausen miteinander auf den langen Bänken vor der ›Äppelwoiwertschaft‹ Dauth-Schneider gesessen. Am »Nizza«, der Palmenpromenade des Mainufers direkt bei Mosler's Schwimmbad, hatten sie im heißen Sonnenschein des Juninachmittags Schatten gesucht. Die breite Barocktreppe des Rathauses waren sie hochgegangen, im reich geschmückten Kaisersaal des Römer hatten sie bewundernd vor den alten Wandmalereien von zehn Frankfurter Kaiserkrönungen gestanden.

Ausführlich war Elise mit ihrer Großmutter auch durch die verschiedenen Stockwerke des Hoch'schen Conservatoriums gegangen. In diese und jene Probe hatten sie hineingehört, und Elise hatte ihrer Großmutter einige zukünftige Mitstudenten vorgestellt.

Das elegante Café Laumer im reichen Westend hatten sie besucht, das sonntags Gebäck im großen Henkelkorb in die umliegenden Villen lieferte. Auch durch den benachbarten Palmengarten mit seinen duftenden Rosenbeeten waren sie geschlendert, am Musikpavillon hatten sie für das sonntägliche Nachmittagskonzert Platz genommen. Rosa hatte ihnen den Neubau des neben dem Palmengarten gelegenen, streng und sehr modern gestalteten Instituts für Sozialforschung gezeigt, in dem der bekannte Sozialwissenschaftler Max Horkheimer lehrte. Auch am imposanten Gebäude des Philantropin in der Hebelstraße, unweit von ihrer Wohnung im Mauerweg, war Rosa mit ihnen vorbeigegangen. Diese berühmte Frankfurter »Schule der Menschlichkeit« stand offen für Juden und Nichtjuden. Sie war ein Symbol für den Aufbruch der liberalen und assimilierten Juden aus dem mittelalterlichen Ghetto in die moderne Gesellschaft, inzwischen ein besonders fortschrittliches Realgymnasium mit immerhin 900 Schülern.

Will war richtig stolz auf das »Neue Frankfurt«, auf die neu geplanten und in den Jahren seit 1920 realisierten Trabantenstädte für die arbeitende Bevölkerung.

»Genau das, was Walter Gropius mit seiner Bauhaus-Bewegung in Dessau erreichen möchte, bloß sind wir eben hier in Frankfurt schon viel weiter.«

Der Stolz über »seine« Stadt in Wills Stimme berührte Louise. Die letzte Siedlung mit über 1220 Wohneinheiten an der Nidda hatte man Römerstadt genannt, nachdem dort Siedlungsreste aus römischer Zeit entdeckt worden waren, erklärte er sachkundig. All diese neuen Frankfurter Wohnungen hatte man mit der bahnbrechend kleinen, weil optimal durchrationalisierten Küche der Wiener Architektin und Sozialistin Grete Schütte-Lihotzky ausgestattet. »Frankfurter Küche« hatte Ernst May diese neue Art von fertig eingebauter Küche genannt.

Will war von diesem Entwurf und seinen klug durchdachten Arbeitsabläufen absolut fasziniert. Auch Rosa erkannte sofort, dass die Küche zeitraubende Hausfrauenarbeiten durch kurze Wege und technische Innovationen auf ein Minimum reduzierte. Auf diese

Weise blieb Frauen mehr Freiheit für andere Dinge, zum Beispiel für einen Beruf, der sie finanziell unabhängig machte.

Genau eine Woche hielt sich Louise in Frankfurt auf. Abschluss und Höhepunkt dieser ihrer Frankfurter Woche bildete ein mitreißendes Mozart-Konzert in der Oper, mit der strahlenden Sopranistin Adele Kern als »Königin der Nacht«.

Nach dem Konzert waren Großmutter und Enkelin noch ein wenig durch die »Fressgass« mit ihren Feinkostauslagen in den erleuchteten Schaufenstern flaniert und hatten sich unten in der Kaiserhofstraße ein Glas Wein in einem vornehmen Lokal mit roten Samtportieren erlaubt. Der kurze Weg unter dem warmen Licht der Gaslaternen zur Straßenbahnhaltestelle an der Hauptwache war Louises Abschied von dieser großen, reichen Stadt, die ihr einerseits so bodenständig und gleichzeitig so fortschrittlich und liberal erschien.

Am 25. Juni schließlich, einem Dienstag, begleitete Elise die Großmutter in der Straßenbahn zum Frankfurter Hauptbahnhof. Als sie sich am Bahnsteig inmitten all der vielen hin und her eilenden Menschen verabschiedeten, nahm Elise ihre Großmutter zärtlich in den Arm. Beide schluckten ihre Trauer hinunter, aus unterschiedlichen Gründen.

Louise wusste, dass mit dem Erwachsenwerden ihres einzigen Enkelkindes nun der Abschluss ihres eigenen Lebens unerbittlich näher rückte.

Elise wiederum verstand plötzlich, dass sie sich all die Geborgenheit und Fürsorge, die sie in ihrem Elternhaus und besonders von ihrer Großmutter mitbekommen und immer für selbstverständlich gehalten hatte, ab jetzt mit ihren eigenen Fähigkeiten ersetzen musste.

Aber sie fürchtete sich nicht, sondern dachte an Louises Satz: Wenn einem etwas bestimmt ist, wird es passieren. Die junge Frau hatte verstanden, dass sie sich im Leben weniger Sorgen zu machen brauchte, wenn es ihr gelingen würde, so zu denken. Sie küsste Louise auf die Wange.

»Danke, Großmutter, für alles, was du mir beigebracht hast. Besonders das mit der Bestimmung ist mir in den letzten Monaten wirklich wichtig geworden. Es gibt einem so viel Freiheit von innen heraus.«

Elise schaute die Großmutter bewegt an und küsste sie noch einmal.

»In den Weihnachtsferien bin ich wieder bei dir in Bad Ems, wenn es uns bestimmt ist.«

Sie lachte über ihre Worte, um ihren Kummer über die Trennung zu verbergen.

»Bleib gesund, Louischen, und grüß Papa und Mama ganz lieb von mir. Und bitte, geh für mich zum Grab von Moritz und leg einen Stein darauf.«

Die Großmutter nickte, ohne ihr Erstaunen zu zeigen, und stieg in den Zug.

»Pass gut auf dich auf, mein Herz«, waren ihre letzten Worte, bevor sie im Gang zu den Abteilen aus Elises Blick entschwand.

Elise dachte an Moritz. Er war ihr Bruder gewesen, zwei Jahre jünger als sie. Sie dachte oft an ihn, aber in der Familie sprach man nicht über seinen Tod. Die Erinnerung in sich zu verschließen war besser, dann tat etwas nicht ständig weh. So hatte sie es von den Eltern gelernt.

Trotz dieser stillschweigend hingenommenen Familienregel musste sie immer wieder an Moritz denken. Der fröhliche Moritz, der sich ideenreich mit seinem geliebten Metallbaukasten von Märklin kleine Maschinen ausgedacht hatte. So gern hatte sie ihn gehabt, so oft hatten sie zusammen gespielt, so ausgelassen konnte er sein.

Dann war er nicht mehr da gewesen. Von einem Tag auf den anderen. Einfach weg. Nie mehr sein Lachen, so einsam plötzlich, so still. An Diphtherie war er gestorben, 1919, in diesem schlimmen Hungerwinter nach dem Krieg. Der kleine kalte Moritz in seinem weißen Sarg war gar nicht mehr ihr Bruder gewesen, nur noch ein unvertrauter Körper ohne seine fröhliche Seele.

Zuhause hatten sie nicht mehr über ihn gesprochen. Das Bild von Moritz stand im Wohnzimmer auf der Kommode. Jeder sah ihn, Tag für Tag. Aber er wurde nicht mehr erwähnt.

Seitdem hatte Elise das Gefühl gehabt, dass ihre Eltern sie nicht mehr wirklich wahrnahmen, wenn ihr Blick auf der Tochter ruhte. Als ob sie durch ihre Tochter hindurch auf den ausgelöschten Sohn blickten, auf ihn, der nicht mehr da war und nie wiederkehren würde.

Seht mich an, ich bin es doch, eure Tochter, ich bin doch bei euch, hätte sie am liebsten manchmal laut gerufen. Aber sie tat es nicht. Nur wenn Elise auf dem Klavier spielte, dann war alles anders. Dann sahen die Eltern sie. Darin lag Elises Erlösung.

8 Sonne und Eis

Elise öffnete die Tür zum Hinterhof im Haus der Bambergs. Fannys altes Fahrrad lehnte an der Mauer neben der Teppichstange. Sie bugsierte es vorsichtig durch die Haustür und radelte dann zufrieden die Berger Straße hoch. Gestern war sie wegen Rosas 68. Geburtstag nicht unterwegs gewesen, sondern hatte den Gästen auf dem Flügel vorgespielt und im Haushalt geholfen.

Vom Regen dieses Morgens, dem ersten nach einer ungewöhnlich langen Hitzeperiode, lag noch ein feiner Wasserdunst in der Luft. Sie genoss den dadurch gedämpften Klang der Geräusche um sich, aber sie musste sich beeilen, an diesem Freitag Mitte August. Frau Solzer im Nassauer Hof hatte sie zum Bedienen der Nachmittagsgäste eingeteilt. Zu Beginn ihrer Arbeit dort war sie mit Muskelkater und schmerzenden Füßen herumgelaufen, aber nach wenigen Tagen hatte sie sich an die ihr fremde Tätigkeit gewöhnt. Inzwischen war sie gern dort.

Das lag auch an der energischen, aber gutherzigen Frau Solzer, mit der sie sich auf Anhieb verstanden hatte. Die Mittdreißigerin sprach den starken Dialekt der »Bernemer«, die sich selbst 50 Jahre nach der Eingemeindung immer noch nicht so recht als Frankfurter fühlten.

Die Frau des Bornheimer Wirts, die sich um die Gäste, um Lokal, Garten und Personal kümmerte, hatte beim Einstellungsgespräch herausbekommen, dass Elises Mutter eine geborene Sälzer war.

»Des klingt ja fast so, als wärste e Solzern«, meinte sie in ihrem breitem Bernemerisch.

Und tatsächlich hatte sich Elise mit Gästen und Wirtsleuten in dem volkstümlichen Sommergarten unter dem großen Platanenbaum bald wohlgefühlt. Die Bornheimer reagierten direkt, hatten einen derben Humor, waren rechtschaffen und warmherzig. Viele Stammgäste gab es hier, und alle schworen auf »des gude Stöffsche«, womit sie den vom Wirt selbst gekelterten Apfelwein meinten. Und »des neu Frolleinsche vom scheene Bad Ems« bekam mit ihrer freundlichen und flinken Art großzügige Trinkgelder, insbesondere von den älteren Herren. Natürlich waren auch die jungen Herren an der gut aussehenden Bedienung interessiert, aber da gerieten sie bei Frau Solzer an die falsche Adresse.

»Finger wech, Berschje. Des Mädsche iss zu gud fer disch. Die wird amal e Pianistin, fer disch gibt's genuch annerre. Die Else steht unner moim persönlische Schutz, da gibt's nix.«

Frau Solzer hatte das Sagen im Nausauer Hof, auch da gab es nix. Vom ersten Tag an hatte sie Elise ›Else‹ genannt. Sie fand, das passte besser in den volkstümlichen Gasthof.

In der beliebten Apfelweinwirtschaft trafen sie sich alle an langen Tischen mit schmalen Holzbänken: die Bewohner von Alt-Bornheim, dem Nordend und Frankfurt, die Jungen und die Alten, die Studenten und die Arbeiter. Oft sah man auch Herrschaften, denen die feinen Mahlzeiten der teuren Hotels in der Frankfurter Innenstadt nicht so verlockend erschienen wie die deftige Hausmannskost im traditionellen Gasthaus. Zum Beispiel Solzers »Rippscher mit Kraut un Erbspüree« oder das berühmte »Bernemer Kalbslewwergulasch« mit einem kräftigen Schuss Apfelwein in der Soße schmeckten hier wunderbar, und darauf war der Wirt, der sich um Küche und Keller kümmerte, besonders stolz.

Nachdem Elise das Fahrrad im Hof an den Fahrradständer angeschlossen hatte, strich sie sich die von der Hitze feuchten Locken rasch aus dem Gesicht, dann ging sie zum Umziehen in den rückwärtigen Raum neben der Küche. In der Gaststube sei noch nicht viel Betrieb, sagte Frau Solzer.

»Nur e paar junge Leut sin im Garte am Politisieren. Fraach emol, ob se noch was brauche.«

Im Garten war ein einziger Tisch besetzt, mit sieben jungen Männern, die die Köpfe in einer lebhaften Diskussion zusammensteckten.

Erst dachte Elise, dass es wieder um den Wirtschaftsskandal ging, über den sich Rosa und Will auf der Geburtstagsfeier gestern so aufgeregt hatten: Es wurde in der Stadt über Millionen-Betrügereien und eine bevorstehende Pleite der renommierten Allgemeinen Frankfurter Versicherungs-AG gemunkelt. Aber dann bekam sie mit, dass hier ein anderes Thema diskutiert wurde. Das deutsche Luftschiff »Graf Zeppelin« war gestern in Friedrichshafen zur zweiten Etappe seiner Fahrt um die Welt aufgebrochen, die nach Tokio führen sollte.

In der Woche zuvor war das Luftschiff auf besonderen Wunsch des amerikanischen Milliardärs und Medienmagnaten William Randolph Hearst im amerikanischen Lakehurst bei New York gestartet. Nach drei Tagen Fahrt über den Atlantik hatte es am 10. August den Landeplatz in Friedrichshafen erreicht. Mehr als 11 000 Kilometer weit würde der Kapitän Philip Eckener den Zeppelin bis in die japanische Hauptstadt steuern, an einem Tag und ohne Zwischenlandung. Das war die Zukunft des Fliegens, kein Zweifel, und sie kam aus Deutschland. So stand es in allen Zeitungen.

Als Elise sich dem Tisch näherte, ging es gerade um den Unterschied zwischen Weltflug und Weltfahrt.

»Wenn ein Fluggerät leichter ist als Luft, sagt man Fahrt, wenn es schwerer ist, sagt man Flug.«

Elise zitterte, das Tablett glitt ihr aus der Hand. Eindeutig, das war Max. Seine dunkle melodische Stimme hätte sie unter Hunderten erkannt. Er saß mit dem Rücken zu ihr. Als er das Blechtablett scheppernd auf den Boden fallen hörte, lachte er.

»Dieses Fluggerät war schwerer, es ist geflogen.«

Dann schaute er sich um und seine Augen wurden groß vor Staunen. Er schob seinen Stuhl zurück, sprang auf und wollte das Tablett für Elise aufheben. Sie bückte sich gleichzeitig, und schon stießen sie mit den Köpfen zusammen. Elise wurde rot und entschuldigte sich.

»Mein Fehler«, antwortete Max und reichte ihr das Tablett. Seine Haare waren ihm beim Bücken vor die Augen gefallen, er strich sich den hellen Haarschopf nach hinten zurück, mit der gleichen Geste wie damals im Mosler. Seine dunkelbraunen Augen ruhten ernst und eindringlich auf Elise. Dann erhellte ein Lächeln sein Gesicht.

»Hallo, Elise.«

Seine Stimme blieb ganz leise, die anderen bekamen nicht mit, was er zu ihr sagte. Sie wurde so verlegen, dass ihr nicht anderes einfiel als: »Hallo, Max.«

Auch sie hatte ihre Stimme gesenkt, sodass nur er sie hören konnte. Max hatte sich schnell gefasst und setzte sich wieder. Sie kam zum Tisch, entschuldigte sich für die Umstände und nahm die Bestellungen auf. Drei Süßgespritzte, zwei Sauergespritzte, zwei Bier, drei Laugenbrezeln.

Als sie Getränke und Brezeln brachte, war die Diskussion wieder zum »Graf Zeppelin« zurückgekehrt.

Der junge Mann mit dem gut sichtbaren Schmiss in der Wange, der neben Max saß, spekulierte, ob man das Luftschiff wohl über Frankfurt hatte sehen können. Ein anderer versicherte, dass es mehr nach Nordosten gefahren sei, gestern am Nachmittag sei es bereits über Riga gewesen. So habe er es in einer Zeitung über den dort veröffentlichten Flugplan herausgefunden.

Aber Elise achtete nicht auf das Gespräch. Sie blickte auf die Unterarme von Max, die aus den lose aufgekrempelten, weißen Hemdsärmeln schauten und auf deren gebräunter Haut feine goldene Haare schimmerten.

Dieses Bild blieb den ganzen Nachmittag in ihrem Kopf, auch als die Gruppe schon längst den Garten verlassen hatte. Irgendwie war sie enttäuscht, dass Max nach der Sache mit dem Tablett keinen Versuch mehr gemacht hatte, mit ihr zu reden. Auch sie hatte sich daraufhin nicht getraut, ihm noch etwas Persönliches zu sagen. Nur das für einen so jungen Gast großzügige Trinkgeld schien ihr wie ein geheimes Zeichen.

Wenn sie Max gewesen wäre, hätte sie sich mit dieser jungen Frau, die ihm ja offenbar gefiel, verabredet. Aber als junge Frau konnte sie das nicht vorschlagen. Vielleicht würde er sonst denken, dass sie leicht zu haben war.

Bald füllte sich der Garten mit Gästen, sodass Elise keine Zeit mehr zum Nachdenken hatte. Gegen 20 Uhr war ihre Schicht zu Ende. Sie aß schnell noch eine Portion Pellkartoffeln mit grüner Soße und gekochten Eiern.

Als sie in der Dämmerung des Sommerabends ihr Fahrrad vor den Nassauer Hof schob, trat unerwartet ein Mann aus dem Lichtkreis der Gaslaterne. Erst erschrak Elise ein wenig, dann erkannte sie ihn. Es war Max.

»Hast du die ganze Zeit hier gewartet?«, fragte sie überrascht, aber auch etwas geschmeichelt. Er schüttelte den Kopf.

»Nein. Ich habe deine Kollegin gefragt, wie lange du noch arbeitest. Und jetzt bin ich zurückgekommen.«

»Ich muss nach Hause, Max«, sagte Elise scheu. Er sollte nicht den Eindruck bekommen, dass sie nicht mit ihm sprechen wollte. Aber sie wusste, dass zu Hause im Mauerweg Rosa und Will erst dann ruhig zu Bett gehen würden, wenn sie wieder zurück war.

»Vielleicht darf ich dich ja nach Hause begleiten, Elise?«

Seine Stimme klang so unerschütterlich ruhig. Mit Max würde sie sich immer sicher fühlen. Das konnte Elise hören, die Töne in dieser

Welt waren für die angehende Musikerin von jeher zuverlässiger gewesen als Gefühle.

»Weißt du, ich bin eben mit der Straßenbahn gekommen, ich habe nämlich kein Fahrrad. Deshalb würde ich dich gern zu Fuß begleiten, wenn ich darf.«

Elise sah ihn an und nickte. Er trat einen Schritt näher.

»Ich könnte ja dein Fahrrad für dich schieben.«

Fragend schaute er zurück. Sie nickte noch einmal, er griff zum Lenker. Ihre Hände berührten sich wie zufällig, und wieder lag seine Hand ein wenig länger als notwendig neben ihrer. Auch jetzt spürte sie dieses Kribbeln im Bauch, das ihr ein wenig Angst machte und das gleichzeitig so schön war, dass man süchtig danach werden konnte.

Max sah sie so direkt an, dass sie erschrak. Hoffentlich hatte er nicht gemerkt, was sie dachte.

»Du musst mir bloß sagen, wo dein Zuhause ist.«

»Ich wohne im Mauerweg, direkt unten an der Berger Straße.«

»Schade.«

Seine Augen blitzten vergnügt.

»Wieso schade?«, fragte sie erstaunt.

»Weil wir dann nicht so viel Zeit miteinander verbringen können, wie ich gehofft hatte.«

Elise merkte, wie sie immer verlegener wurde. Was sie am liebsten zu Max gesagt hätte, traute sie sich nicht auszusprechen.

Der milde, luftige Sommerabend hatte viele Menschen aus ihren immer noch stickigen Wohnungen auf die Straße gelockt. Deshalb war die Berger Straße für einen Donnerstagabend recht belebt, und sie mussten mit Elises Fahrrad oft anderen Fußgängern ausweichen. Beide schwiegen, und das ärgerte Elise. Es war ihnen bestimmt gewesen, sich wiederzutreffen, jetzt aber gingen sie nebeneinander her und blieben beide stumm wie die Fische. Blöd war das, einfach blöd. Sie lachte plötzlich. Als er verwundert zu ihr herüberschaute, waren ihre blauen Augen im Licht der Laterne noch eine Spur blauer.

»Ich habe gerade gedacht, dass Goethe mal gesagt hat, wenn man nur Wasser trinkt, bleibt man stumm wie die Fische.«

Max lachte nun auch. Seine Haare schimmerten unter dem Licht der Gaslaternen silbrig hell.

»Ist das eine Einladung auf ein Glas Nicht-Wasser, Elise?«

»Warum eigentlich nicht. Aber ich darf nicht zu spät nach Hause, sonst machen Rosa und Will sich Sorgen.«

»Nennst du deine Eltern beim Vornamen?«

»Sie sind nicht meine Eltern. Rosa und Will sind Freunde meiner Eltern, ich wohne bei ihnen. Im September fängt meine Ausbildung zur Pianistin am Konservatorium an. Ich komme aus Bad Ems an der Lahn und bin erst seit Ende Mai hier.«

Max hörte ihr interessiert zu.

›Ich bin auch nicht aus Frankfurt. Geboren und aufgewachsen bin ich am Bodensee. Ein Jahr lang habe ich in Tübingen Jura studiert, wo meine Mutter geboren ist. Dann wurde es mir da zu eng. Deshalb bin ich seit diesem Sommersemester zum Studieren in Frankfurt, durch einen Kommilitonen vom Studentenring Langemarck. Na ja, der Andreas, weißt du, der mit dem Schmiss in der Wange, der heute Nachmittag neben mir gesessen hat. In Frankfurt gefällt es mir gut. Vor allem finde ich die Leute hier liberal und aufgeschlossen, anders als im pietistischen Tübingen. Und im Mosler kann ich mir Geld als Rettungsschwimmer dazuverdienen, weil ich vom Bodensee her sehr gut schwimme.«

Sie wollte noch so viel mehr über Max wissen, und vermutlich ging es ihm mit ihr ebenso. Elise kannte im Hof neben der »Arnsburger Apotheke« direkt beim Uhrtürmchen eine winzige Straußwirtschaft, die im Sommer zwei lange Tische und vier Bänke im Innenhof stehen hatte. Sie deutete mit einer Hand auf den Hofeingang mit Krug und Reiserbesen darüber, was immer ein Zeichen für sommerlichen Ausschank war.

»Komm, wir trinken einen Äppelwoi. Ich lade dich ein, weil du mein Fahrrad schiebst.«

»Danke. Danke und gern. Bloß mit dem Einladen … Eigentlich sollte doch der Herr die Dame einladen, findest du nicht?«

Er ging in die Hocke und schloss ihr Fahrrad am Fahrradständer an. Sie schaute erstaunt zu ihm herunter.

»Max, wir haben das Jahr 1929. Vorletzten Monat ist eine deutsche Rennfahrerin nach zwei Jahren Weltumrundung mit ihrem Adler-Automobil wieder nach Berlin zurückgekehrt, gerade eben fliegen 60 Menschen in einer silbernen Zigarre rund um die Welt, na gut, sie fahren. Viele Frauen haben heute ihren eigenen Beruf, ich werde auch einen haben. Und du willst dich nicht einladen lassen? Außerdem würde es mir einfach Freude machen, mich bei dir zu bedanken. Bitte.«

Max tauchte aus der Hocke auf, gab ihr den Schlüssel des Vorhängeschlosses zurück, sah ihr in die Augen und sagte dann etwas, was sie nicht erwartet hatte – und es fühlte sich genauso eindringlich an wie der unvergessliche erste Moment damals im Mosler.

»Elise, ich verspreche dir, dass ich dich nie zu etwas drängen werde, was du nicht willst.«

Sie hörte aus seiner Stimme, dass es ihm ernst war, sehr ernst. Sie schluckte und wusste nicht, was sie antworten sollte. Es klang so, als ob er sagen wollte, ich will für immer mit dir zusammen sein.

Max fasste ihre Hand und führte Elise zum äußeren Ende einer der vier Bänke. Er wies auf die drei freien Plätze dort.

»Such's dir aus, neben mir oder gegenüber.«

Sie schaute ihn an, ebenso ernsthaft wie er zuvor, dann entschied sie.

»Neben dir.«

Sie setzten sich. Er nickte verschmitzt.

»Gut. Sehr gut. Wenn ich es mir hätte wünschen können, genau das hätte ich gewollt. Weißt du, deine Nähe macht mich glücklich … als ob du der fehlende Teil von mir wärst.«

Max strich sich über die Augen, und für einen Moment wirkte er seltsam erschöpft. Er sprach ganz leise.

»Elise, ich muss es dir einfach sagen. So oft habe ich an dich gedacht nach unserem ersten Treffen im Mosler. Manchmal konnte ich abends nicht einschlafen wegen dir. Der Gedanke hat mir Angst gemacht, dass ich dich nie wiederfinden würde. Wenn man plötzlich den Schatz findet, den man immer gesucht hat und ihn dann gleich wieder verliert … da wäre es besser gewesen, ich hätte dich nie getroffen.«

Sie hörte aus seiner Stimme, wie ernst es ihm auch jetzt wieder war. Aber trotzdem, wie konnte Max so etwas sagen, wo sie sich kaum kannten? Man musste doch vernünftig sein.

Nur, wenn sie ehrlich war, sie hatte die gleichen Gefühle in sich gespürt, bloß konnte sie es nicht so ausdrücken. Zumindest traute sie sich nicht.

Die Bedienung brachte die beiden gerippten Gläser mit dem Sauergespritzten. Beim Abstellen verschüttete sie etwas vom Apfelwein auf Elises Arm. Max wischte die Tropfen rasch mit seinem Handrücken von ihrer warmen Haut ab und stützte sein Kinn nachdenklich auf den Daumen der zur Faust geschlossenen Hand. Plötzlich schnupperte er intensiv und Elise sah, wie ein Lächeln sich auf seinem Gesicht ausbreitete.

»Der Duft deiner Haut ist überwältigend, Elise, selbst durch den Apfelwein hindurch. Ich kann nicht aufhören, dich anzuschauen. Nie wieder möchte ich dich gehen lassen. Du bist so schön, du machst mir eine Gänsehaut. Sieh nur.«

Er deutete mit dem Kinn auf seinen bloßen Arm. Elise hörte den Schauer in seiner Stimme genau, sie sah auch, wie sich der goldblonde Flaum auf der gebräunten Haut aufgerichtet hatte.

Noch nie hatte ein Mann mit so viel Intensität zu ihr gesprochen, aber irgendwie machte ihr die Kraft seiner Gefühle Angst. Nein, Angst war nicht das richtige Wort.

Dieser Mann konnte sie in die Wärme der Sonne holen, wenn er es wollte, aber er konnte sie auch in die Kälte des Eises verstoßen, wenn es einmal zu Ende war. So hatte sie sich die Liebe nicht vorgestellt, so … überwältigend.

Wie gut sie plötzlich Arno verstand. Dasselbe musste ihm passiert sein, im Frühjahr mit Martin Weißensee.

»Max, du machst mir Angst. Deine Ehrlichkeit gegen meine: Mir ist es genauso gegangen wie dir. Ich habe auch Sorge gehabt, dass ich dich nie wieder treffen würde. Ich konnte auch nicht einschlafen deinetwegen. Aber meine Großmutter hat immer gesagt, wenn man füreinander bestimmt ist, wird man sich treffen. Darauf habe ich vertraut und jetzt, jetzt bist du eben hier.«

Elise merkte, wie Tränen in ihr aufstiegen. Dass fremde Menschen sie so sahen, konnte sie im Moment nicht ertragen. Sie stand auf, beugte sich zu ihm hinunter und flüsterte, damit die anderen Gäste sie nicht hörten.

»Lass uns gehen, Max. Ich kann hier nicht mehr sitzen, so unter den Leuten.«

Eine Träne lief über ihre Wange, er verstand sofort und wischte sie mit einer zarten Bewegung weg. Sie ging zur Kellnerin und bezahlte ihren nicht einmal halb getrunkenen Apfelwein, während Max draußen Elises Fahrrad losmachte und es hinaus auf die Arnsburger Straße schob.

Vor dem Uhrtürmchen am scharfen Eck zur Berger Straße blieb er stehen, beide Hände auf den Lenker des Rades gestützt. Als sie auf Max zukam, traf ihn ihr Anblick ins Herz, mitten hinein.

»Ich werde sie ›Alice‹ nennen. Dann gehört sie nur mir.«

Ihre Augen wurden weit vor Erstaunen. Ihm wurde klar, dass er seine Gedanken nicht nur gedacht, sondern laut ausgesprochen hatte.

Alice. So wie ihr Name, bloß auf Französisch. Sie legte ihre Hand auf seine, mit der er den Lenker festhielt, und trat ganz nah neben ihn. Ihr Mund öffnete sich für den Tonfall dieses Wortes.

»Alice.«

Einen Moment lang lauschte sie dem Klang ihrer eigenen Stimme in der lauen Luft des Sommerabends hinterher.

»Alice gefällt mir, ja. Ein offener Anfang und ein sanfter Schluss.«

Sie zögerte einen Moment, dann wurde sie mutiger.

»Das will ich, Max. Dir gehören, meine ich.«

Sie wusste, dass sie wirklich fühlte, was sie gerade ausgesprochen hatte. Sie wollte ihm gehören, bei ihm würde sie sicher sein. Bloß, so etwas konnte man beim ersten Kennenlernen nicht sagen, schon gar nicht als Mädchen. Das gehörte sich einfach nicht.

Aber Max dachte anders, unkonventioneller. Er strahlte sie an, und dieser freudige Blick aus seinen dunklen Augen löste ihre Zweifel auf. Sacht nahm sie ihre Hand wieder von seiner herunter.

Er holte Luft. Etwas musste er ihr noch erklären, unbedingt.

»Im Garten heute Nachmittag, beim Aufheben deines Tabletts, habe ich so leise zu dir gesprochen, weil ich nicht wollte, dass die anderen dich sehen. Weißt du, ich hatte Angst, sie würden dich ebenso sehr begehren wie ich. Versteckt hätte ich dich am liebsten. Das muss ich noch loswerden, Alice, dann bin ich still. Ich weiß, es ist nicht richtig, beim ersten Rendezvous solche Dinge zu sagen. Aber es stimmt, und deshalb will ich nicht vernünftig sein.«

Sie waren an der Ecke zum Mauerweg stehengeblieben, eine beleuchtete Straßenbahn mit nur wenigen Fahrgästen fuhr klingelnd an ihnen vorbei. Elise schaute Max in die Augen und strich zart über seine Wange. Sie konnte einfach nicht anders.

»Dieses Gefühl für dich will ich nie vergessen, Max. Ich sollte so etwas nur denken, aber jetzt sage ich es dir. Mein Leben lang werde ich diesen Moment im Herzen behalten, und das Klingeln einer Straßenbahn wird mich überall daran erinnern.«

9 Viel passiert

Frankfurt, Sonntag, 1. September 1929

Liebe Louise,

dieser Brief ist nur für Dich. Es gefällt mir gut, wenn ich Euch, meine Familie, beim Vornamen nenne, so wie ich es von Rosa und Will übernommen habe. Also mache ich es jetzt einfach. Das fühlt sich so frei an und so erwachsen. Bitte, sag Mama und Papa, dass ich es wohl zu schätzen weiß, wie vertrauensvoll sie mich mit meinen 18 Jahren in die

Ferne ziehen lassen. Viele Mitstudenten haben nicht so ein Glück, vor allem nicht die jungen Frauen.

Du weißt ja von meinen kurzen Ferngesprächen mit Mama in der Schneiderei, dass es mir gut geht. Aber heute will ich Dir ausführlich erzählen, was hier alles passiert ist, seit Du Ende Juni von Frankfurt nach Bad Ems zurückgefahren bist.

Ich hoffe, an Deine Starbrille gewöhnst Du Dich noch besser. Mama hat mir erzählt, wie sie Dir manchmal von der Nase rutscht, weil die Gläser so schwer sind. Ich habe einen Optiker gefragt, und er hat mir winzige Gummistopper verkauft, die die Brille hinter den Ohren am Runterrutschen hindern. Man soll sie aufs Ende jedes Bügels schieben. Wenn ich sie so anschaue, leuchtet mir das ein, deshalb lege ich sie mit in den Brief. Versuch es doch mal!

Seit einigen Wochen arbeite ich in einer Apfelweinwirtschaft in Bornheim, nicht weit entfernt vom Mauerweg. Ich bediene dort im Sommergarten und verdiene mir so etwas Geld dazu. Mit der Wirtin, Anna Solzer, verstehe ich mich sehr gut. Sie passt auf, dass mich die jungen Männer in Ruhe lassen. ›Finger weg, Berschje!‹ hat sie neulich zu einem jungen Mann gesagt. Sie ist sehr direkt, aber auch sehr herzlich, jedenfalls zu mir.

Morgen fange ich offiziell im Konservatorium an. Ich bin sehr aufgeregt und werde nicht gut einschlafen können. Bei Deinem und meinem gemeinsamen Besuch im Dr. Hoch's (ich nenne es lieber so, der komplette Name ist mir zu lang) hattest Du ja Betan schon kennengelernt. Du weißt, die nette Sopranistin aus Karlskrona in Südschweden, mit der ich mich gleich bei meinem allerersten Besuch dort angefreundet habe. Sie ist inzwischen von den Sommerferien bei ihren Eltern zurück, hat eine gute Farbe bekommen und sieht mit ihren blonden Haaren so appetitlich aus wie die knusprigen Buttercroissants, die Will manchmal für uns beim Bäcker zum Frühstück holt. Betan und ich haben hier zu Hause schon ein paarmal Schubert-Lieder zusammen geprobt. Wir hatten sehr viel Spaß dabei und Rosa und Will sind ins Schwärmen über »ihre Hauskonzerte« geraten. Ich glaube, Fanny hat recht gehabt: Die Jugend im Haus tut beiden Bambergs wirklich gut, und mir tun die beiden ebenfalls gut. David hat neulich gesagt, dass seine Eltern richtig aufgeblüht sind, seit ich im Mauerweg zu Hause bin.

Du siehst, ich schreibe »zu Hause«, und so fühle ich mich auch. Mein Zimmer kennst Du ja, aber ich habe es inzwischen etwas umgeräumt. Will und Betan haben mir geholfen, das zweite Bett auseinanderzunehmen und in den Keller zu stellen. Dadurch gibt es hier viel mehr Platz. Ich habe den Tisch mit dem Stuhl schräg vor die Balkontür gestellt, sodass ich auf die schöne Baumkrone der Robinie sehen kann, wenn ich lese oder an Euch schreibe.

Trotz des Regens ist es die letzten Tage recht warm draußen und ich habe die Balkontür nur angelehnt, damit ich das sanfte Rauschen der Tropfen auf den Blättern des Baums im Hof hören kann. Es wundert mich immer, wenn die meisten Leute gar nicht mitkriegen, wie viele spannende Dinge ständig um einen herum passieren. Man braucht doch bloß aufmerksam in die Welt hinein zu hören. Meine Welt kann nie dunkel werden, nur stumm. Aber das wäre genauso schlimm.

Will meint, das Hören des Lebens um mich ist meine besondere Begabung. Ich bin sehr froh, dass er hier ist, und er, glaube ich, freut sich ebenso über mich. Bei Rosa war ich mir ja sicher, dass ich ihr nicht zur Last falle mit meinem ständigen Üben auf dem Klavier. Aber Will ist so etwas wie ein Ersatz-Großvater für mich geworden, und das gefällt mir. Ich habe ja nie meinen Großvater Carlo gekannt und auch den Vater von Papa nicht.

Rosa diskutiert oft politische oder soziale Fragen mit mir, manchmal auch religiöse Themen. Hinterher finde ich immer, wie dumm ich noch bin und wie wenig ich über die Welt nachgedacht habe. Auch David kommt mit seiner Frau Gittel und den kleinen Söhnen Michael und Arno manchmal vorbei. Dann sind Rosa und Will immer ganz glücklich. David, Gittel und ich haben schon zweimal mit der Bahn Ausflüge in die Umgebung gemacht, während die Großeltern auf ihre Enkel aufgepasst haben. David kennt so viele aufregende Begebenheiten aus der Geschichte und er erzählt gern davon. Ich finde das ausgesprochen spannend.

Übrigens habe ich neulich Betan gegen Heiserkeit unsere guten Emser Pastillen geschenkt, seitdem schwört sie darauf.

Du merkst, es geht mir wirklich gut hier. Jetzt will ich aber doch zu Bett gehen, damit ich morgen ausgeruht zu meiner ersten Einzelstunde bei Fritz Malata erscheine. Mittags habe ich mich mit Betan verabredet. In der Mittagspause gehen die Studenten des Konservatoriums bei schönem Wetter mit ihren Butterbroten gern zu einem kleinen Park hinter dem Philipp-Reis-Denkmal.

In ein paar Tagen werde ich Dir weiter erzählen, was so passiert im Leben Deiner Enkelin in der großen Stadt. Dann kannst Du so eine Art Tagebuch-Brief lesen und von unserem Bad Ems aus an meinem Frankfurter Leben teilhaben. Und an der Suche nach meiner Freiheit, die Du mir vorausgesagt hast. Ich habe jetzt schon verstanden, dass die Freiheit innen in mir selbst liegen muss. Dann kann sie mir niemand wegnehmen.

Sonntag, 22. September

Eigentlich wollte ich Dir schon längst vorher schreiben, liebe Großmutter, aber seitdem mein Studium angefangen hat, passiert ständig etwas und ich habe nie genug Ruhe zum Schreiben.

Vielleicht glaubst Du jetzt, dass mir andere Dinge wichtiger sind, aber das stimmt nicht. Ganz im Gegenteil, ich denke seit über einem Monat noch öfter an Dich als ohnehin. Und das hat folgenden Grund: Ich habe nämlich jemand kennengelernt, und ich frage mich ständig, ob das derjenige ist, der für mich bestimmt ist. So wie es damals bei Dir war.

Er heißt Max, ist 20, studiert Jura im 3. Semester und stammt vom Bodensee. Er ist ziemlich groß, hat schöne Hände und eine sehr angenehme Stimme, und seine Haare sind so hellblond wie seine Augen dunkelbraun sind. Erstaunlich. Bei unserem ersten Treffen im Schwimmbad hat er zu mir gesagt, dass wir »die falschen Augen« haben. Ich mit meinen dunklen Haaren müsste eigentlich seine Augenfarbe haben und er meine. Max kann sehr gut schwimmen und verdient sich Geld als Rettungsschwimmer im Mosler. Mit Nachnamen heißt er von Hochem. Seine Familie ist nicht reich, verarmter Adel, sagt er. Seine Mutter muss tödlich verunglückt sein, als er noch sehr klein war, aber darüber spricht er nicht gern. So hat Max keine Geschwister. Sein Vater arbeitet als Gutsverwalter bei den Fürstenbergs auf Schloss Heiligenberg. Das ist eine der reichsten Adelsfamilien in Süddeutschland.

Wir treffen uns ungefähr zweimal in der Woche, wenn seine und meine Zeit es eben zulassen. Wir haben ja beide das Studium und dazu noch unsere Arbeit. Es ist jedes Mal sehr schön mit ihm.

Du musst nicht denken, dass ich wegen ihm nicht fleißig studiere. Überhaupt nicht. Das Studium am Konservatorium macht mich richtig glücklich. All diese Menschen, denen die Musik genauso viel bedeutet wie mir. In Bad Ems habe ich mich immer etwas einsam oder seltsam gefühlt mit meiner Liebe zur Musik. Aber hier ist jeder so. Das ist unsere Welt, und diese »verschworene Gemeinschaft der Tonsklaven« (das hat Josh mal gesagt, von dem ich Dir später noch erzähle) tut mir ungeheuer gut.

Wenn man durch die Flure geht, klingt aus jedem Raum eine aufregende Musik, eine Probe, Gesang, Instrumente. Es ist jedes Mal wie eine Art kleiner Rausch, anders kann ich es nicht beschreiben.

Vor einem halben Jahr hätte ich mir das alles noch nicht vorstellen können, auch nicht, dass ich tatsächlich mit dabei bin, Teil davon sein darf. Ich finde es ganz unglaublich, diese Fülle der Töne und die Fülle an Leben, die ich jetzt um mich haben darf. Es macht mich wirklich sehr glücklich.

Das Glück bei Max kommt von außen zu mir, das Glück in der Musik kommt von innen, aus mir selbst heraus. Das werde ich nie wieder verlieren.

Fritz Malata hat mir sofort in unserer ersten Privatstunde genau das bestätigt. Er ist ein außergewöhnlicher Lehrer, ganz anders als Professor Wenkemann. Er nennt sich einen »Spätberufenen«, weil er früher Ingenieur war und erst mit 30 Jahren Pianist geworden ist. Was er mir beizubringen versucht, hat mich am Anfang richtig schockiert. Als ich ihm in der ersten Stunde ein paar meiner Lieblingsstücke vorgespielt habe, hat er mit dem Rücken zu mir gestanden, aus dem Fenster ge-

schaut und lange nachgedacht. Dann hat er sich umgedreht und vorsichtig gefragt, ob ich alles vergessen könnte, was ich bisher auf dem Klavier gelernt habe. Ich dachte, ich hätte vor lauter Aufregung so schlecht gespielt. Aber er meinte, dass ich technisch viel zu perfekt spielen würde, zu glatt. Vor Aufregung habe ich angefangen zu schwitzen, weil ich erst gar nicht verstanden habe, wie er das meint.

Herr Malata redet mit einem ziemlich starken Wiener Akzent.

»Jeder Ton muss ein Stück aus deinem Leben sein, mit deinen wahrhaften Gefühlen darin. Du kannst die Menschen mit deinem Spiel nur im Innersten berühren, wenn du selbst berührt bist.«

Von Professor Wenkemann habe ich gelernt, dass man zuerst technisch korrekt spielen muss, richtiger Fingersatz, richtige Handhaltung, Bewegungen aus den Schultern heraus, flüssig und leicht, nicht zu viel Pedal – unabhängig davon, wie es einem geht. Perfekte Technik hilft zu beständiger Leistung. Fritz Malata sagt eigentlich genau das Gegenteil.

In den letzten Tagen habe ich viel mit Rosa und Will über dieses Thema gesprochen. Beide glauben, dass der »Wiener Fritzl«, wie ihn manche Schüler hier heimlich nennen, recht hat.

Nach und nach beginne ich zu verstehen, was er meint. Gefühle sind die stärkste Kraft im Leben. Du hast mir manchmal gesagt, dass nach Deiner Lebenserfahrung Menschen am Schluss doch das tun, was ihr Herz ihnen sagt. Und Herr Malata meint, dass unsere eigenen, echten Gefühle zum wichtigsten Motor unseres Spiels werden können, wenn wir ihnen nur genug Raum in der Musik erlauben, die durch uns in die Welt will. Er zitiert dabei den Frankfurter Philosophen Schopenhauer, der geglaubt hat, »die Musik überhaupt ist die Melodie, zu der die Welt der Text ist.«

Inspirierend finde ich auch all die verschiedenen Länder, aus denen die Studenten des Konservatoriums stammen und von wo sie ihre jeweilige Kultur mitbringen. Ich merke, dass hier nach der Spaltung der Nationen durch den Weltkrieg wieder das Verbindende zwischen uns jungen Leuten den Vorrang hat. Wir alle sind verbunden durch die Musik, eine Art musikalischer Völkerbund. Das schafft eine wunderbare Vielfalt und Anregung für unser Studium. Am Dr. Hoch's stammen meine besten Freunde und ich ja schon aus vier unterschiedlichen Nationen, obwohl wir alle auch deutsche Wurzeln haben.

Betan zum Beispiel hat mir lustige schwedische Mittsommerlieder beigebracht, die sie mit ihrer glockenhellen Stimme so leicht und fröhlich trällert, als ob es Operettenlieder wären. Sie ist überhaupt jemand, den nichts entmutigen kann. So optimistisch wie sie möchte ich auch gern sein.

Gut kenne ich auch Josepha English, die aber nicht aus England, sondern von ganz weit her aus Neuseeland kommt. Seppi nennen wir sie. Die schöne Seppi mit den schimmernd orangeroten Haaren und der Fähigkeit, »aus einem Schweineohr eine Seidentasche« zu machen. So sagt man das in Neuseeland, wenn jemand aus einem Nichts etwas unglaublich Schickes machen kann. Sie hat wenig Geld, sieht aber immer umwerfend aus. Bisher habe ich nicht einmal richtig gewusst, wo das ist: Neuseeland. Im Atlas irgendwo zwischen Australien und dem Südpol. Seppi stammt aus einer Stadt namens Christchurch, von der ich auch noch nie gehört hatte. Sie sagt immer, wenn man in Nizza ein Loch gerade durch die Erde bohrt, kommt man genau in Christchurch wieder raus. Das Klima wäre so ähnlich wie hier, bloß im Winter nicht so kalt, kein Schnee. Sie macht ausgerechnet in Frankfurt eine Ausbildung als Geigerin, weil ihr Großvater ursprünglich von Mainz nach Neuseeland ausgewandert war. Er hat mit dem Import von Klavieren ein solides Vermögen verdient, von dem noch heute ein Zuschuss zu Seppis Ausbildung bezahlt werden kann. Den Rest verdient sie sich in einem Übersetzungsbüro dazu.

Und dann ist da noch Josh Cappel, der »Tonsklave«. Seine jüdischen Eltern sind 1911 von Frankfurt nach New York ausgewandert. Er ist noch auf dem Schiff geboren worden und genauso alt wie ich. Ein Wanderer zwischen den Welten. An das Dr. Hoch's ist er wegen einer Gesangsausbildung und der Jazzklasse gekommen. Er hat nämlich einen ungewöhnlich hohen und lyrischen Tenor. Seine Stimmlage nennt man auf Englisch »Countertenor«. Josh nennt sich »Slave of Sound and Rythm«, kurz »SSR«, weil er sich völlig von der Macht der Töne und ihrem Rhythmus abhängig fühlt. Weißt Du, Louise, eigentlich sind wir hier alle »Tonsklaven«.

Noch eine Beobachtung: Mir fällt auf, dass fast jeder hier aktiv in einer Vereinigung mitmacht. Oft sind die Gruppen politisch, mal national gefärbt, mal kommunistisch, zumindest aber irgendwie weltanschaulich beeinflusst. Bündische Jugend, Zionisten, Pazifisten, Theosophen, Antroposophen, Dadaisten, Kubisten, Eurythmiker, Homöopathen, Vegetarier, Freikörperkultur-Anhänger, Werkbund und wie sie sonst noch alle heißen. Sogar ein Mitglied einer schlagenden Studentenverbindung gibt es, aber das ist bei uns Musikern die Ausnahme. Meist sind die Kommilitonen sehr engagiert in ihren Bünden, und manchmal prallen ihre Meinungen heftig aufeinander. Ich muss mir das alles erst mal anschauen. Vieles finde ich weltfremd oder auch etwas fanatisch, nicht nur in den politischen Gruppen. Rosa glaubt, dass jetzt alle wieder so radikal werden wie nach der Inflation 1923, wegen der vielen Arbeitslosen in Deutschland. Und sie fürchtet, dass es noch schlimmer werden wird. Aber vielleicht ist sie zu pessimistisch. Hoffentlich!

Natürlich gibt es viele interessante Studenten bei uns, aber das Wichtigste ist das Zusammentreffen all dieser Talente an einem einzigen Ort. Wir feuern uns gegenseitig an und die Lehrer tun das ihre dazu, damit jeder das Beste aus sich herausholen kann. Und das Zusammenfinden, wenn wir gemeinsam Musik machen, das ist das eigentliche Wunder. Am Anfang spielt oder singt noch jeder für sich, aber plötzlich gehen die Einzelnen in einem großen Ganzen auf. Manchmal, wenn wir alle miteinander Musik machen, ist es wie eine Explosion von Glück in Tönen, die aus jedem einzelnen strömt, sich vervielfacht und uns alle erfasst. Und alle, die zuhören, noch dazu. Es ist schwer zu erklären, aber man kann das wirklich spüren, Louischen. Du würdest wissen, was ich meine, wenn Du dabei wärest.

Zum Cäcilientag am 22. November ist die große Aufführung der Händel-Oper »Rinaldo« geplant, bei der ich abwechselnd mit zwei anderen Studenten das Cembalo spielen soll. Auf diesem Instrument habe ich noch nie geübt, aber Basso continuo ist nicht so anstrengend wie Solo, weil man im Hintergrund ist. Vor allem, wenn man sich bei einer langen Aufführung abwechseln kann. Außerdem finde ich die Musik wunderschön.

Die berühmteste Rinaldo-Arie, »Lascia ch'io pianga«, haben Betan, Josh und ich schon den Bambergs vorgespielt. Will wurden die Augen feucht, so bewegend fand er unsere kleine Aufführung. Betan und Josh haben in der offenen Balkontüre gesungen, und unten auf dem Mauerweg sind die Leute stehengeblieben.

Du siehst, in meinem Leben passiert gerade sehr viel. Musik spielt eine ungeheuer wichtige Rolle dabei. Ach, Louise, wie viel Glück ich doch durch Dein Unglück mit dem Grauen Star gefunden habe. Merkwürdig, wie alles im Leben miteinander verbunden ist. Man hat fast das Gefühl, als würde ein Plan dahinterstecken.

So, liebe Großmutter, jetzt bin ich müde und mache Schluss für heute. Ich hoffe, die ausführliche Beschreibung meines Frankfurter Lebens langweilt dich nicht. Mir tut es gut, wenn Du Bescheid weißt.

Sonntag, 29. September

Gerade habe ich nochmal den letzten Teil meines Briefes durchgelesen. Ja, das stimmt genau, so gut gefällt es mir am Dr. Hoch's. Bloß die Jazzklasse des ungarischen Jazz-Musikers Mátyás Seiber habe ich noch nicht richtig beschrieben. Natürlich hat mein lieber Professor Wenkemann mir zu wenig Improvisation und Harmonielehre beigebracht, als dass ich gleich in dieser spannenden Klasse mitmachen könnte. Aber reizen würde es mich schon. Josh jedenfalls, der »Tonsklave«, spielt begeistert mit und gilt als großes Talent.

Die Liebe zum Jazz hat »Josh aus Brooklyn, New York« mitgebracht, so stellt er sich nämlich immer vor. Er hat angefangen, mir Unterricht im Improvisieren zu geben. Josh spielt recht gut Klavier, Jazzpiano eben. Das ist ziemlich anders als die klassische Musik, die ich in Bad Ems gelernt habe. Ich bringe ihm dafür mehr klassische Musikstücke bei, und so profitieren wir beide voneinander.

Er hat eine schmale gerade Nase, helle Haut und lange dunkle Locken, die er mit Pomade glatt nach hinten kämmt. Sehr schick. Wenn wir lange geübt haben, fallen seine Haare etwas nach vorn und tanzen ihm in Kringeln vor den Augen. Er grinst mich dann vergnügt an und holt einen kleinen Kamm aus der Tasche, um sie wieder nach hinten zu kämmen.

Erst habe ich gedacht, dass er vielleicht an Betan interessiert ist, aber jetzt bin ich mir nicht mehr so sicher. Manchmal denke ich, dass er wie Arno ist. Aber zu fragen traue ich mich nicht. So gut kennen wir uns noch nicht. Josh ist ja auch gerade erst 18 Jahre alt. Vielleicht weiß er noch nicht so recht, was er sucht.

Es gibt durchaus einige Studenten und Lehrer am Dr. Hoch's, die Männer mögen, aber das alles wird diskret gehandhabt. Trotzdem weiß man es. Es ist hier normaler, vielleicht wegen der Großstadt, vielleicht wegen der Künstler. Viele hier reden ziemlich frei in dieser Hinsicht. Ich komme mir manchmal schon etwas verklemmt vor, obwohl ich glaube, dass ich eigentlich offen bin. Aber jeder muss machen, was für ihn richtig ist. Oder für sie.

Max jedenfalls spielt für mich die wichtigste Rolle.

Zwei Sachen schnell noch, bevor ich den Brief zum Briefkasten bringe.

Vor einer Woche hat David erzählt, dass seine Bank, die Frankfurter Sparkasse, fast zusammengebrochen ist und die Nassauische Landesbank auch. Hunderte von Leuten waren durch die Pleite bei der Allgemeinen Frankfurter Versicherungs-AG im August so nervös geworden, dass sie sich in Erinnerung an die katastrophale Inflation von 1923 unbedingt gleich ihre Sparguthaben auszahlen lassen wollten. Der Ansturm sprach sich im Nu herum und verbreitete so viel Panik, dass sich die Warteschlangen schier endlos verlängerten. Nur durch die Hilfe von anderen Banken konnten alle Kunden korrekt ausbezahlt werden. David sagt, dass es eine kritische Situation war, aber der Flächenbrand sei durch die Bankensolidarität verhindert worden.

Und jetzt noch das andere Thema. Ganz in der Nähe vom Dr. Hoch's, gegenüber vom Eschenheimer Turm, steht der »UFA-Palast Groß-Frankfurt«, ein Kino, das diesen Sommer für die neuen Tonfilme umgerüstet wurde. Max wollte unbedingt mit mir diesen luxuriös umgebauten UFA-Palast erleben, also haben wir uns eine der reduzierten Nachmittagsvorstellungen in der Woche geleistet. Oben auf der Galerie haben wir gesessen, aber eigentlich war mir das zu weit von der Leinwand weg. Die billigen Plätze vorn hätte ich besser gefunden, weil man dann mitten Geschehen sitzt. Aber Max hatte mich eingeladen und wollte mir etwas bieten, deshalb hat er sich geweigert, mit mir vorn in den »Rasiersesseln« zu sitzen, wo man den Kopf nach hinten legen muss, um alles auf der Leinwand zu sehen.

Marlene Dietrich, eine neue Schauspielerin, gerade zehn Jahre älter als ich, hat die Hauptrolle in »Ich küsse Ihre Hand, Madame« gespielt. Wir fanden sie außergewöhnlich. Weißt Du, sie wirkt etwas frivol, etwas mondän, aber auch geheimnisvoll und distanziert. Max meint, sie wird bestimmt Karriere machen.

Während der Vorstellung hat er meine Hand gehalten.

Damals im August, als er mich vom Nassauer Hof aus nach Hause begleiten wollte, hat er mir versprochen, dass er mich nie zu etwas drängen wird, wenn ich es nicht will. Ich bin sicher, darauf kann ich mich verlassen. Ihr müsst Euch also keine Sorgen machen.

Nach dem Kino hat Max mich wieder nach Hause gebracht, und vor dem Haus der Bambergs haben wir uns dann zum ersten Mal geküsst. Es war schon dämmerig, deshalb glaube ich, dass uns niemand gesehen hat. Danach bin ich die Treppe nur so hochgeschwebt. Rosa war noch auf, sie hat mir Gute Nacht gewünscht und mich etwas verträumt lächelnd angeschaut. Vielleicht sieht man, wie glücklich ich bin. Du würdest es sicher sofort merken. Liebe Großmutter, ich bin noch auf der Suche nach meiner Freiheit. Vielleicht ist Max ja ein Teil davon.

Ich bin gespannt, was noch so alles auf mich zukommt. Oft denke ich an unsere Gespräche. Auch an Moritz muss ich immer wieder denken. Wenn er noch lebte, wäre er am kommenden Mittwoch 16 Jahre alt geworden.

Bleib gesund und grüß Papa und Mama von mir. Obwohl hier so viel Aufregendes passiert, fehlt Ihr mir manchmal sehr. An Weihnachten bin ich ja wieder bei Euch, und das ist jetzt gar nicht mehr so lange hin. Ich schreibe Dir vorher noch.

In Liebe
Deine Elly

Sturm 10

Vorsichtig öffnete Rosa die Balkontür des Wohnzimmers und trat kurz hinaus. Ein heftiger Windstoß riss ihr die Türklinke aus der Hand. Die starken Äste der Bäume im Bethmann-Park bogen sich im Sturm. Papierfetzen wurden durch die Straße gejagt und über Zäune hoch in die Vorgärten gewirbelt, schwarzblaue Wolken verdüsterten den Himmel.

Rosa schloss die Tür schnell wieder und musste sich dabei gegen den Druck des Windes stemmen, sein Brausen draußen hörte sich wegen der frühen Dunkelheit dieses Oktobernachmittags umso unheimlicher an. Bald würde es anfangen zu regnen. Bei so einem Wetter war nur unterwegs, wer unbedingt musste.

Rosa machte sich Sorgen. Elise war noch nicht zu Hause. Sie hatte derzeit dreimal in der Woche nachmittags Probe: Montag, Mittwoch und Donnerstag. In knapp einem Monat würde die Premiere der großen Rinaldo-Aufführung schon stattfinden. Weil Elise Basso continuo spielte, musste sie bei allen Proben von Anfang bis Ende dabei sein. Manchmal wurde es zwar später, aber eigentlich hätte sie jetzt wieder zurück im Mauerweg sein müssen.

Trotz des herbstlich-stürmischen Wetters war Elise mittags mit dem Fahrrad losgefahren.

»Ich bin doch nicht aus Zucker«, hatte sie Will lachend geantwortet, als der vorgeschlagen hatte, heute lieber die Straßenbahn zu nehmen. Beim morgendlichen Klopfen auf sein Barometer hatte er einen schnell und stark fallenden Luftdruck festgestellt. Das zeigte einen Sturm an. Auch der schlecht verheilte Bruch seines Arms von vor 17 Jahren schmerzte, was immer auf einen Wetterwechsel hindeutete.

Elise hatte sich auf dem Fahrrad zu Will umgedreht, ihm zugelacht und noch einmal hochgewinkt, als er ihr besorgt vom Balkon aus hinterherschaute. Dann war sie in Richtung Bethmann-Park davongefahren, ihr Haar hatte sich im starken Wind wie eine dunkle Welle hinter ihrem Kopf aufgebauscht.

In diesem Moment beneidete Will sie um ihre Jugend. Alles lag vor ihr, ein ganzes Leben voller Verheißungen, sie brauchte nur zuzugreifen. Er hatte zurückgewinkt und sich ein bisschen wegen seiner übertriebenen Fürsorge geschämt. Es stimmte doch – sie war eine sportliche junge Frau und nicht aus Zucker.

Aber jetzt machte er sich wieder Gedanken, genau wie Rosa. Es würde doch wohl nichts passiert sein in dem schlimmen Sturm. Hoffentlich war Elise so klug, Fannys altmodisch schweres Fahrrad zu schieben oder, besser noch, sich irgendwo unterzustellen. Vielleicht war sie auch mit zu Betan gegangen, um dort den Sturm abzuwarten. Die Freundin wohnte in der Kleinen Hochstraße, zwischen Konservatorium und Oper, nah an der Fressgass mit den üppigen Delikatessengeschäften für das vornehme Westend.

Will hörte durch die offene Küchentür, wie seine Frau beim Konservatorium anrief, um nachzufragen, ob noch Studenten von der Rinaldo-Probe bei der Arbeit waren. Kurz nach 18 Uhr gingen die Proben meist zu Ende. Aber heute hatte der Chorleiter die Studenten wegen des Sturms sogar früher nach Hause geschickt. Nein, von denen sei niemand mehr auf der Probe, lautete die Auskunft des Hausmeisters.

Jetzt konnten sie nichts anderes tun als warten und hoffen, dass Elise unversehrt nach Hause zurückkommen würde. Sie versuchten zu lesen. Will legte zur Ablenkung eine Schallplatte auf das Grammofon, aber der Sturm heulte zu sehr, sie konnten sich beide nicht konzentrieren und die Musik hörte man auch nicht richtig.

Inzwischen hatte es draußen heftig angefangen zu regnen. Laut prasselten die Tropfen gegen die Fensterscheiben. Unruhig ging Rosa in ihr Arbeitszimmer, um an ihren Lebenserinnerungen weiterzuschreiben, die sie vor ein paar Monaten begonnen hatte, hauptsächlich für die Kinder. Aber auch das brachte sie nicht auf andere Gedanken. Sie ertappte sich dabei, wie sie ständig die kleine französische Bronzependule ihres Vaters auf dem Schreibtisch anstarrte und horchte, ob nicht vielleicht endlich die Haustür ginge. Schließlich, um kurz nach 20 Uhr, stand sie auf.

»Komm, wir trinken einen Tee«, schlug Rosa ihrem Mann vor, der immer wieder unruhig zum Fenster ging und nach draußen schaute. Will nickte und setzte sich zu ihr. Versonnen lauschte er dem zarten Knistern, als seine Frau das heiße Getränk über die braunen Kandisstücke goss. Unser englisches Ritual, so nannte Rosa diesen Moment liebevoll.

»Wie oft haben wir schon so miteinander gesessen, wenn wir nicht weiterwussten«, begann sie das Gespräch.

Will sah sie an.

»Du hast recht, Rosel. Die Stürme unseres Lebens haben wir meist bei einer Tasse Tee ausgestanden. Als mein Geschäft in Konkurs ging, als der Weltkrieg tobte, als die Kinder krank waren. Und immer ist am Schluss doch etwas Gutes für uns und unsere Familie herausgekommen, trotz der schweren Zeiten.«

Jedes Mal, wenn Will sie Rosel nannte, wurde Rosa warm ums Herz, auch nach knapp 50 Ehejahren noch. Rosa sah ihren Mann an. Die Kuppe seines rechten Mittelfingers fühlte nachdenklich über den oberen Rand seiner Ohrmuschel. Diese kleine Geste hatte Will schon immer an sich gehabt, und über die Jahre hatte Rosa sie lieb gewonnen. Für sie bedeutete es, dass alles wieder in Ordnung kam, solange sich Will nur nachdenklich über das Ohr strich.

Dicke Regentropfen trommelten immer noch heftig gegen die Fensterscheiben. Das Heulen des Sturms war inzwischen noch lauter geworden. Draußen hörte man die große Robinie im Hinterhof ächzen. Will schaute besorgt zum Flur hin.

»Machst du dir eigentlich Sorgen um Elise – wegen ihrem neuen Freund, meine ich?«

Wills Frage stand überraschend im Raum. Wenn sie ehrlich war, ja, sie machte sich Sorgen. Rosa kannte Max nicht persönlich, sie wusste nur von ihm.

»Es hört sich ja alles ganz gut an, was Elise uns von ihm erzählt hat. Jurastudent, Rettungsschwimmer, anständiges Elternhaus, sogar adelig, gutes Aussehen. Aber dass er Mitglied im Studentenring

Langemarck ist, ausgerechnet in der Studentengruppe vom Stahlhelm, das passt mir überhaupt nicht.«

Will war in dieser Frage weniger voreingenommen. Seine bürgerliche Herkunft hatte er nie mit einer Mitgliedschaft in der SPD oder gar der KPD vereinbaren können, anders als viele andere intellektuelle Juden. Zwar fand er es nicht schwierig, das Engagement seiner Frau oder ihres Bruders bei den Sozialdemokraten zu unterstützen, weil er viele Ideen dieser Partei teilte. Aber das Gedankengut der Konservativen konnte er ebenfalls nachvollziehen, gerade im Hinblick auf die herben Demütigungen, die sie alle als Deutsche nach dem verlorenen Krieg hatten ertragen müssen.

»Sieh mal, Rosel, ein paar von unseren jüdischen Freunden sind doch auch deutschnational eingestellt. Wenn der Stahlhelm in der Judenfrage nicht so engstirnig wäre, würden sie gern dort Mitglied sein, das weißt du auch. Und außerdem, wenn der Junge aus einer adligen Familie stammt, für die gehört der Stahlhelm doch fast schon zum guten Ton.«

Rosa trank nachdenklich einen Schluck Tee, nachdem sie vorsichtig über die Tasse geblasen und die kleinen Wirbel auf der goldorangenen Flüssigkeit betrachtet hatte.

Dass ihr Mann aussprach, was sie selbst hoffte, war ihr klar.

»Vielleicht hast du recht, Will. Man muss jemanden persönlich kennenlernen, nur dann kann man sich wirklich ein Bild machen. Die Erfahrung mit unseren Schwiegerkindern hat uns das ja immer wieder gezeigt. Aber es gibt noch etwas ganz anderes, das mir derzeit Sorgen macht.«

Sie blieb einen Moment ruhig und horchte, ob die Haustüre sich vielleicht geöffnet hatte, aber nein, da war nichts.

»Dieser ›Schwarze Freitag‹ in New York, von dem die Zeitungen ständig schreiben, wird sicher auch in Deutschland Auswirkungen haben. Die Börsen sind heutzutage viel zu sehr verflochten, als dass uns dieser amerikanische Kurssturz in Europa nicht über kurz oder lang mit herunterziehen könnte. Weil Deutschland so viel exportiert, sind wir besonders anfällig dafür, zumal es ohnehin durch den letzten harten Winter schon so viele Arbeitslose gibt. Und dann noch diese unheilige Allianz zwischen Hugenberg und Hitler, jetzt, wo Stresemann so plötzlich gestorben ist. Wenn Hugenbergs und Hitlers Parteien sich wirklich zusammentun, wird das uns Juden bestimmt hart zurückwerfen. Die überzeugten Antisemiten unter ihnen werden sicher uns die Wirtschaftskrise in die Schuhe schieben.«

Will schüttelte entschieden den Kopf.

»Das wird ihnen doch kein vernünftiger Mensch glauben, Rosel. Und übrigens kann ich mir nicht vorstellen, dass Deutschland mit in den amerikanischen Kapitalverlust hineingezogen wird. Dazu hat sich unsere Exportwirtschaft seit 1924 durch Stresemanns Politik viel zu solide erholt. Die Nationalisten werden bei Neuwahlen niemals genügend Stimmen bekommen, selbst wenn sie sich vereinigen sollten. Und außerdem ist Hugenberg viel zu machtgierig. Er wird Hitler und die NSDAP eher schlucken wollen.«

Will nickte nachdrücklich zu Rosel hin und schenkte ihr etwas heißen Tee nach. In diesem Moment drang ein kreischendes Stöhnen aus dem Hinterhof, sofort darauf ein lautes Krachen. Will sprang auf.

»Das war bestimmt die Robinie.«

Schon stand er im Flur und öffnete die Tür zu Elises Zimmer. Rosa stand hinter ihrem Mann und schaute über seine Schulter durch die regennassen Scheiben der Balkontür. Im trüben Dunkel draußen konnte sie erkennen, dass der Sturm einen schweren Ast des Baumes abgebrochen hatte, doch die Fensterscheiben waren ganz geblieben, zum Glück.

Rosa und Will gingen in die Küche zurück, um sich den restlichen Tee einzuschenken. Die Erleichterung, dass nicht mehr passiert war, stand in Wills Blick, als er den Arm um Rosa legte. Es war inzwischen schon kurz nach 21 Uhr, und sie konnten nur hoffen, dass Elise bei Betan sicher untergekommen war.

Will nahm eines der langen und schmalen Virginia-Zigarillos aus dem abgenutzten Lederetui, das noch aus seiner fruheren Firma stammte, und zog sorgfältig den Strohhalm aus dem Mundstück. »Mein letztes Zigarillo für heute, Rosel. Das rauche ich noch zu

Ende, und wenn Elise bis dahin nicht da ist, gehen wir besser ins Bett, mein Herz.«

Er sah, wie aufgebracht seine Frau durch Elises Ausbleiben war, und strich ihr beruhigend über den Arm.

»Sieh mal, wir können doch ohnehin nichts machen.«

Langsam ließ die Wucht des Sturms nach und das Trommeln des Regens an den Fenstern verwandelte sich in ein sanftes Rauschen. Will blies einen Rauchkringel in die Luft und schaute ihm nachdenklich hinterher. Rosa hob den Kopf von ihrem Buch und horchte auf. Diesmal hatte sie sich nicht getäuscht. Sie stand auf und öffnete die Etagentür. Tatsächlich, sie konnte Elises Stimme im Flur ausmachen – und eine Männerstimme.

Rosa blieb in der geöffneten Tür stehen und sah Elise mit einem jungen Mann die Treppe hochkommen. Der trat an Elise vorbei, kam auf Rosa zu, machte eine knappe Verbeugung und nahm ihre Hand.

»Ich bin Max von Hochem, gnädige Frau. Schimpfen Sie bitte nicht mit Elise. Ich bin schuld, dass sie so spät kommt. Ich habe sie von ihrer Probe am Konservatorium abgeholt und darauf bestanden, dass wir erst zu Betan gehen und dort den Sturm abwarten. Die Linien 2 und 10 konnten wegen eines umgestürzten Baums nicht mehr fahren, das hatte ich an der Hauptwache mitbekommen.«

Rosa wollte ärgerlich sein, aber als Tropfen aus seinen nassen Haaren auf ihre Hand fielen, während er sich vor ihr verbeugte, war sie nur noch froh, dass er Elise wohlbehalten nach Hause zurückbrachte.

«Ich bin Rosa Bamberg. Gut, dass Sie mir Elise heil wiederbringen. Schön, dass ich Sie jetzt kennenlerne, nachdem ich schon so viel von Ihnen gehört habe.«

Rosa entging nicht der fragende Blick, den Max Elise zuwarf. Wie immer dachte sie zuerst an das Praktische.

»Ihr seid ja klatschnass geworden«, stellte sie fest. Sie trat zwei Schritte in den Flur zurück und lud sie mit einer Handbewegung ein.

»Jetzt kommt doch erstmal rein.«

Max hatte bereits seinen Trenchcoat ausgezogen und half auch Elise aus ihrem Regenmantel.

»Wir wollen Ihnen nicht alles nass machen, Frau Bamberg.«

Rosa freute sich über die Rücksichtnahme, aber sie lachte seine Bedenken weg.

»Kommt herein, bitte, der Boden hat schon Schlimmeres ausgehalten. Unsere Kinder waren nicht immer so aufmerksam.«

Elise hatte in ihrem Zimmer trockene Sachen angezogen, eine weiße Bluse und einen grauen Rock, und war dann ins Esszimmer zurückgekommen. Ihre nassen Haare hatte sie glatt an den Kopf gekämmt, ihre blauen Augen strahlten. Ihr war nicht bewusst, wie hinreißend sie aussah. Etwas aufgeregt fühlte sie sich, immerhin trafen Rosa, Will und Max sich heute zum ersten Mal.

Max saß in kurzen dunkelblauen Sporthosen, die noch aus Davids Tenniszeit im Schrank lagen, und einem von Will geliehenen grauen Pullover auf dem Oberkörper am Esstisch, während Hemd, Unterhemd, Hose und Mantel zum Trocken im Bad hingen. Seine Haare hatte er mit einem Handtuch trocken gerubbelt, aber in der Aufregung vergessen zu kämmen.

Rosa stellte zwei weitere Tassen und ein paar der guten Leibniz-Butterkekse auf den Tisch. Das ungekämmte Aussehen von Max half, dass sich ihr Misstrauen verflüchtigte. Er war doch nur ein junger Mann, kein politischer Feind, von dem sie Schlimmes zu erwarten hatte.

Schließlich war alles gerichtet, der Tee dampfte in den Tassen und Will bot ihnen einen Schluck Rum dazu an.

»Ja, danke, Herr Bamberg«, antwortete Max und hielt Will seine Tasse entgegen.

»Eigentlich duzen wir uns lieber, Max, und wenn Ihnen das recht ist, würden wir es auch jetzt gerne so halten. Zumal wir dich ja bestimmt noch öfter sehen werden.«

Er streckte seine Hand aus. Max ergriff sie überrascht und erfreut.

»Ich bin Will. Schön, dass ich dich jetzt selbst kennenlerne.«

»Und ich bin Max. Ich freue mich … aber es ist mir schon unangenehm, dass wir Ihnen, äh … euch jetzt solche Umstände machen.«

Er lachte, weil er merkte, dass ihm das Duzen schwer fiel. Zu Hause in Heiligenberg in der Umgebung des Fürsten wäre man nicht so schnell formlos miteinander umgegangen. Nur sein Vater bot Menschen, die er mochte, gern das Du an. Das gefiel Max an den Bambergs, er fühlte sich wohl damit.

Auch Rosa schüttelte ihm jetzt die Hand: »Und ich heiße Rosa.«

»Erzähl ein bisschen von dir, Max«, forderte Will den jungen Mann auf. Auf dessen fragenden Blick hin ergänzte er:

»Na ja, wo du herkommst und was dir wichtig ist im Leben. Immerhin gehst du mit unserer Elise aus.«

Max freute sich über Wills Interesse. »Heiligenberg ist ein schönes altes Schloss auf einer Felsenklippe über dem Bodensee. Dort bin ich aufgewachsen, weil mein Vater bei Max Egon Fürst zu Fürstenberg Verwalter ist und wir deshalb im Wirtschaftstrakt wohnen durften. Nach dem Fürsten heiße ich Max, er ist mein Taufpate. Ich liebe meine Heimat sehr. Gleich ab der Gründung 1920 bin ich Schüler der Reformschule Salem gewesen. Dort habe ich meine bisher besten Jahre verbracht. Bis auf die allerbesten mit Elise, die noch kommen.«

Wieder lachte Max und schaute ihr in die Augen, als er zart über ihre Hand strich.

»In Salem habe ich verstanden, dass Erlebnisse in der Gemeinschaft und der Dienst daran ebenso wichtig für mich sind wie das Mitgestalten der Zukunft.«

Will nickte. Das hörte sich ja wirklich sehr vernünftig an, besser hätte er es nicht sagen können.

Max genoss das offenkundige Interesse von Will und erzählte weiter.

»Fürst Max Egon hat sich nach dem frühen Tod meiner Mutter als Taufpate für mich verantwortlich gefühlt. Er ist ein kluger Mann mit viel Lebenserfahrung. Zu Studienbeginn hat er mir vorgeschlagen, mich dem Studentenring Langemarck anzuschließen. Also bin ich eingetreten.«

Rosa erschien mit zwei Tellern. Je zwei Spiegeleier, von beiden Seiten gebraten, dufteten appetitlich auf einer Scheibe geröstetem Brot.

»Guten Appetit, Kinder, lasst es euch schmecken. Ich habe euch aus der Küche zugehört, Max. Wie bist du eigentlich von Salem nach Frankfurt gekommen?«

»Meine Mutter war Pfarrerstochter aus Tübingen, deshalb wollte ich zuerst dort Jura studieren. Ihretwegen fand ich auch die Idee eines christlich-sozialen Engagements für die Volksgemeinschaft gut und bin dem Studentenring beigetreten. Aber bald wurde mir Tübingen zu eng. Ein Kommilitone aus Frankfurt schlug mir dann vor, doch an den Main zu kommen. Hier wäre es interessanter, und die Universität wäre erstklassig. So bin ich hergekommen.«

»Und wie gefällt dir Frankfurt?«, wollte Rosa wissen, während sie einen Schluck Rum in ihren Tee gab.

Max streute etwas Salz über das Spiegelei, dann klappte er es zusammen und schob es mit dem Messer auf seine Gabel.

»Hier ist viel mehr los, kulturell und überhaupt. Im April habe ich sofort eine Arbeit als Rettungsschwimmer im Main-Schwimmbad der Moslers gefunden, das war wichtig. Vor allem komme ich in dieser Stadt mit vielen verschiedenen Leuten in Kontakt, die ich in Tübingen nie kennengelernt hätte.«

Max sah zu Elise hinüber und lächelte sie liebevoll an. Diese zurückhaltende Geste erreichte Rosas Herz. Elise legte als Antwort kurz ihre Hand auf seine, bevor sie sich dem Rest des Brotes auf ihrem Teller zuwandte.

Man sah genau, wie viel die beiden einander bedeuteten. Vielleicht sollte ich offener sein, ermahnte sich Rosa. Wenn Elise ihn gern hat, kann er so schlimm nicht sein. Und tatsächlich ist er nicht nur attraktiv, sondern ausgesprochen gescheit. Wieso sollte ich, wenn er mich persönlich überzeugt, nicht jemandem aus einer Organisation trauen, die andere Anschauungen vertritt als ich? In der SPD gibt es schließlich auch nicht nur vertrauenswürdige Genossen. Will sagt mir ja oft, dass ich politisch zu eng denke.

Sie merkte, dass Max noch mehr erzählen wollte.

»Einige Studenten aus dem Ring meinen, dass ich mich nicht genug für die Sache einsetze, was immer das heißt. Vor allem mein Freund Andreas will mich ständig zu Aktionen drängen, bei denen ich eigentlich nicht mitmachen will. Oft geht es gegen die Juden. Das finde ich dumm. Es ist doch niemand dafür verantwortlich, wie und als was er geboren wird. Der Fürst hat mal gesagt, dass im Antisemitismus mehr Futterneid als sonst was steckt. Das finde ich auch. Aber … entschuldigt bitte. Ich reiße ja das ganze Gespräch an mich. Und rede nur über Politik. Wie unhöflich.«

Will kratzte sich am Kopf und schaute Max über den Tisch hinweg an. Es war also klar: Max wusste nichts darüber, dass sie jüdisch waren, so unbefangen wie er das eben gesagt hatte. Elise hatte offenbar noch nie mit ihrem Freund darüber gesprochen. Er selbst würde ihn jetzt auch nicht aufklären, das war Elises Sache. Vermutlich war es ohnehin nicht das Wichtigste, was es über seine Frau und ihn zu wissen gab.

»Das macht doch nichts, Max. Politische Gespräche sind wir in diesem Haus gewohnt. Wenn mein Schwager Nathan uns besucht, geht es tagelang nur um Politik.«

Max holte noch einmal Luft und begann zu reden. Seine Intensität war deutlich spürbar, obwohl er leise sprach und man den Eindruck bekommen konnte, dass er unsicher sei. Aber so war es nicht, im Gegenteil. Er sprach leise, wenn er Menschen dazu bringen wollte, ihm genau zuzuhören.

»Eigentlich bin ich heute nur hergekommen, um euch zu sagen, wie wichtig mir Elise ist. Und dass wir um euer Einverständnis bitten … ob wir miteinander ausgehen dürfen, meine ich. Elise hat mir erzählt, dass ihr wie ein Eltern-Ersatz für sie seid und eure Meinung ihr wichtig ist.«

Ganz direkt sah er Rosa und Will auf der gegenüberliegenden Seite des Tisches an. Er spürte ihr Wohlwollen und ihre Zustimmung bereits, bevor Will nickte. Rosa antwortete dann für beide.

»Du bist uns willkommen, Max. Und du hast völlig Recht, Elise ist ein wunderbares Mädchen. Gib gut auf sie acht.«

Max holte langsam Luft. Plötzlich hielt es ihn nicht mehr auf seinem Stuhl. Er ging um den Tisch und gab Rosa und Will noch einmal die Hand, mit einem Nachdruck, der beide erstaunte und bewegte.

»Das werde ich, ich verspreche es euch. Ihr macht mich glücklich. Ich danke euch. Und jetzt bin ich still.«

Elise schaute zu ihm hin und musste schlucken. Da war sie wieder, diese Intensität von Max, die sie so schwach machte.

Über sein Gesicht glitt ein Lächeln, dann stand er auf.

»Ich gehe jetzt. Meine Sachen würde ich gern zum Trocknen hierlassen, wenn ich darf. Davids Hose und Wills Pullover werden für die Straßenbahn bis zu meinem Zimmer in der Ulmenstraße ausreichen. Wenn ich morgen wiederkommen darf, tausche ich die Sachen zurück. Gute Nacht miteinander. Und danke.«

Er nickte strahlend in die Runde. Seine Freude war ansteckend. Ohne Zögern nahm er Elise in den Arm, küsste sie auf den Mund und war dann zur Etagentür hinaus, bevor jemand Zeit finden konnte, ihn zu begleiten.

Irgendwie ließ seine Gegenwart alle auf unterschiedliche Art verwirrt zurück.

Später, als sie nebeneinander in ihrem Ehebett lagen, drehte sich Will zu Rosa. Seine Stimme klang nachdenklich.

»Hast du seine Augen bemerkt, Rosel? Wenn ich den Rest von ihm nicht sehen würde und nichts über ihn wüsste, dann würde ich glauben, dass er jüdisch ist, mit diesen Augen. Bloß das blonde Haar, das passt nicht.«

Rosa stimmte ihm zu.

»Genau daran habe ich auch gedacht, Will. Aber vielleicht hat er ja völlig Recht. Vermutlich ist die Frage, ob einer jüdisch ist oder nicht, viel weniger wichtig, als ich meistens denke.«

11 Lascia ch'io pianga

Dies war ein großer Tag für Josh. Heute war es entschieden worden: Trotz seiner Jugend durfte er in den fünf geplanten Aufführungen der Händel-Oper die Hauptrolle singen, eine sehr ungewöhnliche und äußerst umstrittene Entscheidung.

Seine hohe, weiche Tenorstimme passte zwar perfekt für den »Rinaldo«, der in der Londoner Uraufführung von dem italienischen Kastraten Nicolo Grimaldi gesungen worden war. Normalerweise wurde diese Rolle aber heute in Deutschland mit einer weiblichen Alt-Sängerin besetzt.

Beim Vorsingen hatte schließlich Josh wegen seines großen Atemvolumens und des bewegenden Timbres am meisten überzeugt und drei hervorragende Sängerinnen des Konservatoriums überflügelt. Diese Rolle wollte er, unbedingt.

Sie war ihm umso wichtiger, als seine Eltern im Oktober fast alles Geld beim »Schwarzen Freitag«, dem spektakulären Börsenkrach in New York, verloren hatten. Schnell musste er zusätzlich Arbeit finden, um überhaupt noch am Konservatorium bleiben zu können. Es war ihm gleichgültig, ob ihn neidische Mitstudenten hinter vorgehaltener Hand »Il Castrato« nannten. Der »Rinaldo« war seine Rolle – und er wollte sie singen!

Leidenschaftlich war auch die Diskussion unter den Musikliebhabern Frankfurts, ob man diese Rolle tatsächlich mit einem Mann besetzen durfte, einem unbekannten Neuling noch dazu. Bernhard Sekles konnte sich nicht nur auf die historische Aufführungspraxis berufen, er versprach sich von der Kontroverse auch eine nicht zu unterschätzende Werbung für die Vorstellungen. Und er sollte recht behalten.

Betan gab die Almirena, deshalb durfte sie die bekannteste und tief berührende Händel-Arie über die grausame Trennung der Liebenden singen, die bei den Proben im Mauerweg schon Rosa und Will so bewegt hatte: Lascia ch'io pianga. Lass mich doch weinen.

Im Orchester spielte Elise Cembalo und Seppi Violine. Die vier Freunde waren überglücklich, dass sie alle ausgewählt worden waren, an dieser aufsehenerregenden Opernaufführung in der kulturverwöhnten Main-Metropole mitwirken zu dürfen. Das Beste wollten sie geben, das versprachen sie einander, und entsprechend gründlich übten jeder seine Partituren.

Die Besetzungskontroverse weckte ein großes öffentliches Interesse für diese klassische Oper, obwohl der Zeitgeschmack eher für eine Aufführung zum Beispiel der aktuellen »Dreigroschenoper« von Bert Brecht gesprochen hätte. »Rinaldo« wurde deshalb von der kleineren Bühne des Volksbildungsheims direkt neben dem Konservatorium in den Großen Saal des Saalbaus in der Junghofstraße 20 verlegt. Dort war zum einen die Akustik wesentlich besser, zum anderen boten die 1800 Besucherplätze genug Reserve, um vor der Bühne einen improvisierten Orchestergraben zu schaffen.

Am Ende der zweiten Novemberwoche probten die Mitwirkenden zum ersten Mal die gesamte Oper in voller Länge im neuen Bühnenbild.

Das recht abstrakte und ungewöhnliche Konzept dieses Bühnenbildes bezog sich auf den Spielort der Oper, auf Jerusalem. Rechts stand ein fast vier Meter hohes »J« aus goldenem Pappmaché, von dem aus fünf lange und breite Stoffbahnen, zwei weiße und drei himmelblaue, in verschiedene Richtungen zur Empore darüber gespannt waren. Die Brüstung der Bühne war mit aufgemalten Steinen aus Pappmaché so verkleidet, dass der Eindruck einer hohen Festungsmauer entstand.

Mit einer Wand aus quer gespannten Stoffbahnen, diesmal blutrot und zwei Meter hoch, hatte man eine Art Orchestergraben abgeteilt, für den die ersten fünf Stuhlreihen aus dem Saal herausgenommen worden waren. So blieb auf der Bühne selbst und davor viel Platz für die Sänger, Komparsen und Musiker.

Die Hauptrolle im Bühnenbild aber spielte das Licht. Durch die zarten Stoffbahnen hindurch konnten geschickt platzierte Scheinwerfer die Kulisse weiß, zartblau oder blutrot erleuchten, je nachdem, wie die Handlung es erforderte. Über der linken Seite sah man einen runden Himmelskörper, der blauweiß als Mond und gelb als Sonne leuchten konnte. Als besonderer Höhepunkt sollten von den Emporen 10 Messingkäfige an Ketten herabgelassen werden, in denen zu Almirenas »Vogelarie« echte Kanarienvögel die Sängerin begleiten würden. Händel hatte bei der Uraufführung einen Schwarm Spatzen im Theater freigelassen.

Das moderne Bühnenbild wirkte spektakulär im Kontrast zur filigranen Musik Händels, zu den barocken Kostümen aus dem Fundus des Schauspielhauses und zur dramatischen Handlung um die Eroberung Jerusalems durch die Kreuzritter sowie die Liebe von Rinaldo und Almirena.

Entstanden war die expressionistisch beeinflusste Kulisse in Zusammenarbeit mit der Bühnenabteilung des Schauspielhauses. Mitarbeiter von dort hatten sie zwei Wochen vor der Uraufführung probeweise aufgebaut. Es hieß, dass ein noch nicht einmal 20-jähriger, überaus begabter Assistent von Ludwig Sievert das Bühnenbild zum Abschluss seines Volontariats hatte entwerfen dürfen.

Als Elise und ihre Mitstudenten zur Probe in den Saal kamen, waren sie überrascht von der starken Präsenz des Bühnenbildes im Licht der Scheinwerfer. Von unten angeleuchtet, wirkte das goldene »J« hinter der Festungsmauer wie ein uneinnehmbarer Turm, mächtig, begehrenswert und bedrohlich zugleich. Die Stoffbahnen leuchteten wie Himmel und Wolken und wie ein See von Blut. Elise fühlte sich sofort an den vergangenen Weltkrieg und all das Blut und Leid erinnert, die diese übereinander herfallenden Völker ringsumher hinterlassen hatte.

Während die Orchestermusiker im improvisierten Graben vorn Platz nahmen, begann Elise, sich am Cembalo in ihre Musik einzuspielen. Auch die Kollegen um sie herum stimmten ihre Instrumente oder sangen sich mit kleinen Koloraturen warm.

Plötzlich hörte sie inmitten der umherschwirrenden Töne eine Stimme, die ihr vertraut vorkam. Merkwürdig, das war doch … natürlich, das konnte nur Arnos Stimme sein! Sie schaute hoch. Tatsächlich, da stand er, mitten auf der Bühne, links vom goldenen »J«. Er sprach mit einem Bühnenarbeiter, der den Schweinwerfer für Mond und Sonne noch präziser fokussieren sollte. Natürlich, das war Arnos Bühnenbild!

Im ersten Moment wusste sie nicht: Wie sollte sie sich jetzt verhalten? Plötzlich stand ihr das Konzert für Louise mit seinem verstörenden Ende wieder genau vor Augen. Plötzlich hatte sie wieder diesen bösen Satz von Martin Weißensee im Ohr: »Was interessiert es mich, ob eine alte Jüdin blind wird?« Plötzlich waren ihr die eigenen Gefühle von damals wieder gegenwärtig, auch erinnerte sie sich, wie Arno widerstrebend von Martin aus dem Saal gezogen worden war.

Ihr konzentrierter Blick in Arnos Richtung weckte seine Aufmerksamkeit. Er drehte sich um, erkannte Elise und wurde blass. Sie sah sofort, wie hilflos er auf einmal wirkte.

Auf keinen Fall wollte sie noch einmal eine Begegnung wie damals auf der Römerstraße in Bad Ems, als sie beide aus Verlegenheit so getan hatten, als würden sie einander nicht bemerken. Sie würde zu Arno gehen und ihn freundlich begrüßen, mindestens das. Den Rest würde man sehen.

Elise erhob sich von ihrer Bank am Cembalo, zögernd und angespannt. Die wenigen Stufen zur Bühne hoch erschienen ihr ewig lang, der Druck, den sie in diesem Moment in sich spürte, raubte ihr den Atem.

Scheinbar fühlte er ähnlich. Aber dann … mit großen Schritten ging er auf Elise zu und stieß einen Freudenschrei aus. Er schloss sie in seine Arme und schwenkte Elise einmal um seine eigene Achse. Beide mussten sich Tränen aus den Augen wischen. Typisch Arno, ohne Drama ging es nicht.

Josh, der die Szene von der Bühne aus beobachtet hatte, wo er sich für seinen ersten Auftritt positionierte, war sicher, dass beide nicht erwartet hatten, sich hier zu treffen. Sein Kommentar zu Betan und Seppi, die neugierig neben ihm standen, war entsprechend.

»Sie scheinen sich ja gut zu kennen, so wie der Bühnenbildner sich freut. Aber bestimmt haben sie nichts voneinander gewusst.«

Die erste Probe in der neuen Kulisse verlief ziemlich holprig. Die Zusammenarbeit stimmte weder auf der Bühne noch im Orchester, sodass Spielleiter und Dirigent sich immer wieder an den Kopf fassten. Es fielen einige laute Worte.

Arno war dageblieben, um zu sehen, was er noch am Bühnenbild verbessern konnte. Aber nicht nur deshalb. Er hoffte, dass sich nach der Probe die Gelegenheit ergeben würde, mit Elle zu sprechen. Vielleicht konnten sie den Vorfall vom Mai endlich miteinander klären. Arno hatte den Gedanken nie aufgegeben, dass sie sich wieder vertragen würden, irgendwann. Er hatte den Eklat ja nicht verursacht, obwohl er sich auch nicht gewehrt hatte.

Nach der Probe wartete er vor der Garderobe auf Elle.

Elise kam mit Betan, Seppi und Josh aus dem Saal. Man konnte allen die Enttäuschung über ihre erste, eher misslungene Gesamtprobe anmerken. Josh war niedergeschlagen und hatte Zweifel, ob er dieser großen Rolle tatsächlich gewachsen war.

»Die Kritiker warten doch bloß auf meine Fehler, damit sie hinterher sagen können, wie falsch die Besetzung war.«

»Komm, das könnte ich doch auch sagen«, warf Betan ein. »Wahrscheinlich ist es so, dass Kritiker nach Fehlern suchen müssen, so rechtfertigen sie ihre eigene Arbeit. Wichtig sind mir die Zuhörer. Wenn wir glücklich sind beim Musizieren, dann wird das Publikum unser Glücksgefühl teilen. Die meisten kommen nicht wegen der Musik, sie kommen, um etwas vom Glück der Musiker beim Musizieren abzubekommen. Das jedenfalls sagt mein Vater.«

Seppi bemerkte Arno an der Garderobe.

»Willst du uns nicht wenigstens miteinander bekannt machen?«, fragte sie die Freundin neugierig und strich ihren blaugrünen Seidenschal glatt.

»Natürlich, entschuldigt bitte. Also, das ist Arno Kolp, der unser Bühnenbild gestaltet hat. Wir waren in Bad Ems in der gleichen Klasse und Arno hat das Plakat für mein erstes Solokonzert in Bad Ems entworfen.«

Betan interessierte sich sofort für die Details.

»Du meinst das Konzert, das dich am Konservatorium berühmt gemacht hat, bevor dich irgendwer persönlich gekannt hat? Das mit der Hitlerjugend?«

Elise überspielte das peinlich berührte Schweigen von Arno, indem sie ihm ihre drei Freunde vorstellte. Dabei fiel ihr auf, wie viel klarer und männlicher er jetzt wirkte, nicht mehr so jungenhaft wie noch vor kurzem in Bad Ems. Er war sportlich angezogen, mit einem Knickerbocker-Anzug aus dunkelgrauem Wollstoff, einer Schlägermütze aus Tweed und einem einfachen weißen Hemd, darüber einen grob gestrickten Schal. Elise bemerkte, wie er und Josh sich aus den Augenwinkeln interessiert musterten.

Einen Moment später aber sah sie gar nichts mehr, weil ihr jemand von hinten zwei kalte Hände fest vor beide Augen presste. Sie war sicher: Das konnte nur Max sein. Er hatte ihr versprochen, sie nach der Probe abzuholen. Sie lachte, drehte sich um und küsste ihn.

Auch Max und Arno stellte sie einander vor. Ihr Freund wusste von der Rolle, die Arno vor und bei dem Konzert für Louise gespielt hatte. Elise hatte ihm an dem Abend nach dem Marlene-Dietrich-Film davon erzählt. Sein Kommentar war genau das gewesen, was Elise auch schon gedacht hatte – dass nämlich viele Menschen für die Liebe Dinge tun, die sie sonst ablehnen würden.

Max hatte sich auf den Abend mit Elise gefreut. Ihre Freunde fand er interessant und jetzt war er neugierig, Arno kennenzulernen.

»Kommt, wir gehen alle zusammen ein Glas heißen Apfelwein trinken. Bei dem Wetter ist das gut gegen Erkältung.«

Nach kurzer Überlegung landeten die Freunde bei Apfelwein Klaus in der Meisengasse, nahe der Junghofstraße. Die Diskussion über die missglückte erste Probe ging hier weiter, aber plötzlich entdeckte Josh in der hintersten Ecke der Gaststätte ein Klavier. Er ging zum Wirt und fragte, ob er etwas spielen dürfte.

»Solang du mer net mei Gäst verscheuschst, gern. Bedien disch, Bub.«

Josh schwang sich auf den Hocker. Das Klavier war etwas verstimmt, aber das machte nichts. Er begann mit seinem Lieblingsstück von Scott Joplin, dem Ragtime »Maple Leaf«. Danach spielte er »The Entertainer« und »Easy Winner«. Die hörten sich auf dem verstimmten Klavier besonders gut an.

Er improvisierte ein wenig im gleichen Stil, mal schnell, mal langsam. Als er am Applaus merkte, wie die vielen Freitagabend-Gäste seine Musik genossen, ging er zum Dixieland-Jazz über. Man spürte seine Begeisterung, man sah, wie er sich in der Musik verlor. Der Funke war übergesprungen, die Gäste klatschten jetzt begeistert nach jeder Nummer. Als er einen Charleston begann, den alle von der berühmten Josephine Baker aus Paris kannten, standen Max und Elise auf und begannen trotz der Enge zwischen den Tischen zu tanzen. Arno, Seppi und Betan schlossen sich mit anderen jungen Gästen an.

Dem Wirt blieb der Mund offen stehen, als er hinter der Theke hervorkam und dem unerwarteten Vergnügen seiner Gäste zusah.

Josh spielte fast eine halbe Stunde lang, dann kehrte er mit den Freunden an ihren Tisch zurück, um etwas zu trinken.

Arno war erhitzt vom Tanzen und schwer beeindruckt. Die spontane und ungekünstelte Frische der Jazzmusik gefiel ihm, weil sie so gut in diese Zeit des Aufbruchs passte. Und außerdem ging sie total in die Beine.

Obwohl er und Elise noch nicht unter vier Augen miteinander reden konnten, spürte er, dass sie ihm bereits verziehen hatte. Er war froh, dass Elle jemanden gefunden hatte, der sie so offensichtlich liebte und der zu ihr stand. Es war gut, wenn es ihr mit Max besser ging als ihm mit Martin, der immer Angst gehabt hatte, dass sein spezielles Verhältnis zu Arno publik werden könnte. Zwar war auch Martin in Frankfurt, aber sie sahen sich nicht mehr häufig. Er studierte noch Volkswirtschaft, war jedoch inzwischen meist für die SA unterwegs und hatte, gut aussehend, wie er war, ab und zu kurze Affären mit Frauen. Er legte keinen Wert mehr auf eine engere Beziehung mit Arno, das hätte ihn in der Bewegung kompromittieren können.

Aus seinen Gedanken gerissen wurde Arno, weil plötzlich ein gut gekleideter Herr um die dreißig mit seiner Begleiterin, einer ausnehmend schönen jungen Dame, an ihren Tisch kam.

»Dürfen wir uns zu Ihnen setzen?«, fragte er höflich.

Max antwortete für alle mit einer einladenden Bewegung und einem Kopfnicken, während die Freunde auf der Bank ein wenig enger zusammenrückten. Der Herr wandte sich an Josh, der ihm jetzt gegenübersaß.

»Mein Name ist Helmut Bierich, und dies ist Carolin Hergarth. Wissen Sie, es ist schon komisch. Da suche ich monatelang überall in Frankfurt Musiker, mit denen ich eine Jazzkneipe aufmachen könnte, und jetzt läuft mir per Zufall jemand über den Weg, der genau so spielt, wie ich es mir immer vorgestellt habe. Also, fantastische Räume habe ich schon, im Souterrain eines Hauses in der Rohrbachstraße, große Kellergewölbe mit bester Akustik und direkt an der Straßenbahn-Haltestelle. Bloß Musiker brauche ich noch, aber Musiker, die wirklich Jazz spielen können. Nicht diese schlechten deutschen Imitatoren, die man hier manchmal hört. Sie müssen wohl aus Amerika kommen, so echt wie sie spielen.«

Josh nickte und stellte sich seinerseits vor.

»Ich bin Josh Cappel. Es stimmt, ich stamme aus Brooklyn, New York, aber meine Eltern sind von hier nach Amerika eingewandert. Ich mache am Hoch'schen Conservatorium eine Ausbildung zum Tenor, deshalb bin ich wieder nach Deutschland gekommen. Aber nebenbei spiele ich Jazzpiano, und es gibt kaum etwas, das mir mehr Spaß macht.«

»Das hört man. Siehst du, ich habe dir ja sofort gesagt, der Mann muss Amerikaner sein.« Helmut Bierich nickte seiner Begleiterin begeistert zu.

»Es ist unglaublich, was für ein fantastischer Zufall. Könnten Sie sich vorstellen, abends in meinem Lokal zu spielen, Herr Cappel? Und vielleicht kennen Sie ja noch ein paar Musiker, die mitmachen wollen. Eine kleine Band brauche ich, vielleicht eine Trompete, ein Schlagzeug, ein Saxophon, eine Klarinette, eine Geige.«

Josh zog vor Aufregung seinen Kamm aus der Jacke und fingerte daran herum. Hier war sie, seine Chance. Geld verdienen musste er, unbedingt, jetzt wo seine Eltern ihm kaum noch etwas schicken konnten. Er dachte nach, was er fordern und wie er eine Band zusammenstellen konnte. Plötzlich mischte sich Betan ein.

»Nun sag schon was«, assistierte sie ihm. Mit ihrem gewinnendsten Lächeln strahlte sie Helmut Bierich an.

»Unser Josh ist zwar etwas schüchtern, aber total begabt, wie Sie gerade eben gehört haben. Ich bin seine Agentin. Wenn Sie mit ihm einen Vertrag machen wollen, bin ich die richtige Ansprechpartnerin für Sie.«

Herr Bierich wusste nicht, ob sie das ernst meinte. Als er Josh fragend anschaute, lachte der verschmitzt.

»Das ist Betan Johanson, sie singt und arbeitet mit mir. Es stimmt, wenn Sie mich unter Vertrag nehmen wollen, sprechen Sie mit ihr. Und eine tolle Sängerin für den Jazz-Keller wäre sie auch.«

Helmut Bierich war sich immer noch nicht sicher, ob die beiden nicht einen Scherz mit ihm machten. Aber wenn er Josh so unter Vertrag bekommen konnte, sollte es ihm recht sein.

»Rohrbachs Jazz-Keller« würde sein Lokal heißen, und alle schicken jungen Leute Frankfurts, die diese Musik hören und zu ihr tanzen wollten, würden dort auftauchen. Helmut Bierich war sich ganz sicher, diese Art von Musik war die Zukunft.

Er schob Josh und Betan eine Visitenkarte über den Tisch und erhob sich mit der schönen Carolin, die kein Wort gesagt hatte. Als beide das Lokal verließen, lächelte Josh versonnen hinter ihnen her.

»Was?«, fragt ihn Betan erstaunt.

»Ich bin froh, dass ich jetzt nicht in New York bin. Wenn ich dort ein solches Angebot bekommen hätte, könnte ich sicher sein, dass die Unterwelt dahintersteckt. In Frankfurt sind die Sitten zum Glück ziviler.«

Als die Freunde an diesem Abend auseinandergingen, hatte jeder von ihnen das Gefühl, am Anfang einer neuen Zeit zu stehen.

Elise ging durch den Kopf, wie Arno damals in Bad Ems gesagt hatte, dass die Jungen die neue Zeit verkörpern. Genau. Keiner kann eine neue Zeit aufhalten. Mit neun Jahren hatte sie diesen Satz zum ersten Mal gehört. Ihr Vater hatte ihn zu ihrer Mutter gesagt, im Januar 1919, kurz nach dem Tod von Moritz. Damals war das Elend und der Hunger nach dem verlorenen Krieg in Bad Ems am größten und Clara trauerte der Ordnung im Kaiserreich nach.

Keiner kann eine neue Zeit aufhalten.

Gebrochenes Herz 11

Frankfurt
Samstag, 8. Februar 1930

Liebe Louise,
bestimmt habt Ihr es aus der »Frankfurter Zeitung« mitbekommen: Ende Januar gab es eine Stahlhelm-Kundgebung vor dem Café Goldschmidt im Frankfurter Ostend. In dem Stadtteil wohnen viele ärmere und politisch links stehende Juden, die wegen der Pogrome aus dem Osten eingewandert sind, aus Russland, aus Polen, aus Litauen. Sie erscheinen uns ziemlich fremd, ziehen sich komisch an, manche können kaum Deutsch, deshalb wird dort viel Jiddisch gesprochen. Gegen diese Juden ging es bei der Kundgebung vor dem Café, wo viele von ihnen verkehren.

Sie seien Fremdkörper in Deutschland und würden es auch bleiben, weil sie nicht einmal die deutsche Sprache lernen wollten, hieß es. Außerdem würden sie die Sozialkassen über Gebühr belasten.

Ein Gast im Café, ein älterer Herr von 67 Jahren, hat sich so über das Auftreten und die Parolen der jungen Stahlhelm-Kämpfer aufgeregt, dass er dann vor dem Café tot zusammengebrochen ist.

Rosa meint, dass er nach der Flucht vor den Verfolgungen in der Ukraine an gebrochenem Herzen gestorben ist, angekommen in einem Land, das ihn auch wieder nicht will.

»Das ist die Tragödie der Juden in der Welt«, hat sie mit trauriger Stimme bemerkt.

Mich beschäftigt dieser Vorfall aus noch einem anderen Grund sehr. Einer der Stahlhelm-Leute, die an der Kundgebung teilgenommen haben, war Max. Er sagt mir, dass er ohne Uniform nur vor dem Café gestanden und sich nicht an den Streitigkeiten oder Parolen beteiligt hat. Er hätte sogar, sehr zum Ärger von seinem Gruppenführer und Freund Andreas, den Kellner beauftragt, sofort einen Arzt zu holen, als der Mann zusammengebrochen war.

Trotzdem, ich finde, das geht zu weit. Immerhin bin ich ja auch jüdisch. Und irgendwie, obwohl ich den Ärger der Deutschen gegen die Fremdheit der ostjüdischen Einwanderer verstehe, finde ich, ausgerechnet mein Freund sollte nicht mitmachen, wenn deren Café mit einer Kundgebung belagert wird. Das habe ich dann auch von ihm verlangt. Es war das erste Mal, dass wir uns richtig gestritten haben.

Max hat zu seiner Verteidigung gekontert, dass die linken Juden, die sich in diesem Café treffen, ein kommunistisches Regime à la Stalin in Deutschland errichten wollen, obwohl der sie gerade noch aus seinem Arbeiterparadies rausgejagt hat und sie am liebsten umgebracht hätte. Und dass man sich früh dagegen wehren muss, damit unser Land nicht auch eine bolschewistische Diktatur wird. Das wiederum glaube ich ja auch. Ich will bestimmt nicht die Freiheit unseres heutigen Lebens verlieren, weil ein kommunistischer Diktator alles wieder rückgängig machen möchte, so wie in der Sowjetunion.

Im Moment weiß ich gar nicht mehr, was ich denken und wie ich mich verhalten soll. Ich wünschte mir, liebe Großmutter, Du mit Deiner Lebenserfahrung wärest jetzt bei mir und könntest mir einen Rat geben.

Ich habe Max umzustimmen versucht, indem ich ihm erzählt habe, dass die Juden aus dem Osten doch auch interessante Dinge mitbringen. Musik zum Beispiel. Mátyás Seiber musste neulich wegen der Jazzklasse am Dr. Hoch's nach Berlin ins Preußische Kultusministerium und hat bei der Gelegenheit das Scheunenviertel besucht, das we-

gen seiner Kriminalität einen sehr schlechten Ruf hat. Er sagt, dass es dort nur so von ärmlichen Ostjuden mit Schläfenlocken wimmelt, die überall herumlungern, schachern und betteln, aber dann auch wieder hinreißende Musik machen. Die traditionelle ostjüdische Musik mit Klarinette, Akkordeon, Geige und Posaune hätte sich in den Kaschemmen des Scheunenviertels mit dem Jazz verbunden. Diese Musik findet Mátyás so inspirierend, dass er einige Lieder mitgebracht hat und in seiner Jazzklasse spielen will, mit Klarinette und Klavier als Hauptinstrument. Josh freut sich schon darauf, weil er diese jiddischen Lieder aus New York kennt. Vermutlich darf er am Klavier mitmachen.

Ich denke, Max hat mein Argument nicht wirklich verstanden. Er sieht eben mehr die Gefahr im Fremden, nicht die Bereicherung, wie Mátyás oder ich. Vielleicht fühlt er das, weil er seine Heimat so sehr liebt. Heiligenberg bedeutet ihm wirklich viel. Bad Ems finde ich zwar objektiv sehr schön, aber ich hänge nicht daran, jedenfalls nicht wie Max an Heiligenberg. Frankfurt bedeutet mir schon jetzt mehr. Ich rede nicht von Euch, liebe Louise, ich rede von unserer ereignislosen Kleinstadt an der Lahn. Aber ereignislos kann ja auch etwas Gutes bedeuten, hier ist im Moment manchmal etwas zu viel los.

Max hat in der Auseinandersetzung betont, dass das Wichtigste an mir doch wirklich nicht meine jüdische Herkunft ist, sondern wie schön, wie klug, wie begabt ich bin.

Ganz bestimmt will ich nicht, dass mein Jüdischsein durch Abstammung, das mir selbst nicht einmal viel bedeutet, zwischen Max und mir steht. Auch soll mein Jüdischsein nicht das Wichtigste an mir sein, man soll mich nicht deshalb schätzen, sondern wegen meiner Fähigkeiten.

Kompliziert.

Jedenfalls, ich war erst mal wütend und so haben wir uns angeschwiegen. Ich glaube, dass Max nicht wirklich sieht, dass er den Fehler gemacht hat.

Rosa und Will denken, sozialdemokratisch und bürgerlich wie sie sind, natürlich ebenfalls, dass unsere so mühsam erkämpfte Freiheit auf kei-

nen Fall dem Bolschewismus geopfert werden darf. Das sehen beide erstaunlich ähnlich wie Max. Deshalb könne die SPD auch keinesfalls einer Einheitsfront mit den Kommunisten zustimmen, da sind sie d'accord. Rosa betont, dass die in 50 Jahren mit so vielen Opfern erstrittene Demokratie gegen jeden Umsturzversuch verteidigt werden muss, egal ob er von rechts oder links kommt. Beide finden auch, dass die Juden aus Russland und Polen sich mehr bemühen müssen, unsere Sprache zu lernen und sich an unsere Lebensweise und die Gesetze in Deutschland anzupassen, wenn sie dauerhaft hierbleiben wollen.

»Man muss sich ja manchmal schämen, wenn man sieht, wie die rumlaufen. Die sind doch hier nicht mehr in einem schmutzigen jiddischen Schtetl im Osten. Das schafft nur immense Vorurteile gegen uns alle«, hat Will neulich verärgert zu Rosa gesagt, als er von einem Spaziergang aus dem Ostend zurückkam.

Sie hat daraufhin spitz bemerkt, dass es sie nicht interessieren würde, wie die Eltern herumlaufen. Wenn Kinder Essen, Kleidung oder Bildung bräuchten, würde sie immer versuchen, Abhilfe gegen deren Not zu organisieren.

»Es kann doch niemand was dafür, wie seine Eltern sich verhalten oder wo sie herkommen. Darunter dürfen die Kinder auf keinen Fall leiden«, hat sie Will missbilligend erwidert.

»Und außerdem hat es was mit der amerikanischen Wirtschaftskrise zu tun, da bin ich sicher. Jetzt wird alles radikaler werden. Je mehr Arbeits- und Hoffnungslose es gibt, desto heftiger wird der politische Kampf entbrennen. Vor allem, nachdem die moskautreuen deutschen Kommunisten uns Sozialdemokraten zu ›Sozialfaschisten‹ erklärt haben und sich mit uns im Bruderkampf zerfleischen. Ich fürchte, das ist alles nur der Anfang.«

Will sieht die Dinge nicht ganz so schwarz. Ich jedoch bin wieder mal ziemlich durcheinander und weiß nicht genau, was ich von Rosas Befürchtungen halten soll. Irgendwie hat sie ja vielleicht Recht, aber vor allem will ich Max durch das blöde politische Hin und Her nicht verlieren. Ich bin mir so sicher, dass er nichts Unrechtes meint und tut, dazu ist er viel zu aufrichtig.

Ich weiß ja, Louise, dass Du wegen Deiner zittrigen Handschrift nicht gern zurückschreibst, aber überwinde Dich doch mal, Deiner ratlosen Enkelin zuliebe. Ich würde wirklich gern wissen, wie Du über diese Fragen denkst, welchen Rat Du mir gibst.

Übrigens, vielen Dank nochmal für die schicken Winterstiefeletten, die Du mir geschenkt hast! Ich trage sie mit Freude, sie halten meine Füße schön trocken und warm.

Schade, dass wir bei meinem Weihnachtsbesuch nicht so richtig über all diese politischen Dinge gesprochen haben. Es tat so gut, wieder zu Hause zu sein, bei Euch, mit Euch zum Grab von Moritz zu gehen, selbst einen Stein draufzulegen. Aber in diesen Tagen war ich noch so erfüllt von dem wunderbaren Erlebnis der »Rinaldo«-Aufführungen, und außerdem habe ich wohl zu viel über Max geredet, weil er einen immer größeren Teil in meinem Leben einnimmt. Stimmt, es ist wirklich so wie in Luthers Spruch, den Papa für mich zitiert hat: »Wes das Herz voll ist, des geht der Mund über.«

Ja, Max. Noch einmal etwas von ihm: Er hat mir zwei Klavierschüler vermittelt, denen ich ab Januar einmal die Woche bei ihnen zu Hause Unterricht geben darf.

Nicola Grimori ist ein siebenjähriger Junge. Sein Vater ist Italiener und arbeitet im italienischen Konsulat, die Mutter ist Deutsche. Sie ist freundlich, aber sehr still. Umso lebhafter sind Nicola und sein Vater.

Als zweite Schülerin unterrichte ich Sieglinde Ollmann, sechs Jahre alt, deren Mutter eine vermögende und etwas rundliche 37-jährige Witwe ist. Frau Ollmann wohnt in einer riesengroßen und wunderschönen Wohnung beim Palmengarten, in der Rossertstraße. Sie hat einen wunderbaren Bechstein-Flügel im Salon, wie Professor Wenkemann, und es macht mir riesigen Spaß, mit Sieglinde darauf zu spielen. Das Mädchen sieht süß aus mit seinen blonden Zöpfen, sie ist auch musikalisch und spielt mit viel Gefühl.

Rosa will mir noch jemanden für den Unterricht vermitteln, und für mehr als drei Schüler habe ich gar keine Zeit. Fritz Malata imponiert es, dass ich mit dem Klavierspiel schon Geld verdiene.

»Das kann eine Pianistin später immer machen, wenn die Zeiten schwierig werden«, hat er gemeint. Und ich verdiene mehr als bei den

Solzers mit Bedienen. Im Winter gibt es im Nassauer Hof sowieso keinen Bedarf für mich, weil der Garten geschlossen ist, und im nächsten Sommer werde ich sicher mit dem Studium zu viel zu tun haben.

Josh hat übrigens im Januar angefangen, im Jazz-Keller von Helmut Bierich in der Rohrbachstraße Piano zu spielen. Manchmal singt er dort auch, gelegentlich begleitet er Betan. Die beiden verdienen nicht schlecht, sodass Josh sein Studium am Dr. Hoch's doch fortsetzen kann. Allerdings verliert er mehr und mehr die Lust an der klassischen Musikausbildung, weil Jazz dort nicht so richtig anerkannt wird. Und der Jazz wird mehr und mehr sein Leben.

Samstag, 22. Februar 1930

Du willst doch bestimmt wissen, wie es weitergegangen ist zwischen Max und mir wegen dem Juden mit dem gebrochenen Herzen. Nach einer für unsere Verhältnisse ziemlich heftigen Diskussion haben Max und ich uns ein paar Tage lang angeschwiegen. Aber das hat keiner von uns beiden gut ausgehalten. Außerdem hat Arno etwas Wahres dazu gesagt: »Vielleicht trifft man nur wenige Male im Leben jemanden, der einem so wichtig ist wie dein Max dir.« Da müsste ich dann eben bereit sein, nachzugeben und Kompromisse zu machen.

Das hat mich überzeugt, also haben wir uns wieder versöhnt. Aber ich habe Max auch gebeten, dass er sich in Zukunft aus öffentlichen Stahlhelm-Aktionen raushält, wo er doch sowieso nur Mitglied im Studentenring ist, und auch das mehr seinem Paten zuliebe. Max hat mir das versprochen, weil er ohnehin nicht von politischen Aktivitäten gegen Juden überzeugt ist. Stattdessen will er versuchen, sich bei den nächsten ASTA-Wahlen im Mai als Sportreferent wählen zu lassen, damit der konkurrierende Nationalsozialistische Studentenbund nicht dem überparteilichen Studentenring alle Referate im Studentenparlament wegschnappt.

Das finde ich richtig gut und ich hoffe, dass Max auch gewählt wird, wenn er gegen Hitlers Leute antritt. Er ist ja eigentlich von seiner Art her jemand, der Brücken zwischen verschiedenen Seiten bauen kann.

Allerdings: Weil er das »von« in seinem Namen hat, sind seine Chancen möglicherweise doch nicht so besonders. Das glaube ich jedenfalls, nur habe ich es ihm nicht gesagt. Der Adel gilt nun mal seit 1918 bei vielen Studenten als politisch rückständig, und so werden vermutlich die meisten Kommilitonen eine andere Liste wählen. Trotzdem, man muss es versuchen, und ich freue mich, dass Max das Experiment wagen will. Mutig ist er ja immer schon gewesen.

Mitte Januar hat die Jazzklasse hier am Dr. Hoch's angefangen, die jiddischen Lieder zu proben, die Mátyás Seiber aus Berlin mitgebracht hat. Ich traue mich noch nicht, mitzuspielen, aber Josh ist natürlich mit Begeisterung dabei. Er spielt einfach toll – und manchmal denke ich, dass ich auch so spielen können müsste. Vielleicht kann man ja auch klassische Klaviermusik mit Jazz verbinden. Bei Bach müsste das gut gehen, seine Komposition hat ja viel mit Rhythmus und Takt zu tun, wie wenn man Mathematik in betörende Melodien übersetzt.

Als ich Rosa und Will von den jiddischen Liedern erzählt habe, hat Will mir ein Lied vorgesummt, das er früher oft von seinem Vater gehört hat. Es ist eine Art Walzer und heißt »Tumbalaleika«. Es handelt von einem jungen Mann, der durch kluge Fragen die richtige Frau für sich aussuchen will, aber die Antworten des Mädchens sind klüger als seine Fragen. Ich habe die Noten und den Text aufgeschrieben und sie Josh gezeigt, der das Lied interessanterweise aus New York kennt. Er sagt, es wäre wohl aus Russland nach Amerika und zur gleichen Zeit nach Deutschland gewandert.

Josh hat es schließlich Mátyás vorgespielt. Der nun meint, da ließe sich was Jazziges draus machen, wenn man den Walzertakt mit Synkopen mischt. Er hat noch einige Lieder im »Scheunenviertel-Stil« dazu komponiert, und jetzt hat die Jazzklasse ein Repertoire von alten und neuen jiddischen Jazzschlagern, mit denen ein toller Tanzabend veranstaltet werden könnte.

Wenn … ja, wenn es nur nicht so viele Bedenken von wichtigen Leuten gäbe. Zum Beispiel heißt es, man solle doch nicht unbedingt darauf hinweisen, dass diese Art Musik hauptsächlich jüdische Wurzeln hat. Und das Dr. Hoch's sei doch eigentlich mehr dem Erbe der deutschen und europäischen Kunstmusik verpflichtet, nicht der jiddischen Musik aus dem Osten oder gar dem »Niggerjazz«. Diesen Ausdruck habe ich selbst gehört. Es ist wirklich idiotisch, etwas so sehr abzuwerten, nur weil es diese oder jene Herkunft hat. Wenn es doch schön ist und Spaß macht.

Mátyás ist trotz aller konservativen Vorbehalte mit Unterstützung von Bernhard Sekles entschlossen, einen Volksmusikabend zum Tanzen daraus zu machen. Er will auch verjazzte Volkslieder aus Schweden, Ungarn und Frankreich mit ins Programm nehmen, um dem Missfallen in Bezug auf die jüdischen Wurzeln solcher Musik die Schärfe zu nehmen. Vor allem auf die Tanzbarkeit kommt es ihm an. Betan hat ein schwedisches Mittsommerlied beigesteuert, das sie auch singen wird.

Ernst Schoen, das ist der neue Intendant vom Südwestdeutschen Rundfunk hier in der Stiftstraße, hat davon gehört und will den Abend im Radio übertragen. Das gäbe zusätzliche Honorare. Nach vielem Hin und Her wird der Abend jetzt stattfinden, und zwar am 4. April im großen Saal des Volksbildungsheims. Das ist ein Freitag und der Vorverkauf ist schon richtig gut angelaufen.

Ich freue mich jedenfalls sehr darauf und gehe mit Max hin. Seppi wird mit einer Freundin ebenfalls da sein, weil sie wie ich auch nicht in der Jazzklasse mitspielt. Sie hat mir mal gesagt, dass die klassische Musik sie mehr berührt. Außerdem will sie nicht die »Fiddel« spielen, das erinnert sie zu sehr an Dorfmusik.

Liebe Louise, ganz müde geworden bin ich jetzt. Heute Abend wollte ich lieber zu Hause bleiben, weil ich etwas erkältet bin. Deshalb lege ich mich auch gleich hin. Rosa hat mir nämlich eben eine Tasse heißes Bier mit Honig gebracht. Danach soll ich ins Bett und schwitzen. Morgen geht es mir dann besser, hat sie in ihrer praktischen Art gemeint. Das war ja auch Dein Geheimrezept gegen Erkältungen.

Sonntag, 16. März 1930

Wirklich, Du und Rosa habt Recht gehabt mit Eurem heißen Bier und Honig. Mir geht es tatsächlich viel besser. Max und ich sind uns sehr nahe gekommen, nachdem wir uns wieder vertragen haben. Er geht im Mauerweg ein und aus, Rosa und Will behandeln ihn wie einen Sohn. Er seinerseits genießt es, wie sie ihn umsorgen. Er hätte zuwenig davon gehabt, weil er seine Mutter kaum bewusst erlebt hat, hat er mir einmal erklärt.

Inzwischen haben wir ein paar Mal darüber gesprochen, dass die Bambergs Juden sind, aber das scheint für ihn gar nicht wichtig zu sein.

»Sie sind unglaublich fürsorglich, zu dir wie zu mir. Außerdem spreche ich gern mit ihnen, weil sie kluge Leute sind. Und dann passen sie gut auf dich auf, das ist mir auch wichtig. Was will ich mehr?«

Er hat bei dem letzten Satz so zärtlich gelacht, dass mir wieder ganz heiß geworden ist, wie damals im Kino, als er mir während der Vorstellung die Hand gehalten hat. Wir waren in meinem Zimmer. Er hat es gemerkt, und dann hat er den Kopf über meinen gebeugt und mich ganz sanft und gleichzeitig sehr intensiv geküsst. Ich hätte in dem Moment alles für ihn getan, wirklich alles.

Aber macht Euch wegen Max keine Sorgen um mich. Rosa hat sich zum Entsetzen des bürgerlichen Lagers schon als Stadtverordnete in der Fürsorge unverblümt für Empfängnisverhütung eingesetzt. Uns hat sie ans Herz gelegt, Fromms Condome zu besorgen, die wären gar nicht teuer. Wir haben nicht gewusst, wohin wir gucken sollten, als sie uns darauf angesprochen hat. Sie hat nur in ihrer unvergleichlichen Art gelacht. Sie wäre ja auch mal jung gewesen, hat sie gemeint. Die jungen Leute damals wären froh gewesen, wenn es diese Möglichkeiten schon gegeben hätte. Das hätte so manche Tragödie verhindert. Als sie so ganz selbstverständlich darüber geredet hat, war es uns auch nicht mehr so peinlich.

Bei den meisten älteren Leuten ist das ja völlig anders, die bringen kein Wort über solche Themen raus. Ich bewundere es sehr, wie unkompliziert Rosa und Will in dieser Beziehung sind, ganz ähnlich wie

Du. Bei Dir habe ich auch immer die Sicherheit gehabt, dass wir über alles reden konnten, wirklich alles.

Eigentlich sind Mama und Papa ja genauso aufgeschlossen, aber ich habe früher oft gespürt, dass der Schatten von Moritz nach seinem Tod zwischen uns geblieben ist. Jetzt, wo ich diesen Satz auf dem Papier vor mir sehe, bin ich ganz erschrocken. Ich habe mich noch nie getraut, das auszusprechen. Aber so habe ich es oft empfunden. Nur bei dem Konzert für Dich in Bad Ems, da haben sie mich gesehen, wirklich mich. Manchmal habe ich das Gefühl, dass ich vor allem deshalb Pianistin werden wollte, damit sie mich ansehen müssen. Als ob die Rechtfertigung meines ganzen Lebens darin liegen würde, meine Erlösung, damit sie mich wieder sehen nach dem Verlust unseres Moritz.

Ich will dir erzählen, weshalb ich darüber nachdenke. Fritz Malata hat mich neulich in einer Einzelstunde gefragt, wieso ich überhaupt Pianistin werden will. Ich war wieder mal erschrocken, weil ich gedacht habe, er meint, dass mein Spiel nicht gut genug ist für eine Pianistenkarriere.

»Ach Kind,« hat er besorgt gesagt, »du musst doch nicht bei jeder Kritik gleich an dir zweifeln. Nur, der Dr. Freud aus Wien, der hat viel über die Macht des Unbewussten im Leben von Menschen herausgefunden. Du weißt ja, wie empfindlich wir Musiker oft sind, wie schnell wir an uns zweifeln, wie oft wir miteinander über Nichtigkeiten in Streit geraten. Ich habe mal eine Psychoanalyse gemacht. Dadurch habe ich meinen späten Wechsel vom Ingenieur zum Pianisten viel besser verstanden. Ich habe gelernt, dass jeder einen Grund für seine Berufswahl hat und dass all diese Gründe in Ordnung sind. Bloß bewusst sein muss einem das. Sonst kann es wie eine ungeheilte Wunde sein, die die eigene Fähigkeit untergräbt, weil man ständig an sich zweifelt.«

Als ich ihn gefragt habe, weshalb er denn erst so spät Pianist geworden ist, hat er mir erklärt, dass es immer schon sein Traum war, Klavier zu lehren. Aber zuerst ist er Ingenieur geworden, um seinem Vater zu gefallen. Der hat nämlich gemeint, Musik ist keine solide Sache, mit der man eine Familie ernähren kann. Erst spät, nach dem Tod des Va-

ters, hat er verstanden, dass er seinem Traum folgen musste, weil er sonst nicht zufrieden geworden wäre mit seinem Leben.

Nach diesem Gespräch mit Fritz Malata habe ich mich getraut, zu überlegen, wie das eigentlich bei mir ist. Ich habe ja nie etwas anderes werden wollen als Pianistin, und das war schon früher so, bevor Moritz gestorben ist. Vielleicht wegen Dir und Deiner Verehrung für Clara Schumann. Nach seinem Tod, als die Aufmerksamkeit der Eltern auf meinen Bruder gerichtet blieb und mich nicht mehr gewärmt hat, habe ich oft an mir gezweifelt. Bloß wenn ich Klavier gespielt habe, habe ich ihre volle Gegenwart wieder bei mir gespürt, dann war ich getröstet.

Bei Dir habe ich mich anders gefühlt. Du hast immer mich gesehen, unabhängig von meinem Bruder.

Weißt Du, ich halte das den Eltern nicht vor, aber der Mori hat mir doch auch so sehr gefehlt. Ich weiß, dass Mama manchmal in ihrem Schlafzimmer gesessen und geweint hat wegen ihm, heimlich, damals in den ersten Jahren nach seinem Tod. Und ich verstehe auch, weshalb Papa immer so viele Ausflüge mit seinen Schülern unternimmt. Bestimmt ist es so, dass er eigentlich am liebsten mit Moritz diese Touren machen würde, dass es ihm hilft, den Verlust zu ertragen. Wenn Papa und Mama doch nur mit mir gesprochen hätten, hätten wir miteinander trauern können. Aber so habe ich mich oft so schrecklich allein gefühlt. Gut, dass Du da warst. Bitte erzähl ihnen das nicht. Sie haben ja immer alles für mich getan und ich mache ihnen bestimmt keine Vorwürfe.

Montag, 17. März 1930

Gestern Abend habe ich mich nicht mehr getraut, den Brief zur Post zu bringen. Sieh mal, ich habe immer über alles mit Dir gesprochen. Das soll auch so bleiben. Also will ich den Brief abschicken, bevor ich den Mut verliere.

Übrigens würde ich mich wirklich freuen, wenn Ihr alle mich an Ostern besuchen kommt. Mama hatte mir Ende Februar am Telefon erzählt, dass seit Deiner Erkältung ein hartnäckiger Reizhusten geblie-

ben ist und sie sich Sorgen macht, ob sich eine Schwindsucht daraus entwickeln könnte. Aber weil ich optimistisch bin, glaube ich, dass es jetzt mit dem beginnenden Frühling bestimmt schon wieder besser geworden ist. Wenn Ihr Ostern in Frankfurt seid, könnt Ihr endlich Max kennenlernen, der fährt nicht zu seinem Vater nach Heilgenberg. Meine Freunde am Dr. Hoch's stelle ich Euch dann vor, und wir beide können Mama und Papa die Stadt zeigen. Du kennst Dich ja jetzt schon aus in Frankfurt. Es wird bestimmt richtig schön! Ich würde mich so freuen, Louischen. Hoffentlich klappt es.

Übernachten könnt Ihr natürlich hier, ich habe Rosa und Will schon gefragt. Sie selbst werden dann in Bad Ems sein, wo sie sich mit Fanny und Fritz treffen. David fährt mit seiner Familie ebenfalls hin, für eine Art Familientreffen. Rosa hat mir erzählt, dass Dr. Levisson einen Nachfolger als Rabbiner für die Emser Gemeinde sucht und dass Fritz im Gespräch ist. Jedenfalls würden die Bambergs sich freuen, wenn Ihr »dem Mauerweg noch einmal die Ehre gebt«. So hat Will es ausgedrückt. Manchmal ist er hinreißend altmodisch.

Wir vier müssten bloß etwas zusammenrücken. Aber das würde mich eher glücklich machen.

In Liebe
Deine Elly

13 Wahlverwandtschaften

Es klappte wirklich: Zu Ostern besuchte Elises Familie ihre Tochter in Frankfurt. Louise hatte darauf bestanden, auf jeden Fall mitzufahren, obwohl ihr Husten nicht besser geworden war. Sie hatte sich sogar extra von Clara ein neues Kostüm schneidern lassen. Das würde wohl ihr letztes sein, dachte sie insgeheim. Aber für ihre Enkelin wollte sie schick aussehen.

Silbergrauen Velveton hatte sie als Stoff gewählt, abgesetzt mit einem Kragen und schrägen Taschenklappen aus schwarzem Samt, dazu trug sie eine einfache weiße Bluse mit Schalkragen. Das Kostüm hatte Clara in dem neuen figurbetonten Schnitt mit wadenlangem Rock gearbeitet, der großen und schmalen Frauen wie ihrer Mutter so gut stand. Man sah immer noch, wie schön Louise einmal gewesen war, und deshalb hatte Clara das Kostüm gern für sie genäht. Es war keine Geldverschwendung, wenn sie ein neues Kostüm für ihre 79-jährige Mutter schneiderte. Eine missgünstige Nachbarin hatte das neulich behauptet. Es brauchte ja niemand zu wissen, dass die Stoffe allesamt günstige Restposten waren. So sorgte Clara dafür, dass auch sie selbst immer gut angezogen war. Es gab in Josserts Schneiderei oft Reste von günstigen und schönen Stoffen, und Clara wusste genau, wie man das Beste aus jedem kleinen Stück Material herausholen konnte. Auch für Elises Geburtstag hatte sie schon etwas in Arbeit, aber davon ahnte ihre Tochter noch nichts.

Karfreitag war ein trüber Tag. Morgens hatte es etwas geregnet, aber kalt war es nicht. Ihr Zug fuhr, von Wiesbaden kommend, um die Mittagszeit in den Frankfurter Hauptbahnhof ein.

Die Bad Emser Gäste waren äußerst gespannt. Endlich würden sie Max kennenlernen. Und da waren die beiden auch schon. Was für ein schönes Paar sie abgaben, so schlank und groß. Beide strahlten, als sie vor der Tür zum Abteil standen und das Gepäck entgegennahmen.

Louise bekam einen träumerischen Blick, als der Freund ihrer Enkelin ihr die Hand reichte, damit sie sicher aussteigen konnte.

»Das ist Max.«

Elise stellte ihn ihrer Familie mit diesen knappen Worten vor. Sie bemerkte, dass sie in diesem Moment ebenso aufgeregt war wie ihr Freund. Max ließ sich nichts anmerken, er lächelte herzlich und verbeugte sich, als er den Damen und Elises Vater die Hand reichte.

»Ich bin Max von Hochem. Ich freue mich sehr, Sie alle kennenzulernen, nachdem mir Elise schon so viel Wunderbares über Sie erzählt hat.«

Willy trat einen Schritt auf Max zu und sah ihn ernsthaft und prüfend an.

»Ich glaube, wir können beim Du bleiben, wenn es dir recht ist, Max.«

Man einigte sich darauf, sich zu duzen, und die ungezwungene Atmosphäre der ersten Momente miteinander trug wesentlich dazu bei, dass er sich bei Elises Familie sogleich willkommen fühlte.

Louise konnte ihren Blick nicht von dem jungen Mann abwenden. Max erinnerte sie stark an Sergej, ihre Enkelin hatte das richtig eingeschätzt. Im ersten Moment nach dem Aussteigen hatte die Ähnlichkeit der beiden jungen Männer ihr die Knie schwach werden lassen. Das Bild ihrer ersten Begegnung mit Sergej auf der Römerstraße wurde mit Macht wieder in ihr wach.

Wie wenige Momente am Ende eines Lebens wirklich zählen, dachte sie verwundert.

Aber ihr blieb nicht viel Zeit zum Überlegen. Auf dem Weg zur Straßenbahn erzählte Max ein wenig von sich.

Willy imponierte es, dass der Freund seiner Tochter sich im Frankfurter Studentenparlament als überparteilicher Sportreferent gegen die immer stärker werdenden Studenten der NSDAP hatte aufstellen lassen. Anfang Mai würde die Wahl stattfinden, zum Beginn des Sommersemesters. Wenn Max für die Sozialdemokraten antreten würde, wäre das Willy zwar noch lieber, aber dieser junge Mann mit seinen knapp 21 Jahren hatte etwas, das ihn zuversichtlich machte. Es schien, dass man sich auf ihn verlassen konnte. Er verstand selbst noch nicht so ganz, weshalb er sofort diesen Eindruck hatte: Max war ihm recht, vom ersten Augenblick an.

Clara gefiel der Freund ihrer Tochter aus einem anderen Grund. Er war so charmant und warmherzig, man hatte das Gefühl, er würde Elise auf Händen tragen. Wie eine Königin behandelte er sie. Außerdem machte er wirklich was her, mit seiner dunklen und angenehmen Stimme, der sportlichen Figur und dem schönen Namen. Maximilian Karl Johann von Hochem, das hörte sich an wie Mokkaschokolade, fand sie, und das war ihre Lieblingssorte.

Am Abend trafen sie sich wieder mit Max im Nassauer Hof bei den Solzers. Elise fand, dass ihre Familie die berühmte Frankfurter Grüne Soße am besten dort probieren sollte. Und außerdem sollten die Eltern und Louise ihre erste Arbeitgeberin in Frankfurt kennenlernen.

Max und Elise erzählten begeistert von dem Volksmusikabend der Jazzklasse am 4. April. Ein Riesenerfolg war es gewesen, auch die Radioübertragung hatte Furore gemacht. Die »Frankfurter Zeitung« hatte berichtet, dass alle Gaststätten, die das Konzert mit einem eigenen Radiogerät übertragen hatten, brechend voll gewesen waren. Die Gäste hatten sich die Füße heißgetanzt, wie Max und Elise auch. Die Karten zum ersten Konzert waren so schnell ausverkauft, dass Bernhard Sekles und Mátyás Seiber noch zwei weitere Veranstaltungen mit dem gleichen Programm nachgeschoben hatten, die ebenfalls sofort ausverkauft waren. Das schien die Musik der Zukunft zu sein, und Josh schwamm plötzlich auf einer Welle des Erfolges. Erst als Countertenor im »Rinaldo«, jetzt als Frankfurts jüngster und bekanntester Jazzpianist. Er war eben Musiker durch und durch, ein Tonsklave.

Samstagvormittag bummelten die Hermanns mit Louise durch die Frankfurter Innenstadt. Clara inspizierte Mode, Stoffe und Preise in den großen Warenhäusern an der Zeil. Vor allem das riesige Stoffangebot im Kaufhaus Wronker beeindruckte sie mit seinen unschlagbar günstigen Preisen.

Anschließend bestaunten sie gemeinsam in der benachbarten, kürzlich umgebauten Kleinmarkthalle die verlockend präsentierte Fülle hessischer Lebensmittel und ausländischer Spezialitäten.

Am Abend dieses Ostersamstags waren sie mit Josh, Betan und Seppi im prächtigen »Ballhaus Odeon« verabredet. Auch Arno wollte kommen. Vom Haus der Bambergs aus waren es knappe 5 Minuten zu Fuß dorthin.

Aufregend und schön wurde der Abend für alle. Max und Elise hatten nur Augen füreinander. Arno flirtete mit einem jungen Kellner, dessen griechisches Profil von dunklen Locken betont wurde.

Josh am Klavier und Betan als Sängerin gaben miteinander einige ihrer Nummern aus dem Rohrbach-Keller und vom April-Konzert der Jazzklasse zum Besten. Seppi sah wieder einmal hinreißend aus und tanzte mit einer ganzen Reihe von Verehrern. Clara und Willy, die beide früher gern ausgegangen waren, aber jetzt nur noch selten dazu kamen, verließen die Tanzfläche ebenfalls kaum.

In den Pausen kehrten alle außer Atem an den Tisch zu Louise zurück, die den Abend sichtlich genoss. Das Dabeisein machte sie glücklich, so glücklich, wie sie schon lange nicht mehr gewesen war. Ihr schoss durch den Kopf, dass dieser Abend einer der letzten Höhepunkte ihres langen Lebens sein könnte und dass sie noch in Bad Ems davon zehren würde. Ihr gelegentliches Husten beachtete sie nicht.

Am Ostersonntag lud Max Elises Familie nach dem gemeinsamen Frühstück zu einem Spaziergang durch das schöne Westend ein. Mit der Straßenbahn fuhren sie hinüber, durch die Fressgass, vorbei am Frankfurter Opernhaus und durch die Bockenheimer Landstraße mit ihren eleganten Villen. Am Café Laumer stiegen sie aus und schlenderten unter Kastanien mit dicken Frühjahrsknospen in Richtung Palmengarten, wo Seppi heute als Violin-Solistin beim Osterkonzert die Suite Nr. 3 von Johann Sebastian Bach spielte. Daran anschließend lud Max sie alle ins Café Laumer ein. Louise genoss die Gesellschaft der jungen Leute wieder sehr und ließ sich Frankfurter Kranz und heiße Schokolade schmecken.

Am Ostermontag verbrachten Louise und die Hermanns den Nachmittag bei strahlendem Sonnenschein mit Max in der verwinkelten Altstadt, wo er Louise seinen Arm als Stütze anbot. Sie nahm diese Hilfe dankbar an und genoss es, einen so liebenswerten jungen Mann an ihrer Seite zu wissen.

Den Kaiserdom schauten sie von innen an, Altarbilder und Kirchenfenster bewunderten sie besonders. Obwohl man von oben einen wunderbaren Blick über Frankfurt gehabt hätte, verzichteten sie darauf, den Turm zu ersteigen, weil die 320 Stufen viel zu anstrengend für Louise gewesen wären. Stattdessen gingen sie die wenigen Schritte zum Mainufer hinunter, dann über den Eisernen Steg zur Sachsenhäuser Seite, um das Stadtbild vom anderen Ufer aus zu bewundern.

Willy wusste, dass der Eiserne Steg von reichen Frankfurter Familien über einen Bürgerverein und Anteilscheine finanziert worden war, nachdem die Stadtverordneten eine Fußgängerbrücke aus Kostengründen abgelehnt hatten. Diese Familien hatten nämlich ihre Sommervillen auf der Sachsenhäuser Seite und wollten nicht länger für die Verbindung zu ihren Handelshäusern in der Innenstadt auf eine Fähre warten müssen. Bereits zwei Jahre nach der Vereinsgründung war der Eiserne Steg eingeweiht worden, und 17 Jahre später hatte sich der Bau bei der hohen Nutzung durch die Frankfurter über einen Brückenzoll amortisiert. Danach wurde er der Stadt vom Verein kostenlos übereignet.

Das sei ein bemerkenswertes Beispiel für freiheitlichen Bürgersinn, meinte er. Man ließ sich durch eine Ablehnung der Obrigkeit nicht entmutigen und fand selber einen Weg, ein wichtiges Projekt zu verwirklichen.

Clara zog die Augenbrauen hoch, als ihr Mann das alles erklärte. »Du bist doch nicht in der Schule, Willy. Jetzt hast du uns genug beigebracht. Komm, lass uns den Spaziergang genießen.«

Aber Max sprang Elises Vater bei:

»Ich finde das interessant! Die Geschichte mit dem Eisernen Steg habe ich noch gar nicht gewusst, obwohl ich doch im Sommer ganz in der Nähe im Mainschwimmbad arbeite. Da haben Elise und ich uns das erste Mal gesehen – ich war sofort hingerissen, aber sie hat mich erstmal abgewimmelt. Später haben wir uns zufällig in der Gartenwirtschaft der Solzers wiedergesehen, und da habe ich mich nicht mehr abwimmeln lassen. Zum Glück!«

Max strahlte und gab Elise mitten auf der Straße einen Kuss. Willy fand das ein wenig unpassend, aber Clara freute sich. Manchmal hätte sie sich auch mehr Gefühle von ihrem Willy erhofft, aber die Männer seiner Generation gaben ihr Innerstes nur in Ausnahmefällen preis.

Später saßen sie alle in der Wohnung der Bambergs im Mauerweg am Esstisch und tranken ein Glas guten Rheinwein miteinander, den Elises Familie aus Bad Ems mitgebracht hatte. Sie sprachen über Frankfurt und die schönen Tage, die sie hier miteinander verbracht hatten.

Elises Familie war froh, dass sie die Mitstudenten ihrer Tochter am Dr. Hoch's jetzt auch persönlich kennengelernt hatte und sicher sein konnte, dass Elise nette junge Leute als Freunde hatte.

»Und was ist mit mir?«, wollte Max wissen.

Elise und ihre Mutter lachten kurz über die Frage, bis sie merkten, wie ernst es Max damit gewesen war.

»Ich fühle mich so wohl mit euch, da will ich wissen, wie ihr mich findet. Tatsächlich fange ich an, zu verstehen, wie sich eine Familie anfühlen könnte. Zuhause habe ich durch den frühen Tod meiner Mutter eigentlich nur meinen Vater als Familie gehabt. Er ist mir sehr wichtig, aber …«

Er schaute einen Augenblick nachdenklich auf Elises Eltern und ihre Großmutter. Seine Augen blickten dabei so intensiv, dass Elise sofort wusste: Jetzt würde er etwas Wichtiges sagen.

Max sprach plötzlich wieder ganz leise.

»Vorgestern habe ich beim Einschlafen gedacht, dass ich am liebsten auch zu eurer Familie gehören möchte. Goethe würde von Wahlverwandtschaften sprechen. Ich verspreche euch, dass ich immer für Elise und euch da sein werde. Ich habe einen wunderbaren Vater – und Resl, unsere Gutsköchin, hat alles getan, um mir meine Mutter zu ersetzen. Aber solange ich denken kann, wollte ich eine Familie, eine richtige Familie, so wie ihr es seid.«

Betroffen schaute Clara zu Max. Erstaunt beobachtete sie, wie Willy dem jungen Mann seine Hand entgegenstreckte und der sie ohne Zögern ergriff.

»Weißt du, wir haben einen Sohn gehabt, Moritz hieß er. Ich bin nicht sicher, ob Elise dir von ihm erzählt hat. Wir sprechen kaum über ihn, aber er ist oft in unseren Gedanken. Vor über 10 Jahren ist er nach diesem elenden Krieg gestorben, an der Diphtherie.«

Er hielt einen Moment inne.

»Moritz fehlt mir noch immer. So einen Sohn wie dich habe ich mir gewünscht. Unser Moritz wäre jetzt 16 Jahre alt, aber er ist nicht mehr bei uns. Umso mehr lieben wir Elise. Du bist uns willkommen, Max.«

Willy schaute weg, damit niemand die Tränen in seinen Augen sah. Seine Frau neben ihm legte eine Hand auf seinen Arm. Noch nie hatte ihr Mann so öffentlich seine Trauer über den Tod von Moritz gezeigt.

»Ja, Max«, bekräftigte sie, »du bist uns willkommen.«

I.
1993

Langsam ließ Sarah das mit Schreibmaschine getippte deutsche Manuskript auf ihren Schoß sinken und löste sich aus der dramatischen Geschichte ihrer Mutter, die sie völlig in ihren Bann gezogen hatte. Während des Zweiten Weltkrieges – in Sarahs Kindheit – hatten ihre Eltern, trotz der tief verwurzelten Ablehnung alles Deutschen durch die Neuseeländer, darauf bestanden, dass die Tochter Deutsch als Sprache der Mutter ohne Mühe sprechen, schreiben und lesen konnte. So war zu Hause, wenn Sarah allein mit ihrer Mutter redete oder Klavierunterricht bekam, immer Deutsch gesprochen worden. Jetzt war sie froh darüber.

Sie blickte auf ihre Uhr, die noch die Ortszeit der Südinsel Neuseelands zeigte. Das Haus ihrer Mutter in Gore hatte sie zwei Monate nach deren Tod in der vergangenen Woche verkaufen können. Mit dem Käufer war vereinbart, dass der geliebte Flügel der Mutter, den sie 1936 von Deutschland mitgebracht hatte, bis auf Weiteres im Haus bleiben durfte. Sarah würde zu einem späteren Zeitpunkt entscheiden, was damit geschehen sollte.

Mitte der Sechziger Jahre war Sarah und ihren Eltern klar geworden, dass die Tochter wegen einer sich abzeichnenden internationalen Karriere als Pianistin nicht länger in Neuseeland würde leben können. Der kleine Inselstaat im Pazifik lag viel zu weit weg von den renommierten Konzerthäusern der Welt. Deshalb war Sarah 1961 zu Onkel Josh nach Los Angeles gezogen und später bei ihm geblieben, weil sie sich so gut verstanden. 1978, nach seinem Tod, hatte sie, da Josh ohne Beziehung und Kinder geblieben war, sein für die Gegend ungewöhnlich bescheidenes Haus in Bel Air geerbt, mitsamt seinem traumhaften Steinway-Flügel darin.

Nach der Migration ihrer Tochter nach Los Angeles waren Sarahs Eltern von Christchurch nach Gore in Southland mit seiner erstaunlich lebhaften Kultur- und Musikszene gezogen, in ein ländliches Haus mit Blick auf die Blue Mountains im Osten, eben das Haus, das Sarah gerade verkauft hatte.

Unter dem alten Ehebett im Schlafzimmer ihrer Mutter war der Tochter beim Aufräumen ein flacher Karton mit abgeschabten Ecken in die Hände gefallen. Erstaunlicherweise war er nicht verstaubt, im Gegenteil, es sah aus, als wäre er häufig hervorgeholt und regelmäßig abgewischt worden.

»Fräulein Elise Hermann, Frankfurt am Main, Rossertstraße 15«, stand in einer gestochen scharfen, altmodisch deutschen Handschrift auf dem vergilbten Adressaufkleber, und als Absender las Sarah »Clara Hermann, Bad Ems a. d. Lahn, Pfahlgraben 15«. Eine Sendung von Sarahs deutscher Großmutter an ihre Mutter im März 1933, wie man am Poststempel sehen konnte. Als sie den Karton gespannt öffnete, fand Sarah zu ihrer Überraschung außer dem Manuskript, das sie gerade in den Händen hielt, ein erlesenes Abendkleid in Mohnrot aus Dupionseide und Chiffon mit einer passenden Stola, außerdem den Programmentwurf für ein Debüt-Konzert ihrer Mutter 1933 im kleinen Saal des Schumanntheaters in Frankfurt. Darunter lag ein vergilbtes Exemplar der »Frankfurter Zeitung« vom 12. Juli 1936 und ein Bildband der »Blauen Bücher« von 1929: »Bauten der Gemeinschaft aus deutscher Gegenwart«. Auf Seite 90, wo die Frankfurter Westend-Synagoge abgebildet war, fielen vier alte Postkarten in Schwarz-Weiß heraus.

Die eiserne Mainbrücke vor dem Hintergrund einer altertümlichen Stadtlandschaft mit Dom und vielen Kirchen zeigten sie, auch den Frankfurter Römer und das imposant griechisch-römisch anmutende Opernhaus sowie das im üppigen Stil der Jahrhundertwende errichtete Schauspielhaus.

Sorgfältig in Seidenpapier gewickelt, lag außerdem ein walnussgroßer, flach abgebrochener Stein in der Form von Australien darin, honigfarben mit einem grau-weißen Einschluss, an der Oberfläche glatt geschliffen, unten bruchrau. Außerdem hatte Sarah zwei glatte Ringe gefunden, mit jeweils drei Kurven an der einen Seite – das mussten alte Eheringe sein, die ihre Mutter ebenfalls in knittriges Seidenpapier eingewickelt hatte. Die eingravierten Namen konnte man nicht mehr lesen.

Zunächst verstand Sarah nicht, wie das alles zusammenhing. Aber sofort spürte sie, dass dieser Fund von großer Wichtigkeit für ihr Leben werden würde. So, als ob ihre Mutter das alles für Sarah bereitgelegt hätte, für einen Dialog mit der Tochter über den Tod hinaus.

Gedankenverloren lauschte die Pianistin auf das gleichmäßige Rauschen der Düsentriebwerke vor ihrem Fenster. Gerade flogen sie durch dichte Wolken, ab und zu ruckelte sich das Flugzeug durch unangenehme Turbulenzen. Sarah war auf dem Weg von Christchurch nach Hawaii, um von dort aus zurück nach Los Angeles zu fliegen. In LA würde sie übermorgen bei einem Festakt der School of Theatre, Film and Television im neuen Hammer Museum an der Ecke der Wilshire und Westwood Boulevards ein kleines Konzert geben.

56 Jahre war sie jetzt alt. Nie hatte sie von ihrer Mutter erfahren, dass diese Jüdin war, nie hatte Alice über ihre Herkunft und ein offenbar kulturell und persönlich reiches Leben in Deutschland gesprochen.

Verwirrt und gekränkt fühlte sich Sarah. Wie gern hätte sie all diese aufregenden Erfahrungen mit ihrer Mutter geteilt, wie oft hatte sie nach früher gefragt. Natürlich wusste Sarah, dass ihre Mutter in Frankfurt am Main gemeinsam mit Tante Josie aus Christchurch das Konservatorium besucht hatte. Aber immer hatte sie auf ihre Fragen zu jenen Jahren eine ausweichende Antwort bekommen, genau wie später von Onkel Josh, dem anderen Frankfurter Studienkollegen der Mutter. Es war, als stieße Sarah bei den beiden Jugendfreunden gegen eine undurchdringliche Wand, als gäbe es eine geheime Vereinbarung zwischen ihnen, nichts von Elises Vergangenheit verlauten zu lassen, selbst der Tochter gegenüber nicht. Der Name Max von Hochem war Sarah bis zur Lektüre des Manuskripts völlig unbekannt, obwohl Max doch offenbar die große deutsche Liebe ihrer Mutter gewesen war und Josie und Josh ihn beide gut gekannt haben mussten.

Deutsch hatte sie nach dem Wunsch der Mutter unbedingt lernen sollen, aber wozu eigentlich, wenn sie die wichtigen Dinge aus Deutschland nicht wissen durfte?

Kurz vor seinem Tod 1979 hatte ihr Vater Geoffrey der Tochter erklärt, dass ihre Mutter immer nach vorn hatte schauen wollen, nicht zurück. Das war als Lebensmaxime gewiss richtig und verständlich, und oft genug hatte Alice selbst sich ihrer Tochter gegenüber genauso ausgedrückt. Trotzdem, die Situation schien so, als habe ihre Mutter mit dem anglisierten Namen Alice die deutsche Vergangenheit als Elise komplett hinter sich lassen wollen.

Sarah erinnerte sich plötzlich wieder: Einmal war sie enttäuscht aus der Schule nach Hause gekommen, weil eine jüdische Mitschülerin die Julia in Shakespeares Drama spielen durfte, genau die Rolle, die Sarah so gern bekommen hätte.

»Wenn ich doch nur jüdisch wäre!«, hatte sie ihrer Mutter betrübt entgegengehalten. »Juden sind einfach so viel begabter als wir.«

Bei der Erinnerung an diese Szene breitete sich Ärger in Sarah aus. Spätestens in diesem Moment hätte die Mutter sie beiseite nehmen und ihrer Tochter alles erklären müssen.

Enttäuschung, Zorn und Misstrauen gegenüber ihrer schönen und begabten Mutter stiegen in Sarah hoch. Nie hatte Alice es für nötig gehalten, ihr das Vertrauen zu schenken, das sie verdiente. Unendlich geliebt hatte die Mutter ihre Tochter, mehr als alles andere, da war Sarah sich immer sicher gewesen – und doch hatte Alice ihre Tochter um den zentralen Teil des eigenen Lebens betrogen, ihre Identität, ihre Geschichte, die Sarah als Tochter eben doch etwas anging. Offenbar war sie selbst ja zur Hälfte jüdisch, wurde Sarah bewusst.

Die Entscheidung ihrer Mutter, das Vergangene für sich zu behalten, konnte Sarah nicht im geringsten nachvollziehen. Wie gern hätte sie mit Alice über das alles gesprochen, damals, als die Mutter noch lebte. Jetzt war es zu spät.

Erschöpft strich Sarah sich über die Stirn, seufzte und nahm einen großen Schluck Mineralwasser aus der Plastikflasche, gegen die trockene Luft von der Klimaanlage im Flugzeug.

Es blieb ihr nur, weiter in diesem Manuskript zu lesen. Offenbar lag hier das wahre Vermächtnis ihrer Mutter für sie verborgen. Ihr Flug dauerte ja noch Stunden. Vielleicht fand Sarah heraus, worin die »Erlösung« liegen konnte, nach der Elise, wie sie in ihrer Heimat hieß, mit dem Aufschreiben ihrer Geschichte aus dem Deutschland der Nazizeit offenbar so inständig gesucht hatte. Vielleicht konnte Sarah dann besser verstehen, was ihr jetzt so viel Kopfzerbrechen bereitete.

14 Garten Gottes

Der steile Aufstieg zum Schwäbischen Jura quälte den Motor des kleinen dunkelgrünen Sportwagens der schicken französischen Marke Amilcar. Man hörte die Steigung im Triebwerk, das bei seiner Arbeit geräuschvoll Luft ansog. Max und Elise, beide warm verpackt in Wintermantel, Lederhaube und Schutzbrille, trotzten auf den schmalen Frontsitzen dem kühlen Fahrtwind, der durch die Ritzen zwischen Segeltuchverdeck, Türen und Frontscheibe eindrang. Aber sie schienen eher den Sonnenschein am Himmel als die Kälte im Auto wahrzunehmen. Trotz der lauten Geräusche versuchten sie sich zu unterhalten, und genossen den Anblick ihres zweiten Frühlings in diesem Jahr durch die geteilte Frontscheibe.

Hier oben war die Natur weit hinter der schon frühsommerlich fortgeschrittenen Vegetation im warmen Frankfurt zurückgeblieben. Die Obstbäume standen gerade erst in Blüte, die Wiesen waren noch ungemäht, grün vom üppig jungen Gras, gelb vom Löwenzahn und rosa-weiß vom Wiesenschaumkraut. Nur der kalte Ostwind an diesem 22. Mai 1930 passte nicht zu dem sonnigen Frühlingstag.

Sie hatten sich auf den Weg gemacht, um den Geburtstag von Max' Vater Karl mit ihm zu Hause in Heiligenberg zu verbringen.

Ihren eigenen Geburtstag drei Wochen zuvor hatte Elise wegen eines Auftritts mit Seppi und Betan im Gesellschaftssaal des Palmengartens nicht gefeiert. Als Geschenk der Eltern aber war ein bodenlanges Abendkleid aus schwerem, königsblauem Seidengeorgette mit schwarzem Bolerojäckchen im Mauerweg eingetroffen, das ihre Mutter geschneidert hatte. Die kurze Jacke war mit einem schmalen Rand von silbernen Pailletten an Saum, Revers und den Manschetten der engen langen Ärmel bestickt.

Ihre Eltern hatten einen Brief für sie mit in das Geburtstagspaket gelegt. »Königsblau, wie es sich für die Königin der Töne mit blauen Augen gehört«, hatte die Mutter geschrieben. Als Elise das las, war ihr warm ums Herz geworden. Ende Mai, am Vorabend des Himmelfahrtstages, würde in Konstanz ein Klavierwettbewerb stattfinden, für den sie sich auf Drängen von Fritz Malata angemeldet hatte.

»Wenn Du dieses Kleid anziehst, sollst Du Dir vorstellen, dass wir bei Dir im Konzertsaal sind und Dir helfen, den Wettbewerb zu gewinnen.«

Genau das würde sie sich bei ihrem Auftritt ausmalen, das würde ihr neben der Gegenwart von Max Mut machen, um sich der Konkurrenz aus Süddeutschland, der Schweiz, Frankreich und Osteuropa zu stellen und ihr Bestes zu geben.

Auch Max hatte im Mai Geburtstag, und zwar am 11. Mai, dem gleichen Tag übrigens wie Elises Großmutter Louise.

Sein ursprünglicher Plan war es gewesen, seinen Vater auf Schloss Heiligenberg mit einem Besuch zu überraschen und dort dessen Geburtstag wie den von Elise und den eigenen mit einem kleinen gemeinsamen Fest zu feiern. Aber dann hatten sie doch lieber vorher angerufen.

Jetzt kam noch ein weiterer Anlass dazu: Max war im April zum Sportreferenten der Frankfurter Universität gewählt worden. Elise hatte sich mit der Einschätzung seiner Chancen getäuscht. Max war es tatsächlich gelungen, seine Kommilitonen zu gewinnen, trotz seiner aristokratischen Herkunft und trotz seiner Jugend. Er war eben ein Brückenbauer zwischen den verschiedenen Gruppen, genau das war sein Talent.

Jetzt konnte er Elise seine geliebte Bodenseegegend im schönsten Monat des Jahres zeigen. Zudem war sein Vater schon ganz neugierig darauf, endlich »die Pianistin« kennenzulernen.

In jüngster Zeit hatte Max Elise einiges über seine Familie in Heiligenberg erzählt.

Karl von Hochem kam ursprünglich aus Schlesien. Seine Mutter war früh an Tuberkulose gestorben, der Vater hatte dadurch den Halt verloren und bald das kleine elterliche Gut vertrunken. Karl selbst war Eleve für Land- und Forstwirtschaft auf einem Nachbargut geworden und absolvierte dort beide Ausbildungen gleichzeitig.

So hatte ihn Max Egon II Fürst zu Fürstenberg 1907 als 23-Jährigen im Heiligenberger Rentamt eingestellt, wo Karl zunächst als stellvertretender Verwalter der land- und forstwirtschaftlichen Betriebe fungierte. Im Sommer 1908 hatte er die 19-jährige Christine Fursinus geheiratet. Die warmherzige und zupackende Tochter eines evangelischen Pfarrers aus Tübingen war auf das Schloss gekommen, um dort als Hilfe der Gesindeköchin Therese den Beruf einer Haushälterin zu erlernen.

Jetzt hatte sich das Leben von Karl endgültig zum Guten gewendet. 1909 im Mai war ein erster Sohn geboren worden, den sie Max nannten, nach dem Fürsten, seinem Taufpaten. Im November darauf bot der Fürst Karl den Posten des im gleichen Jahr verstorbenen Hauptverwalters an. Er vertraute seinem Verwalter trotz seiner Jugend, weil er dessen Umsicht und Fachkenntnisse absolut überzeugend fand.

Auf diese Weise hatte Max das Glück gehabt, in einem großartigen Schloss aufwachsen zu dürfen. Zwar »nur« im Eckturm des ausgedehnten Wirtschafts-Vorhofs, aber als Verwalter hatte sein Vater engen Kontakt zu den Fürstenbergs im eigentlichen Schloss.

Seit dem Unfall in Donaueschingen, bei dem seine Mutter ums Leben gekommen war, als Max drei Jahre alt war, hatte das Kind mit zur Familie der Fürstenbergs gehört. Besonders mit den fünf Jahre jüngeren Zwillingen Hugo und Maxi, Enkeln des Fürsten von seiner Tochter Leontine, genannt Tine, verband ihn eine enge Freundschaft, später dann auch durch ihre gemeinsame Schulzeit auf Schloss Salem.

Max vermied es, mit Fremden über sein Aufwachsen und diese Freunde zu sprechen. Leute, die sich nicht auskannten, hielten ihn dann für einen arroganten Schnösel, zumindest dachten sie, dass man bei so einer Herkunft auf jeden Fall ein Snob sein musste. Und dazu dieser klangvolle Name. Niemand wollte hören, dass die von Hochems ihren Lebensunterhalt genau wie die meisten anderen Menschen verdienen mussten.

In der krisengeschüttelten Weimarer Republik gab es vor allem unter liberalen Intellektuellen viele Vorbehalte gegen den Adel, dem pauschal die Verantwortung für das Elend Deutschlands nach dem verlorenen Krieg zugeschrieben wurde. In der Tat, Preußens Adel hatte ja den Hurra-Patriotismus wesentlich mitgetragen, der zu dem Debakel geführt hatte.

Aus Scheu hatte Elise noch nie direkt gefragt, was genau damals mit Max' Mutter passiert war. Am Klang seiner Stimme hatte sie gehört, dass die Erinnerung an ihren Tod ihn auch heute noch unendlich bekümmerte. Aber sie hatte sich vorgenommen, dies vielleicht in Heiligenberg nachzuholen.

Es schien ihr, als ob die Fürstenbergs, deren Patensohn er war, sich seitdem für ihn verantwortlich fühlten. Vielleicht verstand sie seine Geschichte besser, wenn sie wusste, was tatsächlich mit seiner Mutter passiert war.

Bei der Fahrt durch die Alb war Elise die Armut dieser Gegend erschreckend deutlich ins Auge gefallen, trotz der von der Sonne überstrahlten, ländlichen Maischönheit. Kleine Bauernhäuser, kleine Felder, kleine Höfe.

Nicht nur die Armut der Gegend fiel Elise und Max auf, die Politisierung zwischen KPD und Nationalsozialisten reichte bis in die Abgeschiedenheit der Dörfer auf der Alb. Überall waren Plakate oder Fahnen der verschiedenen Parteien so provozierend dicht beieinander angebracht, dass die Absicht einer Konfrontation sofort klar wurde.

Aber die beiden Jungverliebten wollten sich keine Sorgen um die Politik machen, heute nicht. Sie wollten ihre erste gemeinsame Reise genießen. Im goldenen Abendlicht erreichten sie den kleinen bescheidenen Ort, sein Heiligenberg.

Ihr Amilcar holperte über das abgenutzte Kopfsteinpflaster vom Postplatz zum Schloss. Vor langer Zeit war es auf einem hoch über dem Salemer Tal aufragenden Felsvorsprung errichtet worden, massiv und den Widrigkeiten der Zeit trotzend, mit einem wahrhaft fürstlichen Blick über den Bodensee bis hin zu den Schweizer Alpen.

Elise musste sofort an ihren Vater denken. Immer, wenn sie eine der alten Burgen am Rhein zusammen erwandert hatten, schärfte er ihr ein, dass, so romantisch Burgen und Schlösser auch wirken mochten, sie immer mit Blut, Schweiß und Tränen der einfachen Leute gebaut worden waren.

Der weitläufige Vorhof des Schlosses war U-förmig von geräumigen und soliden Wirtschaftsgebäuden eingefasst. Max parkte den Sportwagen vor der Turmwohnung. Im Aussteigen zog er sich die Lederkappe und Schutzbrille vom Kopf und schüttelte seine Haare aus. Mit den Fingern kämmte er seinen dichten, blonden Schopf nach hinten.

Auch Elise nahm jetzt Lederkappe und Schutzbrille ab und strich ihre Haare zurecht.

Vor der Reise hatte Seppi, die immer wusste, was gut aussah, sie davon überzeugt, sich für den Wettbewerb einen ganz kurzen Garconne-Schnitt machen zu lassen. Max war hingerissen gewesen, als die beiden jungen Frauen ihm Elise mit der neuen Frisur vorgeführt hatten. So schön hatte er seine Freundin noch nie gesehen.

Aus dem weiten Rundbogen über der Einfahrt zum Vorhof kam mit freudigem Heulen ein großer Jagdhund auf Max zu. Der hockte sich hin, um den Hund in die Arme zu nehmen. Arco, ein Deutsch-Drahthaar-Rüde, silbergrau mit braunen Flecken und etwas altersmüde, hatte sein Aufwachsen begleitet, seit Max fünf Jahre alt war. Jetzt war der Hund betagt und hörte nicht mehr gut, aber trotzdem hatte er Max sofort erkannt und schleckte ihm ausgelassen über das Gesicht.

Wo Arco war, konnte auch Faxl nicht weit sein. Sie war eine kleine temperamentvolle Jagdterrier-Hündin. Die beiden Hunde waren unzertrennlich, sie schliefen immer in der gleichen Box im Pferdestall und hatten früher bei der Jagd als Partner operiert. Faxl durchstöberte das Unterholz, Arco wartete am Waldrand. Wenn Faxl einen Hasen oder ein Reh aufgeschreckt hatte, lenkte Arco das Wild direkt in die Schussbahn von Max' Vater, der auf diese Weise bei Treibjagden immer eine gute Strecke zum Abschuss bringen konnte. Richtig, schon kam Faxl ebenfalls durch den Hof gelaufen, um den lange vermissten Max zu begrüßen.

Elise bemerkte, dass ihr Freund feuchte Augen bekam. So also fühlte sich Heiligenberg an, das war seine Heimat.

Kurz danach trat sein Vater aus dem Tor und kam voller Freude auf den Sohn zu, der so lange nicht mehr zu Hause gewesen war.

Karl trug seine Arbeitskleidung – ein olivgrünes Flanellhemd mit aufgekrempelten Ärmeln, eine braune Wollweste darüber und braune Knickerbocker aus abgewetztem Stoff. Die hohen Lederschuhe waren vom Alter und der Pflege mit gutem Fett weich und geschmeidig, die abgenutzten Leinengamaschen schützten die Waden gegen Dornen und Disteln.

»Bring mir unseren Max nicht um, Arco«, sagte Karl zu seinem Hund, der gehorsam seine Pfoten von Max' Schultern nahm und sich neben den Sportwagen setzte. Karl umarmte seinen Sohn, während seine Augen interessiert die junge Frau musterten. Max hatte ihm schon so viel von ihr erzählt – und jetzt sah er sie zum ersten Mal. Er hat nicht zuviel versprochen, dachte Karl bei sich.

Bevor noch Max sie miteinander bekannt machen konnte, ging sein Vater schon auf Elise zu und schüttelte ihr die Hand.

»Wie schön, dass ich dich endlich persönlich kennenlerne. Du erlaubst mir sicher, dass ich Du sage? Nach Max begeisterten Berichten bist du mir so vertraut, als ob wir uns seit Jahren kennen würden. Willst du mich einfach Karl nennen? Das würde mich sehr freuen. Außerdem fühle ich mich dann wieder jung.«

Seine Bitte wegen des Du war mehr Feststellung als Frage. Er lachte sie charmant an und sie bemerkte, dass seine Zähne im glatt rasierten Gesicht ebenso hell schimmerten wie die von Max. Die Stimme des Vaters klang ähnlich voll und harmonisch wie die von Max, und seine braunen Augen stammten offenbar auch vom Vater. Nur war Karls Haar dunkel und sehr dicht, mit vielen grauen Strähnen, im Kontrast zu den hellblonden Haaren seines Sprösslings. Der Wind des Frühlingsabends wirbelte dem Vater die Haare durcheinander, Karl strich sie mit den Fingern aus der Stirn zurück.

Elise war gerührt. Die gleiche Geste, Max musste sie von Karl haben. Es fiel ihr nicht schwer, die herzliche Begrüßung zu erwidern.

»Ich habe mich schon lange darauf gefreut, dir endlich zu begegnen. Max erzählt mir so oft von dir und seiner Heimat. Und das Duzen, das wäre schön, Karl. Das hilft mir, mich zuhause zu fühlen.«

Elise war erstaunt, wie leicht ihr die Anrede mit Du und dem Vornamen fiel. Sie wusste inzwischen, dass sie sich auf ihr erstes Gefühl bei einem Menschen verlassen konnte. Karl und sie mochten sich, das war klar. Elise drehte den Kopf zum Hof hin, weil noch jemand aus dem Torbogen zu ihnen kam.

Therese, eine rundliche Frau mit grauen Zöpfen, die auf dem Kopf zu einem Kranz festgesteckt waren, trug ihre adrette, blau-weiß gestreifte Kittelschürze über einem Alltags-Dirndl.

Sie sei jetzt 58 Jahre alt, hatte Max Elise erzählt, als sie die Fahrt hierher planten. Nach dem Tod seiner Mutter habe sie ihn als einzigen Sohn ihres allzu früh gestorbenen Schützlings Christine liebevoll umsorgt und sei so etwas wie eine mütterliche Oma für ihn geworden. Ihr Mann, mit dem sie aus dem Allgäu nach Heiligenberg gezogen war, war früh durch einen wütenden Bullen zu Tode gekommen. So hatte sie selbst keine Kinder, und dadurch war Max mehr als nur ihr Pflegesohn geworden.

Als Therese jetzt leibhaftig vor Max und Elise stand, wischte sie sich verlegen die Hände an der Schürze ab, bis Max auf sie zukam und sie in den Arm nahm. Sie weinte ein wenig und Elise sah gerührt, wie zärtlich ihr Max die Tränen mit seinem Daumen von der Wange wischte.

Das war also seine Heimat, das war seine Familie, dachte Elise. Karl, Therese, die beiden Hunde Arco und Faxl, und das wunderbare Heiligenberg.

Die ältere Frau wandte sich an Elise, begrüßte sie ebenfalls freundlich und lud die Familie ins Haus ein.

»Ich hab für euch alle eine kräftige Brotzeit gerichtet. Kommt doch mit herauf.«

Aber Max nahm Therese noch einmal in den Arm.

»Ich weiß, du wirst immer am allerbesten für mich sorgen. Aber ich will schnell noch mit Vater ums Schloss gehen und sehen, wie die Felder stehen. Komm doch mit, Elise. In einer halben Stunde sind wir wieder bei dir, Resl, und genießen, was du für uns vorbereitet hast.«

Und so ging Karl mit Max und Elise los, begleitet von Arco und Faxl. Weil Max' Vater so oft mit den Bediensteten allein auf dem Schloss lebte, war Schloss Heiligenberg durch seine Position als Vertreter der Herrschaft ein wenig auch »sein« Schloss, obwohl er nur im Vorhof wohnte.

Meist hielt sich die Fürstenberg-Familie in ihren anderen Besitzungen auf, oft in Donaueschingen, ihrem schönsten Schloss bei der Donauquelle im Westen der Schwäbischen Alb. Dort hatte Fürst Max Egon 1921 die Donaueschingener Musiktage ins Leben gerufen. Elise hatte Max in Frankfurt begeistert davon erzählt, und es freute sie sehr, dass der Fürst Pate ihres Freundes war. Am Konservatorium waren diese Musiktage ein ständiges Thema, weil sie zum wichtigsten deutschen Forum für die zeitgenössische Musik geworden waren.

Nach dem Spaziergang ums Schloss und dem prüfenden Blick auf die Felder, wo das Getreide gut stand, kehrten die Hochems mit Elise zurück. Zu ihrer Freude hatte Therese den runden alten Eichentisch in dem vorspringenden Erkerraum, der zur Turmwohnung gehörte, für die Brotzeit eingedeckt. Von hier aus hatte man einen eindrucksvollen Blick über das frühlingsgrüne Tal nach Südwesten, bis hinunter nach Frickingen und Salem. Es sah so aus, wie man sich den Garten Gottes vorgestellt hätte – ein kleines Paradies.

»Aussicht oder Einsicht?«, scherzte Karl, während er Elise einen Platz anbot. Elise lächelte versonnen, als sie auf einem Stuhl mit Aussicht Platz nahm.

Die letzten Strahlen der Abendsonne fielen durch die Fenster und tauchten den Raum in ein unwirklich orangegoldenes Licht.

»Das würde Arno gefallen, wie auf einer Bühne sieht der gedeckte Tisch aus«, bemerkte Max. »Arno ist ein Schulkamerad von Elise, der in Frankfurt am Schauspielhaus Bühnenbildner lernt,« erklärte er seinem Vater, gerade als Therese mit beiden Händen eine schwere Eisenpfanne aus der Küche hereintrug. Die Köchin stellte sie auf einem dicken Holzbrett in der Mitte des Tisches ab und bat die Gäste, zuzulangen. Es gab frische Schwarzbrotscheiben, die dünn gebuttert und mit würzigem, in der Pfanne angeschmolzenem Blauschimmelkäse aus der eigenen Käserei der Fürstenbergs bestrichen wurden. Dazu frische Radieschen aus dem Garten und das Lieblingsviertele von Karl, einen badischen Roten. Elise bemerkte erstaunt, dass man hier den Wein aus hell glasierten Keramikbechern trank, nicht aus Weingläsern, wie sie es von Bad Ems oder Frankfurt gewohnt war. Zum Nachtisch servierte Therese die ersten süßen Erdbeeren, die bereits in einer sonnigen Ecke des großen Gemüsegartens gereift waren, auf einem zarten Vanillepudding.

Therese selbst aß nicht mit, sie machte sich nebenan zu schaffen. Für eine Köchin gehörte sich das nicht, fand sie, auch wenn sie über ihre Fürsorge für Max schon längst ein Teil der Familie war. Aber sie wusste um ihren Platz, da war sie altmodisch.

Nach der Mahlzeit stand Elise auf, deckte das Geschirr bis auf die Weinbecher ab und trug es in die altertümlich große Küche nebenan, wo ihr Therese das Geschirr abnahm.

»Du brauchst mir nicht beim Abwasch zu helfen, Kind. Das ist die Aufgabe von unserer Rosi, die kommt gleich noch vorbei.«

Aber Elise lachte ihr unwiderstehliches Lachen und nahm eines der rotweiß karierten Leinentücher in die Hand.

»Zu Hause trockne ich immer bei meiner Großmutter das Geschirr ab, und dann erzählen wir uns die neuesten Geschichten. Das könnten wir beide doch auch machen.«

Therese nickte erfreut, während sie eine halbe Handvoll fein geriebene Seife und etwas Soda in den rechten der verzinkten Bottiche mit heißem Wasser gab, die sie nebeneinander im breiten steinernen Spülbecken vorbereitet hatte. Das Mädchen von ihrem Max war doch wohl nicht so eine feine Städtische, wie sie zuerst befürchtet hatte, als sein Vater ihr von »der Pianistin« erzählt hatte. Jedenfalls war sie sich nicht zu schade, anzupacken, und schön lachen konnte sie auch.

»Ich weiß nicht, ob das Pianistenhänden so gut tut, das Abspülen«, begann Therese das Gespräch.

»Na ja, wenn ich das ständig machen würde, vielleicht nicht. Aber mein Klavierlehrer am Konservatorium sagt, dass die Bewegung der Hände im warmen Wasser oder beim Abtrocknen eine gute Handgymnastik für jeden Pianisten ist.«

Therese lachte. »Gelt, so kann man's auch sehen. Übrigens musst du entschuldigen, wenn ich dich eben Kind genannt habe. Das ist mir halt so rausgerutscht.«

»Das macht mir nichts. Im Gegenteil, ich finde es schön. Meine Großmutter nennt mich zuhause auch oft Kind.«

»Das freut mich. Du kannst mich auch gern Resl nennen, so wie der Max. Er ist der einzige, der das darf. Bei ihm freue ich mich drüber.«

Max kam gerade in dem Moment in die Küche, als Elise die schwere Eisenpfanne festhielt, damit Therese sie im Spülbottich gehörig abscheuern konnte.

»Wenn das mal kein gutes Zeichen ist, dass du dich hier wohl fühlst«, sagte Max zu Elise. Dann wandte er sich an Therese.

»Es ist mir wichtig, dass ihr beiden euch gut miteinander versteht, Resl. Du bist die beste Ersatzmutter, die ich bekommen konnte, da kann ich dir nicht genug danken. Und jetzt bist du ja sozusagen Elises Schwiegermutter.«

Übermütig ging er zu der älteren Frau und fasste sie liebevoll an den Schultern, während die sich verlegen mit dem Unterarm eine Haarsträhne aus der erhitzten Stirn wischte. Dank für etwas, das ihre Pflicht gewesen war und ihr soviel Zufriedenheit gebracht hatte, das fand sie nicht angebracht. Aber Max ergänzte seinen Satz noch.

»Mit den beiden wichtigsten Frauen meines Lebens hier zu Hause zu sein, das macht mich ganz glücklich.«

Therese strahlte ihren Jungen an. Er konnte so liebe Sachen sagen, er war überhaupt das Allerbeste, was ihr in ihrem arbeitsreichen Leben passiert war.

»Na, dein Lieserl macht's einem ja auch wirklich leicht. Die musst du festhalten, Max, die ist richtig für dich. Als Frau weiß man so was.«

Erschrocken hielt sie sich die Hand vor den Mund und schaute zu Elise herüber.

»Na ja, Kind, ich red halt, wie mir der Schnabel gewachsen ist. Aber das hab ich schon gedacht, als ich euch am Tor hab stehen sehen. Das ist die Rechte für meinen Jungen, das hab ich genau gefühlt. Weißt du, es war für mich ein Glück im Unglück, dass ich versuchen durfte, seine Mutter nach dem Unfall zu ersetzen.«

Elise schaute die beiden an, zögerte kurz, aber dann wagte sie es.

»Darf ich euch fragen, was damals passiert ist?«

In dem Moment kam Karl ebenfalls in die Küche und schaute sich neugierig um.

»Wie immer, der interessanteste Platz ist in der Küche. Aber ich wüsste doch zu gern, worüber ihr euch gerade unterhaltet.«

Er sprach leicht und zwanglos in das bedrückte Schweigen von Max und Therese hinein. Dann wurde ihm die Betroffenheit im Raum bewusst, aber er brachte sie wohl mit seinem Eintritt in Verbindung. Elise fühlte sich verpflichtet, die Situation zu erklären.

»Ich habe gerade gefragt, wie Max' Mutter gestorben ist. Aber vielleicht hätte ich das nicht tun sollen. Entschuldigt bitte.«

Sofort spürte sie, wie Karls lockere Unbefangenheit verschwand. Sein Gesicht wurde sorgenvoll, und gleichzeitig schaute er erstaunt zu seinem Sohn hinüber.

»Ich dachte, du hättest Elise schon davon erzählt.«

Dann wandte er sich zu der jungen Frau.

»Aber wenn mein Sohn will, dass du zu unserer Familie gehörst, wie er es mir am Telefon gesagt hat, musst du Bescheid wissen. Das war das Ereignis in meinem Leben, das mir das Glück wieder genommen hat, das ich vier Jahre erleben durfte. 1912 ist es passiert, in Donaueschingen, bei einer Jagd des Fürsten. Der Kaiser war in dem Jahr als Ehrengast dort. Die zweite Schwangerschaft meiner Frau ging damals gerade in den fünften Monat. Christine war auf Bitte des Fürsten nach Donaueschingen mitgefahren, um beim Bedienen der vielen Jagdgäste zu helfen. Bevor die Gesellschaft vom Schlosshof losritt, wurde ein Sherry gegen die Novemberkälte angeboten. Meine junge Frau ging zwischen den Pferden umher, reichte den Reitern gefüllte Gläser vom Tablett hoch und nahm die geleerten wieder an. So war sie. Sie hat immer geglaubt, dass ihr schon nichts Schlimmes passieren wird.«

Max trat dicht neben seinen Vater. Dankbar schaute Karl zu ihm hin, dann erzählte er weiter, während seine Augen auf einen weit entfernten Punkt gerichtet waren.

»Zwei Hunde hatten sich von der aufgeregten Jagdmeute losgerissen und waren zwischen die Reiter geraten. Ein Pferd erschrak, keilte aus und traf Christine mit voller Wucht am Kopf. Sie wurde sofort ins Krankenhaus gebracht, aber zuerst verlor sie unser zweites Kind, zwei Tage später starb sie selbst. Ich habe ihre Hand gehalten.«

Karls Augen füllten sich mit Trauer, immer noch, nach all den Jahren.

»Lass, Vater. Du musst doch nicht davon sprechen.«

Max legte dem Vater seine Hand auf die Schulter. Karl holte Luft für den Nachsatz.

»Danke, Max. Es ist in Ordnung. Weißt du, es befreit mich doch auch, wenn Elise davon hört.«

Nachdenklich schaute er zur Freundin seines Sohnes hinüber.

»Zwei Dinge habe ich aus Christines Tod gelernt. Ich hoffe, sie nützen euch in eurem Leben. Glück ist immer nur geliehen. Man muss sich beeilen, wenn es einem über den Weg läuft, sonst ist es wieder verschwunden.«

Nach einer Pause fuhr er fort.

»Und noch etwas: So kann aus Unglück auch Glück entstehen, vielleicht ist genau das der Kreislauf des Lebens. Max hat durch den Unfall die beste Ersatzmutter bekommen, die er hätte haben können.«

Max nickte zu Therese hinüber. Sein Vater fügte noch etwas hinzu, das ihm wichtig war.

»Zwar habe ich selbst nie wieder jemand gefunden, der die Stelle von Christine hätte einnehmen können, aber das ist in Ordnung.

Schließlich habe ich vier Jahre lang mehr Glück erlebt, als ich es mir je erhofft hätte. Und Max ist mir geblieben.«

Dabei schaute Karl liebevoll zu seinem Sohn, der inzwischen neben Elise stand und seinen Arm um sie gelegt hatte.

15 Von der Liebe und vom Tod

Am Sonntag, dem 26. Mai, brachen Max und Elise morgens zusammen in ihrem Amilcar nach Unteruhldingen auf, wo ein gebrauchtes kleines Segelboot lag, das Hugo und sein Zwillingsbruder Maxi von ihren Eltern voriges Jahr zum 15. Geburtstag geschenkt bekommen hatten. Tine und ihr Mann, der den Namen Hugo trug wie auch sein Sohn, fanden, dass man, wenn man schon in der Nähe des Bodensees zur Schule ging, auch segeln können musste.

Nach der liebevoll ausgerichteten kleinen Feier der drei Geburtstage von Karl, Elise und Max am Freitagabend, nur im Beisein von Therese, war dieser Ausflug das, worauf Elise sich am meisten freute. Man hatte sich für Sonntag in dem kleinen Ort am Bodenseeufer verabredet, um das Boot zum ersten Mal in diesem Jahr auszuprobieren. Außerdem wollten die Zwillinge gern das Mädchen kennenlernen, von dem Max ihnen an Weihnachten so viel erzählt hatte. Umgekehrt war Elise auch neugierig auf die beiden, die Max die »Prinzen« nannte.

Hier zu Hause war Max ganz anders angezogen als in der Stadt. Er trug eine durchs Alter samtweiche braune Sämischlederhose, knielang, mit Hosenträgern und Hirschhornknöpfen, dazu ein hellgraues Flanellhemd mit aufgekrempelten Ärmeln. Den dunkelbraunen Strickjanker, vom Vater ausgeliehen, hatte er hinten ins Auto gelegt. Warm war ihm geworden beim Ankurbeln des Amilcar. Er strich sein Haar aus der Stirn zurück.

Diese lässige Kleidung stand ihm unverschämt gut, fand Elise, und außerdem roch er begehrenswert. Zum Anbeißen sah er aus, und aus seinem Blick zu ihr schloss sie, dass er das gleiche über sie dachte.

Die Sonne schien strahlend vom Maihimmel, an Land waren die Temperaturen schon sommerlich, aber die Frühlingsbrise blies noch immer frisch über den vom Schmelzwasser der Alpen abgekühlten Bodensee. Wenn man warm genug angezogen war, war heute ideales Segelwetter. Hinüber zur Mainau wollten sie, dort am Ufer Steckerlfisch fangen und am Lagerfeuer braten, vielleicht auch ein wenig schwimmen oder über die verwunschene und kaum noch genutzte Insel wandern.

Hugo und Maxi begrüßten Elise mit Neugier und waren sofort beeindruckt. Sie zeigten Max und seiner Freundin die unkomplizierte und äußerst beliebte Rollfilmbox von Agfa, die sie mitgebracht hatten, damit sie ihren Schulkameraden später Fotos von ihrem Ausflug mit der schönen Pianistin zeigen konnten.

Die beiden Jungen mussten sich gemeinsam mit Max sehr anstrengen, um das kleine Boot aus der Flaute im Uferbereich herauszubringen. Erst weiter draußen auf dem See wurde die Brise kräftiger und sie kamen in Fahrt.

Die glitzernden Tropfen des vom Bug zerschnittenen Wassers tanzten in einem sanften Bogen an den Seitenwänden der Jolle hoch, um dann wieder mit hellem Klang zurück ins Wasser zu fallen. Elises sensibles Gehör fing das Zischen des Wassers unter dem Bugspriet mit ebenso viel Begeisterung auf wie das Rauschen des Windes im kleinen Segel. In ihrem Kopf entstand eine Melodie. Klingen, Zischen, Rauschen – und noch mal Klingen, Zischen, Rauschen, ein Dreiklang wie ein Lied, dachte sie verträumt, während sie der Melodie nachlauschte. Die Frühlings-Symphonie des Bodensees, für Max und mich von der Natur aufgeführt.

Lächelnd schaute sie zu Max, der mit den Zwillingen das Boot in Richtung Mainau lenkte. Er blickte freudestrahlend zu ihr zurück. Da saß die Frau, die sein Leben mit Glück erfüllen würde. Und er hatte die Chance, dass er sie mit zwanzig Jahren schon kennenlernen durfte.

Spielerisch salutierte er zu Elise hin. Dieser Augenblick war Glück pur für beide, und beide wussten es.

Sie schloss die Augen und gab sich dem Gefühl hin. Vielleicht werde ich nie wieder so glücklich sein wie in diesem Moment, schoss es ihr durch den Kopf. Ich will dieses Bild und die Frühlings-Symphonie immer in mir behalten, so wie das Klingeln der Straßenbahn auf der Berger Straße am ersten Abend mit Max. Für alle Zeiten.

Elise konnte nicht ahnen, wie oft sie sich später an diesen Moment erinnern, wie viel Kraft er ihr in den schweren Zeiten geben würde, die vor ihr lagen.

Maxi hatte die Magie des Augenblicks mitbekommen. Er war selbst ein wenig in Elise verliebt. Die schöne Elise. Er drehte sich zu ihr hin.

»Kommt, ich mache ein Foto von euch in unserem Boot. Dann kannst du später deiner Familie zeigen, wie schön es hier bei uns am Bodensee ist.«

Gleich begann er mit Regieanweisungen.

»Elise, erstmal mache ich ein Bild von dir allein. Leg deine Jacke woanders hin, in deinem weißen Leinenkleid siehst du so richtig nach einem heißen Sommertag aus.«

Maxi gab zielsicher seine Anweisungen, er schien das Bild, das er machen wollte, schon genau im Kopf zu haben. Elise schaute Max erstaunt an. Der verstand sofort, was sie meinte, und grinste.

»Mach dir nichts draus, Elise, der Maxi ist immer so. So ist das bei Zwillingen. Einer ist dominant nach außen, der andere bestimmt nach innen.«

Maxi ließ sich nicht aus der Ruhe bringen, während Hugo auf Wind und Segel achtgab.

»Elise, schau mich an. Und jetzt lächeln, lehn dich ein bisschen nach vorn. Max, sag ihr was Liebes. Ja, genau so. Toll, die Aufnahme ist im Kasten. Der Wind hat wunderbar in deinem Haar gespielt, Elise, das ist bestimmt ein perfektes Foto geworden. Und jetzt ihr beiden zusammen.«

Er schaute kurz zu Hugo hinüber, der ihm anerkennend zunickte, aber nichts sagte.

›Also, setzt euch nebeneinander auf die Bootskante am Bug und tut so, als ob es sehr heiß wäre. Max, leg deinen Arm um Elise. Der Kontrast von deiner alten Lederhose mit dem weißen Kleid ist toll. Schaut euch an, lächelt so, als ob ihr nie wieder voneinander lassen wollt.«

»Schüchtern ist er wirklich nicht, unser Maxi«, lachte Max Elise an. »Aber wo er recht hat, hat er recht. Für immer, genau.«

»Einen Moment noch, die Sonne kommt gleich hinter der Wolke hervor. Helles Licht ist für Max' Haare besser. Und jetzt lächeln …«

Er drückte auf den Auslöser und drehte den Film sofort weiter.

»Und noch eins. Max, setz dich hinter Elise und nimm sie von hinten in den Arm. Ja, so. Leg deine Hand auf ihre Hand. Nicht so steif, ihr liebt euch doch. Flüster ihr was ins Ohr. Und jetzt nach vorn sehen, in die Kamera. Ja, so, prima … fertig. Danke! Meine Fotos werden euch glücklich machen, ich versprech's euch.«

Sorgfältig legte Maxi seine Kamera in einen gepolsterten Kasten an der Seite der Jolle und klappte den Deckel wieder zu.

Bei der beständigen Brise erreichten sie das Ufer der Mainau nach knapp 30 Minuten. Hugo band das Boot an einem dicken, weit über das Wasser hängenden Weidenstamm fest. Die jungen Männer schienen diese Stelle als geeigneten Anlegeplatz zu kennen. Der Strand war mit grobem Sand bedeckt und eine Stelle mit verkohlten Holzresten deutete darauf hin, dass hier noch vor ein paar Tagen ein Feuer gebrannt hatte.

Der Rest des Tages verging wie im Flug. Max und Hugo hatten am See eine Reihe kleiner Weißfische und Felchen gefangen, die sie auf Stecken am Lagerfeuer rösteten. Brot und Käse schmeckten ihnen allen wunderbar dazu, auch der kühle Most aus dem großen Tonkrug von Therese war bald miteinander geteilt und ausgetrunken.

Max und Hugo waren mutig genug, eine kurze Strecke im kalten Wasser des Sees zu schwimmen. Elise blieb lieber mit Maxi und Oscar in der nachmittäglichen Wärme der Sonne am Ufer liegen und schaute verträumt in den Himmel. Maxi machte noch ein paar Fotos von ihnen am Strand und von Hugo und Max, wie sie aus dem Wasser gerannt kamen.

So einen glücklichen Tag hatte Elise schon lange nicht mehr erlebt.

Nach der gemeinsamen Rückfahrt zu den blassen Lichtern des kleinen Hafens in Unteruhldingen, vertäuten sie die Jolle am Anlegeplatz. Hugo und Maxi machten sich mit ihren Fahrrädern eilig auf den Rückweg nach Salem ins Internat, während Max und Elise zurück nach Heiligenberg fuhren.

Langsam wich die Dämmerung dem Dunkel der Nacht. Auf der Heimfahrt sprach Max nicht viel, er sah nachdenklich aus und hatte den Strickjanker seines Vaters eng um sich zusammengezogen, als ob es ihn fröre. Schließlich, an der Kehre der Neuen Steige kurz vor Heiligenberg, holte er tief Luft.

»Eigentlich weiß ich ja, dass du mich liebst, Elise. Aber oft wundere ich mich, dass es so ist. Manchmal finde ich, dass ich dich gar nicht verdiene. In solchen Momenten kann ich dir überhaupt nicht glauben, dass du mich wirklich zurückliebst. Du könntest bestimmt einen besseren finden als mich, jeder verliebt sich doch in dich.«

Sie legte ihre Hand auf sein bloßes Knie und strich zärtlich darüber. Das Gefühl seiner warmen Haut mit den weichen Härchen unter ihren Fingern erregte sie.

Max' Stimme wurde eine Spur leiser, was Elise immer als Zeichen verstand, dass er ihr jetzt etwas besonders Entscheidendes sagen würde.

»Elise, versprich mir einfach, dass du nur mich liebst. Ich muss dir dann vertrauen, mehr kannst du gar nicht tun. Die anderen darfst du nur gernhaben, mehr nicht. In Ordnung?«

Max schaute Elise fragend an. In der rasch einfallenden Dunkelheit schimmerten seine Zähne. Die Glocken im Schlossturm schlugen halb zehn, neun Mal tief und zwei Mal hoch.

Elise nickte bekräftigend mit dem Kopf.

»Das verspreche ich dir, Max. Wie schön, dass du wieder lächelst.«

Ihr Gesicht entspannte sich.

»Sieh mal, ich habe auch schon oft darüber nachgedacht, wie jemand, der so wunderbar ist wie du, jemand so unwichtigen wie mich wirklich lieben kann. Manchmal habe ich Angst, dass dich bald eine andere mehr interessieren könnte.«

Nachdenklich folgten Elises Augen einer Motte, die bei der langsamen Fahrt über das holprige Kopfsteinpflaster vom Postplatz vor dem linken Scheinwerferlicht tanzte.

»Aber vielleicht ist das so bei jeder Liebe. Das würde meine Großmutter jedenfalls sagen. Vermutlich kann man nie so ganz glauben, dass der andere einen liebt, wo man doch die eigenen Schwächen nur allzu gut kennt.«

Sie fuhren weiter hinunter zum Vorhof des Schlosses. Max hielt mitten auf dem Weg an, beugte sich zu ihr herüber und küsste sie innig. Sie erwiderte seine Umarmung. Wieder spürte sie, wie nah sie sich in diesem Moment waren und wie erregend er roch, nach Sonne und warmer Haut und Sand und Wasser. Max fühlte ihr Herz schneller schlagen.

Er parkte den Wagen auf dem gewohnten Platz, dann holte er den Picknickkorb aus dem engen Kofferraum. Unten im Treppenhaus wurden sie von Arco und Faxl begrüßt, die heute dort miteinander in einem großen Hundekorb auf einer Pferdedecke lagen und schon geschlafen hatten. Sie hoben den Kopf, wedelten mit dem Schwanz, Faxl sprang auf und schnupperte neugierig an Elise. Dann legte er sich wieder zu Arco in den Korb und kringelte sich zwischen dessen langen Beinen ein.

»Wie ich die beiden beneide«, flüsterte Max Elise ins Ohr. »So nah würde ich auch gern bei dir liegen. Aber wir haben ja verschiedene Zimmer. Schade.«

Er lachte und strich über ihr schönes Haar.

»Was hältst du davon, Elise, wenn wir das heimlich ändern? Komm, wir trinken noch ein Glas Wein in der Küche. Mein Vater ist heute Abend zum Geburtstag von Herrn Brackner unten im Forsthaus eingeladen, Therese auch. Sie kommen spät zurück und wie ich Resl kenne, hat sie uns etwas zu essen vorbereitet.«

So war es. Sie hatte Kässpatzen mit geschmälzten Zwiebeln vorbereitet, was Max besonders gern mochte, und die Backröhre im Ofen war noch heiß. Auf dem runden Tisch im Erker hatte sie zwei Plätze gedeckt. Auf Elises Platz lag ein Telegramm, das offenbar am Nachmittag für sie angekommen war.

Max reichte es ihr erschrocken, Telegramme bedeuteten selten etwas Gutes. Elise zitterte, plötzlich hatte sie ein schlechtes Gefühl. Sie musste sich setzen, bevor sie den Bogen aufklappte und las.

»Großmutter gestorben. Lungenentzündung. Beerdigung Mittwoch. Ruf Josserts an. Mama + Papa.«

Max schaute ihr über die Schulter. Elises Hand mit dem Telegramm sank auf den Tisch, ihre Finger öffneten sich, das Blatt glitt ihr aus der Hand. Max' Blick fiel auf den ersten Satz.

Elise blieb stumm. Sie wischte sich ungläubig über die Augen, dann quollen Tränen heraus. Sie konnte ihrer Trauer keine Stimme geben, ihre Schultern bebten. Die Lautlosigkeit ihres Schmerzes machte Max noch hilfloser.

Er setzte sich eng neben sie und legte seinen Arm um sie. Elise ließ es geschehen, sie schien ihn nicht einmal zu bemerken. Der Schmerz blieb in ihr verschlossen. Wieder und wieder nahm sie das Telegramm in die Hand und blickte auf die fünf ersten Worte, die sie nicht glauben konnte und nicht verstehen wollte.

Max hatte seine linke Hand auf ihren Unterarm gelegt und streichelte sie immer wieder, zärtlich, hilflos, unglücklich. Elise ließ ihn gewähren, ihre Gedanken waren so weit weg. Immer wieder glitt ein Schauer durch den Körper der jungen Frau, aber ihre Trauer blieb in ihr verschlossen.

Max fühlte sich machtlos. Alles hätte er getan, um den Kummer von ihr zu nehmen. Aber sie ließ ihn nicht an sich heran. Eben noch, auf dem Weg zum Vorhof, waren sie sich so nah gewesen.

»Elise, bitte, sieh mich doch an, sag etwas. Du machst mir Angst.«

Sie drehte den Kopf zu ihm, seine Stimme klang so … so elend, und das drang zu ihr durch. Die Qual in ihrem Gesicht traf Max ins Herz.

»Ich verstehe das nicht, Max. Louise war doch immer bei mir, immer. Das kann doch nicht sein.«

Ihr Schmerz wurde stärker, ihr Kinn bebte, qualvoll brach ein erstes Schluchzen aus ihr heraus. Sie lehnte sich zu ihm hinüber, ließ sich in seinen Arm fallen, legte den Kopf an seine Schulter. Seine Hand strich über ihr Haar, immer wieder.

»Ich bin bei dir, mein Herz. Elise, ich bin doch hier.«

Er wusste nicht, was er sonst tun konnte, also war er einfach da. Minutenlang schluchzte sie so heftig, dass es sie schüttelte, dann schaute sie ihn aus rot geweinten Augen hilflos an.

»Max, die Beerdigung ist genau am Tag des Wettbewerbs. Was soll ich bloß tun?«

»Traurig sein, mein Herz. Den Rest entscheidest du morgen – oder wir, wenn du willst.«

Sie spürte jetzt, dass sich eine Leere in ihrem Innersten ausbreitete, die all ihre Lebenskraft zu rauben drohte. Nie hätte sie sich vorgestellt, dass der Verlust ihrer Großmutter sie so treffen könnte. Eigentlich hatte sie den Gedanken an Louises Tod lange von sich weggeschoben. Ihre naive Hoffnung, dass die Großmutter immer da sein würde, wenn sie ihren Rat brauchte, traf auf die Realität des Todes.

»Halt mich, Max. Halt mich ganz fest, damit ich weiß, dass es wenigstens dich noch gibt.«

Er legte seinen Arm ein wenig fester um ihre Schultern und zog ihren Kopf an seine Wange.

»Ich bin hier, ich bin bei dir, Elise.«

Seine Stimme wurde leise und tief.

»Ich werde immer bei dir sein, solange du mich willst. Das verspreche ich dir. Solange du mich willst.«

Sie nickte und wischte sich die Tränen von der Wange. Wieder hatte sie das gleiche intensive Gefühl wie damals, als Max zum ersten Mal abends vor dem Nassauer Hof auf sie gewartet hatte. Mit ihm würde sie sich immer sicher fuhlen. Sie schaute auf Resls Kässpatzen, die sie beide nicht angerührt hatten. Ihre Stimme klang leise und mutlos.

»Ich möchte jetzt ins Bett gehen, Max. Komm mit mir. Halt mich, bis ich schlafen kann. Vielleicht fühle ich dann diese Leere nicht. Ich will nicht allein sein, nicht jetzt.«

Er folgte Elise ins Gästezimmer, das vor vielen Jahren das Schlafzimmer seiner Eltern gewesen war und in dem immer noch die soliden Tübinger Aussteuermöbel seiner Mutter standen. Max erinnerte sich genau an das breite Bett. Als ganz kleiner Junge war er manchmal frühmorgens, wenn der Vater schon auf die Felder ausgeritten war, zur Mutter ins Bett gekrochen, um ihre Wärme und den Duft ihres Körpers zu spüren. Das fiel ihm ein, während Elise sich im Badezimmer mit dem hohen Holzbadeofen die Zähne putzte, mechanisch ihre Haare bürstete und ihr Nachthemd überzog. Sie trug am liebsten ein altes Baumwollhemd ihres Vaters, das ihr bis über die Knie ging. Weich war es vom vielen Waschen, weiß und grau gestreift, mit einem zerschlissenen Stehkragen. Max hatte es bisher nur unter dem Kopfkissen in ihrem Bett bei den Bambergs gesehen. Gelacht hatte er darüber, aber jetzt, als sie aus dem Badezimmer kam in dem Hemd, die Augen verweint, wurde ihm flau im Magen vor lauter Liebe. Er hatte sich aufs Bett gesetzt, in den Schein der altmodischen Nachttischlampe mit der schmalen, hoch gewölbten Kuppel aus goldgelbem Glas. Max rückte beiseite und hob das weiche Daunenbett ein wenig für sie hoch.

»Komm, mein Herz, ich decke dich zu.«

Sie schlüpfte ins Bett und schaute ihn einen Moment lang ganz still an. Schließlich schlug sie die Decke wieder auf, diesmal für ihn.

»Komm zu mir, Max. Ich will dich ganz nah bei mir spüren.«

Er streifte die Schuhe ab und legte die weißwollenen Kniestrümpfe auf den Boden. Seine Lederhose behielt er an, auch das graue Flanellhemd.

Dann kam er zu ihr unter die Decke.

Zum ersten Mal, seit sie sich kannten, lagen sie so nah beieinander. Oft waren sie zusammen im Schwimmbad gewesen, manchmal hatten sie im Spätsommer nebeneinander im Günthersburgpark bei der Stierskulptur auf dem Rasen gelegen, einmal auch auf Max' schmalem Bett in der Dachkammer der Ulmenstraße. Mehrmals hatten sie diese packende Sehnsucht füreinander gespürt, erregt von der verlockenden Gegenwart des anderen. Aber sie waren jung, mitten in der Ausbildung. Beide waren mit der Vorstellung aufgewachsen, dass man erst seine Ausbildung macht und dann heiratet, bevor man sich einander hingeben darf. Auch wenn die Auflösung bürgerlicher Strukturen in den lockeren Zwanziger Jahren die Strenge solcher Vorgaben für liberale und linke Gesellschaftskreise gemildert hatten, für Elise und Max waren sie noch gültig gewesen.

Doch heute schien alles anders. Es fühlte sich an, als fegte der betäubende Schmerz über Louises Tod die bestehenden Konventionen einfach beiseite. Sie waren nicht mehr wichtig.

Elise flüsterte, ihr Mund nah an seinem Ohr, so, als ob sie allen Mut zusammen nehmen musste.

»Max, ich will nicht sterben, ohne dich in mir gespürt zu haben. Was ist, wenn ich morgen auch sterben muss?«

Erschrocken murmelte er seine Antwort.

»Du wirst nicht sterben, meine Liebste. Im Gegenteil, unser gemeinsamer Weg fängt gerade an. Ich werde dich mit meinem Leben schützen. Und ich begehre dich so sehr, so sehr … Ich kann es dir nicht sagen, nur zeigen kann ich es dir. Wenn du mich wirklich willst …«

Seine Stimme versagte, sein Atem traf heiß ihren Hals, sein Mund suchte nach ihrem. Zögernd glitten seine Lippen über Elises zarte Wangen, der salzige Geschmack ihrer getrockneten Tränen blieb auf der Spitze seiner Zunge. Über den weichen Stoff des Nachthemds glitten seine Finger sich zu ihrer linken Brust, die sich zart und doch fest in seine Hand schmiegte. Er spürte, wie sehr ihr Herz hämmerte. Sie half ihm, ihr Hemd aufzuknöpfen, dann seines. Er streifte ihr das Hemd über den Kopf, es fiel auf den Boden, dann zog sie ihm seines aus. Seine glatte junge Haut mit dem Geruch vom Bodensee und Erregung wollte sie an ihrer spüren, nur seine Berührung konnte ihre Einsamkeit nach Louises Tod auslöschen.

Max stand vom Bett auf und stellte sich ohne Scheu vor sie hin. Sie streifte die Hosenträger über seine breiten Schwimmerschultern herunter, knöpfte den Hosenlatz auf und ließ seine Lederhose auf den Boden fallen, dann die Unterhose. Jetzt stand er völlig nackt vor ihr. Der Umriss seines trainierten Körpers zeichnete sich gegen das schwache Licht des klaren Sternenhimmels hinter dem einzigen Fenster des kleinen Raumes ab. Sie schauderte, eine Gänsehaut überzog ihre Arme …

»Komm zu mir, Max. Hundert Mal habe ich von diesem Moment geträumt. Ich wollte dich vom ersten Augenblick an, als du das von unseren Augen gesagt hast, damals im Mosler …«

Sie schob die Decke zur Seite und lag nackt vor Max auf dem Bett, offen für seine Zärtlichkeit.

»Du bist so schön, meine Liebste, so …«

Seine Erregung ließ ihm die Stimme brechen. Er beugte sich über sie und küsste sie auf die geschlossenen Lider, dann kniete er neben ihr auf dem Bett und erkundete ihren Körper mit seinen Lippen und seinen sanften Fingerkuppen. Ihr Duft, diese Stelle an ihrem Hals, wo das Schlüsselbein ansetzte. Wie er diese Stelle liebte, wie er nicht genug davon bekommen konnte.

Ihr Atem wurde heftiger. Er genoss seine Macht über ihren Körper, er liebte es, wie er ihre Hingabe wecken konnte, wie sein Glied in ihrer Hand vor Härte schmerzte.

Ihre Hände strichen über seinen starken, glatten Rücken, seinen muskulösen Po. Sie zog ihn über sich. Sanft folgte Max, dann ließ er sich drängend in sie gleiten.

Nach dem ersten erstaunten Moment des Schmerzes wollte Elise mehr von der Lust dahinter. Sie schaute in seine Augen und versank in ihnen. Nie mehr loslassen sollte er sie, so wollte sie bleiben, er in ihr, ihre beiden Körper, ihre beiden Leben eins. Die Lust in ihr, von der sie bisher nur geträumt hatte, ließ sie den schmerzlichen Verlust in ihrem Inneren vergessen. Max' Liebe heilte ihre verwundete Seele.

»Bleib in mir, bleib. Nichts kann mir dann passieren. Bleib, Max.«

Sie schloss die Augen, damit ihr keines der Geräusche entging, nicht sein heftiger werdender Atem, nicht seine abwechselnd sanften oder heftigen Stöße, nicht sein ersticktes Schluchzen, als sein Höhepunkt sich heiß in ihr entlud. An alles wollte sie sich genau erinnern, später, wenn dieser Augenblick des Glücks vergangen war.

Kurz darauf erfüllte sie selbst ein so heftiger Schauder, dass sie am ganzen Körper zitterte. Immer noch hielt sie ihn auf sich fest. In ihr sollte er bleiben, seine Lust und ihre sollten sich nicht trennen. So wollte sie einschlafen, so wollte sie in die Nacht eintauchen, damit der große Schmerz ihres Verlusts sie nicht finden konnte.

»Bleib, Max, bleib in mir.«

Noch einmal flüsterte sie in sein Ohr, erschöpft von der Liebe und vom Tod, die so gleichzeitig in ihr Leben gekommen waren.

Am nächsten Morgen, als Max die Tür zum Erkerzimmer öffnete, saß Elise schon am Frühstückstisch. Resl hatte alles für sie vorbereitet, bevor sie in die Wirtschaftsküche am Vorhof gegangen war, ganz in der Frühe wie jeden Morgen. Es war Montag, und sein Vater begann die Woche wie immer mit einem Inspektionsritt über die Felder auf seiner Schimmelstute Jolie. Sie waren also allein in der Wohnung des Vaters.

Er sah, dass Elise noch etwas geweint hatte, aber gleichzeitig strahlte so viel Glück aus ihren blauen Augen, dass ihm wieder ganz flau wurde. Wortlos schaute sie ihn an, dann drehte sie den Kopf zu ihm und schloss die Augen, während ihre Lippen seinen Mund suchten. Sie küssten sich, und noch im Kuss öffneten sich ihre Augen wieder. Sie schienen eine Spur blauer als sonst.

»Max, ich habe einen wunderbaren Traum gehabt. Louise hat mich heute Nacht besucht. Es war, als ob sie in meinen Raum gekommen wäre, als ob sie wirklich bei mir gewesen wäre. Direkt auf der Bettkante hat sie gesessen, so nah wie du gestern Abend. Und dann hat sie etwas Merkwürdiges zu mir gesagt.«

Flüchtig strich sie ihr Haar zurück.

»Sie hat gesagt, dass sie mir ihr Glück mit Sergej weitergibt. Und dass sie im Wettbewerb bei mir sein und zuhören wird, weil dies mein wahres ›Konzert für Louise‹ wird. Sie hat mir zugelächelt ohne ein Wort. Plötzlich habe ich genau verstanden, dass ich sie immer erreichen kann in meinem Herzen.«

Elise schaute Max an.

»Weißt du, vielleicht hört sich das etwas verrückt an. Aber ich werde den Wettbewerb spielen. Ich glaube, Großmutter würde es wirklich wollen, jetzt bin ich sicher. Aber ich werde ein zusätzliches Stück spielen, nicht nur den Beethoven.«

Elise blickte Max nachdrücklich in die Augen, um zu sehen, wie er auf ihre Entscheidung reagierte. Seine schönen braunen Augen. Sie hoffte, dass er ihre Entscheidung verstand und nicht verurteilte.

»Louise hat früher einmal zu mir gesagt, fast im Scherz, dass ich zu ihrer Beerdigung das ›Lacrimosa‹, den sechsten Satz aus Mozarts Requiem, spielen soll. Es hat sie so berührt, als ich es zu Hause für ein Schülervorspiel geübt habe. Ich werde den Menschen im Wettbewerb erklären, dass ich dieses Stück für meine Großmutter spiele, die immer in meinem Herzen bleiben wird, obwohl sie gerade von uns gegangen ist. Hoffentlich werden meine Mutter und mein Vater es verstehen, wenn ich zur Beerdigung nicht bei ihnen bin.«

Max trank einen Schluck heißen Milchkaffee, während er beide Hände nachdenklich um die Tasse legte.

»Ich finde es richtig, wie du dich entschieden hast, Elise. Ich bin überzeugt, dass deine Großmutter genau das tatsächlich wollen würde. Und deine Eltern werden es sicher auch verstehen.«

In diesem Punkt allerdings lag Max falsch. Zuerst reagierte Elises Mutter entsetzt, als ihre Tochter bei den Josserts in der Schneiderei anrief und ihre Entscheidung zu erklären versuchte. Clara war so enttäuscht, dass sie den Hörer ohne ein weiteres Wort auflegte.

Elise hatte ihrer Mutter vor der Abreise die Telefonnummer von Max' Vater gegeben, für alle Fälle. Spät am Nachmittag rief Clara dort zurück und erreichte Max. Der holte Elise ans Telefon.

Clara erklärte, dass sie so auf den Beistand von Elise gerechnet hatte, dass es ihr Angst machte, ohne ihre Tochter am offenen Grab ihrer Mutter stehen zu müssen. Aber wenn sie genau darüber nachdächte, würde Louise tatsächlich wollen, dass ihre einzige Enkelin den Weg zur Pianistin weiterginge. Die Großmutter hätte mindestens einmal am Tag gesagt, wie zufrieden es sie machte, dass »meine Elly jetzt Pianistin werden darf«. Und dafür wäre der Wettbewerb wichtig, das fand auch Willy.

Elise versprach ihrer Mutter, dass sie mit Max am Tag nach dem Wettbewerb sofort nach Bad Ems zurückkehren würde. Dort würden sie alle dann miteinander das Grab der Großmutter und auch das von Moritz aufsuchen.

Gemeinsam mit Max ging Elise am späten Mittwochnachmittag den pompösen, mit einem roten Läufer ausgelegten Aufgang zum großen Saal des Konstanzer Stadttheaters hoch. Max zog in seinem vom Vater geborgten schwarzen Smoking viele Blicke auf sich, und Elise in ihrem königsblauen Kleid erregte erst recht Aufmerksamkeit. Ein bemerkenswert schönes Paar, dachten viele der Besucher an diesem kühlen und regnerischen Tag Ende Mai.

Der Theatersaal mit den roten Plüschsitzen, umrahmt von dunkler Holztäfelung und überstrahlt von ehrwürdigen Kristalllüstern, war am Abend vor dem Himmelfahrtstag gut gefüllt mit einem Musik liebenden Publikum aus ganz Europa. Zwar dominierte als Sprache Deutsch, aber auch Schwizerdütsch und Französisch waren überall zu hören, dazu ein wenig Österreichisch, Italienisch und Polnisch.

Elise hatte auf der Anmeldeliste die Namen von zwölf Mitbewerbern gelesen, von denen aber offenbar nur zehn tatsächlich erschienen waren. Sie kannte keinen anderen der jungen Pianisten persönlich oder dem Namen nach. Aber noch war sie ohnehin nicht ganz bei der Sache.

Am Vormittag hatte in Bad Ems die Beerdigung der Großmutter stattgefunden und Elise war nicht bei ihren Eltern gewesen, wie man es von ihr als Tochter und Enkelin erwartet hätte. Das machte ihr zu schaffen, nur – jetzt war Elise hier. Es machte keinen Sinn, über Wenn und Aber nachzudenken. Dies musste das wahre Konzert für ihre Großmutter werden, darauf kam es der Enkelin an. Ihre Platzierung im Wettbewerb schien ihr nicht so entscheidend, die war in den Hintergrund gerückt. Entsprechend hatte sie auch kein Lampenfieber, als sie den Arm von Max losließ und zum Bühneneingang abbog.

Max setzte sich zu Karl und Therese in die fünfte Reihe. Sie, die so viel für Max bedeutete, hatte zuerst nicht mit zum Wettbewerb nach Konstanz gewollt. Aber, als Elise sie herzlich gebeten und Max noch ein wenig nachgeholfen hatte, kam Resl doch. Sie trug Elise zu Ehren ihr fesches Festtagsdirndl, das sie seit Jahren nicht mehr angehabt hatte. Der lange dunkelblaue Rock mit weißer Seidenschürze und einem Mieder aus barockem silbergewebten Brokatstoff über der weißen Bluse ließen Therese stattlich, fast herrschaftlich aussehen, ganz anders als daheim.

In der sechsten Reihe direkt hinter Max und seiner Familie hatten Maxi und Hugo Platz genommen. Um sie herum hatte sich eine größere Gruppe von Schülern aus Salem gruppiert, angeworben von den Zwillingen. Sie alle trugen als Zeichen ihrer Unterstützung für Elise eine locker gebundene Schleife aus königsblauem Stoff unter ihrem weißen Hemdkragen. Wie die romantische Geste einer Gruppe von jungen Dichtern aus der Zeit des Sturm und Drang wirkten diese Schleifen. Maxi hatte die Idee in Szene gesetzt. Vielleicht würde seine auffallende Unterstützung ja ein Element sein, das Elise half, den Wettbewerb zu gewinnen. So hoffte er jedenfalls.

Die Reihenfolge der Auftritte war vor dem Beginn des Konzerts ausgelost worden. Elise musste zuletzt spielen. Das hatte den Vorteil, dass allein sie das Spiel aller Konkurrenten vor ihrem eigenen Auftritt hören und so auch die Reaktion der fünf Preisrichter besser einschätzen konnte. Der letzte Auftritt hatte aber auch den Nachteil, dass man für das lange Warten auf das eigene Spiel die besten Nerven brauchte. Sie dachte daran, was ihr Fritz Malata eingeschärft hatte:

»Laut und schnell spielen können sie alle. Das ist keine Kunst. Gewinn das Herz des Publikums mit deinen Gefühlen, Elise. Mach sie traurig und wieder glücklich, schenk ihnen Tränen und trockne sie wieder, das ist deine große Stärke.«

Genau daran würde sie sich halten.

Das Wettbewerbsinstrument war ein glänzend schwarzer Konzertflügel von Grotrian-Steinweg mit einem wunderbar leichten Anschlag. Der volle Klang vom zartesten Piano bis zum stärksten Fortissimo wurde präzise und unverzerrt bis in die letzte Reihe des Saales getragen. Elises Konkurrenz spielte bis auf zwei Ausnahmen gut bis sehr gut.

Am besten gefiel ihr der Auftritt eines 16-jährigen Pianisten aus Warschau. Rafael Blumenfeld spielte als zweites Stück das Prélude Opus 32 Nr. 12 von Rachmaninow mit einer so unbekümmerten Virtuosität und Freude, dass das Publikum ihm mitgerissen durch die äußerst komplexe Musik folgte. Dieses technisch anspruchsvolle Stück nahm auch Elise gefangen, sodass sie die erste Ankündigung für ihren eigenen Auftritt überhörte. Erst nach dem zweiten Aufruf ihres Namens trat sie zögernd von der Seite auf die Bühne.

Ein leises Raunen ging durch das Publikum. Diese außergewöhnlich schöne junge Frau füllte die Bühne, noch bevor irgendein Ton erklungen war. Sie wirkte berührend wie ein Traum, der Realität geworden war, und genauso fühlte sich Elise in diesem Moment. Ihre Augen suchten Max, die Blicke der Liebenden trafen sich für einen kurzen Moment, bei ihm fand Elise die Kraft, die sie jetzt brauchte.

Dann konzentrierte sie sich, hob die Hände und begann mit dem zweiten Satz aus dem Klavierkonzert C-Moll von Beethoven. Wie von allein, inspiriert durch den wunderbaren Flügel, floss das zärtlich und leise einsetzende Leitmotiv aus ihren Händen. Die sanften Klänge strömten durch den Saal und berührten die Zuhörer. Sie alle spürten die Hoffnung, die Freiheit, die Erfüllung, die in Elise erwacht waren. Diese starken Gefühle, die Max ihr schenkte, wollte sie an ihr Publikum weitergeben, so wie Fritz Malata es ihr geraten hatte.

Max hätte singen können vor Glück. Diese schöne Frau mit ihrer Macht über die Herzen der Menschen hatte sich ihm geschenkt, nur ihm. Er war der Auserwählte, und er wusste nicht, womit er ihre Hingabe verdient hatte.

Als Elise nach 10 Minuten das Largo leise ausklingen ließ, blieb der Saal einen Moment lang still. Aber bevor der Applaus seinen Weg zu

Elise finden konnte, erhob sie sich und brachte mit einer entschiedenen Geste den Saal zum Verstummen.

Die Zuschauer in der ersten Reihe konnten die einzelne Träne sehen, die langsam ihre Wange hinunter lief, während sie sprach.

»Vor einigen Tagen ist meine Großmutter gestorben, die mir alles bedeutet. Ich werde für sie zusätzlich das ›Lacrimosa‹ aus Mozarts Requiem spielen. Das hätte sie sich gewünscht. Ich bitte Sie alle, dass Sie sich meiner Großmutter zur Ehre erheben.«

Jeder spürte, dass diese Sätze Elise viel Kraft kosteten. Max erhob sich zuerst, Karl und Therese folgten, dann die Salem-Gruppe, schließlich stand der ganz Saal, schweigend und gespannt.

Zitternd setzte Elise sich wieder vor den Flügel und pausierte einen Augenblick, bevor die Musik in ihr hochstieg und aus ihr in das Instrument strömte. Im ersten Crescendo fühlte sie sich Louise so nah, dass all die Freuden ihres Lebens mit der Großmutter und all die Trauer über ihren Tod auf die immer noch stehenden Zuhörer übersprang. Es war, als ob sich alle wichtigen Momente mit Louise in den kurzen drei Minuten dieser Musik konzentrierten. Das Konzert für Louise, hier in Konstanz fand es schließlich statt, noch einmal, und diesmal ungestört.

Nach dem Schlussakkord konnte Elise ihre Tränen nicht mehr zurückhalten, und sie wollte es auch nicht. In tiefer Dankbarkeit stand sie auf und verneigte sich vor ihrem Publikum. Die Zuhörer blieben ergriffen stehen. Sie waren sich einig: Den Namen dieser jungen Pianistin mit ihrer ungewöhnlichen Macht über die Gefühle der Menschen würde man sich merken müssen. Sie hatte eine große Zukunft vor sich, daran gab es keinen Zweifel.

Dunkel und leise 16

Frankfurt
Sonntag, 1. Januar 1933

Liebe Louise,
seit Deinem Tod versuche ich mich zusammenzureißen, aber jetzt halte ich es nicht mehr ohne Dich aus. Ich will diesen Brief als Weg versuchen, mein Leben weiterhin mit Dir teilen zu können. Am Neujahrstag 1933 will ich alle wichtigen Ereignisse der vergangenen Jahre für Dich aufschreiben. Den ganzen Tag habe ich mir für meinen Dialog mit Dir aufgespart.

Max muss als Sportreferent zu einem Neujahrsempfang der Frankfurter Universität. Es ist im momentanen politischen Klima vielleicht besser, wenn er allein zu so einem Anlass geht. Du weißt schon, ich als Jüdin …

Dein Tod hat mir damals den Boden unter den Füßen weggerissen. Mein wichtigster Halt bist Du gewesen, aber irgendwie habe ich das vorher überhaupt nicht gewusst. Du warst eben immer da, wenn ich Dich brauchte. Heute spüre ich die Narbe Deines Verlusts immer noch, aber sie tut nicht mehr so weh, wenn ich zufällig dagegenstoße. Im Gegenteil, ich bin froh, dass Du in meinem Leben warst. So wie Du es einmal über Moritz gesagt hast: »Man muss glücklich sein, wenn man jemanden haben durfte, dessen Verlust einen so traurig macht.«

Der Besuch mit Max in Heiligenberg, die Segeltour zur Mainau, der Wettbewerb in Konstanz, all das liegt schon so lange zurück. Verblasst ist die Erinnerung daran, fast habe ich vergessen, wie unbeschwert glücklich Max und ich dort waren. Bloß unsere Bodensee-Symphonie aus Tropfen und Träumen klingt noch durch meine Erinnerung.

Nur wenn ich Maxis Fotos anschaue, dann kehrt alles zurück. Max und ich auf dem Segelboot der Zwillinge, funkelnde Wassertropfen und schäumende Gischt vom Bodensee, die Mainau im Hintergrund. Wir alle mit Steckerlfisch am Lagerfeuer. Max und Hugo, wie sie nass und lachend aus dem kalten Wasser gerannt kommen. Möwen, die im Sonnenlicht über den glitzernden See fliegen.

Genauso schnell ist das Leben seitdem an mir vorübergeflogen. Zweieinhalb Jahre sind vergangen und ich stehe kurz vor meinem Abschluss am Konservatorium. Zweieinhalb Jahre und fast vier Reichstagswahlen später, würde Rosa sagen.

Der erste Preis beim Konstanzer Wettbewerb hat mir wegen Deines Todes kaum etwas bedeutet, ich war noch viel zu betäubt. Am Tag danach sind Max und ich bei schlechtem Wetter nach Bad Ems zurückgefahren, wie ich es meiner Mutter versprochen hatte.

Abends sind wir zerschlagen von der langen Fahrt angekommen, und eine Erkältung habe ich mir im zugigen Amilcar auch geholt. Als wir gleich am nächsten Nachmittag mit Clara und Willy zu Deinem Grab gegangen sind, haben Max und ich gemeinsam einen Stein auf die frisch aufgeworfene Erde gelegt. Geweint haben wir beide, aber wir haben uns nicht dafür geschämt, obwohl meine Eltern unsere Tränen gesehen haben.

Max ist in dieser Hinsicht für einen Mann sehr frei.

Danach sind wir miteinander zu Moritz' Grab hinübergegangen. Dieses Mal haben unsere Eltern ihre Trauer nicht vor uns versteckt. Unsere gemeinsamen Tränen haben uns endlich so nah zusammen gebracht, wie es für eine Familie richtig ist.

Zu meinem Erstaunen habe ich auf der provisorischen Holztafel an Deinem Grab zum ersten Mal Deinen vollen Namen gelesen: Louise Sara Sälzer. Ich wusste überhaupt nicht, dass Du einen zweiten Vornamen hast, und dann noch einen, der so schön und innig klingt. Wenn Max und ich später eine Tochter bekommen, werden wir sie Sara nennen. Das haben wir uns und Dir auf dem Rückweg nach Frankfurt versprochen.

Gerade fällt mir ein, liebe Louise, wie Du in dem kalten Winter vor drei Jahren in unserer Küche oben im Pfahlgraben zu mir gesagt hast, wie dunkel die Welt doch geworden ist. Deinen Grauen Star hast Du gemeint, damals. Jetzt finde ich, dass die Welt wirklich dunkel gewor-

den ist. Wie schwarze Wolken vor einem katastrophalen Gewitter, so fühlt sich die Lage in Deutschland an.

Überall stolpert man über Armut und Arbeitslosigkeit. Die Weltwirtschaftskrise hat das Land fest im Griff. Sechs Millionen Menschen ohne Beschäftigung soll es im Reich inzwischen geben. Allein in unserer Stadt hat Rosa 28 Suppenküchen für die Armen gezählt. Die Lebensmittelpreise ändern sich ständig, meist steigen sie. Ungezählte Pleiten bestimmen das Wirtschaftsleben. Die Politik hat sich nach der Weltwirtschaftskrise genauso radikal und brutal verändert, wie Rosa es 1929 gefürchtet und vorausgesagt hat. Eine Regierung wechselt die andere ab, eine politische Intrige jagt die nächste. Stabilität sucht man vergebens, andauernd müssen Neuwahlen für die verschiedenen Ebenen der Demokratie stattfinden, mit hoher Beteiligung, weil die ganze Bevölkerung in ängstlicher Aufmerksamkeit die Situation beobachtet und sich hilflos den Zeiten und Parteien ausgeliefert fühlt. Das Heer der Arbeitslosen findet Zugehörigkeit, Zukunftsaussichten und persönliche Bedeutung noch am ehesten bei Rotfront oder SA. In Berlin kommt es regelmäßig zu Straßenschlachten zwischen Nationalsozialisten und Kommunisten, häufig mit Todesopfern. Bürgerkrieg liegt in der Luft. Allein die Zahl der SA-Mitglieder im Deutschen Reich ist in den letzten beiden Jahren von 80 000 auf über 4 Millionen gestiegen.

Hier in Frankfurt bleibt zum Glück alles moderater, wir sind eben eine liberale Stadt. Trotzdem, für die Festhalle oder das Hippodrom werden laufend Wahlveranstaltungen der NSDAP oder der Kommunisten angekündigt, weil ja ständig irgendwas neu gewählt werden muss. Einmal habe ich einen Vater mit seinem kleinen Sohn auf den Schultern gesehen, beide in SA-Uniform, was die Leute zum Schmunzeln brachte, weil der Kleine so spaßig aussah. Natürlich wird auch in Frankfurt die jüdische Frage heftig diskutiert. Nationalsozialisten gewinnen immer stärkeren Einfluss auf die öffentliche Meinung, oft durch Gewalt und Einschüchterung. Auch hier hat es Tote gegeben, dafür haben sie ja ihre SA. Zum Glück ist Max nicht mit dabei. Die »braunen Prügelknechte« nennt er sie, weil er Gewalt als Mittel der politischen Auseinandersetzung verachtet. Man sieht immer öfter Leute auf der Straße, die sich mit dem Hitler-Gruß begegnen, einem mit flacher Hand erhobenen rechten Arm. Kommunisten dagegen recken die rechte Faust mit angewinkeltem Arm empor. Sozialdemokraten benutzen die linke Faust und lassen den Arm durchgestreckt. Man muss also schon genau hinschauen bei den Begrüßungen, um zu erkennen, wer was ist. Die Situation hier macht mir Angst.

Zwar meint die »Frankfurter Zeitung« heute in der Vorschau auf das neue Jahr, dass »der nationalsozialistische Angriff auf den Staat abgeschlagen« sei, aber ich sehe das weniger optimistisch.

Rosa sagt, dass die Demokratie in der Staatsführung überall abgebaut wird, durch machtpolitische »Notverordnungen« und ständig wechselnde parteitaktische Koalitionen. Man hat den Eindruck, dass Hindenburg, der altersschwache Reichspräsident, der im letzten März mit massiver Unterstützung der NSDAP auf weitere 7 Jahre gewählt worden ist, sich jetzt von Hitler um den Finger wickeln lässt. Seit die NSDAP bei den Reichstagswahlen auf dem Vormarsch ist, müssen alle Demokraten um ihre Freiheit fürchten, und vor allem wir Juden.

Komisch, früher habe ich mich gar nicht so sehr als Jüdin gefühlt, jetzt irgendwie schon. Man kommt in diesen Zeiten nicht umhin, sich mit Politik zu beschäftigen, obwohl ich eigentlich kein politischer Mensch bin.

Max wird von der nationalsozialistischen Studentenführung sehr umworben, vor allem von einem Wulf Sörger, der Adjutant von Gauleiter Sprenger ist. Sie wünschen sich, dass Max im NSDSTB, dem Nationalsozialistischen Deutschen Studentenbund mitarbeitet, weil sie seine Popularität bei den Studenten für sich nutzen wollen. Er soll bei dem Empfang heute eine Ehrung erhalten, weil er in den vergangenen Jahren für die Frankfurter Studenten die Möglichkeit aufgebaut hat, die drei in Mode gekommenen Sportarten Rudern, Bergsteigen und Boxen kostenlos auszuüben.

Andreas Henn, einer der Kumpels aus dem Nassauer Hof, versucht ständig, ihn zu einem Beitritt zur »Partei« zu drängen. Als ob es nur diese eine Partei gäbe. Er selbst ist längst Mitglied bei den Nationalsozialisten und gehört inzwischen auch zur SA. Er trägt fast nur noch diese unkleidsame braune Uniform.

Vor drei Monaten ist der Stahlhelm-Studentenring im ganzen Reich der Hopoag beigetreten. Die Hopoag als Zusammenschluss verschiedener Hochschulgruppen steht in Opposition zum NSDSTB, dem Studentenbund der Nazis. Max hat das mit durchgesetzt, und Andreas hat es als persönlichen Affront gewertet. Letztlich aber hat er seinen Ärger heruntergeschluckt und wirbt weiter um Max, vielleicht auch im Auftrag der Partei. Ich glaube, der wäre unter den Studenten gern so populär wie Max, aber dazu ist er den meisten zu überheblich. Andreas missbilligt vor allem die Verbindung von Max zu mir ausdrücklich. Er nennt mich nur »das kleine Judenmädel«, als ob ich keinen Namen hätte. Am liebsten würde er uns auseinanderbringen, glaube ich.

Zu unserer Verlobung im letzten Jahr haben wir ihn deshalb nicht eingeladen, was er Max paradoxerweise sehr übelgenommen hat. Max muss sich jetzt wohl in Acht vor ihm nehmen. Weil er zu mir hält und wir uns verlobt haben, sieht Andreas Max als eine Art Verräter an der nationalen Sache, die jetzt so viel Aufschwung bekommen hat.

Bei den Reichstagswahlen im September 1930 hat Hitlers Partei ihren Anteil von 12 auf 107 Sitze steigern können. Kaum zu glauben. Die NSDAP wurde damit zur zweitstärksten Partei nach den Sozialdemokraten. Viele befürchteten danach einen Putsch der Rechten. Hitler hatte im »Völkischen Beobachter«, seiner Münchener Zeitung, für den 4. Oktober zu einem »Hitler-Tag« in Frankfurt aufgerufen. 35 000 seiner Anhänger aus Deutschlands Südwesten würden sich zu seiner Rede in der Festhalle einfinden, eine »Riesendemonstration« und »ein Militärkonzert auf einem der bekanntesten Plätze der Judenmetropole« war angekündigt. Keine der Frankfurter Zeitungen hatte anfänglich über diesen geplanten Hitler-Tag berichtet, als ob man die Gefahr totschweigen könnte. Der befürchtete Putsch fand dann zum Glück nicht statt, vielleicht wegen des heftigen Regens an diesem Tag, vielleicht auch wegen des Demonstrationsverbots durch den Polizeipräsidenten.

Aber eigentlich wollte ich Dir ja von unserer Verlobung erzählen. Meine private Situation stand ganz im Gegensatz zu den schwierigen Zeiten. Drei bemerkenswerte Feste gab es in den vergangen Jahren, von denen ich erzählen muss, liebe Louise. Ich ordne sie nach ihrer Bedeutung für mich, nicht chronologisch.

Vom Heiratsantrag will ich Dir ganz genau erzählen, weil ich den am wichtigsten fand.

Also: Max und ich sind zusammen durch das Westend spazieren gegangen. Das war Mitte Oktober 1930.

Der Wind hat gelbe und orangerote Blätter raschelnd durch die Straße getrieben, aber die Luft war noch überraschend warm. Plötzlich, mitten auf dem Bürgersteig der Freiherr-vom-Stein-Straße, ist er stehengeblieben und hat mich in den Arm genommen. Seine Augen waren ganz dunkel und seine Worte ganz leise.

»Willst du meine Frau werden, Elise, wenn ich mit dem Studium fertig bin, nach dem Referendariat?«

Seine schöne Stimme ist noch ein wenig dunkler geworden, und ich habe gehört, wie aufgeregt er war. Bevor ich antworten konnte, hat er noch etwas ergänzt.

»Hör mir einen Moment zu, bevor du etwas erwiderst. Ich kann mir keine andere Frau an meiner Seite vorstellen als dich. Mein Herz schlägt immer noch vor lauter Liebe schneller, wenn du auf mich zukommst, immer noch wie beim ersten Mal. Du bist die Liebe meines Lebens. Meine Alice, mein Herz.«

Nach diesen Worten hat er leise geseufzt. Und ich bin einen Schritt zurückgetreten und habe ihm in die Augen geschaut.

»Nichts würde ich lieber sein als deine Frau, Max. Meinem Herzen geht es genauso wie deinem.«

Mitten auf der Straße habe ich ihm einen langen Kuss auf den Mund gegeben. Es war mir egal, was die Leute dachten.

»Kannst du dir vorstellen, dass wir Kinder haben? Vielleicht würde das am Anfang deine Karriere als Konzertpianistin einschränken. Mir ist bewusst, dass du für uns eine große Chance zurückstellen würdest.«

Meine Antwort war mir schon lange klar. Betan, Seppi und ich hatten darüber gesprochen, weil sich diese Frage allen Frauen stellt, die Musik zu ihrem Beruf machen wollen.

»Ja, Max. Kinder würde ich gern mit dir haben, die sind doch das Wichtigste überhaupt. Weißt du, ein Kind von dir habe ich mir seit

unserem Mai am Bodensee gewünscht. Mit meinem Beruf werden wir einen Weg finden.«

Max und ich standen immer noch mitten auf dem Bürgersteig und sahen uns tief in die Augen. So schön das war – ich musste ihm jetzt aber eine ernste Frage stellen.

»Glaubst du eigentlich, dass es für einen Juristen im zukünftigen Deutschland so klug ist, eine Jüdin zu heiraten?«

»Ach, sieh dich mal um, Elise. Wo stehen wir gerade, und zwar nicht zufällig?«

Wieder klang seine Stimme so, dass mir ganz warm ums Herz wurde. Mein Blick fiel auf die niedrigen Säulen der kuppelüberwölbten Vorhalle zur Westend-Synagoge.

»Wir stehen vor der Synagoge, Max. Was meinst du mit deiner Frage?«

»Ich habe dich genau hier gefragt, ob du mich heiraten willst, weil ich eines klarstellen will. Du bist Jüdin, und ich stehe zu dir, was immer passiert. Du bist mein Leben.«

Da war sie wieder, diese bewegende Intensität, wenn er etwas Wichtiges sagte. Sein Blick wanderte über den Bürgersteig, auf den ein kleines abgesprungenes Stück Kalksandstein von der Synagogentreppe gefallen war. Max hob es auf und legte es in meine Hand. Ich schaute auf das Stückchen: Auf einer Seite war es von den vielen Füßen, die darübergelaufen waren, glatt poliert, auf der anderen Seite rau von der Bruchstelle. Da lag es in meiner geöffneten Hand wie das Symbol seines Versprechens. Ein Viertel so groß wie mein Handteller war es und von einer Form, die mich ein wenig an Australien erinnerte. Ich schloss meine Hand um den Stein und wusste in diesem Augenblick, dass er für den Rest meines Lebens bei mir bleiben würde.

Vor der Synagoge sind wir dann abgebogen und zum Altkönigplatz hinübergeschlendert. Max hielt noch einmal an und schaute nachdenklich auf meine geschlossene Hand mit dem Stein darin.

»Oder glaubst du, ich würde dich verlassen, weil irgendwem deine Herkunft nicht gefällt? Oder weil der Zufall deiner Geburt wichtiger sein soll als die wunderbare Frau, die du bist? Elise, auf so jemanden

würden wir beide gern verzichten, und es wäre dessen Verlust, nicht unserer. Siehe Andreas Henn.«

Er nickte entschlossen mit dem Kopf. Seine von der Sommersonne hell gebleichten Haare fielen ihm beim Nicken in die Stirn. Max vor den weiß gestrichenen, oben rund gewölbten Rahmen der Jugendstilfenster des Hauses am Altkönigplatz, wie er die Haare mit den Fingern zurückstreift. Dieses Bild geht ebenso mit mir wie der Stein. Die Erinnerungen in meinem Kopf kann mir niemand nehmen.

Geborgen war ich in der Entschiedenheit seiner dunklen Stimme, gut aufgehoben bei ihm. Wieder hatte ich das Gefühl, dass mir nichts passieren wird, solange Max mich schützt.

Nach diesem Gespräch haben wir als Datum für die Verlobungsfeier Pfingstsamstag, den 23. Mai 1931, in Heiligenberg festgelegt, weil wir im Mai zuvor dort so glücklich waren.

Er und ich entschieden uns für einen kleinen familiären Rahmen zu unserer Feier, an einem großen Fest war uns beiden nicht gelegen. Höchstens 20 Gäste insgesamt sollten es werden. Meine Eltern und Max' Vater waren damit völlig einverstanden. Von meiner Seite waren außer meinen Eltern nur Josh, Betan, Seppi und Arno bei der Feier. Rosa und Will hätten wir zwar beide sehr gern dabei gehabt, aber ihnen war die weite Fahrt mit dem Zug zu beschwerlich, zumal es Will ein halbes Jahr nach dem Umzug in die Bruchfeldstraße gesundheitlich nicht mehr so gut ging.

Karl hatte uns die Eheringe von ihm und Max' Mutter zur Verlobung geschenkt, blank poliert und für uns passend gemacht. Beide Ringe sind aus einem einzigen breiten Band von rötlichem Gold gearbeitet. Ein gewellter Schnitt in der Mitte ergibt drei Höhen und drei Tiefen in jedem Ring. Es sind Gegenstücke. Wenn man sie aneinander fügt, sieht jeder, dass sie zusammen gehören.

In den kleineren Ring hat Karl neben den kaum noch lesbaren Namen Christine meinen Namen eingravieren lassen, in seinen eigenen den seines Sohnes – neben seinem. Richtig glücklich hat mein Schwie-

gervater ausgesehen, als er uns das kleine rote Samtetui mit den Ringen feierlich überreicht hat.

Dazu hat er ein altes afrikanisches Märchen erzählt, wie schon damals seiner Christine, die bei Vater und Sohn in Kopf und Herz immer noch so lebendig ist.

Als der große Gott die Menschen geschaffen hat, standen nach langer Arbeit die vielen Körper fertig vor ihm. Um sie lebendig zu machen, brauchte er für jeden Körper eine Seele. Aber er hatte sich verschätzt. Nur halb so viele Seelen wie Körper gab es. Also musste er jede Seele in zwei Hälften teilen, damit alle Körper zum Leben erwachen konnten. Hin und wieder passiert es nun, dass sich die zueinander gehörenden Hälften einer Seele finden. Zwei Körper mit den Gegenstücken einer Seele. So entsteht eine große Liebe, die nichts mehr trennen kann.

Wir haben uns ungeheuer über die Ringe gefreut und fast noch mehr über das Märchen. Seine tiefe Symbolik hat mich lange bewegt. Es tut so gut, wenn man wirklich gewollt wird.

Von Max' Seite waren außer seinem Vater und Therese nur Maxi und Hugo dabei. Die beiden brachten als Überraschungsgast von ihrem Internat zu Max' großer Freude noch Kurt Hahn mit, den Gründer von Salem, den Max sehr bewundert. Später sind noch ein paar Freunde von Maxi und Hugo auf ihren Fahrrädern aus Salem gekommen, und abends haben wir im kleinen Saal auf Schloss Heiligenberg den Bechstein-Flügel benutzen dürfen. Erst haben wir klassische Musik gespielt, dann haben Josh, Betan und Seppi uns mit jazziger Tanzmusik eingeheizt.

Schade, dass Du nicht bei unserer Verlobung sein konntest. Dir hätte die Feier bestimmt viel Spaß gemacht. Weißt Du noch, wie wir gemeinsam mit meinen Freunden im »Odeon« in Frankfurt waren? So ähnlich war die Stimmung auch am Abend meiner Verlobung. Einmal hat Max mich angeschaut und wir wussten, dass wir dich gerade vermissen, beide zur gleichen Zeit. Wir brauchten es gar nicht auszusprechen.

Jetzt spüre ich wieder die Stiche in der Magengegend, die manchmal da sind, weil Du mir so sehr fehlst.

Karl, Kurt und Willy haben abends bei der Verlobung miteinander eine gute Zigarre aus Cuba geraucht und lebhaft die Lage der Republik diskutiert. Obwohl sie eher aus verschiedenen politischen Lagern kommen, waren sie sich doch in einem Punkt einig: Hitler halten alle für gefährlich.

Karl glaubt zwar, dass Hindenburg ihn nur benutzt, um die Gefahr einer kommunistischen Machtübernahme abzuwehren, und dass er ihn dann irgendwie wieder loswerden wird, aber Kurt Hahn und mein Vater sind da skeptisch. Die beiden Lehrer waren sich in einem einig. Es könnte Hindenburg so gehen wie dem Zauberlehrling von Goethe: Die Geister, die er zu Hilfe gerufen hat, wird er nicht mehr los. Das fürchte ich auch, vor allem wenn ich sehe, wie die Stimmung im öffentlichen Leben sich verändert hat, selbst in einer traditionell so liberalen Stadt wie Frankfurt.

Arno hat hinten im Saal oft mit einem der Salem-Jungs getanzt, und auch ein bisschen mit Mama, die ganz außer Atem kam. Viel gelacht hat Arno an dem Abend, so gelöst habe ich ihn selten gesehen. Ich würde ihm wirklich wünschen, dass er jemanden findet, mit dem er sich gut versteht, nachdem seine Affäre mit Martin Weißensee schon 1929 wieder in die Brüche gegangen ist. Seitdem hat er wohl keinen dauerhaften Freund mehr gehabt.

Manchmal, wenn wir etwas zusammen unternehmen, finde ich ihn sehr aufgedreht, aber das hält nicht an. Plötzlich wirkt er niedergeschlagen, dann wieder ungerecht bis aggressiv, ohne dass ich verstehe, was sich geändert hat. Es muss etwas in ihm sein.

An dem Abend war er anders. Arno wirkte wie befreit. Vielleicht, weil er bei uns einfach sein kann, wie er ist. Als wir nach dem Fest hinüber zum Posthof gegangen sind, wo er übernachtet, ist er mir überschwänglich um den Hals gefallen. Er war ein wenig betrunken und hat mir ins Ohr geflüstert, dass er mir irgendwann wirklich alles von sich erzählen wird. Ich habe ihn genauso überschwänglich auf die Stirn geküsst und ihm gesagt, dass ich das auch möchte.

Ich hatte es Dir schon gesagt, Louise, in der Reihenfolge bin ich gesprungen. Das erste wichtige Fest, schon im Jahr vor unserer Verlobung, war die goldene Hochzeit von Rosa und Will am 1. August 1930. Die hat noch in »unserem« alten Zuhause am Mauerweg stattgefunden. Die Wohnung war ein Blumenmeer bis hinein ins Treppenhaus. Zwei Tische und der Flügel waren überhäuft mit Briefen und Geschenken. Am meisten haben sie sich über den selbstgebauten Radioapparat ihres holländischen Enkels Hans gefreut. So ein fröhliches und würdiges Fest habe ich noch nie erlebt.

Zum Hochzeitsessen waren 40 Gäste anwesend, 21 allein aus der engsten Familie. Meine Freunde, Max und ich haben beim Bedienen geholfen. Abends beim »Cabaret« haben wir auf Wills speziellen Wunsch noch einmal die drei schönsten Arien aus »Rinaldo« aufgeführt. Josh und Betan haben gesungen, Seppi und ich haben Geige und Klavier gespielt.

Am Schluss unserer Vorführung habe ich dann plötzlich von Rosa und Will ein Geschenk bekommen, das mich völlig aus der Fassung gebracht hat. Sie haben mir erklärt, dass ich ihren Flügel vor ihrem Umzug in die Bruchfeldstraße als Geschenk erhalten soll. Ihre neue Wohnung wird viel zu klein sein, und sie möchten, dass dieser Flügel das Startkapital für mein zukünftiges Leben als Pianistin ist. Ich habe wegen ihres unerwarteten Geschenks so geweint, dass Will aufgestanden ist und mich in den Arm genommen hat.

Nur noch anderthalb Jahre haben Rosa und Will nach ihrem Einzug am 1. November 1930 die neue, mit sauberer Elektrizität betriebene, zentral beheizte Wohnung miteinander genießen dürfen. Im Herbst 1931 ist Will an einer Bronchitis erkrankt, die sich nicht mehr gebessert hat. Ende April 1932 ist er gestorben, mit 77 Jahren.

Vorher, bei der Reichspräsidentenwahl am 10. März 1932, hatten sich beide Max und mir gegenüber noch über die bedrohlichen Aufmärsche der NSDAP vor ihrem Wahllokal in Niederrad aufgeregt.

»Das ist ja wie ein Spießrutenlauf, das sind doch keine freien Wahlen mehr«, hatte Will im Wahllokal laut gesagt. Die Ernst-May-Siedlung in der Bruchfeldstraße ist mehrheitlich links, insofern war die Einschüchterung durch die Nationalsozialisten gerade hier besonders unverfroren.

Für mich war es, als hätte ich nach Dir meinen Wahl-Großvater jetzt auch noch verloren. Rosa hat genauso wenig mit Wills Tod gerechnet wie ich.

»Ohne ihn bin ich nichts«, hat sie tonlos zu uns gesagt, als David und Gittel ihr zusammen mit Max und mir bei der Vorbereitung seiner Beerdigung geholfen haben. Wir vier kümmern uns um sie. Fanny lebt seit 1932 in Bad Ems, wo ihr Mann die Stelle als Rabbiner des unteren Lahn- und Taunuskreises angenommen hat. Fanny hat vorgeschlagen, dass sie zu ihr ins Rabbinerhaus nach Bad Ems zieht, aber Rosa möchte Will an seinem Grab unter der jungen Birke in Frankfurt so oft wie möglich besuchen können. Ich glaube, sie möchte bald neben ihm liegen. Statt Will hilft ihr jetzt Davids Frau Gittel beim Schreiben ihrer Lebenserinnerungen.

So schutzlos habe ich unsere Freundin noch nie erlebt. Sie war unendlich traurig, Louise. Du würdest Rosa nicht wiedererkennen. Aber vielleicht ist das der Preis für ein langes und erfülltes Leben miteinander.

Und drei Monate später ist dann auch noch Rosas holländischer Lieblingsenkel Alf umgekommen, als er versucht hat, einen Kameraden der »Falken« bei einem Sommerlager aus dem Rhein zu retten. 21 Jahre alt war er erst. Dieser neue Verlust hat Rosa die letzte Kraft genommen.

Seit dem Tod dieser wichtigen Menschen lässt sie das Leben mehr an sich vorbeiziehen, als dass sie aktiv daran teilnimmt. Die Ehrenplakette der Stadt Frankfurt und die Ehrenurkunde der Universität, die sie zu ihrem 70. Geburtstag im August 1931 bekommen hatte, bedeuten ihr nichts mehr, seitdem Will und Alf in ihrem Leben fehlen. Ich glaube, dass die Goldene Hochzeit 1930 das wichtigste Fest im Leben der bei-

den war und es freut mich, dass meine Freunde und ich ein wenig dazu beitragen durften.

Natürlich wirst Du Dich fragen, liebe Louise, wo denn jetzt der Flügel von Rosa und Will steht. Es hat sich überraschend schnell eine vorteilhafte Lösung ergeben. Ich wohne inzwischen bei der Mutter meiner Schülerin Sieglinde Ollmann in der Rossertstraße 15 im oberen Westend. Der Blick aus meinem riesengroßen Zimmer in den Hof ist ähnlich wie bei Rosa und Will im Mauerweg, aber in dem mehr als doppelt so großen Raum gibt es genügend Platz für »meinen« Flügel. Was mich besonders freut, ist, dass auch mein geschwungener Damensekretär aus Kirschholz von zu Hause direkt am Fenster vor dem Balkon einen Platz gefunden hat, sodass ich gerade eben beim Schreiben auf die zarten schneebedeckten Äste der jungen Birke schaue, die sich aus dem Nachbarhof über die Zwischenmauer lehnt. Papa hat mir den Sekretär vorletztes Jahr mit der Bahn als Geburtstagsgeschenk geschickt, weil man die Beine leicht abbauen kann und das Oberteil nicht so ausladend ist. Max hat mir geholfen, ihn wieder zusammenzubauen. Es ist schön, wenn ich mir vorstelle, dass Du ein Möbel in meinem Zimmer gut kennst.

Am 19. November ist Erika 40 Jahre alt geworden, wir verstehen uns wirklich gut. Ich finde sie herzlich und couragiert, inzwischen duzen wir uns. Sie ist überhaupt nicht eingebildet, obwohl sie von ihrem Mann so viel Geld geerbt hat, dass sie wirtschaftlich unabhängig ist. Sieglinde gebe ich jetzt kostenlos Unterricht und darf dafür mietfrei in dem Zimmer wohnen. Erika hat gemeint, dass sie bei ihrer großen Wohnung ein Zimmer leicht entbehren kann und dass sie Lösungen immer gut findet, von denen alle Beteiligten profitieren.

Max und ich sehen uns dadurch noch regelmäßiger, wo wir doch jetzt beide im Westend wohnen. Probleme wegen seiner Besuche habe ich bei Erika zum Glück nicht, »Herrenbesuch« ist bei ihr nicht untersagt. Entweder kommt Max nach der Universität bei mir in der Rossertstraße vorbei, was nicht weit ist, oder wir treffen uns nach dem Konservatorium bei ihm in der Ulmenstraße.

Apropos Konservatorium: Inzwischen ist mir meine berufliche Zukunft klarer. Als Pianistin habe ich prinzipiell drei Möglichkeiten, die mir unterschiedlich gut gefallen.

Riskant scheint es mir, mich nur und ausschließlich auf eine Solokarriere vorzubereiten. Das war zwar mein Traum als junges Mädchen, aber es gibt so viele andere Pianisten, die wirklich überragend sind. Trotzdem werde ich das zuerst versuchen.

Klavierbegleitung liegt mir nicht so, und außerdem müsste ich dann viel mit anderen Musikern reisen.

Die Arbeit als Klavierlehrerin gefällt mir besonders gut, und die kann ich überall anbieten. Dazu hat Fritz Malata mir dringend geraten, als Sicherheitsnetz sozusagen. Dadurch behielte ich am meisten Zeit für eine Ehe und eigene Kinder.

Weißt Du, in den vergangenen dreieinhalb Jahren habe ich am Dr. Hoch's so viel gelernt von meinen verschiedenen Lehrern, allen voran Fritz Malata, dann Willi Salomon, natürlich Bernhard Sekles und Friedrich Noack. Von Fritz Malata weiß ich, dass er oft richtig stolz auf mich war. Eine Weltkarriere läge vor mir, hat er einmal gemeint. Gelacht habe ich, aber er hat es ernst gemeint.

Damit ich auch als Klavierlehrerin arbeiten darf, werde ich mit dem Staatlichen Abschluss am Konservatorium Anfang März zusätzlich auch mein Privatmusiklehrer-Examen ablegen. Damit habe ich beide Optionen, Solokarriere und Arbeit als Klavierlehrerin. Unterricht gebe ich gern, und außerdem ist es mir durch die fünf Schüler, die ich derzeit regelmäßig unterrichte, finanziell zusammen mit dem Stipendium recht gut ergangen. Das hätte ich so nicht erwartet. Meine Zukunft als Pianistin und Klavierlehrerin liegt endlich zum Greifen nah vor mir.

Max hat mir geraten, direkt nach dem Abschluss am Konservatorium ein Debütkonzert zu geben, damit ich mir in Frankfurt gleich einen guten Ruf aufbaue. Die 250 Plätze im kleinen Saal des Schumanntheaters hat er vorgeschlagen, weil es volkstümlicher und weniger elitär ist als andere Spielstätten. Dort kann ich niedrigere Preise nehmen und viele junge Leute als Zuhörer gewinnen, unter dem Motto »Eine junge Pianistin spielt für die Frankfurter Jugend«. Seinen Rat habe ich beherzigt. Über seine Universitätskontakte hat Max mir ge-

holfen, den kleinen Saal zu mieten, Erika hat das Geld vorgestreckt. Das Konzert soll am Ostersamstag, 23. April, um 18 Uhr stattfinden.

Mama hat das Kleid für mein Frankfurter Solodebüt fast fertig, und das Programm habe ich schon zusammengestellt. Eine Mischung aus klassischer und moderner Musik, Arno hat mir dazu geraten. Es wäre gut, wenn ich mich am Anfang meiner Laufbahn nicht zu sehr festlege. Da hat er sicher Recht. Er will mir wieder ein Plakat entwerfen und Max wird es in der Universität aufhängen.

Drei Stücke werde ich ganz bestimmt in mein Konzert nehmen.

Da ist einmal die Klaviersonate Nr. 21 in B-Dur von Schubert. Dann habe ich zwei Tage nach unserer Verlobungsfeier die französisch-rumänische Pianistin Clara Haskil in Konstanz gehört, die eine wunderbare Busoni-Transkription der Chaconne in D-Moll von Bach vorgespielt hat. Die muss auf jeden Fall auch in mein Konzert. Und außerdem spiele ich noch etwas für und von Josh, der im Juli 1932 als Jazzpianist zurück nach New York gegangen ist. Er hat dieses Stück bei seinem Abschiedsfest in »Rohrbachs Jazz-Keller« für uns alle gespielt und hat mir am Schluss die Noten geschenkt. Es ist eine Mischung aus Klassik und Jazz und stammt von George Gershwin, einem Bekannten von Josh aus New York. Das Stück ist toll und geht einem nicht mehr aus dem Kopf. »Rhapsody in Blue« heißt es.

Auch Josh fehlt mir sehr, aber er sagt, dass Juden in Deutschland keine Zukunft haben. Außerdem geht es seiner Mutter schlecht.

Seppi wird im Mai, kurz nach meinem Konzert, wieder nach Christchurch zurückkehren. Sie hat erfahren, dass es Pläne für ein eigenes Symphonieorchester auf der neuseeländischen Südinsel gibt. Vermutlich darf sie mit ihrer erstklassigen europäischen Ausbildung dort mitspielen. Neuseeländer nehmen Kultur sehr wichtig, gerade weil sie so weit entfernt vom Rest der Welt leben. Seppis Landsleute finden, dass es eine Ehre ist, wenn jemand von »overseas« kommt, um ihr Land kulturell zu bereichern. Sie hat mir angeboten, wenn es hier eng wird, könnte ich auch nach Neuseeland kommen. Aber das will ich mir nicht vorstellen.

Betan hat sich letztes Jahr in Stockholm mit dem gleichaltrigen Sohn des engsten Freundes ihres Vaters verlobt. Der junge Mann mit dem wunderschönen Namen Lasse Julström wird die Fischkonservenfirma seines Vaters übernehmen. Betan will im März nach Schweden zurückkehren, um dort ihren Lasse zu heiraten.

Traurig, wenn die Ausbildung abgeschlossen ist und die Freunde sich wieder in alle Welt verstreuen. Wenn ich Max nicht hätte, liebe Louise …

Nur Arno ist noch hier. Wir sind uns wieder so nah wie früher in Bad Ems.

Ich bin müde und schließe diesen langen Brief an Dich. Heute Nacht werde ich ihn Dir schicken, in meinen Träumen.

In Liebe
Deine Elly

17 Frankfurt verboten

Angespannt kehrte Elise von der vorletzten Probe für das Abschlusskonzert ihres Ausbildungsjahrgangs nach Hause in die Rossertstraße zurück. Nicht die Probe selbst hatte sie so angestrengt, sondern die bedrückenden Gerüchte, die an diesem 31. März 1933 überall in der Stadt umherschwirrten – und erst recht am Hoch'schen Conservatorium.

Nach der Ernennung Hitlers zum Reichskanzler am 30. Januar durch Hindenburg und der Auflösung des Reichstags entwickelte sich selbst im moderaten Frankfurt am Main die politische Situation, angetrieben von der hektischen Berliner Politik, so rasant, dass man gar nicht mehr mitkam, wie Rosa es so treffend ausdrückte.

Zwei Tage nach der Auflösung des Reichstags waren Elise und Max zur großen Kundgebung aller demokratischen Kräfte am Römerberg gegangen. Beide wollten öffentlich gegen den Abbau der Demokratie Stellung beziehen, so wie 10 000 andere Frankfurter auch.

Rosa war an diesem 3. Februar schlimm erkältet und konnte leider nicht mitkommen. Erstaunlicherweise trafen Max und Elise bei dieser Kundgebung auch Andreas Henn, und zwar in Zivil, das er sonst fast nie trug. Andreas war nicht allein gekommen. Elise spürte, dass sein Kamerad, ein Mann mit dunklem, kurz geschnittenem Haar, ebenfalls im Zivilmantel, sie äußerst interessiert musterte.

»Dass ihr hier seid, hätte ich mir ja denken können«, meinte Andreas bissig in die Richtung von Max. Elise beachtete er überhaupt nicht, als wäre sie Luft für ihn.

»Du bist ja auch mit dabei, obwohl mich das etwas wundert«, schoss Max zurück. Elise konnte die Anspannung in seiner Stimme deutlich hören.

Andreas drehte sich um und ging wortlos weg. Sie beobachtete, wie er zögernd über seinen Schmiss an der Backe strich und dann mit einem kurzen Kopierstift eine Bemerkung in ein dünnes Notizbuch schrieb, bevor er es wieder einsteckte und mit seinem Kameraden weiterging. Nachdenklich schaute Max hinter ihnen her. Dann drehte er sich zu Elise und informierte sie leise.

»Den anderen kenne ich auch, das ist Wulf Sörger. Er kommt aus Köln, ist bei der NSDAP und der SA und hat letztes Jahr für den NSDSTB den Universitätskrawall in Frankfurt provoziert. Deswegen ist er von der Universität geflogen, ich habe auch dafür gestimmt. Jetzt hat die Partei ihn zum Ortsgruppenleiter der HJ in Frankfurt ernannt. Er soll besonders eng mit Gauleiter Sprenger zusammenarbeiten.«

»Hast du gesehen, wie er mich gemustert hat?«, fragte Elise empört. »Als ob er mich mit seinen Augen ausziehen wollte.«

»Ach komm, Elise. Nimm es einfach als Kompliment. Sein Blick zeigt doch nur, dass ihm deine Schönheit nicht entgangen ist.«

Max lachte, nahm Elise bei der Hand und zog sie voran. Im Weitergehen gab er ihr einen Kuss auf die Wange. Aber sie konnte am leichten Kippen seiner Stimme erkennen, dass ihn die Situation nicht so unberührt ließ, wie er vorgab.

Keine halbe Woche nach der Kundgebung wurde die Frankfurter Stadtverordnetenversammlung von den rechten Parteien unter Führung der NSDAP durch einen Tumult gesprengt, der den Beginn der Entmachtung dieses kommunalen Gremiums signalisierte. Auch hier, wie sechs Monate zuvor an der Universität, spielte Wulf Sörger als Stadtverordneter im Hauptausschuss eine entscheidende Rolle beim Anzetteln der Ausschreitungen gegen die gewählten kommunistischen und sozialdemokratischen Stadtverordneten. Charmant, scheinbar ungerührt und ausgesprochen effektiv, so agierte er. Er würde Karriere machen.

Nach diesem ersten Übergriff im städtischen Parlament wurden im Abstand von jeweils einer Woche der Polizeipräsident Steinberg abgesetzt, durch SA-Sturmbannführer General von Westrem ersetzt, die sozialdemokratische Zeitung »Volksstimme« verboten sowie die SA zur Hilfspolizei ernannt. Das geschah genau einen Tag vor Hitlers Wahlkampfrede in der Frankfurter Festhalle am 23. Februar.

65 Todesopfer aus Straßenkämpfen zwischen Nationalsozialisten und Kommunisten zählten die Zeitungen im Reich seit dem 30. Januar, außerdem viele Hunderte von Verletzten.

Max zeigte Elise einen Artikel im nationalsozialistischen »Volksblatt«: »Tausendfach brauste das Heil über den Opernplatz … Die Straßen … der Altstadt gehörten gestern ausnahmslos den Braunhemden … Von den Fenstern wehten die leuchtenden Farben unserer Hakenkreuzfahnen … als müsse die Truppe ins Feld.«

Besorgt runzelte er die Stirn.

»Das sieht nach Kampf oder Untergang aus. Hoffentlich versteht jeder Wähler die Gefahr für unser Land.«

Aber je länger Max die politische Entwicklung im »Brutkasten Universität« beobachtete, desto skeptischer wurde er.

»An den Hochschulen sieht man eben zukünftige Entwicklungen früher, schärfer und ungebremster als woanders«, hatte er Rosa nach einer Kundgebung Anfang Februar erklärt. »Die meisten jungen Männer strömen jetzt zur NSDAP, sie werden Hitlers willige Gefolgsleute sein.«

Die Wähler verstanden die Gefahr nicht, im Gegenteil. Bei den Reichstagswahlen am 5. März 1933 stimmten 44,1 % der Frankfurter für die NSDAP, 0,2 % mehr als im Reichsdurchschnitt. Bei den Kommunalwahlen eine Woche später lag die NSDAP bei 47,4 % aller abgegebenen Stimmen in Frankfurt.

Und damit ging es erst richtig los. Der ehemalige Oberbürgermeister Ludwig Landmann war am Vortag zurückgetreten, um einer Entlassung zuvorzukommen. Er sollte noch am Wahlabend verhaftet werden, befand sich aber schon im Ausland und kehrte nicht nach Frankfurt zurück. Am 13. März wurde in der »jüdisch und liberal verseuchten Stadt« durch Gauleiter Jakob Sprenger, einen ehemaligen Postinspektor, auf dem dicht mit Hakenkreuzfahnen beflaggten Römerbalkon der »Beginn des Dritten Reiches in Frankfurt« verkündet. Am gleichen Tag wurde Goebbels in Berlin zum Propagandaminister berufen.

Unter dem Schlagwort »Frankfurt wieder deutsch« begann Gauleiter Sprenger mit seinem jungen Adjutanten Wulf Sörger sowie dem neuen Oberbürgermeister Dr. Friedrich Krebs schon am 29. März die »Entjudung« der Stadt.

Gleichzeitig mit der Stadtverwaltung wurden auch in der berühmten Städelschule als erster Frankfurter Kulturinstitution auf direkte Anweisung des Amtes für Wissenschaft, Kunst und Volksbildung die meisten jüdischen Angestellten aus ihren Stellungen entlassen.

Besonders aufgeregt hatte Elise der Begriff »Entjudung«. Letzten Sonntagnachmittag hatte sie Rosa in Niederrad zu Kaffee und selbstgebackenem Nussstrudel besucht. Beim Gespräch über die bedrohlichen Ereignisse hielt Elise ihre Gefühle nicht zurück.

»Als ob Juden Läuse wären, die man aus dem Frankfurter Pelz ausmerzen muss. Entjudung – wie Entlausung klingt das.«

Rosa sah den Ärger und die Bitterkeit der jungen Pianistin, die so kurz vor ihrem großen Debütkonzert stand. Etwas von dem alten Kampfgeist, der sie seit Wills Tod verlassen hatte, kehrte in ihre Stimme zurück.

»Wie recht du hast, Elise. In unserer schonen alten Stadt sind viele, vermutlich sogar die meisten Initiativen wissenschaftlicher, sozialer und künstlerischer Art von Juden ausgegangen, von der Finanzierung solcher Ideen ganz zu schweigen. Denk nur an unsere hervorragende Frankfurter Universität. Ohne jüdische Stiftungen wäre die überhaupt nie in Gang gekommen.«

Nachdenklich strich sie sich mit der Kuppe des rechten Mittelfingers über den oberen Rand ihres rechten Ohres. Diese kleine Geste hatte sie bei Will immer so sehr geliebt, sie bedeutete, dass alles wieder in Ordnung kam. Seit er ihr so bitter fehlte, hatte sie sich diese Geste selbst angewöhnen müssen. Sie tröstete Rosa und gab ihr das Gefühl, dass alles gut werden musste, weil Will ihr beistand, von wo immer er jetzt auf sie schauen mochte. Und genau das brauchte sie in diesem Moment, als Deutschland an allen Ecken gleichzeitig zu brennen anfing.

Der 31. März war der erste wirklich schöne Frühlingstag nach all den kalten Wintermonaten. Die Sonne schien mit zunehmender Kraft vom blauen Himmel, 18 Grad warm war es am Nachmittag geworden und plötzlich leuchteten gelbe Osterglocken überall in den Vorgärten.

Am liebsten fuhr Elise an solchen Tagen mit Fannys altem Fahrrad das kurze Stück vom Konservatorium durch die Eschersheimer Landstraße hoch und bog dann links in den Grüneburgweg ab. So wie manchmal nahm sie auch heute den kleinen Umweg über die Fürstenberger Straße.

Sie fehlten ihr heute besonders, ihre Freunde. Josh, der in New York als Jazzpianist und zunehmend auch als Filmkomponist Karriere machte, und jetzt auch Betan, die vor 10 Tagen in Stockholm ihren Lasse Julström geheiratet hatte.

Elise war mit bedrückenden Gedanken aus der Probe heimgekehrt. Vor allem die Auseinandersetzung mit Shalom ging ihr nicht mehr aus dem Kopf.

In den Pausen der Probe hatte es nur ein einziges Gesprächsthema gegeben: Die neuesten Nachrichten über die politische Entwicklung in Frankfurt und Deutschland. Der Dichter Thomas Mann hatte mit seiner Frau schon im Februar Deutschland verlassen, andere, durch die neue politische Lage gefährdete Berühmtheiten aus dem Kulturleben ebenso.

Auch am Dr. Hoch's waren erste Entlassungen ausgesprochen worden. Dem bekannten österreichischen Dirigenten Hermann Schmeidel hatte man als »Ausländer« sofort gekündigt. Toni Oberdorfer, seine Sekretärin, Jüdin, wurde wegen »Schlepperdiensten artfremder Rassen ans Konservatorium« ebenfalls mit sofortiger Wirkung rausgeworfen.

Man munkelte, dass bald sämtliche jüdischen Angestellten aus den städtischen Einrichtungen in Frankfurt entlassen werden sollten. In der Oper und den Theatern hatte man bereits damit begonnen. Jeder nannte andere Namen von beliebten jüdischen Sängern oder Schauspielern, die nicht mehr auftreten durften. Die Intendanten, wenn sie Juden waren, bekamen erst einmal Hausverbot, um keine juristischen Scherereien auszulösen oder Vertragsbrüche zu vermeiden, bevor die Gesetze entsprechend geändert waren.

Am 1. April sollten bei einem nationalen Boykott alle jüdischen Geschäfte, Praxen oder Firmen ohne deutsche Kunden bleiben. Max hatte Elise bestürzt erzählt, dass schon ausgefeilte Organisationspläne bei der Gauleitung lagen, welche SA- und SS-Männer wo Wache stehen würden beim Boykott. In der gesamten Frankfurter Innenstadt, wo es viele jüdische Firmen und Büros gab, sollten sie platziert werden. Elise war klar, dass sie die Kunden einschüchtern und mit Gewalt am Besuch der Geschäfte hindern würden, wenn es sein musste.

Einschüchterung, Bedrohung und Machtdemonstration lagen genau in der Absicht der Nationalsozialisten. Jeder sollte Angst haben, Freiheit und Demokratie waren Werte der Vergangenheit.

Der Vorstand der Frankfurter Industrie- und Handelskammer war noch am Nachmittag dieses 31. März zum Rücktritt gezwungen worden, weil er zum geplanten Boykott-Tag eine Veranstaltung zur Information für jüdische Geschäfte veranstalten wollte. Das war das allerneueste Gerücht auf der Probe gewesen.

Shalom Herzheim, mit gerade mal 20 Jahren fast zwei Jahre jünger als Elise, studierte seit September Klarinette bei Eduard Liebhold am Konservatorium. Mit viel französisch-pfälzischem Charme und einer guten Portion Chuzpe wickelte er alle um den Finger. Er hatte etwas überheblich geflachst, dass die zahlreichen jüdischen Musiker gar nicht von nichtjüdischen Deutschen ersetzt werden könnten – die spielten doch viel zu schlecht.

Vor etwas mehr als einem halben Jahr erst war Shalom vom Pariser Konservatorium nach Frankfurt gewechselt.

Seine deutschen Eltern, überzeugte Zionisten, hatten es 1923 in der Inflationszeit vorgezogen, von Landau in der Pfalz nach Paris zu ziehen. Von dort aus waren sie im Frühjahr 1932 nach Palästina in ein jüdisches Kibbuz mit dem Namen Degania Beth südwestlich vom See Genezareth ausgewandert. »Nicht reden, sondern handeln«, lautete ihr Motto, und so ähnlich dachte Shalom auch. Er wusste, dass es ihn über kurz oder lang ebenfalls nach Palästina ziehen würde. Aber vorher wollte er seine Ausbildung zum Klarinettisten in Europa abschließen. In Frankfurt am Konservatorium war sie nicht so teuer wie in Paris, jedoch keinesfalls schlechter, also kam er wieder nach Deutschland zurück, wo er seine Kindheit verbracht hatte.

In der letzten Zeit hatte sich Elise viel mit ihm unterhalten. Sein Selbstbewusstsein als Jude faszinierte sie. Er war so ganz anders aufgewachsen als sie, mit einem echten Bezug zu seinen jüdischen Wurzeln, obwohl seine Eltern ebenso wenig religiös lebten und fühlten wie ihre. Max und er mochten sich gut leiden, was ihr wichtig war. Aber wer mag Max nicht, dachte Elise zufrieden. Er sah in Shalom den »Jungen«, so nannte er ihn, der keine Gefahr für Elise oder ihre Beziehung bedeutete. Da war Max sich ganz sicher.

Eigentlich hieß Shalom Salomon, aber er hatte seinen Namen in »Shalom« geändert, was »Friede« bedeutete und der althergebrachte Gruß der Juden war. So war es ganz deutlich, dass er Jude war, trotz seiner rötlich lockigen Haare und seiner blassen Haut mit den vielen Sommersprossen.

Elise hatte sich sehr amüsiert, als er ihr den Grund für seinen Namenswechsel zum ersten Mal gewichtig erklärte.

»Glaubst du, Salomon Herzheim hört sich so besonders unjüdisch an?«, fragte sie ironisch. Er lachte als Antwort. Er lachte meistens. Gekränkt hatte sie ihn noch nie erlebt, und das beeindruckte sie zusätzlich.

»Shalom ist eben besser. Ich sage Shalom und ich meine ›Friede sei mit dir‹. Shalom, Elise. Ich bin Shalom. Übrigens, am liebsten würde ich dich Eli nennen.«

Sie reagierte mit kühler Ablehnung auf seinen Vorschlag.

»Shalom, bitte, das ist lächerlich. Ich bin Elise, und so möchte ich auch von dir genannt werden. Und außerdem ist Eli ein Männername.«

Er lachte noch einmal, leise diesmal und fast zärtlich.

»Das genau ist es ja. Auf diese Weise weißt du, dass ich dich nicht als Frau begehre, sondern nur als Kameraden schätze.«

Elise fiel nichts ein, was sie darauf erwidern sollte. Er wollte ihr wohl sagen, dass er nicht mit ihr flirten würde. Aber sie glaubte, dass er das nur so erzählte. Ihr Gefühl sagte ihr genau das Gegenteil, und auf ihr Gefühl konnte sie sich immer verlassen. Fast immer jedenfalls.

Shalom hielt nie mit seiner Meinung hinter dem Berg. Man wusste jederzeit, woran man bei ihm war und, wichtig für Elise, er war auf seine Art genauso verlässlich wie Max. Außerdem war er ein brillanter Musiker.

Anders als sie war er von seinen Eltern in Paris zum Weltbürger erzogen worden. Elise hielt ihn für fähig, tatsächlich überall auf der Welt glücklich werden zu können. Sie hätte das auch gern gekonnt, aber sie hing zu sehr an Max, ihren Eltern, Karl, Therese, und an Frankfurt und Deutschland, in dieser Reihenfolge. Woanders wäre sie sicher nicht glücklich geworden, nicht, wenn sie dafür auf Max hätte verzichten müssen.

Diese Einstellung spielte auch in ihre Diskussion der jüngsten Ereignisse hinein. Shalom konnte kaum verstehen, wie sehr die meisten Juden in ihrem Deutschsein verwurzelt waren, wie sie an diesem Land mit seinen schwerblütigen Menschen hingen.

Er lachte, obwohl Elise die Situation mit den Entlassungen jüdischer Angestellter überhaupt nicht zum Lachen fand. Zum Weinen war das. Shalom bemerkte ihren missbilligenden Gesichtsausdruck und lachte noch einmal, während er sein lockig-rötliches Haar aus dem sommersprossigen Gesicht nach hinten strich.

»Elise, du machst dir einfach zu viele Sorgen. So seid ihr Deutschen. Mein Vater würde sagen, es ist besser, bei einer Tragödie zu lachen als bei einer Komödie Tränen zu vergießen.«

Verschwörerisch stupste er Elise gegen den Arm. Seine blassgrauen Augen funkelten sie vergnügt an, was sie noch mehr ärgerte. Ihr Ton wurde schroff.

»Merkst du eigentlich nicht, wie schlimm alles im Moment wird? Zwei Monate unter Hitler, und schon verlieren die Juden ihre Stellen, sie werden bedroht und verhaftet, werden schikaniert. Was meinst du denn, wie es in einem Jahr weitergeht oder in zweien? Rosa sagt, dass die Juden irgendwann um ihr Leben fürchten müssen. Man braucht die Entwicklung doch bloß weiterzudenken.«

Erschöpft rieb sich Elise über die geschlossenen Lider.

»Ach, was rede ich, Shalom, ›die Juden‹, als ob es uns nichts anginge. Wir sind es, du und ich und alle anderen Juden. Ich finde es gar nicht lustig, wenn du, der ohnehin weg will, so lässig darüber deine Witze machst. Es sind doch nicht alle so … so …«

Sie schluckte das Wort hinunter. Erschrocken schaute er in Elises blaue Augen. Sie war jetzt richtig wütend.

»Meinst du vaterlandslos? Ich finde, das ist kein Makel, auch wenn ihr Deutschen das immer glaubt. Im Gegenteil, ich finde, es ist ein Vorteil, kein Vaterland zu haben. Dann hält einen dort nichts, wo sie einen nicht wollen. Verstehst du nicht, wie gut das sein kann?«

Elise schwieg betroffen. Ihr war schon klar, dass Shalom auf seine Art völlig recht hatte. Vielleicht wäre es gut, wenn auch sie so hätte fühlen können. Aber das konnte sie eben nicht, dazu hing sie viel zu sehr an diesem schönen Land. Und außerdem lebten sie doch alle hier, Max und ihre Familie und ihre Freunde, alle, die ihr wichtig waren. Alle bis auf Josh und Betan, und bald auch Seppi, die im Mai in ihr neuseeländisches Christchurch zurückkehren würde.

Shalom wurde bei diesem Gespräch etwas anderes klar, was er sich noch nie wirklich eingestanden hatte. Er tat immer nur so, als wäre er nicht von Elise beeindruckt. In Wirklichkeit stellte er sich vor, dass er gern mit einer Frau wie ihr nach Palästina gehen würde. Nein, nicht mit einer Frau wie ihr, mit ihr. Elise war schön, sie war begabt, sie war intelligent, und Musik bedeutete ihr alles. Das Wichtigste im Leben hatten sie schon gemeinsam, und noch dazu waren sie beide jüdisch …

Gut, Elise war verlobt und ihr Max war ein ansprechender Mann, keine Frage. Aber durch seine Arbeit und den Studentenring steckte er irgendwie schon jetzt mit drin in der nationalen Erneuerung, von der in Deutschland derzeit ständig geredet wurde. Vermutlich war es nur eine Frage von Monaten, bis sie sich trennen mussten. Ihre Verbindung war in diesen Zeiten politisch nicht opportun. Ein junger, gut ausgebildeter und gut aussehender Adliger mit hervorragender Juristen-Ausbildung und besten Kontakten in die nationale Politik musste über kurz oder lang zu den Nationalsozialisten stoßen. Da konnte eine jüdische Verlobte bloß hinderlich sein.

Leicht und wie zufällig strich Shalom eine Haarsträhne aus Elises Stirn.

»Lass das, Shalom.«

Unwillig schob sie seine Hand beiseite.

»Komm, Eli, es wird schon alles weitergehen. Das ist immer so, so ist die Welt konstruiert.«

Ihr Ärger wurde größer.

»Ich will nicht, dass du mich so nennst, das habe ich dir schon mal gesagt. Und außerdem, wenn jemand stirbt, geht sie für den nicht weiter, so ist die Welt auch konstruiert.«

Shalom blickte sie gelassen an. Ihr Unmut schien ihn nicht zu beunruhigen.

»Weißt du, wenn sie mich hier nicht wollen, macht mir das gar nichts. Dann gehe ich eben. Im jüdischen Staat werden sie auch gute Musiker brauchen. Vielleicht kann ich beim Aufbau eines Symphonieorchesters helfen. Vielleicht kann ich dort sogar Dirigent werden.«

Einen Moment dachte er nach.

»Ich will die Fäden der Musik aus dem Himmel holen und auf der Erde zu einem weichen und warmen Teppich für die Menschen verknüpfen. Das machen Dirigenten nämlich. Du könntest mir dabei helfen, du könntest es ebenso machen, du bist so eine wundervolle Pianistin. Ich verstehe nicht, wieso du diese Möglichkeit für dich von vornherein ausschließt.«

Dabei sah er Elise durchdringend in die Augen.

»An dem Punkt verstehe ich dich nicht, Elise, wirklich nicht.«

»Aber ich verstehe mich, Shalom, wirklich.«

Ihre abwehrende Ironie erreichte ihn nicht. Er blickte sie fragend an, also erklärte Elise, was sie meinte.

»Ich glaube, dass meine zufällige Geburt als Kind einer jüdischen Familie auf keinen Fall mein ganzes Leben bestimmen soll und wird. Max denkt genauso. Dass du uns nicht verstehst, glaube ich dir. Außerdem ist das hier meine Heimat, auch wenn du mit dem Wort nichts anfangen kannst. Ich liebe diese Stadt. Deshalb ärgert es mich auch, wenn du einfach dasitzt und lachst, während jüdische Deutsche oder deutsche Juden ihre Existenz und vielleicht irgendwann auch ihr Leben verlieren, falls es so weitergeht.«

Elise strich entschlossen ihre Haare in den Nacken zurück.

»Sei mir nicht böse, Shalom, aber für heute reicht es mir. Ich fahre jetzt heim.«

Er gab nicht auf.

»Darf ich dich begleiten auf meinem Fahrrad?«

»Nein, Shalom, das darfst du nicht. Ich fahre noch bei Max vorbei.«

Das stimmte zwar nicht, aber sie wollte auf keinen Fall, dass Shalom jetzt mit ihr fuhr. Sie musste allein sein und nachdenken. Allerdings, ob sie wollte oder nicht, auf der Fahrt gingen ihr immer wieder Shaloms Worte durch den Kopf.

Ohne Heimat hält einen ja nichts, wenn sie einen nicht wollen. Dann geht man einfach weg und lebt woanders. Das stimmte.

An der Haustür in der Rossertstraße kam ihr Sieglinde aufgeregt entgegen. Sie hatte auf dem kleinen Balkon von Elises Zimmer gestanden und die Straße beobachtet, weil sie ungeduldig auf ihre »große Schwester« wartete.

»Siggi«, wie sie meist von Elise genannt wurde, trat ungeduldig von einem Bein auf das andere.

»Es ist ein Brief für dich gekommen vom Gauleiter und Max ist auch schon da. Und dann ist noch ein großes Paket geliefert worden – von deinen Eltern. Komm schnell rein.«

Ungeduldig schob sie Elise weiter, als die erst Fannys altes Fahrrad am Fahrradständer im Hof anketten wollte. Sie gingen die halbe Treppe hoch und durch die offen stehende Wohnungstür in den Flur von Erikas Hochparterre-Wohnung. Max stand schon dort und hielt Elise den Brief entgegen. Vorsichtig fasste er den Umschlag zwischen Zeigefinger und Daumen, so wie man etwas hält, das gefährlich sein könnte. Blass sah er aus, als er ihr das Dokument reichte. Die Tür zum Wohnzimmer stand offen. Erika wartete mit angespanntem Gesicht hinter Max.

Der Umschlag trug außen den Aufdruck »Büro des Gauleiters Jakob Sprenger«, mit dem Adler der Nationalsozialisten, der einen Lorbeerkranz mit Hakenkreuz in den Fängen hielt. Sie riss ihn an einer Ecke auf und fuhr mit dem Daumen unter die Falz. Das scharfe Geräusch des zerreißenden Papiers schien ihr wie ein schlechtes Omen. Langsam zog sie den Brief heraus.

Rechts oben auf dem Briefbogen stand der gleiche Absender eingedruckt wie auf dem Umschlag, dazu Gauhaus Gutleutstraße 8–14, wieder mit dem Hakenkreuz-Adler. Handschriftlich war ein Vermerk dazugesetzt: Wulf Sörger, Adjutant des Gauleiters, und als Datum der 29. März 1933.

Sieglinde brach das Schweigen und zupfte ungeduldig an Elises weißer Strickjacke.

»Was steht denn drin, sag doch.«

Elise, die den Brief mit gerunzelter Stirn überflogen hatte, las ihn für die anderen vor. Ihre Stimme bebte, ihre Knie wurden weich.

Fräulein Hermann,
im Auftrag des Gauleiters informiere ich Sie, dass Ihr geplantes Debüt-Konzert für den 23. April im kleinen Saal des Schumanntheaters abgesagt ist. Die Theaterdirektion ist von unserer Entscheidung bereits unterrichtet. Eventuell entstehende Kosten sind von Ihnen zu tragen.

Außerdem mache ich Sie darauf aufmerksam, dass für Sie als jüdische Kulturschaffende ab sofort öffentliche Auftritte in Frankfurt verboten sind, ebenso im gesamten Deutschen Reich. Nichtarier sind zur Schaffung deutschen Kulturguts nicht geeignet. Für weitere Auskünfte stehe ich zur Verfügung.
Heil Hitler
Wulf Sörger
Adjutant des Gauleiters

Gegen Schluss des knappen Textes versagte ihr die Stimme. Die Worte »Frankfurt verboten« brannten sich in ihren Kopf ein. Max biss sich so heftig auf die Unterlippe, dass ein Blutstropfen heraus quoll. Aber er spürte den Schmerz nicht, so entsetzt war er.

»Genau das habe ich befürchtet. Sörger hat mich seit dem Universitätskrawall und seiner Relegation im Visier, weil ich für seinen Rauswurf gestimmt habe. Das Verbot gilt mit Sicherheit mehr mir als dir, Elise. Er will mich über dich treffen. Ich werde mit ihm reden, das muss er rückgängig machen. Offenbar will er mit uns sprechen, deshalb sein letzter Satz.«

Er schlug mit der Hand gegen den Türrahmen. Elise hatte ihn noch nie so außer sich gesehen, so zornig und hilflos zugleich. Seine Haare fielen nach vorn und er vergaß, sie wieder zurückzustreichen.

Siggi zupfte Elise am Rock. Sie wollte ihre Wahlschwester aufheitern, weil sie genau spürte, wie nötig das jetzt war.

»Schau doch mal nach, was in dem Paket ist, Elise.«

Sie lachte verlegen. So ganz verstand sie die Aufregung der Erwachsenen nicht. Elise durfte doch weiter Klavierstunden geben.

»Pakete sind immer so spannend.«

Elise sah die Bitte in Sieglindes Augen und auch die Neugier. Sie tat Siggi den Gefallen, weil es sie tatsächlich ablenkte. Der große flache Karton von ihren Eltern enthielt das erwartete Kleid für ihr Debütkonzert. Vorsichtig schälte sie das von der Mutter entworfene Modell aus mehreren Lagen Seidenpapier. Elise hatte sich ganz auf den guten Geschmack und das Geschick von Clara verlassen, aber sie hatte keine Idee, wie ihr Kleid aussehen würde.

Mohnrot war es und bodenlang, aus dichter Doupionseide mit leichtem Chiffon darüber. Der breite, fein gefaltete Seidenbund unter dem Busen betonte die Taille, und die über dem tiefen Rückenausschnitt gekreuzten Chiffonträger liefen vorn in einem diskreten Dekolleté zusammen. Eine breite Stola aus einer doppelten Lage Chiffon über Seide, in deren untere linke Ecke mit Goldfäden ›Für Elise‹ eingestickt war, ergänzte diesen unglaublich schönen Entwurf ihrer Mutter.

Sieglinde hielt sich selbst das Kleid vor und stand am Spiegel. Mit offenem Mund bewunderte sie den raffiniert einfachen Schnitt und drehte sich nach allen Seiten hin und her. Erika bat ihre Tochter, ja mit dem hinreißenden Modell achtzugeben, und nahm vorsichtig den unteren Saum auf, den ihre Tochter unbedacht über das Flurparkett schleifen ließ.

Plötzlich überflutete Elise nur noch ein Gefühl. All die Ziele, auf die sie über die letzten Jahre so leidenschaftlich hingearbeitet hatte, in diesem Moment zerbröselten sie unter ihren Händen. Ihre Laufbahn als Pianistin hatte sich gerade in nichts aufgelöst. Sie lehnte sich gegen die Wand, ihr war schlecht.

»Frankfurt verboten.« Leise formten Elises Lippen die beiden Worte, dann schluchzte sie auf. Max nahm sie tröstend in den Arm.

»Ich bin sicher, Alice, wir können etwas bei Wulf Sörger erreichen. Dein Konzert wird trotzdem stattfinden, vielleicht etwas später. Ich verspreche es dir.«

Er küsste Elise und es war ihm gleichgültig, ob Erika und Sieglinde daneben standen und hörten, wie er sie »Alice« nannte. Er wollte seine Geliebte im Arm spuren, er wollte, dass sie wusste, er hielt zu ihr, er würde etwas unternehmen.

Den Bescheid konnte und würde er nicht so einfach akzeptieren. Es gab immer Verhandlungsspielraum, das wusste der angehende Jurist genau. Und überhaupt, seines Wissens gab es gar keine gesetzliche Grundlage für Elises Auftrittsverbot. Die Entscheidung im Brief des Adjutanten war völlig willkürlich.

18 Gleichgeschaltet

Elises Magen schmerzte vor lauter Sorge, als sie sich am ersten Samstagnachmittag im Juli 1933 für das Gespräch mit Wulf Sörger im Hotel Frankfurter Hof fertig machte.

Im Vorfeld hatte es bereits zwei Kontakte zwischen Max und ihm gegeben, zuerst telefonisch, dann ein kurzes persönliches Gespräch. Nach einer Rückversicherung beim Gauleiter in dieser Angelegenheit hatte der Adjutant, der plötzlich auch im Stiftungskuratorium des Konservatoriums eine zentrale Position übernommen hatte, sich bereitgefunden, doch noch mit Max und Elise zu sprechen.

Als Ort für das Gespräch hatte Wulf Sörger bewusst das berühmte Luxushotel am Kaiserplatz bestimmt, das seit der Machtübernahme immer häufiger von der NSDAP und ihren Gruppierungen genutzt wurde. Wulf Sörger verfolgte mit der Wahl dieses Treffpunkts zwei Ziele. Zum einen wollte er, der aus einfachen Verhältnissen stammte, vor Max mit seinen engen Verbindungen zum Hochadel nicht ärmlich dastehen, zum anderen wollte er Elise durch die noble Umgebung einschüchtern.

Andreas Henn hatte ihn bei der Überwachung der Römerberg-Kundgebung Anfang Februar auf die jüdische Verlobte an Max' Seite aufmerksam gemacht, aber das hätte es nicht gebraucht.

Wulf Sörger spürte instinktiv und sofort, dass Elise die Achillesferse von Max von Hochem war, dass er hier ansetzen musste. Außerdem reizte sie ihn als Frau. Vielleicht ließe sich ja ein kleines Arrangement erreichen. Wie man so sagt, eine Hand wäscht die andere.

Es amüsierte Sörger, dass er den populären Max von Hochem, der sich noch letzten Herbst so stark für seinen Rauswurf aus der Universität gemacht hatte, nun über seine begabte und schöne jüdische Verlobte in der Hand hatte. Es gab zwei Ziele: Er wollte Max gewinnen oder Elise vernichten, vielleicht gelang ihm sogar beides. Max brauchte er noch. Die junge Frau war ein Bauernopfer, sie war zweitrangig. Schade, dass sie Jüdin war.

Elise hatte sich wegen des kühlen Wetters entschieden, das Kostüm anzuziehen, das Louise zu ihrem letzten Frankfurtbesuch an Ostern 1930 getragen hatte. Wenige Abnäher hatten Clara genügt, um es für ihre Tochter, die eine ähnlich große und schmale Figur hatte wie Louise, zu ändern. Vielleicht brachte es ihr Glück für dieses entscheidende Gespräch. Alles, worauf sie jahrelang mit so viel Eifer und Vorfreude hingearbeitet hatte, stand auf dem Spiel.

Kritisch schaute Elise ihr Bild in Erikas ovalem Standspiegel an. Silbergrauer Velveton, die Jacke nach der Änderung eng tailliert, schräge Taschenklappen und ein kleiner Kragen aus schwarzem Samt, der Rock wadenlang, die Silhouette schmal, die Schultern breit. Dazu würde Elise die hochgeschlossene weiße Bluse ihrer Großmutter anziehen. Darin fühlte sie sich weniger verletzlich, Louise würde sie schützen. Inzwischen hatte sie ihre Haare wieder länger wachsen lassen. Meist bändigte sie die dunkle Flut in einem eleganten Knoten am Hinterkopf, so wie heute. Max liebte diese Frisur besonders an Elise, weil sie die zarte Biegung ihres Halses perfekt zur Geltung brachte.

Vor Aufregung war sie viel zu früh fertig. Max würde sie erst in einer dreiviertel Stunde mit einem Taxi in der Rossertstraße abholen. Elise ging die Situation von ihnen beiden durch den Kopf, die in den letzten Monaten so gefährlich kompliziert geworden war.

Dramatisch schnell hatte sich die Lage der Juden in Frankfurt verschlimmert. Einschüchterung, Gewalt und scheinbar legale Änderungen von Gesetzen durch die Nationalsozialisten waren an der Tagesordnung. Das Wegschauen eines großen Teils der Bevölkerung spielte eine wichtige Rolle bei der Zuspitzung der Lebensverhältnisse. Die meisten Menschen waren zwar den Juden gegenüber nicht persönlich negativ eingestellt, reagierten aber zunehmend verängstigt auf die überall sichtbare Willkür der braunen Partei. Ein radikal entschlossener Kern von Nationalsozialisten trug das brachiale Vorgehen gegen diese zum Feind erklärten Deutschen in die Bevölkerung hinein. Viele »Volksgenossen« wiederum sahen, falls sie nicht ideologisch überzeugt waren, die wirtschaftlichen Vorteile, die sich durch eine Verdrängung der Juden für sie selbst ergeben würden.

Inzwischen schwappte diese Entwicklung auch in Elises persönliches Leben hinein. Im März zum Beispiel war Kurt Hahn, Gründer von Salem und Gast bei ihrer Verlobung, als prominenter liberaler Jude demonstrativ öffentlich verhaftet worden. Max hatte Elise mit großer Betroffenheit davon erzählt, der wiederum wusste es von Maxi und Hugo. Sie hatten über ihren Großvater Fürst zu Fürstenberg versucht, etwas für Kurt Hahns Freilassung zu tun, die dann, nach einigen Bedenken in der Partei, letztlich doch erfolgt war. Soweit Max wusste, würde der Salem-Gründer noch im Juli nach England ausreisen. Er wollte mit Hilfe der Verbindungen seines ehemaligen Schülers Prinz Philip zum Haus Mountbatten eine neue englische Schule nach dem Vorbild von Salem in Schottland aufbauen.

Ab dem 7. April legte das von Reichsinnenminister Wilhelm Frick im Reichsgesetzblatt verkündete »Gesetz zur Wiederherstellung des Berufsbeamtentums« die Grundlage dafür, nichtarische oder politisch missliebige Beamte ganz legal aus dem Dienst entfernen zu können, ganz legal.

Keine zwei Wochen später, noch während der Osterferien, sorgte eine ganze Welle von Kündigungen für Entsetzen am Hoch'schen Conservatorium. Der Zeitpunkt der Kündigungszustellung war absichtlich an das Ferienende der verlegt worden, um »die Gefahr der Verhetzung von Schülern« auszuschließen. Betroffen waren 14 Mitarbeiter, angefangen vom Direktor Bernhard Sekles bis zum Korrepetitor Paul Meyer.

Gegen alle am 19. April 1933 gekündigten Angestellten war ein sofortiges Hausverbot ausgesprochen worden, bei allen trat die Kündigung aber erst zum 31. August in Kraft. Man blieb im Rahmen der gesetzlichen Kündigungsfristen. Die Nationalsozialisten hatten es nach der Machtergreifung noch nicht geschafft, den Justizapparat vollständig unter ihre Kontrolle zu bringen. Im Moment mussten daher arbeitsrechtliche Auseinandersetzungen zurückgestellt werden.

Auch Elises Vater war von dieser Perfidie betroffen. Mit leiser Stimme hatte er seine Tochter Anfang Mai zu ihrem 22. Geburtstag angerufen, um ihr zu gratulieren. Sie hörte sofort, dass etwas nicht stimmte. Willy berichtete ihr, dass er am Ende der Osterferien eine Kündigung bekommen hatte, die ab Beginn der Sommerferien wirksam war. Bis dahin würde er unterrichten, da man so schnell keinen Ersatz für seine Fächerkombination gefunden hatte. Für danach hatte er zwar sofort ein Angebot vom Turnverein als Trainer bekommen, ebenso vom Tennisverein. Die Gesten trösteten ihn, aber die spärlichen Einnahmen würden seinen Lohnausfall nicht wettmachen.

»Ich bin immerhin fast 54 Jahre, Elise. Auf Dauer werden sie sich jüngere Trainer mit dem richtigen Parteibuch suchen.«

Elise kannte ihren Vater als positiven, auf die Zukunft vertrauenden Mann mit einer selbstbewussten Stimme. Jetzt klang er plötzlich alt, bitter und unendlich traurig. Als Clara den Hörer übernahm, um ihrer Tochter ebenfalls zu gratulieren, weinte sie. Dann fasste sie sich wieder und erklärte ihre Erschütterung.

»Wir müssen das Haus verkaufen, Kind. Die Abzahlungen werden wir uns nicht mehr leisten können, wo dein Vater bald nicht mehr genug verdient. Ich kann das nicht ausgleichen. In der Schneiderei bekommen wir den Rückgang der Aufträge schon zu spüren, der Boykott jüdischer Geschäfte hat selbst in unserer kleinen Stadt Wirkung gezeigt. Abgesehen davon sind die Folgen der Weltwirtschaftskrise noch überall sichtbar.«

Clara holte Luft, während Willy im Hintergrund brummelte, sie solle ihre Tochter nicht beunruhigen.

»Viele in Bad Ems wissen eben, dass ich Jüdin bin, da hält man sich heute zurück. Gleich im März ist eine ganz schlimme Geschichte bei uns passiert. Du erinnerst dich doch bestimmt an Emil Königsberger vom Modehaus Königsberger. Der war ja schon immer ziemlich rechts. Bei der März-Wahl ist er wieder zum Stadtverordneten für die Deutschnationalen gewählt worden. Gleich in der ersten Stadtverordnetenversammlung danach wurde er aber von der eigenen Fraktion vor die Tür gesetzt, weil er Jude ist. Er wusste nichts von dieser Absicht seiner Parteigenossen und hat sich so darüber aufgeregt, dass er noch in der Sitzung an Herzversagen gestorben ist. Stell dir vor, einfach tot umgefallen ist er. Die arme Frau und ihre Kinder.«

Clara weinte wieder. Dann atmete sie tief aus.

»Unglaublich grausam ist das alles, Kind. Und das in unserem schönen Deutschland. Was soll bloß noch werden? Dein Vater ist schon ganz schwermütig vor lauter Kummer.«

Elise fragte sich ebenfalls, was noch werden sollte. Auch für Max wurde die Lage allmählich schwieriger. Max Egon zu Fürstenberg, sehr einflussreich im Stahlhelm, hatte dessen Vorsitzendem Franz Seldte im April geraten, den Stahlhelm vor der drohenden Auflösung durch die Gleichschaltung zu bewahren, indem er ihn »freiwillig« in die SA überführte. Dadurch hätte die Schutz-Abteilung der Nationalsozialisten mit ihren bisher 430 000 SA-Männern plötzlich anderthalb Millionen mehr Mitglieder.

Seldte war bereits Reichsarbeitsminister in Hitlers Kabinett und seit April 1933 neuerdings NSDAP-Mitglied. Max überlegte ernsthaft, wegen der geplanten Vereinigung aus dem Stahlhelm-Studentenring auszutreten, aber alle außer Elise und Rosa rieten ihm aus unterschiedlichen Gründen dringend davon ab, auch sein Vater.

Zum einen war Max finanziell auf die Mehrarbeitszulage aus der Tätigkeit als Sportreferent für die Universität angewiesen, zumindest bis zum Abschluss seines Studiums. Schließlich wollte er nicht dem Vater auf der Tasche liegen. Als Vertreter der Stahlhelm-Studentenorganisation mit dem wegweisenden Namen Langemarck war er in diese Funktion gewählt worden. Wenn er den Stahlhelm verließe, würde das Amt an jemand anderen fallen, der vermutlich seinen Einfluss zum Schaden der früher so lebendigen Meinungsvielfalt an der Universität nutzen würde. Max wollte für eine solche Entwicklung den Weg nicht freimachen, dazu waren ihm die demokratischen und liberalen Werte zu wichtig.

Ebenfalls im April war Fürst Max Egon auf Max' Vater zugekommen. Der Fürst sah für den jungen Mann brillante Zukunftsaussichten in der nationalen Bewegung, wenn er klug genug taktierte. Jetzt wegen einer absehbaren Überführung aus dem Stahlhelm auszutreten, das wäre der Todesstoß für eine Juristenkarriere im Deutschland dieser Zeit. Vor allem würde er seine jüdische Verlobte dann nicht mehr gegen zu erwartende Übergriffe schützen können.

Dieses letzte Argument war das entscheidende, es überzeugte Max auf Anhieb. Also trat er nicht aus dem Stahlhelm aus, sondern überlegte ganz im Gegenteil, ob er nicht in die NSDAP eintreten musste, um Elise wirksamer absichern zu können. Aber Elise konnte sich Max nicht als Mitglied der NSDAP vorstellen. Eigentlich war er überzeugter Demokrat, und eine jüdische Verlobte passte auf Dauer einfach nicht zu einem NSDAP-Juristen, das lag auf der Hand.

Am 3. Mai wurde von den neuen Machthabern an der Universität ein »Aktionstag gegen jüdische Studenten« organisiert. Wenige Tage später, am 10. Mai, einem regnerischen, kalten Donnerstag, fand bei einbrechender Abenddämmerung die erste öffentliche Bücherverbrennung auf dem Frankfurter Römerberg vor dem Rathaus statt. Nationalsozialistische Studenten hatten zwei von Ochsen gezogene Mistkarren mit verbotenen Büchern aus der Universitätsbibliothek gefüllt. Werke von Autoren wie Thomas und Heinrich Mann, Stefan Zweig, Erich Maria Remarque, Bertolt Brecht, Kurt Tucholsky und Erich Kästner galten plötzlich als marxistisch, undeutsch und unsittlich und wurden an diesem Abend dem Feuer übergeben. Bloß, in Frankfurt brannten die Bücher wegen des Regenwetters nicht so gut wie in Berlin, wo Dr. Goebbels persönlich die Kundgebung mit einer Brandrede anfeuerte.

Max hatte sich entschieden gegen die Teilnahme von Studenten des Studentenringes Langemarck an diesem »symbolischen Mord der Gedankenfreiheit«, wie er es nannte, gewandt. Durch seine Haltung, die er mehrfach öffentlich geäußert hatte, der sich aber viele Langemarck-Studenten nicht mehr anschlossen, geriet Max immer stärker in die Schusslinie der NSDAP. Auch das machte Elise Sorge, obwohl Max ihr gegenüber seine Gefährdung herunterspielte.

Sie wusste, dass in Braunschweig Ende März ein Versuch der NSDAP stattgefunden hatte, den dort als liberal geltenden Stahlhelm zu entwaffnen und zu verbieten, angeblich weil er einen »gegenrevolutionären Anschlag« auf die Nationalsozialisten und den Reichskanzler Adolf Hitler geplant hätte, und zwar durch eine Massenaufnahme von Sozialdemokraten und Gewerkschaftlern. Diese in rechten Zeitungen als »Stahlhelm-Putsch« hochgejubelte Aktion, die in Wirklichkeit nur der Erhaltung der lokalen Stahlhelm-Eigenständigkeit dienen sollte, wurde von SA und SS mit massiver Gewalt verhindert. Nur eine Intervention von höchster Stelle direkt aus Berlin konnte einen blutigen Machtkampf mit noch mehr Toten verhindern.

Solche Ereignisse machten einen liberalen Vertreter der Stahlhelm-Studentenorganisation wie Max auch in Frankfurt verdächtig. Er konnte im politisch explosiven Klima von 1933 ohne Weiteres zum Ziel von Repressionen werden. Man war nicht zimperlich in diesen Zeiten.

Das bewies sich auch am 10. Mai, als die freien Gewerkschaften einfach aufgelöst wurden. Ihr beschlagnahmtes Vermögen wurde in die neu gegründete Deutsche Arbeitsfront der Nationalsozialisten überführt. Sämtliche Gewerkschaftsführer waren bereits am 2. Mai verhaftet und in das neue Konzentrationslager Dachau »zum Arbeitseinsatz« überstellt worden.

Drei Tage später besetzte die Gestapo das Institut für Sozialforschung, das ohnehin bereits seit März geschlossen war. Max Horkheimer als Direktor hatte in Vorahnung der Ereignisse bereits im Februar die Arbeit des Instituts nach Paris verlegt, nachdem er das Stiftungsvermögen dorthin transferiert hatte. Er war sich bewusst gewesen, dass man ihn als weithin bekannten und links orientierten Juden zuerst ausschalten würde. Dem war er zuvorgekommen.

Und dann verließ auch Seppi Frankfurt. Elises letzte Freundin vom Konservatorium kehrte in ihre friedliche pazifische Heimat zurück.

An ihrem letzten Sonntag in Deutschland war Seppi auf Rosas Bitte hin noch einmal mit Max und Elise in die Bruchfeldstraße zu Besuch gekommen. Rosa hatte den Kaffeetisch liebevoll gedeckt. Eine einzelne, üppig weiße Rosenblüte stand in einer schmalen, vom Alter verkratzten Silbervase auf dem runden Esstisch mit der spitzengesäumten Decke.

Seppi hatte sich vorgenommen, bei diesem Abschied fröhlich zu sein, mochte er ihr noch so schwerfallen. So gern hatte sie das Dr. Hoch's besucht. Wie sehr liebte sie Frankfurt und Mainz und die schöne Landschaft zwischen Main und Rhein, von der ihr Großvater so innig erzählt hatte. Ein Leben lang würde sie von ihren Erfahrungen hier zehren. Deshalb wollte sie, dass alle sie so unbeschwert in Erinnerung behielten, wie sie sich bis vor kurzem in Deutschland hatte fühlen können. Aber das war in den letzten Monaten radikal anders geworden. Seppi war froh, dass sie ihren Studienabschluss in der Tasche hatte und zurückkehren konnte.

Nach zwei Stücken von Rosas bekannt gutem Nussstrudel fragte die alte Dame plötzlich Seppi etwas, über das sie, wie sie bekannte, oft nachgedacht hatte.

»Was ich dich schon immer fragen wollte, war dein Großvater, der aus Mainz, eigentlich Jude?«

Seppi blickte nachdenklich auf das grünliche Auge im Inneren der Rosenblüte.

»Ja, aber er hat nie darüber gesprochen. Er ist mit 19 Jahren als Jakob Engelmann aus Mainz weggegangen, weil er etwas von der Welt sehen wollte, weil ihm die katholische Stadt zu engherzig vorkam. Das war 1861. Im australischen Sydney hat er vom Goldrausch in Neuseeland gehört, und zwei Jahre später ist er nach Dunedin gekommen. Central Otago war damals die Gold-Provinz im Südpazifik, ähnlich wie Kalifornien in Amerika. Und Dunedin war die Hauptstadt dieser Provinz.«

»Eine spannende Geschichte«, meinte Max. »Wie ging es denn weiter mit deinem Großvater?«, fragte er, während er Rosa etwas Kaffee nachschenkte.

»Mein Großvater hat schnell verstanden, dass es klüger war, begehrte Luxusgüter aus Europa nach Neuseeland zu importieren, anstatt selbst nach Gold zu graben. Der damalige Herausgeber der Otago Daily Times, Julius Vogel, hat ihn 1865 auf die Idee mit dem Import von Klavieren und anderen Musikinstrumenten gebracht. Der Gedanke hat meinem Großvater gut gefallen, wo er doch selbst gern Musiker geworden wäre. Und der Import von Klavieren lief dann sehr erfolgreich.«

Seppi atmete beglückt den Duft der weißen Rose ein, bevor sie mit ihrer Geschichte fortfuhr. Max und Elise waren auf dem Sofa ganz nah aneinandergerutscht, er hatte seine Hände auf ihre Finger gelegt und strich zärtlich darüber. Rosa beobachtete die beiden mit einem wehmütigen Lächeln.

»Vogel und mein Großvater blieben befreundet, als Julius erst Parlamentsabgeordneter und schließlich 1873 Premierminister von Neuseeland wurde. Julius Vogel war ebenfalls Jude, er stammte aus einer Londoner deutsch-jüdischen Familie. Das war bekannt, aber in Neuseeland hat es damals keine Rolle gespielt, weder negativ noch positiv. Vogel hat Großvater nahegelegt, seinen Namen anglisieren zu lassen. Das hat mir der Opa, wie ich ihn immer genannt habe, mal selber erzählt. Engelmann ist viel zu kompliziert, hat Julius dem Freund erklärt, die Neuseeländer mögen keine langen Worte. Mach was Kurzes draus, irgendwie was Engelisches. Eigentlich war das Wort »Engelisch« ein Witz unter Deutschen wegen des Namens »Engelmann« gewesen, aber schließlich landeten sie bei Jacob English. Jeder in Neuseeland kann diesen Namen aussprechen, und das ist wichtig hier, so hatte Julius Vogel ihm geraten. Für Einwanderer war es üblich und einfach, ihre Namen bei den Behörden ins Englische zu ändern. 1870 dann heiratete der Großvater als Jacob English eine junge Französin, Cathérine Grandeau, die er in einem Stoffgeschäft in der Princes Street von Dunedin kennengelernt hatte. Sie war Gouvernante bei den vier Töchtern des Chefs der Bank of Otago, William Larnach, der mit Elisa de Guise, einer reichen französischen Erbin, verheiratet war. Der Bankier hat später bei Dunedin das einzige Schloss Neuseelands namens Larnach Castle gebaut.«

Seppi dachte einen Moment nach.

»Komisch, ich bin jetzt schon so lange in Deutschland und kenne euch seit vielen Jahren, aber ich habe noch nie von meiner Familie erzählt. Mein Vater Joseph English wurde als zweiter Sohn der beiden 1872 geboren. Er wollte Buchhalter werden. Mit 29 Jahren hat er in Christchurch Moira MacEarnin, meine schottische Mutter geheiratet, die auch aus Dunedin stammte. Mein Großvater war 1893 wegen besserer Verdienstmöglichkeiten in die aufblühende Stadt am Avon River gezogen, nachdem der Goldrausch in Central Otago unwiderruflich zu Ende war. In der einzigen französischen Siedlung Neuseelands, in Akaroa, nicht weit von Christchurch, haben wir ein kleines weißes Sommerhaus am Meer. Dort bin ich als Kind am liebsten gewesen, bei meinen Großeltern Jacob und Cathérine. In Akaroa haben wir immer deutsch und englisch und französisch durcheinandergeredet. Als kleines Mädchen fand ich das wunderbar.«

Die vier unterhielten sich noch über dieses und jenes, bevor es Zeit zum Aufbruch wurde. Elise versprach Seppi, dass sie am 26. Mai, einen Tag nach Himmelfahrt, zum Zug nach Bremerhafen kommen würde.

Beim Abschied von Seppi im Hauptbahnhof konnten beide ihre Tränen nicht mehr zurückhalten. Sechs Wochen würde die Fahrt mit dem Schiff dauern, falls nicht längere Stürme dazwischen kamen. Bremerhaven, Liverpool, Sydney, Auckland, Lyttelton bei Christchurch, diese wichtigen Hafen würde Seppi anlaufen. Vermutlich würden sie sich nie wieder sehen.

»Seppi, meine Seppi«, flüsterte Elise in das schöne Haar ihrer Freundin, als sie sich zum letzten Mal auf dem Bahnsteig in die Arme nahmen. Sie versprachen, einander zu schreiben. Elise wusste in diesem Moment, dass sie ab jetzt Seppi in Neuseeland von ihrem Leben in Frankfurt berichten würde und nicht mehr ihrer schon lange verstorbenen Großmutter Louise.

Für Elise persönlich war dies das wichtigste Ereignis im Mai gewesen, ein sehr trauriges. Und ihr Kummer wurde nicht kleiner, als sie Tag für Tag beobachten musste, wie die Repressionen gegen Juden zunahmen, egal welcher politischen Richtung sie angehörten.

Am 9. Juni nahmen sich Moritz und Katharina Oppenheim zum Entsetzen aller liberalen Frankfurter das Leben. Moritz Oppenheim stammte aus einer alteingesessenen Frankfurter Juweliersfamilie. Großzügige Stiftungen für wissenschaftliche und wohltätige Projekte waren ihm mit der Ehrenbürgerschaft seiner Stadt gedankt worden. Das »Frankfurter Israelitische Gemeindeblatt« schrieb in einem Nachruf auf das über 80-jährige Ehepaar: »Mögen die Seelen der im Leben und im Tod Vereinten den Frieden gefunden haben, den ihnen das Schicksal auf ihre alten Tage in dieser Welt versagt hat.«

Als weiteren Schritt der Unterdrückung, zum ersten Mal in Elises direktem Umkreis, hatte der Juni eine Hausdurchsuchung bei Rosa Bamberg mit sich gebracht.

Einen Tag nach dem Verbot der SPD am 22. Juni, im Rahmen der »Gleichschaltung der Parteien«, waren überraschend morgens früh um 7 Uhr vier junge Männer von der inzwischen Hermann Göring unterstellten Schutzpolizei an ihrer Wohnungstür in der Bruchfeldstraße aufgetaucht. Unverschämt und rabiat verhielten sich die Beamten gegenüber der alten Dame im Morgenrock, die gerade ihren Frühstückskaffee trank und ihren Einkaufszettel für das Wochenende schrieb. Rosa Bamberg, frühere Stadtverordnete, Trägerin der Ehrenplakette der Stadt Frankfurt, jüdisch, kritisch, Sozialdemokratin, eine 71-jährige Witwe, musste die vier Beamten in ihrer bescheidenen Wohnung dulden. Sie stellten alles auf den Kopf und zerstörten viele Dinge mit Erinnerungswert unachtsam oder auch absichtlich. Wonach eigentlich gesucht wurde, teilte man ihr nicht mit.

»Sie verstehen hoffentlich, dass Sie in Frankfurt nicht mehr erwünscht sind. Sie können froh sein, Frau Bamberg, dass wir Sie nicht in Schutzhaft nehmen oder nach Osthofen bringen. Das haben Sie nur Ihrem Alter zu verdanken.«

Das war die einzige Antwort, die Rosa auf ihre Fragen zu hören bekam.

»Frankfurt wird wieder deutsch!«, schmetterte ihr einer der Schupo-Beamten noch entgegen, dann schlug er im Abmarsch aus der demolierten Wohnung die Tür hinter sich zu.

David hatte Elise gleich danach angerufen. Sie war sofort mit der Straßenbahn zum Haardtwaldplatz gefahren. Die wenigen Schritte zu Rosas Wohnung war sie gerannt. David und Gittel waren schon dort. Nach dem Aufräumen und Aussortieren der Dinge, die kaputt geschlagen worden waren, saßen sie bedrückt am Esstisch und rührten in ihren Kaffeetassen. Ein Seufzer von Rosa brach die Stille. Sie zitterte noch.

»Bald ist man seines Lebens in der eigenen Wohnung nicht mehr sicher.«

Nach einer kurzen Pause fing sie sich wieder etwas. »Wisst ihr, zum Glück haben sie das schöne Radio von Hans übersehen. Aber ich mag es schon gar nicht mehr anschalten. Man hört eine Schreckensmeldung nach der anderen. Ich bin nur froh, dass mein Will das alles nicht mehr erleben muss.«

Sie erhob sich, weil das Telefon klingelte. Fanny rief aufgeregt aus Bad Ems an. Die jungen Leute hörten eine kurze Diskussion mit. Rosa blieb entschieden: sie wolle nicht nach Bad Ems ziehen, gerade jetzt nicht.

»Fanny, ich komme in meiner Wohnung gut zurecht, bequemer habe ich es nie gehabt. Und ich hänge an Frankfurt. Hier kann ich das Grab deines Vaters besuchen, so oft ich will, hier denke ich an unsere letzen gemeinsamen Jahre. Das ist mir wichtig, das musst du doch verstehen.«

Kurz hörte Rosa der Erwiderung ihrer Tochter zu, dann wurde sie etwas ärgerlich.

»Fanny, ich weiß es zu schätzen, dass Du dich um mich sorgst. Aber noch bin ich nicht soweit, dass ich hier weg gehen will. Respektier das bitte. Dein Bruder und Gittel kümmern sich wunderbar um mich und Elise und Max besuchen mich oft. Ich hoffe, dein Angebot steht noch, falls ich einmal nicht mehr allein für mich sorgen kann. Aber bis dahin …«

Rosa machte eine bedeutsame Pause, dann verabschiedete sie sich von ihrer Tochter.

»Ich hoffe, ihr versteht mich. Was kann mir denn schon passieren? Das Schlimmste ist nicht schlimm für mich. Es bringt mich schneller zu Will, also habe ich nichts zu verlieren. Mein Leben habe ich gelebt. Aber ihr Jungen, ihr müsst euch überlegen, ob ihr in unserem Land bleiben wollt. Vielleicht wirst du bald auch deine Arbeit verlieren, David. Vielleicht könnten eure Kinder woanders sicherer aufwachsen. Denkt nicht an mich. Ihr und meine Enkel, ihr müsst eine Zukunft haben und in Sicherheit leben. Das ist es, was für mich zählt.«

Vor allem diese letzten Sätze von Rosa gingen Elise nicht mehr aus dem Kopf. Sie versuchte, nicht darüber nachzudenken, dass vielleicht auch sie würde fortgehen müssen, obwohl sie es nicht wollte. Noch konnte Max sie schützen. Trotzdem, irgendwie fühlte es sich an, als ob ihr langsam die Luft abgeschnürt wurde und Max es gerade noch schaffte, die Schlinge etwas offen zu halten. Vielleicht lagen Josh und Shalom doch richtig mit ihrer Einschätzung, dass Juden in Deutschland keine Zukunft mehr hatten und besser weggehen sollten.

Das Hupen des Taxis auf der Straße riss sie aus ihren Gedanken. Max hatte sich verspätet, wahrscheinlich war er an der Universität aufgehalten worden. Um 18 Uhr wollte Wulf Sörger sie im Frankfurter Hof treffen, im Sommerhof am Arkadengang. Jetzt war es schon 17.45 Uhr, und sie hatte Angst, zu spät zu kommen. Elise stürzte die

Treppe hinunter und vergaß in der Aufregung, die Wohnungstür abzuschließen.

Max stieg aus dem Taxi aus und ging unruhig hin und her. Als er Elise die Haustür öffnen sah, kam er eilig auf sie zu und nahm sie in den Arm. Sie merkte an seinem Kuss und seiner Stimme, dass er genauso aufgewühlt war wie sie.

Trotz aller Aufregung fiel ihr sofort auf, wie gut Max aussah. Der dunkelblaue Anzug mit weiten Hosen und leicht tailliertem Sakko betonte seine Größe, seine sportliche Figur und seine gesunde Hautfarbe. Das weiße Hemd mit der gestreiften Krawatte im Salem-Purpur unterstrich den selbstbewussten Auftritt, auch seine frisch im Fassonschnitt frisierten Haare, Seiten und hinten kurz, das Deckhaar lang und hellblond von der Sommersonne. Aber Elise spürte sofort, dass seine Selbstsicherheit aufgesetzt war.

Im Taxi wurde Elise aus den wenigen angestrengten Sätzen ihres Verlobten klar, wie sehr Max versucht hatte, alle möglichen Ergebnisse des Gesprächs im Vorhinein zu durchdenken und die für sie gefährlichen Wendungen auszuschließen. Er war gelernter Jurist, und als solcher versuchte er, Elise darauf einzuschwören, ihm im Gespräch mit Wulf Sörger das meiste zu überlassen. Dann sagte er plötzlich etwas zu ihr, das sie schon lange hatte kommen sehen. Elise wusste nicht, ob sie mit Furcht oder Erleichterung reagieren sollte. Er sprach zärtlich zu ihr, aber seine Stimme, seine schöne Stimme, die sonst so viel Stärke ausstrahlte, wirkte in diesem Augenblick matt und kraftlos.

»Vielleicht ist es notwendig, dass ich als Preis für deinen Schutz in die NSDAP eintreten muss, Alice. Wulf Sörger hat mir angedeutet, dass der Gauleiter größten Wert auf meine Mitgliedschaft legt, wegen meines Taufpatens Fürst Max Egon und wegen des Stahlhelms. Nur dann würden sie eine Ausnahme für dich machen, nur dann würde Sörger dir vielleicht erlauben, doch für ein nichtjüdisches Publikum aufzutreten. Und noch etwas – er hat schon in unserem letzten Gespräch darauf bestanden, mich zu duzen. Sonst würde unser Treffen heute gar nicht zustande kommen. Also erschrick nicht, wenn er mich Max nennt. Ich habe mich vorher nicht getraut, dir davon zu erzählen. Ich will nicht, dass du glaubst, ich verrate dich, Elise. Nie würde ich das tun. Aber ich will auch nicht, dass du aus lauter Stolz diese kleine Chance nicht nutzt. Wahrscheinlich gibt es sonst keine.«

Panik stieg bei diesem Gedanken in Elise hoch – Max in der Partei. Er liebte sie genauso bedingungslos wie sie ihn. Da war sie völlig sicher. Seine Seele würde er verkaufen, um sie zu beschützen. Aber genau das durfte nicht geschehen, nicht für Max und nicht für sie. Er war ihr zu wichtig. Vermutlich würde die Mitgliedschaft in der NSDAP ihn zerstören, vielleicht aber würde sie ihn auch verführen, wie so viele. Verlieren könnten sie sich wahrscheinlich, nein, bestimmt, wenn sie ehrlich war. Und das würde sie nicht ertragen.

Shalom hatte diesen Gedanken ihr gegenüber ausgesprochen, vor ein paar Wochen, kurz nach der Bücherverbrennung. Danach hatte Elise drei Tage nicht mehr mit ihm geredet, so viel Angst machte ihr diese Möglichkeit, so viel Erbitterung verursachte ihr Shaloms scharfsichtige Sicherheit, mit der er seinen Finger in diese wunde Stelle legte. Wer gab ihm das Recht dazu?

Wenn Max verschwand, würde es kalt werden in ihrem Leben. Ein endloser Winter, keine Hoffnung auf Frühling. Diese Furcht stürzte sie so in Verzweiflung, dass sie nicht mehr zuhören konnte, als Max zu ihr sprach. Sie war gefangen im Dunkel ihrer Gefühle.

Wie immer in verzweifelten Momenten schenkte Musik Elise eine Zuflucht. In ihrem Inneren erklang die Anfangs-Arie der Goldberg-Variationen von Bach. Wieder und wieder übertönte die ruhige, fast zärtliche Melodie ihre bangen Gedanken. Die Musik half ihr, die zerstörende Angst in sich zu ertragen. Vielleicht hatte sie auch Bach geholfen, die schweren Schicksalsschläge seines Lebens zu ertragen, all die Verluste, seine erste Frau, sieben seiner Kinder, sein Augenlicht. Dieser Gedanke schoss ihr durch den Kopf, als Max ihre Hand in seine nahm. Er spürte, wie Elise ruhiger wurde.

In A-Dur, nein G-Dur war sie gesetzt, diese erste Arie. Sie summte die Melodie mit geschlossenen Lippen, ganz leise. Ihre Augen blickten zwar zu Max hin, aber in ihrem Kopf war nur Platz für die Musik. Elise bemerkte, dass er noch etwas zu ihr sagen wollte, seine Lippen öffneten sich. Aber sein Satz drang nicht zu ihr durch. Die Bach-Arie innen war lauter, sie übertönte ihren Schmerz und seine Worte.

Parteigenosse Max 19

Ihr Taxi war endlich am Kaiserplatz angekommen und hielt mit leise quietschenden Bremsen. Max nahm Elises Hand in seine und streichelte sie zärtlich. Sie reagierte kaum, ließ es geschehen. Max zahlte, stieg aus und hielt die rückwärtige Tür für Elise auf.

Der Adjutant des Gauleiters hatte einen Tisch auf der Sommerterrasse des Hotels reservieren lassen, war aber selbst noch nicht eingetroffen, als sie ankamen. Der Oberkellner empfing sie höflich und begleitete sie zu dem Tisch, der in der ersten Reihe zwischen den Säulen des halbrunden Arkadengangs platziert war. Diese Plätze waren in aller Regel für Prominenz bestimmt, wegen des guten Ausblicks und auch wegen der besseren Chance, gesehen zu werden. Wulf Sörger hatte auf diesem Tisch bestanden.

All das wusste Elise nicht. Den Lärm der Automobile an diesem belebten Sommerabend auf dem Weg vom und zum Bahnhof nahm sie auch kaum wahr, stattdessen hörte sie immer noch die Bach-Arie in ihrem Kopf und dann das Wasser des Brunnens, das aus der weiten, erhöht auf einem Sockel schwebenden Schale aus schwarzem Porphyr mitten auf dem Kaiserplatz hörbar in das darunter liegende Becken plätscherte. Sie sah, dass Max wieder etwas zu ihr sagte. Nur die Angst in der Stimme ihres Geliebten, sie drang schließlich doch zu ihr durch.

Max suchte sie mit seinen Augen, er musste sie zurückholen. Gemeinsam mit ihr wollte er Auftrittsmöglichkeiten für sie erreichen, und das ging nur, wenn sie nicht aus dem Kontakt ausstieg.

Elise riss sich zusammen. Jetzt musste sie für ihre Auftritte kämpfen, für ihr Leben, ihre Zukunft als Pianistin. Die Musik in ihrem Kopf hatte ihr geholfen, die innere Fassung wiederzufinden. Sie und Max würden gemeinsam tun, was sie konnten, sie würden sich gegen das Auftrittsverbot einsetzen. Der Rest würde sich ergeben.

Ein junger Kellner fragte respektvoll nach ihren Wünschen. Dieses schöne Paar musste wichtig für den Adjutanten des Gauleiters sein, das wusste er vom Oberkellner. Merkwürdig war nur, dass die beiden den Gauleiter und seine Frau, die privat heute auf der Terrasse weiter hinten ihre Abendmahlzeit einnahmen, nicht zuerst begrüßt hatten.

Max schlug Elise nach einem flüchtigen Durchblättern der Weinkarte vor, zwei Gläser von seinem Lieblingswein zu bestellen, den »Erntebringer« von den Metternich'schen Weingütern um Schloss Johannisberg im nahen Rheingau. Der blassgoldene Wein wurde gebracht, Max und Elise stießen mit den fein geschliffenen Kristallgläsern an und blickten sich dabei in die Augen.

Sie bemerkten nicht, dass sich weiter hinten der bullige Gauleiter zu seiner Frau hinüberbeugte und sie auf die beiden jungen Leute aufmerksam machte. Dann aber hörte Elise trotz der Hintergrundgeräusche, und obwohl sein Tisch direkt vor dem Innenrestaurant stand, einen lauten Satz von Jakob Sprenger.

»Das ist wohl die jüdische Pianistin mit ihrem Verlobten, dem Patensohn von Fürst Fürstenberg vom Stahlhelm, die sich heute hier mit meinem Adjutanten treffen.«

Andere Gäste hörten die Bemerkung ebenfalls, sie drehten sich nach Elise um und starrten sie unverhohlen an.

Auch Max hatte die Bemerkung des Gauleiters nicht überhören können. Er lächelte Elise zu und sprach leise in ihr Ohr. Jeder sollte sehen, wie verliebt er in sie war, wie viel sie ihm bedeutete. Wenn sie sich nicht wehren konnte, er würde sie verteidigen.

Deshalb beschloss er, aufzustehen und zum Tisch des Gauleiters zu gehen, um sich und Elise mit ihm bekannt zu machen. Angriff ist die beste Verteidigung. Er erhob sich und steuerte auf den Tisch zu. Elise hatte er bei der Hand genommen, bevor sie sich selbst für irgendetwas entscheiden konnte. Als sie vor dem Tisch standen, verbeugte er sich knapp.

»Darf ich mich vorstellen, Gauleiter? Ich bin Max von Hochem, wir kennen uns über Ihren Adjutanten Wulf Sörger, der sich heute Abend hier mit uns treffen will. Ich denke, Sie sind informiert. Dies ist meine Verlobte Elise Hermann, Pianistin vom Hoch'schen Conservatorium.«

Der Gauleiter schüttelte ihm die Hand und stellte ihm seinerseits mit einer flüchtigen Geste seine Frau vor. Elise nickte er kurz zu, Frau Sprenger selbst tat, als würde sie Elise nicht bemerken. Die Schönheit der jungen Jüdin irritierte sie.

Der Gauleiter hatte dem Wein auf seinem Tisch bereits reichlich zugesprochen, er redete unangenehm laut.

»Es ist schön, dass Sie die kleine Unstimmigkeit wegen Ihres Parteibeitritts heute endlich beigelegen wollen. Stimmt, mein Adjutant hat mir von ihnen beiden erzählt, lieber Herr von Hochem. Sie wissen sicherlich, dass ich den Stahlhelm sehr schätze. Wenn der Bund der Frontsoldaten sich auf den Rat ihres Taufpaten hin tatsächlich zum Anschluss an die SA entscheidet, wären wir alle gestärkt. Der Krieg ist ja schon lange vorbei, wir müssen uns jetzt gemeinsam den Aufgaben des nationalen Neuanfangs widmen. Da stimmen Sie mir sicherlich zu.«

Dann beugte er sich vor und flüsterte fast.

»Und was Ihre Verlobte angeht, vielleicht lässt sich eine kleine Lösung für sie aushandeln. Ihnen und dem Fürsten zuliebe, wenn Sie erst einmal Parteigenosse sind.«

Mit einem knappen Kopfnicken bedeutete er Max, dass das Gespräch zu Ende war, bevor er eine weitere Flasche Wein bestellte.

Max merkte, dass die Bedingungen für eine Auftrittsmöglichkeit seiner Verlobten über seinen Kopf hinweg bereits abgesteckt waren. Er spürte, wie sehr Elise unter der Situation litt. Wulf Sörger war immer noch nicht eingetroffen.

Zufällig fiel sein Blick auf einen glänzend schwarzen Flügel mit drei Pedalen, der auf einem Podest im inneren Restaurant hinter der

Sommerterrasse stand. Ohne lange nachzudenken, führte er Elise dorthin und klappte den Deckel hoch. Musik half Elise immer in schwierigen Situationen. Vielleicht konnte sie hier ein wenig spielen und so Druck vor dem Gespräch mit Sörger abbauen. Das schien Max eine gute Idee. Elise stimmte wie in Trance zu.

Möglicherweise verbesserte ihre Musik die Situation ja wirklich, viel zu verlieren hatte sie jedenfalls nicht. Beethoven würde sie spielen, den zweiten Satz aus dem Klavierkonzert in C-Moll, wie beim Wettbewerb in Konstanz drei Tage nach Louises Tod. Die Gedanken an ihre Großmutter würde ihr die Stärke geben, die sie jetzt brauchte, wie damals auch. Sie spürte Louises ermutigenden Blick in sich, so, als ob die Großmutter tatsächlich da wäre.

Elise hob ihre Hände und schlug zärtlich und leise das Leitmotiv an. Die sanften Klänge fluteten über die Sommerterrasse und mischten sich mit dem Lärm des Verkehrs am Kaiserplatz. An einigen Tischen verstummten die Gespräche, Gäste erhoben sich von ihren Sitzen, um die junge Frau am Flügel besser sehen zu können. Sie spürten, wie sie Zeugen einer ungewöhnlichen Situation wurden. Diese junge Frau war offenbar eine Pianistin von hohem Niveau, ihr Spiel verdiente Applaus. Elise hatte ihre Umgebung vergessen, das Stück hatte sie absorbiert.

Unerwartet schob sich eine fremde Hand über ihre Finger und entfernte sie von den Tasten.

»Wir wollen doch mit Ihrem öffentlichen Auftritt hier nicht das Ergebnis unseres Gesprächs vorwegnehmen, Fräulein Herrmann.«

Die Stimme war nicht unangenehm. Sie blickte auf und sah direkt ins Gesicht von Wulf Sörger, der sie prüfend musterte. Er beugte sich über sie, ein wenig zu nah, er schaute sie an, ein wenig zu eindringlich. Elise hatte ihn sich schlimmer vorgestellt, zackiger, brutaler, mehr von oben herab. Er schien kultiviert zu sein, obwohl er als Unruhestifter von der Universität relegiert worden war. Elise fühlte sofort, dass Wulf Sörger von ihr fasziniert war, es aber zu verbergen versuchte. Sie spürte zugleich die Bedrohung, die von seiner amüsierten Gelassenheit ausging.

Ein älteres, elegant gekleidetes Paar hatte Elises Vortrag beglückt zugehört und beobachtete mit einiger Enttäuschung das Eingreifen Wulf Sörgers, den sie nicht kannten. Die Dame stand auf, kam zum Flügel und sprach die drei jungen Leute unbefangen an.

»Ich habe mich gerade gefreut, dass mein Mann und ich so unverhofft ein Konzert von Weltklasse zu hören bekommen.«

Mit einem Lächeln wandte sie sich an Elise.

»Vielleicht können Sie uns noch ein wenig mit Ihrem wunderbaren Spiel verwöhnen. Es war ja wie im besten Konzertsaal Frankfurts. Ich danke Ihnen, ich danke Ihnen sehr.«

Sörger antwortete, bevor Elise reagieren konnte. Seine Stimme blieb geschmeidig im Ton, trotzdem ließ er seine Irritation über diese Einmischung deutlich werden.

»Liebe, gnädige Frau, ich verstehe Ihre Freude über unsere wunderbare deutsche Musik vollkommen. Darf ich mich vorstellen? Ich bin Wulf Sörger, Adjutant von Gauleiter Sprenger. Sie wissen sicherlich, wie entschieden unsere Partei daran arbeitet, dass deutsche Kultur wieder von deutschen Interpreten gespielt wird. Darum geht es auch heute bei dem Gespräch mit diesem jungen Paar. Wenn Sie uns jetzt entschuldigen.«

Er drehte sich um, ließ die Dame stehen und dirigierte Max und Elise mit einer entschlossenen Handbewegung zu ihrem Tisch vorn auf der Sommerterrasse.

Beide folgten ihm, ihr Blick zu der Dame bat um Verständnis für die Unhöflichkeit. Dann wandte sich Elise, einer plötzlichen Eingebung folgend, um und ging zu der Dame zurück. Die ergriff ihre ausgestreckte Hand und sah Elise aufmerksam an, während die junge Pianistin nach Worten suchte.

»Was Sie gesagt haben, hat mir gutgetan. Danke. Ich bin Elise Hermann. Ich habe gerade am Hoch'schen Konservatorium meine Ausbildung als Pianistin abgeschlossen. Der blonde junge Mann ist Max von Hochem, mein Verlobter. Es geht heute um mein Auftrittsverbot.«

Die Dame nickte, antwortete jedoch nichts. Sie schien zu begreifen. Zu ihrer Verblüffung spürte Elise, wie ihr beim Händedruck zum Abschied ein schmales Stück Karton in ihre Hand geschoben wurde. Unauffällig ließ Elise die Karte in ihre Kostümtasche gleiten, bedankte sich mit einem Lächeln und folgte den beiden Männern zu ihrem Tisch.

Sörger bekam gerade eine Flasche Selters gebracht. Er lachte jovial.

»Ich halte es mit unserem Führer, der auch das Wasser dem Wein vorzieht.«

Dann begann er das Gespräch zielstrebig und machte gleich zu Anfang klar, dass er die Konditionen bestimmen würde.

»Sehen Sie, Elise, Macht ist gut, wenn man sie benutzen kann, um Dinge zurechtzurücken, die in der Vergangenheit falsch gelaufen sind. Dieser Aufgabe habe ich mich voll und ganz verschrieben, für unsere Partei, für unser Volk und für Frankfurt. Wir sind jetzt alle dabei, wenn Geschichte geschrieben wird, bloß nicht mehr von den volksfremden marxistischen Elementen, die uns vor Kurzem noch aus der Universität entfernen wollten. Die haben wir jetzt unschädlich gemacht.«

Er hielt kurz inne, blickte Max bedeutungsvoll an und ließ den scharfen Angriff wirken. Lässig zog er sein Jackett aus und warf es über die Rückenlehne des freien Stuhls neben sich. Das Schneideretikett am Futter der Innenseite sprang Elise ins Auge: Hugo Boss. Sörger hob sein Glas mit Mineralwasser und prostete Max und Elise zu.

»Selbstverständlich hat diese kultivierte Dame eben recht gehabt, Elise. Ihr Klavierspiel ist Weltklasse, keine Frage. Das hört sogar ein Kulturbanause wie ich. Wenn Sie Deutsche wären, dann würde die Partei Sie in jeder Hinsicht unterstützen. Schade, wirklich schade.«

Er drehte das Glas in seinen Händen hin und her. Elise antwortete ohne Zögern und tappte in seine Falle.

»Herr Sörger, ich bin Deutsche, genau wie Sie.«

Er lachte Elise entspannt an.

»Wir wollen doch nicht spitzfindig werden, das steht einer Frau von Weltklasse nicht. In erster Linie sind Sie Jüdin, bevor wir das vergessen. Übrigens gehe ich davon aus, dass wir uns alle duzen können, das vereinfacht die Situation. Wir sind ja alle jung. Also, Elise, ich bin Wulf.«

Er blickte sie durchdringend an. Max wurde unruhig, weil er spürte, wie bedrängend Wulf sich Elise zuwandte, wie offensichtlich er ihn ignorierte. Dabei hatte Max sich vorgenommen, die Verhandlung zu führen. Er versuchte etwas einzuwerfen, aber Wulf schnitt ihm das Wort ab, wobei seine Stimme sanft wurde.

»Auch wenn du immer demokratische Anwandlungen hattest, Max, ich glaube schon, dass du mit deiner Herkunft genau verstanden hast, wie die Weimarer Demokraten unsere Bewegung und unsere Volksgemeinschaft zerstört haben. Ich hoffe, du willst dabei nicht weiterhin mitmachen. Aber jetzt du musst dich entscheiden. Auf zwei Hochzeiten kann man nicht tanzen, nicht auf Dauer.«

Aufmerksam strich Sörger sich über die rechte Augenbraue, bevor er erneut ansetzte.

»Ich habe mir Gedanken über die Situation gemacht und kann euch eine Lösung anbieten. Du, Max, trittst in die Partei ein, wie wir es abgesprochen haben. Gauleiter Sprenger freut sich sehr über deine Entscheidung, sie war schon lange überfällig. Parteigenosse Max von Hochem, PG Max. Hört sich doch gut an, oder?«

Für einen kurzen Moment genoss der Adjutant den Triumph über den Mann, der vor neun Monaten mit anderen dafür gestimmt hatte, ihn aus der Universität zu werfen. Jetzt hatte er Max über seine Liebe zu dieser kleinen Jüdin in der Hand. Das konnte Wulfs eigener Karriere in der Partei ungeheuer nützlich sein, und außerdem war es ein amüsantes Spiel. Sehr amüsant.

Wulfs Augen suchten die von Max. Der versuchte, sich seinen Zorn über die Demütigung nicht anmerken zu lassen.

Nun wandte Wulf seine Aufmerksamkeit wieder Elise zu, allerdings vermied er es, sie direkt anzusprechen. Er verhandelte mit Max über sie, als ob sie eine Sache wäre, irgendein Ding, über das man verfügen konnte. Wie beiläufig, nach einem genüsslichen Schluck aus dem Wasserglas, setzte er die kühl kalkulierte Zerstö rung einer Liebe mit einem scheinbar kulanten Angebot fort.

»Für Elise können der Gauleiter und ich uns eine ›kleine Lösung‹ vorstellen. Das Auftrittsverbot wird zunächst eingeschränkt, bis sie sich im Ausland eine Zukunft geschaffen hat. Außerdem hindert ja niemand jüdische Musiker daran, für die eigenen Leute aufzutreten. In jüdischen Kreisen in Berlin gibt es schon Überlegungen für einen Kulturbund nur für Juden. Das würden wir sogar unterstützen. Im Moment ist aber noch eine ganz andere Frage für mich offen.«

Wieder genoss Wulf in der kurzen Pause die Macht dieses Moments, auf den er hingearbeitet hatte, seit seiner Relegation letztes Jahr und der Römerbergdemonstration.

»Wisst ihr, ich frage mich, was ich selbst eigentlich davon haben sollte, diese Ausnahme für euch zu machen. Wie sagt der Lateiner so schön: Quid pro quo?«

Unerwartet beugte Wulf sich über den Tisch zu Max hinüber und sah ihm direkt in die Augen. Elise schien ihn im Moment gar nicht mehr zu interessieren, nur Max wollte er jetzt verletzen.

»Eine schöne Frau hast du da, Max, keine Frage. Etwas Entgegenkommen würde ich mir schon von dir erwarten, wenn ich euch keine Schwierigkeiten mache. Ich will dir ja deine Verlobte nicht wegnehmen. Sie ist immerhin Jüdin, und ich bin sowieso mit der Partei verheiratet. Aber etwas teilen von deinem Glück, etwas abgeben für eine gewisse Zeit, unter Kameraden ...«

Er beendete seinen anzüglichen Satz nicht. Elise sah, wie Max blass wurde, als Wulf sich wieder gemächlich in den Sessel zurücklehnte. Das Blut schoss Elise vor Zorn in den Kopf. Sie reagierte aus dem ersten Impuls heraus. Bevor sie überlegen konnte, war sie aufgestanden und hatte Wulf mit der flachen Hand ins Gesicht geschlagen. Die Ohrfeige klatschte, ein Glas fiel um, rollte vom Tisch und zersprang klirrend auf dem Steinfußboden. Gäste schauten erschrocken herüber zu ihrem Tisch, auch Jakob Sprenger. Elise bemerkte noch, wie der korpulente Gauleiter so heftig aufsprang, dass sein Korbsessel hintenüber kippte. Dann war sie auf die Straße gestürmt.

Als ihr bewusst wurde, dass sie den Adjutanten des Gauleiters in aller Öffentlichkeit geohrfeigt hatte, befand sich Elise bereits auf dem

Kaiserplatz. Der Straßenbahnfahrer, der gerade von der Haltestelle beim Opel-Büro in Richtung Bahnhof losgefahren war, klingelte energisch, damit die kopflose junge Dame ihm nicht in den Weg lief und einen Unfall verursachte.

Mechanisch rannte Elise ein Stück die Bethmannstraße hinunter in Richtung Main, vorbei am seitlichen Haupteingang des Frankfurter Hofs. Der weltgewandte Portier in seiner eleganten Livree schaute der jungen Frau erstaunt hinterher.

Noch behielt sie die Fassung. Aber nicht mehr lange. An der Ecke zum Hirschgraben fühlten sich ihre Knie so weich an, dass sie nicht weiterlaufen konnte. Sie lehnte sich gegen eine Hauswand.

Alles hatte sie verdorben, alles. Man würde sie suchen, man würde sie verhaften. Rosa hatte ihr von den Konzentrationslagern in München und Berlin erzählt, wo politisch missliebige Juden, Sozialdemokraten und Kommunisten eingesperrt wurden. Viele aus Frankfurt waren in dem neuen Konzentrationslager Osthofen bei Worms interniert worden. Immerhin hatte sie, eine Jüdin, den Adjutanten des Gauleiters an einem prominenten Ort ins Gesicht geschlagen. Das konnte die Partei, das konnte Jakob Sprenger nie und nimmer auf sich beruhen lassen. In ihrem Zorn hatte sie nicht nur ihre eigene Zukunft zerstört, auch Max' Laufbahn hatte sie beendet, und Rosa, Erika und ihre Eltern gefährdete sie mit ihrem dummen Verhalten auch noch. Was bedeutete schon Ehre, wenn es um ihre Zukunft ging, um ihr Überleben?

Und noch viel schlimmer, man würde Max jetzt zwingen, sich von ihr zu trennen, damit er überhaupt noch in diesem Deutschland arbeiten und eine Zukunft haben durfte.

Sie lehnte mit dem Rücken an der Wand und begann so heftig zu schluchzen, dass ein älterer Herr mit Spazierstock sie mitfühlend fragte, ob er ihr denn helfen könne. Sie schüttelte den Kopf und weinte weiter.

Mit beiden Händen klammerte sie sich an einen Mauervorsprung, damit sie nicht zu Boden rutschte. Ich muss mich zusammenreißen, dachte sie. Ich muss weitergehen, als ob nichts wäre. Sonst mache ich die Leute noch mehr auf mich aufmerksam, falls sie schon nach mir fahnden.

Als sie in ihrer Kostümtasche nach einem Taschentuch suchte, stieß sie gegen den steifen Karton der Visitenkarte, die sie eben im Frankfurter Hof von der älteren Dame in die Hand gedrückt bekommen hatte. Sie zog sie heraus und las mit Verwunderung den bekannten Frankfurter Bankiersnamen darauf: Elsa von Lammers, Bankhaus von Lammers.

Eine Adresse, Schaumainkai Nr. 17 in Frankfurt-Sachsenhausen, und eine Telefonnummer waren ebenfalls angegeben. Das war ganz in der Nähe. Elise wusste, dass am Schaumainkai einige der reichen Frankfurter Familien wohnten, die gemeinsam vor 65 Jahren den Eisernen Steg schräg gegenüber als Fußgängerbrücke über den Main hatten bauen lassen. Ihr Vater hatte so bewundernd davon erzählt, als Elises Familie vor drei Jahren an Ostern bei ihr in Frankfurt zu Besuch gewesen war.

Wie dramatisch ihr eigenes Leben und das aller anderen Juden sich seit damals verändert hatten! Der Vater hatte seinen Beruf und sein Haus verloren, er versank in Depressionen, sie selbst war von Berufsverbot und jetzt vermutlich von Verhaftung bedroht, Rosa wurde drangsaliert, geschätzte jüdische Mitbürger nahmen sich das Leben, weil sie Mut und Hoffnung verloren hatten.

Vielleicht lag ihre Rettung in dieser kleinen Visitenkarte. Bevor sie die Idee als zu abenteuerlich verwerfen konnte, war sie schon auf dem Weg zum Eisernen Steg. Sie eilte durch die verwinkelten und unübersichtlichen Kopfsteingassen der Altstadt. Das war sicherer, falls man bereits nach ihr suchte. Über Münzgasse und Buchgasse vorbei an der Leonhardskirche gelangte sie zur offenen Promenade am Mainufer.

Ihre Furcht vor einer Festnahme durfte sie nicht aufhalten, sie musste einfach gehen, als ob sie eine normale Passantin wäre. Am liebsten wäre Elise unsichtbar gewesen, aber entgegen ihren Befürchtungen fiel sie überhaupt nicht auf. Gerade erst war es dämmerig geworden, und viele Spaziergänger bevölkerten noch die Altstadt.

Auf dem Eisernen Steg standen einige Touristen und schauten anerkennend auf die erleuchteten Fenster des Mosler'schen Restaurantschiffs. Welch eine schöne Stadt am Fluss, dachten sie wohl.

Elise hatte keinen Sinn für die ruhige Sommerschönheit ihrer Stadt am Main, in der sie sich inzwischen mehr zu Hause fühlte als in ihrer Geburtsstadt Bad Ems. So unauffällig wie möglich musste sie hinüber auf die Sachsenhäuser Seite gelangen. Sie würde versuchen, Elsa von Lammers um Hilfe zu bitten. Vielleicht konnte diese einflussreiche Dame ihr beistehen, vielleicht wusste sie ein Versteck, vielleicht würde sie Max benachrichtigen und ihm mitteilen, wo und wie er Elise erreichen konnte.

Als Elise am hohen schmiedeeisernen Tor des Grundstücks Schaumainkai Nr. 17 ankam, wurde es gerade vom Chauffeur einer großen weinroten Opel-Limousine geöffnet, um zur Villa hinein zu fahren. Im Fond des Wagens saßen Elsa von Lammers und ihr Mann Johann auf den hellen Lederpolstern. Sofort erkannten sie Elise und baten sie mit einer knappen Geste, rasch im Wagen Platz zu nehmen.

Die kurze Auffahrt zu der hinter alten Bäumen verborgenen weißen Villa verlief schweigend. Unter dem Vordach vor dem Haupteingang stiegen Johann und Elsa aus und ließen Elise den Vortritt durch die breite Doppeltür aus Eiche mit dem kunstvoll geschnitzten Rahmen.

Trumpfkarte 20

Am Montag, zwei Tage nach Elises Ohrfeige für seinen Adjutanten, saß Jakob Sprenger morgens in seinem übergroßen Amtszimmer hinter dem breiten, üppig verzierten Schreibtisch und trommelte mit seinen fleischigen Fingern wütend auf das dunkle Holz. Der helle Wein in dem Römerglas vor ihm vibrierte. Unschlüssig ließ er seinen Blick nach rechts über die große Landkarte von Hessen-Nassau wandern, die er auf eine Holzplatte hatte aufziehen lassen. So konnte er, der ehemalige Postbeamte, sich schnell und mit einem einzigen Blick von seiner neuen Macht überzeugen. Im Moment änderten sich so viele Dinge in der Partei so rasend schnell, dass ihm die Karte etwas Sicherheit gab. Das große Gebäude der Gauleitung in der Gutleutstraße 8-14 hatte er gerade in »Adolf-Hitler-Haus« umbenennen lassen. Auch das erhöhte seine Zuversicht in dieser von der Berliner Parteispitze so ungeliebten Stadt.

»Wulf, wir können uns nicht von einer Jüdin auf der Nase herumtanzen lassen, und vor allem nicht in unserer jüdisch und liberal verseuchten Stadt. ›Neu-Jerusalem am Main‹ nennen die Berliner Parteigenossen Frankfurt, das weißt du so gut wie ich. Sie beobachten genau, wie wir auf Provokationen wie diese reagieren.«

Er nahm einen ordentlichen Schluck aus dem Glas und setzte es so heftig wieder zurück, dass etwas Wein auf den Schreibtisch spritzte. Der Gauleiter schaute unschlüssig zu seinem Adjutanten hin.

»Das können wir nicht auf uns sitzen lassen, das muss dir klar sein. Ich habe lange genug in dieser jüdisch unterwanderten Stadt gelebt. Ich weiß, wovon ich rede.«

Wulf Sörger blickte auf die Landkarte. Nach dem Vorfall mit Elise im Frankfurter Hof hatte sein Vorgesetzter ihm noch am Samstag das Du angeboten. Jakob Sprenger wollte durch diese persönliche Geste die Kränkung ausgleichen, die Wulf in aller Öffentlichkeit erlitten hatte.

Aber in erster Linie sah der Gauleiter Handlungsbedarf auf der politischen Ebene. Keinesfalls durfte sein Büro oder die Partei durch die öffentliche Ohrfeige und die schadenfrohen Gerüchte, die in der Stadt sofort die Runde gemacht hatten, Schaden nehmen. Das konnte auf seinen persönlichen Ruf als Gauleiter übergreifen. Es hatte schon vor zwei Wochen genügend Gerede gegeben, als er zu einem Gespräch beim Mainzer Erzbischof so bezecht eingetroffen war, dass der Kirchenmann das Gespräch abgelehnt und den Gauleiter vor die Tür gesetzt hatte. Berlin hatte prompt mit einer Rüge reagiert, direkt aus dem Büro des Führers kam sie. Sprenger wusste als Reichstagsabgeordneter, dass er genügend Feinde in der Partei hatte, die gern an seiner Stelle Gauleiter geworden wären. Diese neue Situation jetzt musste demonstrativ durch eine wirksame öffentliche Bestrafungsaktion bereinigt werden, eine erneute Schlappe konnte er sich im Moment nicht leisten. Das Festsetzen der Schuldigen wäre der erste notwendige Schritt, ohne Zweifel.

Anders als sein Gauleiter ging Sörger mit kühlem Kopf an das Problem heran. Er fühlte sich weniger unter Druck.

»Mir ist ja auch nach Bestrafen, glaub mir, Jakob, aber ich frage mich die ganze Zeit, ob wir nicht für die Partei insgesamt noch viel mehr aus dieser Situation herausholen könnten. Eigentlich wollten wir doch mit dem Gespräch erreichen, dass Max von Hochem in die Partei eintritt. Das ist passiert. Hochem war nach der Ohrfeige so besorgt, dass wir seine Verlobte verhaften, ich glaube, er hat das ganze Wochenende nicht schlafen können. Gleich heute Morgen hat er bei mir persönlich seinen Parteieintritt beantragt.«

Wulf strich sich mit dem Zeigefinger über seine rechte Augenbraue. Das tat er immer, wenn er über ein Problem nachdachte.

»Unser zweites und weit wichtigeres Ziel ist damit aber noch nicht erreicht, nicht ganz. Wir wollen doch diejenigen sein, Jakob, die den Anschluss vom Stahlhelm an die SA über Hochems Taufpaten Fürst zu Fürstenberg beschleunigen und es dem Führer dann als unseren Erfolg melden. Wenn uns das gelingt, wird deine Position in Berlin absolut unangreifbar werden. Wir müssen jetzt den Druck auf Hochem erhöhen, damit er sich bei seinem Taufpaten entsprechend für den Anschluss einsetzt. Dafür brauchen wir die kleine Jüdin noch. Ich finde, das ist wichtiger als ihre sofortige Bestrafung.«

Wulfs Augen folgten nachdenklich den tanzenden, flirrenden Stäubchen im Licht der morgendlichen Sonnenstrahlen, die durch die geöffneten hohen Fensterflügel in das Amtszimmer fielen. Die Helligkeit des Sommermorgens fing sich im Weinglas des Gauleiters. Es war Wulf klar, dass sein Einwurf Sprenger zum Nachdenken bringen würde.

Nach der Machtergreifung war es überall in der Partei zu einem gnadenlosen Hauen und Stechen gekommen. Jeder wollte der Erste sein, der den politischen Aufstieg der NSDAP für seine eigene Karriere nutzen konnte.

Wulf sah zufrieden, wie der Gauleiter aufhörte, mit den Fingern auf seinen Schreibtisch zu trommeln, und rasch einen Schluck Wein nahm. Offenbar dachte er über seine Argumente nach.

»Du hast recht, Wulf, das könnte meine Position langfristig sichern, das wird mir der Führer nicht vergessen. Bloß, hier in Frankfurt darf es nicht so aussehen, als ob wir auf diese jüdische Provokation nicht reagieren, keinesfalls darf das passieren. Was schlägst du denn vor?«

Jakob Sprenger schätzte die Fähigkeit seines Adjutanten, in hitzigen Situationen leidenschaftslos zu bleiben. Erstaunt bemerkte er, dass Wulf sich zurücklehnte und ebenso entspannt wie amüsiert lächelte.

»Unser erstes Ziel haben wir doch erreicht, und das war auch mein ganz persönliches Ziel. Wir haben Max von Hochem kastriert, weil er mit dafür gesorgt hat, dass ich aus der Universität rausgeworfen worden bin. Wunderbar, das ist der Beginn meiner Rache. Aber, ich würde das Spiel gern noch ein wenig genießen, Jakob. Die Ohrfeige der Hermann ist dabei doch unsere beste Trumpfkarte. Wenn wir sie richtig einsetzen, können wir mit dem Vorfall ungeheuer viel erreichen. Am wichtigsten scheint mir, dass wir im Moment gar nicht reagieren.«

Verblüfft schaute der Gauleiter seinem Adjutanten in die Augen.

»Das kannst du doch nicht ernst meinen, Wulf«, polterte Sprenger los. Wulf lehnte sich nach vorn.

»Jakob, stell dir vor: Wir reagieren noch nicht, sichern aber auch nicht zu, dass wir nicht reagieren werden. Hochem hat heute früh schon bei mir eine Art Nichtangriffspakt zu erreichen versucht, aber das fände ich äußerst unklug. Wir sollten die Unsicherheit aller schüren, die mit der Sache zu tun haben. Unsicherheit in Verhandlungen bringt die besten Ergebnisse, so lässt sich das meiste für uns rausholen. Apropos, du ahnst nicht, wer mich gestern am Abend noch persönlich angerufen hat, privat und dringlich sozusagen.«

»Wer denn?«

»Johann von Lammers.«

»Der Bankier, an einem Sonntag, dich?«

»Ja, der von der Bank, an einem Sonntagabend! Du wirst nicht glauben, was er von uns wollte.«

»Mach's nicht so spannend, Wulf.«

»Er hat mich gebeten, die Ohrfeige der jungen Pianistin nicht persönlich zu nehmen. Ob es die Möglichkeit gäbe, darüber hinwegzusehen? Er sei zufällig mit seiner Frau an dem Abend auch dort gewesen und habe den Vorfall mitbekommen. Ich würde sicher verstehen, dass junge Frauen manchmal nicht ganz ausgeglichen seien, ich wisse schon. Gut, er könne ihren Ausbruch nicht gutheißen, aber ich hätte doch bestimmt auch gehört, wie erstklassig diese junge Pianistin gespielt habe. Immerhin sei sie hier am Hoch'schen Conservatorium ausgebildet worden.«

Der Gauleiter wollte gerade seinem Ärger über diese Einmischung Luft machen, als Wulf beschwichtigend die Hände hob.

»Warte, Jakob, es geht noch weiter. Als er das erwähnt hat, ist mir wieder eingefallen, wie eine offenbar wohlhabende ältere Dame mich an dem Abend direkt am Flügel angesprochen hat, ob ich Elise noch ein wenig spielen lasse. Ich habe ihre Frage freundlich abgewimmelt, aber ich wusste nicht, dass sie Frau von Lammers war. Wieso sich allerdings der Bankier jetzt eingeschaltet hat, habe ich nicht so ganz verstanden. Vielleicht gibt es eine Verbindung zwischen der Familie von Lammers und der Pianistin. Im Frankfurter Hof hatte ich eigentlich nicht den Eindruck, dass sie sich kennen. Egal, wichtig ist: Er hat mich angerufen. Und es muss ihm auf den Nägeln brennen, sonst hätte er nicht am Sonntag noch Kontakt zu mir aufgenommen.«

Der Gauleiter merkte, wie ihm das Blut in den Kopf stieg.

»Ja und? Was fällt dem Lammers eigentlich ein, was für eine Unverschämtheit! Es ist doch nicht zu fassen. Der hat wohl noch nicht verstanden, dass in unserer Stadt jetzt ein anderer Wind weht.«

»Eben, deshalb sehe ich den Anruf von Lammers eher als einen Verhandlungsauftakt. Die Geschichte könnte durchaus weitergehen. Du weißt doch, dass die Lammers-Bank bei der Finanzierung der

Reichsautobahn zwischen Frankfurt und Darmstadt eine wesentliche Rolle spielen soll. Wir haben im Mai schon angefragt, aber noch keine klare Antwort bekommen. Na ja, noch sind wir eben in diesen Kreisen nicht kreditwürdig. Aber das ändert sich wohl gerade. Vielleicht versteht Lammers jetzt den Vorteil einer Verbindung zwischen uns und seiner Bank. Dieses Autobahn-Projekt hat beim Führer höchste Priorität. Wenn wir in Frankfurt als allererster Gau seine Idee einer Reichsautobahn umsetzen würden …«

Wulf merkte, dass der Gauleiter den Plan begriffen hatte und mit einer eigenen Idee folgte.

»Stimmt, die Pläne für die Autobahn liegen doch schon komplett ausgearbeitet vor unter dem Namen HaFraBa, Hansestädte– Frankfurt– Basel. Die Idee stammt noch aus der Amtszeit des Juden Landmann. Ich hole sie aus der Schublade, beschaffe über Lammers eine günstige Finanzierung für unser hessisches Teilstück, und schon kann es losgehen. Du hast recht, Wulf, der Führer wird mir für immer dankbar sein.«

Ein Lächeln breitete sich über das Gesicht des Adjutanten aus.

»Du meinst also, wir sollten Lammers' Interesse an der Pianistin nutzen, um eine günstige Finanzierung herauszuschlagen? Wenn das klappt, ist dir eine satte Beförderung sicher. Das wird auch deine Position gegenüber Oberbürgermeister Krebs so ausbauen, dass ein für alle Mal geklärt ist, wer in Frankfurt in Zukunft das Sagen hat.«

Wulf rieb sich bedächtig die Hände.

»Weißt du, Jakob, ich bin ganz sicher, dass dieser Plan aufgeht. Eine Bitte habe ich aber noch. Wie du gesehen hast, ist die Pianistin eine außerordentlich schöne Frau. Sie reizt mich, wenn ich ehrlich bin. Du weißt doch, wie es ist. Solche Frauen sagen gern zu Beginn nein, und die Temperamentvollen geben einem schon einmal eine Ohrfeige. Aber genau das macht das Spiel mit ihnen umso reizvoller. Weißt du, das Spannende für mich ist, den Widerstand einer Frau zu brechen. Langfristig kann sie ruhig jemand anderen haben, ich will mich ja nicht binden. Lass mich entscheiden, wie ich mit ihr verfahre, dann habe ich privat auch etwas von der Sache. Wenn ich schon mit der Partei verheiratet bin.«

Jakob Sprenger lachte laut auf und lehnte sich vergnügt in seinem Sessel zurück.

»Gut, dass meine Frau dich gerade nicht hört. Sie liegt mir seit dem Samstagabend im Frankfurter Hof in den Ohren, dass man mit ›so einer‹ unbedingt durchgreifen muss. Eigentlich finde ich das ja auch, aber wenn es dir Spaß macht und der Partei nützt, bitte. Von mir aus hast du freie Bahn mit der Kleinen. Aber verprell mir bloß den Hochem nicht, den brauchen wir noch.«

Wulf freute sich, dass der Gauleiter seinem Vorschlag gefolgt war.

»Keine Angst, Jakob. Hochem sind die Hände gebunden. Er liebt sie und will sie retten, der heilige Narr. Gut, dass ich mich nicht zum Liebeskasper eigne. Und für ihn habe ich noch eine andere Idee, aber für später. Wir binden ihn nach seinem Parteieintritt an uns, indem wir ihm einen Posten als Rechtsreferent an der Universität anbieten.«

Der Gauleiter nickte mechanisch, war jedoch mit seinen Gedanken schon bei den nächsten Schritten.

»Vermutlich hat das noch Zeit. Aber ich rufe gleich heute Lammers an und frage ihn ganz direkt nach guten Konditionen für die Autobahn-Finanzierung. Du hast Recht, die unverschämte Ohrfeige dieser Pianistin könnte auf diese Weise Geld für unsere Partei wert sein. Wenn das geregelt ist, lade ich den Führer sobald wie möglich nach Frankfurt ein und wir machen ein großes Propagandaereignis daraus. So wird jeder Deutsche mit seinem ersten Spatenstich verstehen, was wir als hessische NSDAP für Deutschland tun, damit die Arbeitslosigkeit ein Ende hat. Blendende Idee, Wulf. Das wird sich auch für dich lohnen, versprochen.«

Zur gleichen Zeit saß Elsa von Lammers mit Elise und Max im Frühstückszimmer ihrer Villa am Main. Wie Elise gehofft hatte, war Max von den Lammers diskret über ihren Verbleib unterrichtet worden. Die Balkontüren in der Mitte des klassizistischen Gebäudes standen weit offen, im Sonnenschein des Julimorgens tönte der Gesang der Vögel aus dem kleinen Park hinter der Flusspromenade am Schaumainkai mit den sorgfältig beschnittenen Platanen.

Die Lage des Frühstückszimmers im Obergeschoss erlaubte einen Blick über den lebhaften Schiffsverkehr hin zur Frankfurter Altstadt auf der anderen Mainseite. Elsa von Lammers brauchte diesen Blick auf »ihren« Fluss, an dem sie aufgewachsen war. Dieses Zimmer über den Baumkronen war ihr Lieblingsplatz, an dem sie jeden Morgen ihren Tag beginnen ließ.

Frau von Lammers war von Elise und Max ebenso angetan wie ihr Mann. Ihr Entschluss stand fest. Sie würden für das begabte und charmante junge Paar ihre guten Verbindungen nutzen. Dieser Pianistin wollten sie trotz aller politischen Schikanen eine Karriere ermöglichen.

Es gefiel ihr und ihrem Mann überhaupt nicht, wie die Nationalsozialisten derzeit das liberale und kulturell offene Klima ihrer Vaterstadt in eine Atmosphäre der Unterdrückung und Angst verwandelten. Das radikale Vorgehen gegen ihre vielen jüdischen Bekannten entsetzte und ekelte sie beide.

Hier gab es für sie eine Möglichkeit, etwas dagegen zu tun, das war ihnen bei dem arroganten Auftritt von Wulf Sörger im Frankfurter Hof sofort klar gewesen. Frau von Lammers war froh, dass Elise ihre Adresse genutzt und sich bei ihnen in Sicherheit gebracht hatte. Falls man sie suchte, würde niemand vermuten, dass sie sich ausgerechnet hier aufhielt. Nur der vorsichtige Anruf ihres Mannes bei Wulf Sörger gestern Abend hatte möglicherweise auf einen Zusammenhang zwischen Pianistin und Bankiersfamilie verweisen können. Vielleicht schützte Elise das ein wenig, vielleicht verriet es aber auch eine Spur. Elise musste erst einmal aus Frankfurt verschwinden, das stand fest.

Nach dem kurzen Gespräch mit Sörger wegen des Parteieintritts war Max schnellstmöglich zur Villa der Lammers am Schaumainkai gekommen. Abwesend schaute er aus der offenen Balkontür nach draußen und strich seine Haare zurück. Die letzten Monate hatten Elise und ihn massiv verunsichert.

Zunehmende Repressionen und Gewaltakte gegen Juden brachten Max selbst dazu, Dinge zu tun, die moralisch nicht richtig waren. Das war ihm völlig klar. Aber, wenn er Elise schützen wollte, hatte er keine Wahl. So schien es ihm zumindest.

Ohne die Hilfe der Lammers wäre Elise jetzt bestimmt schon vom Sicherheitsdienst verhaftet und im berüchtigten Polizeigefängnis am Klapperfeld eingesperrt worden. »Schutzhaft« nannte die NSDAP die Inhaftierung von politisch missliebigen Personen jetzt. Und weil die Inhaftierten ja »geschützt« wurden, mussten sie ihre eigene Haft bezahlen wie einen Hotelaufenthalt, jede einzelne Mahlzeit und »Sitzgeld« dazu – eine unfassbare Perversion des Rechts, das Max als Jurist im Deutschland von heute vertreten sollte.

Sicher, Elise hätte Wulf Sörger nicht ins Gesicht schlagen sollen, aber bei so viel Unverschämtheit …

Elsa von Lammers reichte Max eine Tasse Kaffee, die er gern annahm. Frühstücken wollte er nicht, dafür fehlte ihm nach dem demütigenden Gespräch mit Wulf Sörger jeglicher Appetit. Elsas Kommentar riss ihn aus seinen trüben Gedanken.

»Max, Sie haben das Richtige getan mit Ihrem Parteieintritt. Das ist eine wichtige Voraussetzung, um Elise jetzt zu schützen. Wenn die Gefahr vorüber ist, können Sie ja wieder austreten. Aber jetzt müssen wir erst einmal andere Dinge überlegen.«

Elise hörte erleichtert zu. Sie merkte, wie ihr die Situation der letzten Monate zuviel geworden war und war froh, dass jemand ihr half, die Prioritäten zu ordnen.

»Aus meiner Sicht geht es für Sie um drei Dinge, Elise. Sie müssen in Sicherheit leben, Sie müssen auftreten können, und Sie und Max müssen in Kontakt miteinander bleiben, zumindest so oft, wie das im Moment möglich ist. Wenn Sie einfach untertauchen, sind die beiden letzten Dinge nicht mehr gewährleistet und Sie werden zum Freiwild. Das macht keinen Sinn.«

Sie beugte sich vor und legte ihre Hand über die auf der Tischplatte ineinander verkrampften Hände von Elise.

»Ich weiß von Freunden, dass es einen Plan gibt, über eine Art Kulturbund jüdischen Künstlern Auftritte in privaten Veranstaltungen zu ermöglichen. Hans Wilhelm Steinberg, der suspendierte Dirigent des Opernorchesters, engagiert sich dafür. Vielleicht können Sie mit dem Programm Ihres verbotenen Debütkonzerts in so einem Rahmen auf Tournee gehen. Ich könnte Steinberg bitten, etwas für Sie zu arrangieren, wir kennen uns gut.«

Sie bemerkte die Zweifel in den Augen der jungen Frau.

»Offenbar werden solche Möglichkeiten von der NSDAP geduldet. Sie müssen durch das Amt für Wissenschaft, Kunst und Volksbildung genehmigt werden, das ist alles. Vermutlich wäre das für Sie möglich. Mein Mann will das bei seinem ersten Treffen mit dem Gauleiter einfließen lassen.«

Max wurden die Augen feucht vor Erleichterung. Dass sich nach dem Vorfall mit der Ohrfeige doch noch eine halbwegs annehmbare Perspektive für Elise in Deutschland entwickeln könnte, hatte er zwar gehofft, aber nicht wirklich geglaubt.

»Entschuldigen Sie, Frau von Lammers, aber es macht mich so zuversichtlich, dass Sie uns unterstützen. Sörger hat sich eben bei unserem Gespräch wegen des Parteieintritts ein Vergnügen daraus gemacht, mich über Elises Zukunft im Ungewissen zu lassen. Er hat gesagt, dass der Gauleiter im Moment noch keine Entscheidung getroffen hätte, aber dies zu gegebener Zeit nachholen würde.«

Elise schaltete sich ein, weil sie sah, wie sehr die Situation Max mitnahm.

»Max, ich habe diesen Fehler gemacht, und ich werde dafür bezahlen. Es tut mir leid, dass deine und unsere Situation durch meine Ohrfeige so schwierig geworden ist. Aber wenn es mit Hilfe der Familie von Lammers und über eine Tournee möglich ist, in Deutschland zu bleiben, will ich das gern versuchen. Ich kann mir nicht vorstellen, weit entfernt von dir zu leben. Vermutlich würden wir uns nie wieder sehen, wenn ich auswandern müsste.«

Sie wandte sich zu Max und schaute ihm direkt ins Gesicht. Jetzt stiegen auch ihr die Tränen hoch.

»Sieh mal, ich weiß doch, dass wir beide nicht aus Deutschland weggehen können. Meine Eltern, dein Vater, Therese, alle sind sie hier. Wir können nicht einfach so auswandern. Frau von Lammers hat Recht, eine Tournee wäre die einzige Lösung, die ich mir im Moment vorstellen kann. Ich will dich nicht verlieren, Max. Das wäre das Schlimmste für mich.«

Bei diesen Worten lief Elise eine Träne über die Wange, die sie unwillig mit dem Handrücken abwischte. Die Vorstellung drückte ihr die Luft ab, trotz des weit geöffneten Balkonfensters.

»Ich verspreche Ihnen, mein Mann und ich werden alles tun, um Sie beide zu unterstützen. Es ist unfassbar, dass junge Leute mit erstklassiger Ausbildung wie Sie, denen vor einem halben Jahr noch jede Laufbahn offen gestanden hätte, jetzt um ihre Zukunft bangen müssen. Ich bin sicher, später werden wir Deutsche uns für diese elende Zeit schämen. Aber nun setzen wir erstmal in Gang, was Elise gestern mit uns besprochen hat.«

Elsa von Lammers wandte sich tröstend an Max.

»Elise hat Sie ja bestimmt vorhin informiert.«

Auch Max war entlastet, dass ihm jemand die Verantwortung aus der Hand nahm. Die Unsicherheit der letzten Monate hatte ihn mürbe gemacht. Dass sie beide jetzt gefährdet waren und er nicht absehen konnte, wie es weitergehen würde, damit kam er nicht gut zurecht. Selbst sein Parteieintritt war kein wirklicher Schutz, weder für ihn selbst noch für Elise.

Frau von Lammers unterbrach seine düsteren Gedanken.

»Jetzt schicken wir Moritz, unseren Chauffeur, zu Elises Vermieterin in der Rossertstraße und bitten sie, Kleidung und Wäsche für einen Urlaub einzupacken, für einen Monat vielleicht. Außerdem die Noten, die Elise für das Konzert beiseitegelegt hat. Sie hat mir gesagt, dass Sieglinde Ollmann weiß, wo alles liegt. Und heute gegen Mittag sitzt Elise schon in der Bahn.«

Nachdem sie den Chauffeur mit diesem Auftrag losgeschickt hatte, erklärte sie Max, was ihr Mann und sie gestern Abend miteinander beraten hatten.

»Elise wird die nächsten Wochen als Sommergast der Familie von Stumm auf Schloss Rauischholzhausen bei Marburg verbringen, bis ihre Tournee vorbereitet ist. Mein Mann steht mit der Familie geschäftlich in engem Kontakt, wir sind ihre Hausbank. Von Stumm hält sich mit seiner Frau gerade in Nizza auf, aber mein Mann hat ihn gestern Abend telefonisch erreichen können. Er weiß, dass eine junge Pianistin vor ihrer Tournee Zeit und Ruhe zum Üben braucht. Der Freiherr war erfreut über Elises Urlaub auf seinem ländlichen Schloss. Wenn ich helfen kann, dann gern, hat er gesagt. Er würde der Hausdame im Schloss die nötigen Anweisungen geben.«

Frau von Lammers wandte sich noch einmal an Elise.

»Herr von Stumm weiß nichts über Ihren jüdischen Hintergrund und das Auftrittsverbot. Bitte belassen Sie es dabei, vor allem auch dem Personal gegenüber. Man weiß heute nicht mehr so genau, was man wem sagen kann. Diskretion ist einfach klüger. Niemand wird Sie in Rauischholzhausen vermuten, weil das Schloss abseits von dem sehr kleinen Dorf einsam auf dem Land gelegen ist.«

Max nickte anerkennend mit dem Kopf. Die Bankiersfrau hatte tatsächlich an alles gedacht. Sie erklärte noch ein weiteres Detail.

»Es gibt bei den Stumms einen ausgezeichneten Flügel, auf dem Elise üben kann, so viel sie möchte. Sie bereitet dort ja ihre Tournee vor, das hat Herr von Stumm dem Personal durchgegeben. Ich brauche bloß noch dort anzurufen und anzukündigen, wann genau Elise eintrifft. Sie wird vom Chauffeur der Familie am Bahnhof in Marburg abgeholt. Ich bin sicher, die Zeit auf dem Land wird Ihnen beiden helfen, Abstand von diesem Alptraum zu bekommen und wieder Mut zu fassen. Dinge ändern sich auch wieder, das ist zumindest meine Erfahrung im Leben.«

Max schüttelte Frau von Lammers dankbar die Hand und drückte dann einen sanften Kuss auf Elises Wange. Befreit atmete er auf. Man würde Elise weder hier noch in dem abgeschiedenen Schloss vermuten. Sie würde verschwunden sein, bevor Wulf Sörger oder der Gauleiter sich zu einer Verhaftung entschließen konnten.

Sicherheit 21

Und so eilte Elise nach einem bangen und traurigen Abschied von Max an diesem 3. Juli 1933 über den Frankfurter Bahnhof, um auf Gleis 4 in den Mittagszug über Gießen nach Marburg zu steigen. Frau von Lammers hatte ihr nicht nur einen ihrer eleganten und viel benutzten Lederkoffer geliehen, sie hatte ihr auch das Startkapital vorgestreckt. Als Elise sich bedankte, lachte Frau von Lammers nur und meinte, sie sei sicher, dass Elise eine Weltkarriere machen würde, trotz der Umstände. Und dann könne sie ihr das Geld ja gern zurückgeben. Auch Max hatte seine Verlobte sicherheitshalber mit erspartem Bargeld versorgt. Die von Erika Ollmann mitgegebene Aktentasche presste Elise auf dem Weg zum Zug eng an sich. Sie enthielt die von Siggi eingepackten Noten für das Debütkonzert.

Auf dem sonnigen Marburger Bahnhofsvorplatz wurde Elise knappe zwei Stunden später von Heinz Riefer, dem jungen Chauffeur der Stumms, in einer dunkelblauen, luxuriösen Horch-Limousine erwartet. Unsicher kam er Elise entgegen, die Chauffeursmütze mit dem schwarzglänzend lackierten Schirm in der Hand. Auf seine Frage, ob sie der Hausgast der Familie von Stumm sei, nickte Elise erleichtert und stellte sich vor. Beim Verbeugen fielen seine semmelblonden Haare nach vorn und vor Aufregung schoss ihm das Blut ins Gesicht, sodass seine zahlreichen Sommersprossen für einen kurzen Moment unsichtbar wurden. Koffer und Aktentasche lud er in den rückwärtigen Kofferraum des Horch, nachdem Elise im Fond Platz genommen und er die Tür hinter ihr geschlossen hatte. Dann startete er den Motor.

Auf der Fahrt bat der Chauffeur darum, ihn doch zu duzen. Er sei ein einfacher Junge vom Land, und im Schloss würde er von allen geduzt. Sie stimmte zu. Aber als auch sie ihm das Du anbot, blieb er nachdrücklich beim Sie. Elise hörte an der Freude in seiner Stimme, wie angetan er von ihrem unerwarteten Besuch auf dem Landsitz seiner Herrschaft war. Er erklärte ihr, wie er als 13-jähriger Pferdejunge angefangen hatte, auf dem Schloss zu arbeiten. Inzwischen durfte er dieses großartige neue Automobil fahren, weil er wegen seiner Leidenschaft und dem Talent für alle technischen Dinge zum Chauffeur des jungen Freiherrn aufgestiegen war.

Die beträchtliche Steigung hoch in die Lahnberge bewältigte der Horch mühelos. Heinz schlug vor, am Spiegelslust-Turm kurz den Rundblick auf Stadt und Fluss zu genießen.

Elise, die noch nie in Marburg gewesen war, blickte erstaunt auf die dreigeteilte mittelalterliche Schönheit dieser wunderbar erhaltenen Stadt. Das Schloss lag beherrschend oben auf dem Bergplateau, dann schmiegten sich die Fachwerkhäuser der Oberstadt eng an steile Hänge, die neuere Unterstadt zog sich an der Lahn entlang bis hin zum Südviertel mit seinen Kasernen und den wohlhabenden Bürgerhäusern aus der Zeit der Jahrhundertwende.

Heinz gab weiter, was vom Lehrer im Heimatkundeunterricht seiner Volksschule über die bekannte und vor allem bei deutsch-nationalen Korpsstudenten so beliebte Universität erzählt worden war. Martin Luther, damals 44 Jahre, hätte 1527 gemeinsam mit dem mehr als zwanzig Jahre jüngeren Philipp Landgraf von Hessen die erste evangelische Universität für Theologie, Medizin und Recht in Deutschland gegründet. Dafür hätte er Luthers Dispens bekommen, seine erste kinderlose Ehe mit einer zweiten Ehefrau zu ergänzen, um die Erbfolge zu sichern.

Als sie die Lahnberge überquert hatten und wieder aus dem angenehm kühlen Schatten der dichten Eichenwälder herausfuhren, staunte Elise über den ländlichen Charme dieser sanft hügeligen Landschaft, die sich so unverhofft vor ihr öffnete. Heinz bemerkte stolz, wie sein Reisegast den Blick bewundernd über die Weiden, Getreidefelder und Äcker seiner Heimat mit den überall arbeitenden Pferdegespannen schweifen ließ. Die Heuernte war in vollem Gang, die Luft duftete nach Gras und Sommer. Zwischen den Wiesen und Äckern lagen einzelne Bauerngehöfte oder Dörfer mit rot gedeckten Fachwerkhäusern, auf denen sich immer wieder Storchennester befanden.

Über Roßdorf führte die Straße weiter zu einem kleinen Dorf mit dem Namen Rauischholzhausen. Elise fielen die erstaunlich großzügige »Schloss-Apotheke« und ein stattliches Arzthaus am Ortseingang auf. Anschließend fuhren sie an einem großen Wirtschaftshof mit weitläufigen Stallungen und Scheunen entlang.

»Sogar eine eigene Molkerei gibt es bei uns im Gutshof«, erklärte Heinz seinem Gast. »Genau wie früher beim Kaiser in Potsdam. Unser Schloss hat nicht nur »Neu-Potsdam« geheißen, es ist auch so zugegangen wie früher am Hof des Kaisers. Aber das habe ich nicht mehr erlebt. Der alte Herr von Stumm ist 1925 gestorben, in dem Jahr, als sein Sohn mich für die Pferde aufs Schloss geholt hat.«

Heinz wandte den Kopf zurück und blickte Elise bedeutsam an.

»Stellen Sie sich vor, der alte Freiherr hat in seinem Testament eine Million Goldmark für das Personal und den Ort hinterlassen. Und der jetzige Herr von Stumm hat dafür gesorgt, dass die Menschen das Geld auch wirklich bekommen haben. Das werden wir hier der Familie nie vergessen.«

Er betätigte mit Freude die Zweitonhupe, bevor er durch ein großes geschmiedetes Parktor und über die gepflasterte und mit Querrinnen versehene Auffahrt hoch zum Schloss fuhr. Breit lag der prächtige Bau im Stil eines englischen Landsitzes auf der Anhöhe einer großzügigen Parklandschaft, mit einem Schwanenteich im Tal darunter. Zum Dorf hin war das Anwesen durch eine hohe Ziegelmauer abgegrenzt.

Die Parkwiese hatte man gerade erst gemäht. In ordentlichen Reihen lag das Gras zum Trocknen ausgebreitet auf dem abfallenden Gelände unterhalb der drei Parkterrassen des Schlosses. In der Wärme des sommerlichen Nachmittags breitete sich der intensive, fast betäubende Duft von frischem Heu aus.

Elise kam das Foto eines japanischen Zen-Gartens mit sorgfältig in Reihen geharkten Kiesflächen in den Sinn, das Max ihr vor kurzem gezeigt hatte. Die harmonische Schönheit japanischer Gärten faszinierte ihn sehr. Diesen Anblick hier hätte er noch mehr genossen als sie. Wenn er nur bei ihr hätte sein können …

In dem Augenblick wurde Elise trotz aller interessanten neuen Eindrücke bewusst, wie sehr ihr Max schon an diesem ersten Tag fehlte. Noch nie waren sie für mehr als einen Tag getrennt gewesen, seitdem sie sich näher kannten. Ihr fiel ein, wie sie damals gedacht hatte, dass seine Abwesenheit sie in eisige Kälte stoßen könnte. Die Vorstellung machte ihr Angst.

Aber dann merkte sie auch, wie die Ruhe dieser weiten und friedlichen Sommerlandschaft sich in ihr ausbreitete und ihre Sorge um die Zukunft zurücktrat. In Frankfurt hatte sie sich wie ein gehetztes Wild auf dem Weg in die Falle gefühlt, seit einiger Zeit schon, aber vor allem seit Samstag, nach der Ohrfeige für Wulf Sörger. Hier konnte sie wieder frei durchatmen, zum ersten Mal seit langem.

Heinz lenkte den Wagen durch eine schattige Toreinfahrt, dann unter der überdachten Brücke mit halbrunden, bleiverglasten Fenstern zwischen Hauptteil und Ostflügel des Schlosses hindurch. Teile des Gebäudes auf der Südseite waren mit Efeu und Kletterrosen überwuchert, fast wirkte es wie das verwunschene Dornröschen-Schloss. Der Kies knirschte unter den Reifen des Horch, als Heinz den Wagen am runden Wasserbecken mit dem Renaissance-Springbrunnen anhielt.

Der junge Chauffeur sah aus Elises Blicken, wie sehr dem Hausgast das elegante Automobil in der herrschaftlichen Umgebung imponierte. Er ging vor ihr her und lächelte sie an, nachdem er Elises Koffer aus dem geräumigen Gepäckabteil hinten im Wagen genommen hatte. Die Aktentasche trug sie selbst.

»Sie werden das Eckzimmer oben im Ostflügel über den Museumsräumen bewohnen. Von dort haben Sie einen besonders schönen Ausblick auf Schloss und Park. Das hat der Freiherr extra so angeordnet. Unsere Hausdame Frau Friedel hat alles für Sie vorbereiten lassen, Sie werden bestimmt zufrieden sein. Wenn Sie möchten, kann ich Ihnen auch den Flügel zeigen, nachdem wir Ihren Koffer abgestellt haben.«

Als die junge Frau ihr mit wertvollen Möbeln ausgestattetes Zimmer in Augenschein genommen hatte, folgte sie Heinz durch die Brücke zum Hauptteil des Schlosses. Auf dem Weg durch eine lange, abwechselnd mit braunroten und beigen Marmorplatten ausgelegte

Halle im Erdgeschoss trafen sie auf eine ältere Dame im dunkelgrünen Lodenkostüm, die gerade zwei Gärtnerburschen anwies, wohin die Vasen mit den duftenden Rosen gebracht werden sollten. Heinz stellte sie einander vor.

»Fräulein Hermann, das ist Frau Friedel, die Ihr Zimmer so schön hat vorbereiten lassen.«

Die Hausdame lächelte erfreut und ging mit ausgestreckter Hand auf Elise zu.

»Wie schön, Sie kennenzulernen, Fräulein Hermann. Ich bin Gertrud Friedel und darf in diesem schönen Schloss als Hausdame die Familie von Stumm vertreten, wenn die Herrschaften nicht hier leben. Wir sind sehr erfreut, dass wir einer Pianistin wie Ihnen im Schloss ein wenig Ruhe vor Ihrer Tournee anbieten dürfen.«

Die Hausdame strahlte Elise an. Deren Erleichterung über die unkomplizierte Herzlichkeit ihres Empfangs war deutlich zu spüren. Hier würde sie sich endlich wieder wie ein wertvoller Mensch fühlen können, nicht nur wie eine verachtete Jüdin.

»Ich hoffe, unser Heinz hat den Wagen nicht zu schnell die Lahnberge hochgejagt. Das macht er nämlich allzu gern, obwohl er den neuen Horch noch einfahren soll.«

Jetzt lachte auch Elise.

»Machen Sie sich keine Sorge, Frau Friedel. Heinz ist ein wunderbarer Fahrer und ein noch besserer Fremdenführer. Er hat mir auf dem Weg gleich die Schönheit seiner Heimatstadt Marburg ans Herz gelegt. Auch von der Geschichte der Gegend und vom Schloss habe ich einiges erfahren. Ich danke Ihnen von Herzen, dass ich hier Gast sein darf. Meine Tournee wird gerade ausgearbeitet, solange würde ich gern in der ländlichen Abgeschiedenheit Kraft schöpfen und üben.«

Frau Friedel strich sich eine graue Haarsträhne hinters Ohr.

»Entschuldigen Sie, Fräulein Hermann, ich zeige Ihnen sofort den Flügel. Der wird Sie vielleicht am meisten interessieren.«

Elise bedankte sich und folgte Frau Friedel. In der weit geöffneten Doppeltür blieb sie erst einmal stehen, so überwältigt war sie.

Aus der streng und düster wirkenden Halle mit viel dunklem Holz und noch mehr Antiquitäten schaute sie in einen quadratischen Salon mit üppig goldgerahmten Deckenmalereien und einem riesigen Kristalllüster in der Mitte. Die Wände waren mit cremefarbenen Ledertapeten bespannt, deren dichtes, mit Blattgold geprägtes Rankenwerk im Gegenlicht der vier breiten Fensterflügel den ganzen Raum in ein unwirklich goldenes Licht tauchte. Elise ging wie im Traum über das erlesene Parkett zu dem altweiß lackierten Flügel in der linken Ecke des Salons, der wegen der besseren Akustik auf einem großen hellen Perserteppich stand. Der Blick aus den vier Fenstern, die fast die gesamte Fläche der Außenwand zum Park einnahmen, war ebenso fantastisch wie der Raum selber. Man schaute über die frisch gemähten Parkwiesen hinunter zu Teich und Dorf und weiter in die ländliche Idylle des Amöneburger Landes. Durch den geöffneten rechten Fensterflügel strömte der Duft des trocknenden Grases von draußen herein und mischte sich mit dem Duft der Rosen aus der gerade abgestellten Vase.

Heinz war die ganze Zeit in der Halle stehengeblieben. Die Gärtnerburschen hatten sich zu ihm gesellt und hofften, dass Frau Friedel sie nicht gleich ermahnen würde, wieder an ihre Arbeit zu gehen. Heinz hatte sich insgeheim gewünscht, dass Elise den Flügel sofort ausprobierte und er ein wenig zuhören durfte. Er mochte Musik, erst recht, wenn eine so schöne junge Frau sie spielte. So richtig klar geworden war ihm das, als er im Jahr vorher bei einem Aufmarsch der SA in Marburg zu den Klängen der SA-Kapelle mit einem Trupp Kameraden durch die Universitätsstadt marschiert war. Er hatte schon überlegt, ob er mit der Anwesenheit einer offenbar bedeutenden Pianistin auf dem Schloss gegenüber seinen SA-Kameraden ein wenig angeben sollte. Aber ihm war klar, dass der Freiherr es ungern sah, wenn sein Personal sich nach außen mit Gästen des Hauses brüstete. Aber vielleicht konnte er ja Elise fragen, ob sie bei einer festlichen Veranstaltung der Partei in Marburg zur musikalischen Umrahmung beitragen würde.

Erfreut sah der Chauffeur, wie Elise auf das Instrument zuging, den Deckel öffnete und auf dem Klavierschemel Platz nahm. Elise blickte von den Tasten auf.

»Ich möchte mich bei Ihnen allen für diesen wunderbaren Empfang bedanken. Vielleicht haben Sie Zeit, als Dankeschön den ersten Walzer in Des-Dur von Frédéric Chopin anzuhören. Das dauert nicht lange, und ich hoffe, ich kann Ihnen damit ein wenig Dank zurückgeben.«

Und schon perlte die fröhliche Musik aus Elises Händen. Verzaubert lauschten die Zuhörer dem beschwingten Walzer, der so perfekt die Stimmung des ländlich-sommerlichen Spätnachmittags wiedergab.

Elise war begeistert. Dieser Flügel, ein Grotrian-Steinweg, hörte sich perfekt an: Der Bass klang voll und mit solidem Volumen, in der Mitte schimmerten die Töne sanft, im Diskant perlten sie, der Anschlag der Tastatur war leicht, aber nicht zu leicht, die Pedale funktionierten mit lautloser Präzision. Ein wunderbar gepflegtes Instrument, das sie glücklich machte. Hier konnte sie vergessen.

An den Gesichtern ihrer Zuhörer merkte Elise, dass ihr kurzes Vorspiel von der Hausdame bis hin zu den Gärtnerlehrlingen einen tiefen Eindruck hinterließ. Besonders Heinz, der Chauffeur, war berührt durch die Musik und blickte die Pianistin begeistert an.

Frau Friedel hatte noch einen Vorschlag für Elise.

»Wenn Sie Frau von Lammers anrufen möchten, um Bescheid zu geben, dass Sie gut angekommen sind – im Raum rechts neben dem Salon finden Sie einen Telefonapparat. Aber ich kann das gern auch für Sie erledigen, wenn Sie sich erst frisch machen möchten.«

Während Elise nachdachte, ergänzte die Hausdame:

»In dem gleichen Raum werden wir Ihnen heute ein kleines Souper servieren. Irma, unsere Köchin, hat in der Küche unten etwas Leckeres und sommerlich Leichtes speziell für Sie vorbereitet. Auch Ihr Frühstück können Sie nebenan einnehmen. Wenn das Wetter so gut ist wie heute, würden wir Ihnen das Souper gern auch auf der großen Parkterrasse servieren. Sagen Sie mir einfach, wann und wo Sie heute Abend speisen möchten.«

Elise, die bisher kaum mit wirklich reichen Menschen zu tun gehabt hatte, fühlte sich geradezu übertrieben verwöhnt. Trotzdem genoss sie die Tatsache, dass für alles so umsichtig gesorgt wurde. Am allerwichtigsten aber schien ihr, wie das Gefühl, endlich wieder in Sicherheit zu sein, von Minute zu Minute wuchs.

Es stimmte, bei Elsa von Lammers würde sie sich gern bedanken, weil sie die rettende Idee mit Rauischholzhausen gehabt hatte. Max und sie hatten ausgemacht, dass er um 19 Uhr von einer öffentlichen Telefonzelle aus anrufen würde, damit er nicht abgehört werden konnte.

»Ich werde mich erst kurz frisch machen, liebe Frau Friedel, dann rufe ich Frau von Lammers an. Vielleicht kann ich gegen Viertel nach sieben zu Abend essen, weil mein Verlobter Max von Hochem sich um 19 Uhr telefonisch melden wollte.«

Heinz, der sich noch ein wenig in der Halle herumgedrückt hatte, registrierte die Tatsache eines Verlobten ebenso wie den adligen Namen. Es war ja auch kaum anders zu erwarten gewesen. Diese besondere junge Frau konnte nicht allein sein. Und offenbar gehörte sie zur besseren Gesellschaft, wie hätte es auch sonst sein sollen. Seufzend drehte der Chauffeur sich um und kehrte zum Garagenhof oben im Park zurück, wo »sein« Horch darauf wartete, dass er ihn liebevoll mit Wasser und Politur von den Insektenflecken der sommerlichen Fahrt befreite.

22 In der Schwebe

Am nächsten Tag, nachdem sie am Abend zuvor zwei beruhigende Telefongespräche mit Elsa und Max geführt hatte und dann in einen erholsamen Schlaf mit dem lange nicht mehr erlebten Gefühl von Sicherheit gefallen war, beschloss Elise frühmorgens, den weiten Park auf dem großen Rundweg zu erkunden. Im Anschluss an das Frühstück würde sie mit dem Üben beginnen.

Gestern Abend hatte sie sich für das köstlich leichte Sommergericht, Kirschmichel und als Dessert Dickmilch mit Vanillezucker, persönlich bei Irma bedankt. Bei dieser Gelegenheit hatte sie ihren Tagesablauf mit der Köchin abgesprochen.

Heinz, der den Tag gewöhnlich mit der Pflege des Horch begann, half den Gärtnerburschen heute auf der Parkwiese beim Zusammenrechen des Heus, obwohl das eigentlich nicht zu seinen Aufgaben gehörte. Aber er packte gern mit an, wenn es nötig war. Insgeheim hoffte er auch, dass er Elise vom Park aus ein wenig beim Üben auf dem Flügel zuhören konnte.

Der junge Chauffeur war dankbar für das unverhoffte Vorwärtskommen durch den Freiherrn von Stumm. Mit dem elend an Tuberkulose verstorbenen Vater, sieben jüngeren Geschwistern und ohne Geld in der Familie war das nicht zu erwarten gewesen. Aber Heinz war ehrgeizig und wollte weg aus den ärmlichen Verhältnissen.

Im vorigen Jahr hatte er sich der SA angeschlossen. Nicht, dass ihm die politische Richtung besonders wichtig war, aber hier sah er eine Chance, falls er die Stellung bei der Familie von Stumm doch einmal verlieren sollte.

Er hatte gehört, was jedem im Ort zu Ohren gekommen war. Seine Herrschaft hatte durch die Inflation einen Teil ihres Vermögens eingebüßt. Den alten Freiherrn hatte das noch nicht angefochten, dafür liebte er sein Schloss viel zu sehr. Aber nach dessen Tod konnten die hohen Ausgaben für das Anwesen durch die Einnahmen vom Gutshof nicht mehr ausgeglichen werden, besonders in den bitteren Jahren nach der Weltwirtschaftskrise.

Der junge Carl von Stumm hielt sich nach dem Tod seiner ersten Frau seltener auf dem Schloss auf als seine Eltern. In Dorf und Schloss war man nicht sicher, was mit Rauischholzhausen passieren würde. Manchmal wurde sogar von der Notwendigkeit eines Verkaufs gemunkelt. Das kostbarste Gemälde im Schloss, ein erlesenes Porträt des Granden Oriega, gemalt vom berühmtesten aller spanischen Maler, Francisco de Goya, war jedenfalls kürzlich schon beim englischen Auktionshaus Christie's versteigert worden, mit beachtlichem Gewinn. Vermutlich hätte sich der alte Freiherr bei dem Verkauf im Grab herumgedreht …

Wie auch immer, mit dem arischen Aussehen und seinem Chauffeurswissen würde Heinz im Notfall auch in der Partei Karriere machen. Bisher allerdings hatte er im Schloss seine SA-Mitgliedschaft geheim gehalten. Ihm war bewusst, dass zum Beispiel Obergärtner Raucholz als überzeugter Sozialdemokrat diese Zugehörigkeit entschieden missbilligt hätte.

Schon Anfang Juli hatte es genügend Kopfschütteln beim Personal im Schloss gegeben, als der Marburger »Kampfbund für den gewerblichen Mittelstand« eine Woche lang eine »Braune Messe« unter dem Motto »Dem deutschen Käufer deutsche Waren in deutschen Geschäften« abhielt und dafür von Adolf Hitler in Berlin als nachahmenswertes Beispiel ausdrücklich gelobt wurde.

Schnell pendelte sich ihr Tagesablauf auf dem Schloss für Elise ein. Gegen 7.30 Uhr stand sie auf und unternahm einen einstündigen Spaziergang durch den Park. Für Regenwetter hatte Frau Friedel sie mit Gummistiefeln und Kleppermantel ausgerüstet. Als Frühstück bat Elise um ein einfaches Marmeladenbrötchen mit Milchkaffee gegen 9 Uhr, bei gutem Wetter auf der Terrasse.

Danach freute sie sich auf mindestens zwei Stunden ungestörtes Klavierspiel. Auf dem exzellenten Flügel übte sie ungeheuer gern. Die Stimmung der Musikstücke teilte sich durch den kraftvollen Klang des Instruments unmittelbar mit, oder vielleicht war es auch Elises momentane Dünnhäutigkeit, die ihre Emotionen so ungefiltert durchscheinen ließ.

Irma stellte ihr mittags einen leichten Imbiss bereit, anschließend einen Tee aus frischer Pfefferminze mit Honig von der gutseigenen Imkerei. In der Abgeschiedenheit des Schlosses hatte Elise von ihren Eltern etwas übernommen, was sie bis dahin noch nie in Anspruch genommen hatte. Sie hielt jetzt immer einen ausgiebigen Mittagsschlaf und merkte, wie gut die Ruhe ihr tat. Gegen 15 Uhr begann sie erneut mit Üben.

Schon am ersten Abend in Rauischholzhausen hatte Elise beschlossen, ihr für Frankfurt geplantes Debütkonzert auf der Tournee nicht zu spielen. Das fühlte sich einfach falsch an. Entweder würde es doch noch in Frankfurt gespielt oder gar nicht. Auch das von ihrer Mutter dafür so liebevoll entworfene rote Kleid würde sie erst zu dem Frankfurter Konzert tragen, falls es je stattfand.

Am nächsten Morgen rief sie ihre Mutter, die von Max über Elises Verbleib und die Umstände informiert worden war, in der Schneiderei an. Sie bat um eine reisefeste Bluse mit einem neutralen dunkelblauen Blazer-Kostüm, möglichst knitterfrei, das sie für ihre Tourneekonzerte verwenden konnte. Sie schickte der Mutter in einem Einschreibebrief an die Schneiderei Jossert einen Vorschuss von 100 Reichsmark– vom Startkapital der Elsa von Lammers. Sie hoffte, dass ihr Geld die Ausgaben für Stoff und Arbeit abdeckte und darüber hinaus auch den Eltern in ihrer finanziell schwierigen Situation ein wenig weiterhalf.

Bei der Gelegenheit erfuhr sie, dass die Depression ihres Vaters immer schlimmer wurde. Das Haus war bereits verkauft, allerdings mit einem beträchtlichen Verlust. Die Eltern wohnten jetzt in zwei Dachkammern oben im Haus der Schneiderei. Sie wussten nicht, wie sie die vom Kredit übriggebliebenen Schulden für ihr geliebtes und schon wieder verlorenes Haus abzahlen konnten. Elise versprach, dass sie ihnen mit den Einnahmen aus der Tournee unter die Arme greifen würde.

Das Gespräch mit der Mutter deprimierte die junge Frau zutiefst. Wie immer schaffte es schließlich die Musik, Elise aus ihrem Kummer zu erlösen. Manchmal fragte sie sich, wie andere Menschen die Bedrohungen des Lebens ohne diese Kraft an ihrer Seite überstehen konnten.

Aus den vielen in der Schlossbibliothek vorhandenen Klaviernoten suchte sie sich neue Stücke für ihre Tournee heraus. Früher musste hier ein wirklich guter Pianist Unterricht gegeben haben, die Auswahl an Noten war exzellent. In einem breiten Regal lagen die Klaviersätze aller klassischen Konzerte von Bach bis Débussy und zusätzlich die meisten für Klavier transponierten berühmten und beliebten Chöre und Arien aus Kirchenmusik, Oper und Operette. Diese populäre Musik würde sie stärker als bisher für ihr Programm berücksichtigen, sie wollte und musste ja Geld verdienen.

Bald war das Tourneeprogramm zusammengestellt und Elise begann mit großem Eifer zu üben. Das Klavierkonzert von Beethoven, mit dem sie in Konstanz so erfolgreich gewesen war, war auf speziellen Wunsch von Max in ihrem Programm. Zum Glück hatte Siggi daran gedacht, die Noten in Elises Aktentasche zu stecken.

Am Telefon berichtete Max ihr, dass Hans Wilhelm Steinberg ihm für die Organisation der Spielorte versprochen hatte, Konstanz als Abschlusskonzert einzuplanen. Max würde dort sein und anschließend mit Elise einen Monat bei seinem Vater in Heiligenberg verbringen. Darauf freuten sich beide schon jetzt ungeheuer.

Außer ihren Stücken für die Tournee übte Elise auch Harmonielehre und Improvisation. Das war etwas, für das ihr die Ausbildung am Dr. Hoch's bisher kaum Raum gegeben hatte. Aber eigentlich fehlte ihr ein anderer Musiker dafür, Improvisation machte zu zweit oder dritt einfach viel mehr Spaß.

Eine einzige Nachricht hatte es seit ihrer Flucht aus Frankfurt gegeben, die Elise wirklich glücklich machte. Max hatte ihren Eltern seit dem Arbeitsplatzverlust ihres Vaters regelmäßig kleine Beträge nach Bad Ems überwiesen, ihnen aber das Versprechen abgenommen, Elise nichts davon zu sagen. Dass er für seine Wahlfamilie alles tun würde, diese Zusage wollte er halten.

Elise hatte zuerst gar nicht verstanden, dass er im April seinen kleinen Amilcar-Sportwagen verkauft hatte, an dem er eigentlich so hing. Plötzlich wurde ihr der Zusammenhang klar. Unendlich gerührt war sie über soviel Treue, vor allem, als Clara ihr sagte, dass Max' Fürsorge der wichtigste Lichtblick für Willy und sie in dieser trüben Zeit war.

Nach dem kleinen warmen Abendessen, das sie immer mit Irma verabredete, verbrachte Elise ihre Abende im Schloss, und oft auf ihrem Zimmer bei Musik aus dem Rundfunkgerät. Gelegentlich saß sie auch in der Dämmerung eines warmen Sommerabends auf der Terrasse zum Park und beobachtete die geschickten Flugmanöver der Fledermäuse, wie sie den Nachtfaltern im Licht der Parklaternen blitzschnell hinterherjagten.

Zweimal hatte Frau Friedel sich ihr bei dieser Gelegenheit angeschlossen, einmal war auch Heinz dazugestoßen. Beide waren Elises ausdrücklicher Einladung nur zögernd gefolgt, hatten die Zeit mit dem Hausgast dann aber doch genossen. Offenbar war es auf Rauischholzhausen nicht üblich, wenn Gäste des Hauses und Personal sich in dieser persönlichen Art miteinander mischten.

In der ländlichen Stille der Terrasse plauderte man miteinander über alltägliche Vorkommnisse auf dem Schloss, das wie eine kleine, in sich geschlossene Welt neben dem Dorf existierte. Durch die abendliche Gesellschaft fühlte Elise sich weniger einsam, nicht so abgeschnitten von ihrem gewohnten Leben. Falls ihr gewohntes Leben je wiederkehren würde. Elise sollte recht behalten mit ihrer Befürchtung: Die Welt blieb nicht so friedlich.

Einen Vorschlag des Freiherrn, der von Frau Friedel an Elise herangetragen wurde, nahm die junge Frau gern an. Sie durfte, wenn sie wollte, ein- oder zweimal pro Woche mit dem Horch einen Ausflug in die Gegend machen. Heinz als Fahrer und Fremdenführer sollte ihr lohnende Ziele in der Umgebung zeigen.

»Wenn Fräulein Hermann sich in unserem schönen Schloss auf ihre Tournee vorbereitet, soll sie auch etwas von der wunderbaren Gegend kennenlernen«, hatte der Freiherr der Hausdame ans Herz gelegt.

Und so begleitete Elise Heinz, der am Freitag für Besorgungen in die Stadt musste. Mit diesem Besuch in Marburg verbanden sie eine Bootsfahrt auf der ruhig dahinfließenden Lahn und rasteten später in einer alten Weidenhäuser Apfelweinwirtschaft.

Eine ausführliche Besichtigung der Stadt Marburg folgte am Samstagvormittag. Sie ließen die blank geputzte Limousine neben dem in der Biegenstraße neu gebauten Universitätsmuseum stehen.

Heinz begann seine Führung mit einem Spaziergang an der Lahn entlang zur Elisabethkirche und zum Pilgrimstein. In diesem ältesten gotischen Dom Deutschlands zeigte er ihr voller Stolz das berühmte romanische Elisabethfenster aus Buntglas, auf das man nach ihrem frühen Tod den Lebensweg der späteren Heiligen gemalt hatte, zu einer Zeit, als kaum jemand aus dem Volk lesen konnte.

Weiter ging es in den kleinen botanischen Garten zwischen alten Universitätsgebäuden, über enge, steile Treppen hoch zu den Fachwerkhäusern der Altstadt mit einer schönen alten Töpferei oben im Steinweg. Bald kamen sie vorbei an der großartigen Villa des Studentencorps Teutonia Marburg, schließlich erreichten sie das Schloss ganz oben auf dem Berg.

Nach einer kurzen Rast führte Heinz sie um das Schloss herum, vorbei am Rosengarten und hinunter zur Kugelkirche mit ihrem erstaunlich schiefen Kirchturm. Sie liefen die steilen alten Sandsteintreppen mit ihren in vielen Jahrhunderten ausgetretenen Stufen hinunter, die schon den jungen Goethe außer Atem gebracht hatten. Schließlich kamen sie zum dicht umbauten Marktplatz und zu den Marktständen mit ihrer Sommerfülle an Obst, Gemüse und bunten Blumensträußen, die von Bäuerinnen in der Tracht der Gegend angeboten wurden.

Heinz genoss Elises Nähe und hoffte heimlich, dass die Leute die schöne junge Frau an seiner Seite für seine Freundin hielten. Er wollte ihr unbedingt noch das Café Klingelhöfer im wohlhabenden Südviertel zeigen. In diesem großzügig angelegten Viertel bei der Jäger-Kaserne wäre er gern aufgewachsen, so erzählte er ihr, aber das hätte sich seine Mutter mit acht Kindern und ohne Geld nie leisten können. In der Tat, im Südviertel mit seinen geschmackvollen Mietshäusern zwischen Historismus und Jugendstil fühlte sich Elise auf Anhieb wohl: Es erinnerte sie an »ihr« Frankfurter Nordend.

Aber Heinz' Interesse für sie machte Elise Sorge. Bei Kaffee und dem hervorragenden Kuchen im Klingelhöfer erzählte sie ihm deshalb ausführlich von ihrem Verlobten Max. Sie beschrieb seine Arbeit als Sportreferent an der Frankfurter Universität, erzählte vom

Schwimmen, Rudern, Bergsteigen und Boxen, die Max als kostenlose Sportmöglichkeiten für die Studenten der Universität eingeführt hatte. Und dass ihr Verlobter in diesem Monat sein Examen beenden würde, um dann ein Referendariat als Jurist zu beginnen – das war ihr auch wichtig.

Heinz verstand Elises Absicht, aber er genoss ihre Nähe trotzdem.

Als sie mit ihrem sorgfältig eingepackten Papiertablett mit Tortenstücken als Mitbringsel für Frau Friedel und Irma auf der flachen Hand aus der Ladentür der Konditorei traten, kam überraschend ein junger Mann in SA-Uniform zielstrebig auf Heinz und Elise zu. Es sah aus, als ob er dort auf sie gewartet hätte. Heinz bemerkte, wie blass Elise plötzlich wurde, aber achtete nicht weiter darauf.

Verlegen versuchte er, dem Kameraden und früheren Nachbarn Ulrich Kelzenberg aus seiner Marburger SA-Rotte zu bedeuten, dass der ihn im Moment besser nicht ansprechen sollte. Aber Ulrich verstand die Signale von Heinz nicht, vielleicht wollte er sie auch nicht begreifen, jedenfalls wünschte er betont freundlich und mit einer kleinen Verbeugung gegenüber der jungen Frau einen guten Tag. Dabei musterte er Elise neugierig und fragte, weshalb Heinz denn gestern am Abend nicht beim Fahnenappell gewesen war. Er hoffte wohl, dass Elise der Grund war und Heinz ihm die junge Frau vorstellen würde.

Aber der antwortete unsicher, dass er gestern wegen Fieber die guten homöopathischen Aconit-Kügelchen von der Hausdame bekommen hätte, die aber jetzt alle seien, weshalb er gerade aus der Deutschhaus-Apotheke ein neues Gläschen abgeholt hätte. Jetzt wolle er schnell mit dem Hausgast des Freiherrn nach Rauischholzhausen zurück.

Obwohl er merkte, dass Ulrich gern noch ein wenig mit seiner gut aussehenden Begleitung geplaudert hätte, verabschiedete Heinz sich rasch.

Elise konnte sich wieder entspannen. Still, jeder in seine eigenen Gedanken versunken, gingen sie an der Lahn entlang zur Biegenstraße zurück und nahmen im Horch Platz. Auf der Rückfahrt brach Heinz das Schweigen.

»Ich lüge nicht immer so gut, Fräulein Hermann. Wissen Sie, im letzten Jahr bin ich heimlich Mitglied der Marburger SA geworden. Die tun am meisten für unseren Aufschwung in Deutschland, und dort macht es auch nichts, wenn man aus einer armen Familie im falschen Teil der Stadt kommt.«

Er schwieg nach diesem trotzigen Satz und Elise hörte so etwas wie Bitterkeit aus seiner Stimme. Der Chauffeur drehte sich kurz um und sah die junge Frau an. Er wollte prüfen, wie diese Pianistin aus besseren Kreisen, die wohl nie Armut selbst kennengelernt hatte, auf sein Eingeständnis reagierte. Elise schaute nachdenklich an ihm vorbei in die geruhsame Sommerlandschaft.

Heinz hatte das Gefühl, noch etwas darüber hinaus erklären zu müssen. Es war ihm wichtig, dass diese Frau, in die er sich ein wenig verliebt hatte, ihn nicht missverstand.

»Trotzdem gehe ich nicht gern zu den Appellen, es gibt zu viele Rabauken in der SA. Prügeleien liegen mir einfach nicht. Bitte, Fräulein Hermann, erzählen Sie das mit der SA auf dem Schloss bloß keinem. Ich könnte Schwierigkeiten bekommen, der eine oder andere dort wäre mit meiner Mitgliedschaft in der Sturmabteilung überhaupt nicht einverstanden. Deshalb muss ich das für mich behalten, sonst hätte ich Ihnen schon früher davon erzählt.«

Elise nickte ihm verständnisvoll zu, er sah es im Rückspiegel. Sie fühlte sich einerseits erleichtert, weil sie sich von dem unbekannten SA-Mann schon verhaftet gewähnt hatte. Andererseits musste sie wohl noch vorsichtiger sein als bisher.

Elsa von Lammers hatte recht gehabt. Man wusste wirklich nicht mehr, wem man trauen konnte. Wenn Heinz entdeckt hätte, was der wirkliche Hintergrund für ihre Zeit auf dem Schloss war, hätte er sie vielleicht nicht so freundlich behandelt.

Und plötzlich fiel ihr ein, dass sie jetzt, obwohl es ihr widerstrebte, zum ersten Mal die Parteimitgliedschaft von Max nutzen konnte, um sich zu schützen. Sie begann ihre Antwort nachdenklich und leise.

»Mein Verlobter ist auch in der Partei. Er wird nach seinem Examen Jurist, das habe ich dir ja erzählt. Sein Patenonkel ist ein hohes

Tier im Stahlhelm, deshalb war Max im Studentenbund des Stahlhelm, und jetzt ist er eben in die NSDAP eingetreten.«

Heinz blickte sich noch einmal um und Elise entdeckte ebenso viel Erleichterung wie Erstaunen in seinem Gesicht. Er hatte nicht angenommen, dass diese kultivierte junge Frau mit ihrem adligen Verlobten etwas mit seiner Partei zu tun haben könnte, dazu blickten die besseren Kreise doch zu sehr auf die Nationalsozialisten herab.

Elise lachte befreit auf. Diese Begegnung mit dem SA-Mann in Marburg hätte auch anders verlaufen können.

»Da haben wir jetzt ja ein Geheimnis miteinander. Danke für dein Vertrauen, Heinz. Ich werde nichts weiter erzählen, versprochen.«

Der Chauffeur musste mitlachen. Sie war wirklich zum Verlieben süß, selbst wenn sie nicht zu seiner Klasse gehörte. Außerdem war sie sowieso vergeben, und noch dazu an einen Kameraden. Da durfte er nur schwärmen und die zu kurze Zeit mit ihr genießen.

Mit einem kleinen Seufzer konzentrierte er sich darauf, den Horch geschmeidig um ein Schlagloch herumzulenken. Der Rest ihrer Rückfahrt nach Rauischholzhausen verlief stumm, jeder war in seine eigenen Gedanken vertieft.

Elise erlebte gerade, wie es ist, wenn man ohne eigene Einflussmöglichkeit in der Schwebe leben muss, und sie merkte, wie sie begann, sich an die Ungewissheit zu gewöhnen, obwohl die Situation ihr große Sorge machte.

Sie schwankte zwischen ihrem Wunsch nach einer Zukunft als Pianistin oder zumindest als Klavierlehrerin in Frankfurt, und dann wieder der diffusen Ahnung, dass das vielleicht nicht mehr möglich sein würde, auch woanders in Deutschland nicht. Die Sicherheit ihrer Kindheit und Jugend, als ihre Großmutter, ihre Eltern und das bescheiden-bürgerliche Bad Ems sie noch schützen konnten, gab es seit Hitlers Machtergreifung für sie als Jüdin nicht mehr.

Jetzt musste sie von einem Tag zum anderen existieren. Seit diesem verfluchten Samstag im Frankfurter Hof lebte sie ständig zwischen Gefährdung und Sicherheit. Sie fiel von Verzweiflung in Zuversicht, sie lebte in der Hoffnung auf ein Leben mit Max und dann wieder in der Angst vor dem Verlust seiner Nähe.

Die von ihrem klugen und früher so zuversichtlichen Vater gelernte Überzeugung stimmte einfach nicht mehr, dass alles gut wird, wenn man sich nur genug Mühe gibt. In Elise wuchs die Furcht, dass man in Wirklichkeit kaum Einfluss auf sein Leben hat, wenn die Umstände der Geschichte so entscheidend dagegen arbeiten wie in diesen letzten Jahren in Deutschland.

23 Schatten des Schlosses

Am nächsten Tag bekam Elise unerwarteten Besuch.

Irma hatte sich mit dem Mittagessen selbst übertroffen. Überhaupt fand die Köchin, dass das Fräulein aus der Stadt viel zu dünn aussah, eigentlich sogar etwas verhärmt. Nun ja, vielleicht waren Künstler so. Aber es wäre gegen ihre Berufsehre gegangen, wenn Elise nicht in ihrer Obhut auf dem Schloss wenigstens ein paar Pfund zugelegt hätte.

Für dieses erste Sonntagsmenü ihres Gastes auf Rauischholzhausen hatte sie sich eine besondere Speisefolge ausgedacht. Nach einer cremig-sahnigen Suppe vom letzten Spargel gab es leckeren Schweinebraten in Honigkruste, dazu goldbraun gebackene Herzoginkartoffeln und frischen Dill-Gurkensalat sowie zum Abschluss ein üppig geschichtetes Dessert aus Vanillecreme, Zuckerbiskuit und roter Julifrucht-Grütze.

Elise hatte es himmlisch geschmeckt und mit Rücksicht auf Irmas Gefühle hatte sie für ihre Verhältnisse viel zu viel gegessen. Müde zog sie sich auf einen Liegestuhl zurück, wo sie von der kühlen Terrasse über dem Wintergarten durchs Tal zum Schwanenteich hinübersehen konnte.

Das Buch in ihrer Hand sank bald auf ihren Schoß, sie nickte ein und verirrte sich in einen wirren Traum von einem Vorspiel im Frankfurter Hof, bei dem sich der glänzend schwarze Steinway-Flügel plötzlich dunkelrot färbte und dann unter ihren Händen zu einer klebrigen Lache von Blut zerfloss.

Alarmiert riss Elise die Augen auf, als sie plötzlich durch Frau Friedels Stimme aufgeschreckt wurde, die vor der Terrassentür zum großen unteren Salon wartete.

»Entschuldigen Sie bitte, wenn ich störe, Fräulein Hermann. Da ist ein Herr Konrad Müller aus Paris von Ihrem Konservatorium. Er möchte Sie gern besuchen.«

Elise war noch verwirrt von ihrem Traum, und außerdem kannte sie überhaupt keinen Konrad Müller aus Paris am Konservatorium. Doch bevor sie etwas antworten konnte, stand Shalom schon vor ihr.

Sie war so erschrocken, dass sie ihn fast angeschrien hätte. Sein überraschendes Auftauchen gefährdete ihr mühsam errichtetes Kartenhaus. Durch ihn würde man ihrer jüdischen Herkunft auf die Spur kommen, wo Elsa von Lammers sie doch ausdrücklich um Diskretion gebeten hatte. Durch ihn würde der Adjutant des Gauleiters sie aufspüren und verhaften.

Aber sie riss sich zusammen. Mit zunehmender Entfernung aus ihrem Traum wurde ihr klar: Shalom hatte mitgedacht und einen falschen Namen angegeben. Konrad Müller. Und plötzlich musste sie lachen, als sie sich von ihrem Liegestuhl erhob. Mit ausgestreckter Hand ging sie auf ihren Besucher zu.

»Hallo, Konrad, was für eine Überraschung! Dich hatte ich sicher nicht erwartet.«

Er lachte zurück, wie immer. Wenigstens Shalom hat sich nicht verändert, dachte sie erleichtert.

»Ich hoffe, du freust dich trotzdem, Elise. Sieh mal, ich habe mein Instrument mitgebracht, vielleicht können wir später zusammen musizieren.«

Er deutete auf den kleinen schwarzen Klarinettenkoffer, den er sich mit einem Gurt wie ein schützendes Schild vor seine Brust geschnallt hatte. Über der linken Schulter hing an einem breiten Ledergurt sein in ein weißes grobes Leinentuch eingeschlagenes Bündel, über das er wegen der schwülen Hitze seine schwarze, doppelreihig geknöpfte Jacke gelegt hatte. Sein gesamtes Gepäck schien er in diesem bescheidenen Bündel bei sich zu tragen.

Mit dem weichen und breitkrempigen schwarzen Hut, den er unschlüssig in der Hand drehte, seinem weißen Leinenhemd mit Stehkragen und der schwarzen Hose sah er eigentlich aus wie ein fahrender Geselle von der Bündischen Jugend. Bloß der Knotenstock fehlte.

Elise wurde bewusst, dass Frau Friedel noch in der Tür vom Salon stand und auf weitere Wünsche von ihr wartete.

»Hast du Hunger, Konrad? Es ist bestimmt etwas vom Mittagessen übrig, das kann ich dir sehr empfehlen.«

»Vielleicht in einer Stunde. Wir könnten in der Zwischenzeit durch diesen aufregend schönen Park spazieren und danach, wenn wir zurück sind, esse ich sehr gern noch etwas, wenn das für Sie möglich ist.«

Seine Höflichkeit gefiel der Hausdame. Elise nickte ihr lächelnd zu.

»Vielen Dank, Frau Friedel, und in einer Stunde allerspätestens sind wir wieder zurück. Vermutlich gibt es heute Nachmittag noch ein Gewitter, und ich will nicht komplett nass werden.«

Die Hausdame wollte sich auf den Weg machen, um in der Küche Bescheid zu geben, aber Shalom wandte sich noch einmal mit seinem einnehmendsten Lächeln an sie.

»Vorher würde ich gern noch ein Bitte äußern, Frau Friedel. Ob ich wohl heute hier bei Ihnen übernachten darf? Ich bin nicht anspruchsvoll, mit einem Platz in einer Scheune wäre ich völlig zufrieden. Und vielen Dank für Ihre Mühe.«

Die Hausdame schaute kurz zu Elise, dann lächelte sie den feschen Überraschungsgast mit den rötlichen Locken erfreut an.

»Gern, Herr Müller. Das Schloss ist auf so viele Gäste eingerichtet, da haben wir bestimmt genügend Platz für zwei Musiker aus Frankfurt.«

Shalom strahlte Frau Friedel an und machte eine überschwängliche Bewegung mit seinen Armen, als hätte er sie am liebsten umarmt.

»Alla hopp, dann mache mer's doch so. Ich danke Ihnen!«

Die Hausdame lächelte in sich hinein, als sie in den Salon zurückging. Charmant war er, dieser junge Musiker. Er hatte so etwas … na ja, er wirkte einfach und kultiviert zugleich. Irgendwie passte er aufs Land, und für jemand aus Paris sprach er sehr gut Deutsch, sogar mit diesem leichten Pfälzer Einschlag wie bei dem »Alla hopp« gerade eben.

Nebeneinander gingen die beiden jungen Leute die Treppe von der Terrasse zur Parkwiese hinunter und wandten sich nach rechts, zum Weg am Fallbach entlang bis ins Tal. Die Luft war drückend schwül, die Sonne stach, in Richtung Lahnberge hatten sich am Horizont blauschwarze Gewitterwolken aufgetürmt.

Als sie weit genug von Schloss entfernt waren, stellte Elise genau die Frage, die ihr im ersten Moment durch den Kopf geschossen war, als sie ihren Freund vom Konservatorium vor sich gesehen hatte.

»Woher hast du überhaupt gewusst, dass ich hier bin, Shalom, und wieso bist du gekommen?«

Shaloms Antwort war ungewohnt ernst. Er blieb stehen und schaute Elise eindringlich an.

»Ich bin jetzt Konrad Müller. Zugegeben, Shalom finde ich schöner, wie du weißt. Aber du musst dich schnell daran gewöhnen, mich Konrad zu nennen, sonst fliegt auch deine Tarnung hier auf.«

Elise nickte zur Bestätigung.

»Das stimmt, Konrad. Besser, ich gewöhne mich schnell daran. Nur, Shalom gefällt auch mir besser.«

Sie versuchte ein Lächeln, aber es gelang ihr nicht so gut. Zumindest in ihren Gedanken würde sie ihn weiterhin Shalom nennen.

Er kratzte sich am Kopf.

»Sei froh, dass du Max hast. Der schützt dich, so gut er kann. Erst nach langem Fragen hat er mir anvertraut, dass du hier bist. Ich habe mir Sorgen gemacht, als du so plötzlich verschwunden warst. Erst recht, als die Geschichte mit deiner Ohrfeige für Wulf Sörger im Frankfurter Hof die Runde gemacht hat. Ich habe dich schon im

Gefängnis vermutet. Du glaubst nicht, wie froh ich war, als Max mir erzählt hat, an welch luxuriösem Ort du in Sicherheit bist.«

»Und wieso hast du dir die Mühe gemacht, herzukommen, Konrad?«

»Erstmal muss ich dir meinen neuen Namen erklären. Den habe ich mir zusammen mit deinem Verlobten ausgedacht. Er hat gemeint, dass Konrad Müller ein guter pfälzisch-katholischer Name für mich sein könnte, wo ich doch eh von früher diesen leichten pfälzischen Akzent habe. Und dann hat Max mir geholfen, einen falschen Pass für diesen Namen zu bekommen.«

Das Erschrecken in Elises Augen war offensichtlich.

»Wieso einen falschen Pass? Wirst du denn gesucht?«

Shalom sah ihre Angst und beruhigte sie.

»Ach Elise, ich sollte bloß besser aus Deutschland verschwinden und dafür brauche ich eben einen anderen Pass. Sicher ist sicher. Und ich hätte doch nicht gewusste, woher man so was kriegt. Max hat mir versprochen, dass er nichts gemacht hat, was dich oder ihn oder mich gefährdet. Ich glaube, er ist besonnen genug. Mehr weiß ich nicht.«

Wie ernst Shalom plötzlich zu ihr sprach! So ganz anders als bei ihren vielen lockeren Streitgesprächen in Frankfurt, als er sie noch für sich zu gewinnen versuchte. Es schien ihr, als lägen Jahrzehnte zwischen der Unbeschwertheit von damals und der bedrückenden Situation von heute – dabei waren es nur ein paar Monate.

»Elise, ich habe eine Bitte an dich. Ich bin aus dem Konservatorium geflogen. Sie wollen dort alle ausländischen und vor allem die jüdischen Schüler loswerden. Ich bin jüdisch und durch meinen französischen Pass auch noch ausländisch. Frankreich, Feindesland, du weißt schon: ›Jeder Tritt ein Brit', jeder Stoß ein Franzos'.‹ Den Spruch kennst du doch bestimmt auch noch aus dem letzten Krieg. Aber jetzt: Frankfurt wieder deutsch, auch am verseuchten Konservatorium. Deshalb muss dieser französische Judenbengel dringend weg aus Deutschland.«

Witzig sollten die Worte klingen, aber die Bitterkeit seiner Gedanken konnte Shalom kaum verbergen. Leise erklärte er Elise den Rest seines Plans.

»Es macht mir nichts, wenn ich keinen Abschluss habe. In unserem jüdischen Staat werde ich trotzdem später als Musiker oder Dirigent meinen Platz finden. Mir geht es um etwas anderes. Max hat mir erzählt, dass das Abschlusskonzert deiner Tournee in Konstanz geplant ist, weil ihr anschließend Zeit bei seinem Vater verbringen wollt.«

Er wischte sich mit dem Handrücken eine angeklebte Locke aus der verschwitzten Stirn. Die Luft wurde immer gewittriger.

»Elise, schenk mir einen Auftritt mit dir in deinem Abschlusskonzert. Wir spielen Gershwins ›Rhapsody in Blue‹ zusammen, für Josh. Klavier und Klarinette, das wird großartig, du weißt es. Bitte. So habe ich einen Grund, nach Konstanz zu kommen, falls mich jemand fragt. Danach werde ich über die grüne Grenze in die Schweiz wandern und von dort nach Frankreich. Konrads Lehr- und Wanderjahre. Und in Frankreich werde ich irgendein Schiff nach Palästina finden, mit meinem französischen Pass und meinem wirklichen Namen. Shalom.«

Elise fand die Situation furchtbar, aber Shalom lachte, wie meist. Sie hörte ihm die Freude über seinen Plan an und auch den Trotz. So würde er den Nationalsozialisten doch noch ein Schnippchen schlagen, und jetzt bat er sie um Hilfe dabei, nachdem Max ihm schon mit einem falschen Pass geholfen hatte.

Der Gedanke beglückte sie, und irgendwie tröstete es sie, dass Shalom seinen letzten Abend in Deutschland mit einem Auftritt bei ihrem Abschlusskonzert verbringen würde.

»Gern, Konrad. Ich werde das Stück liebend gern mit dir spielen, für Josh, darauf freue ich mich. Das wird der Höhepunkt meiner Tournee. Weißt du, es ist dann wieder wie früher am Konservatorium. Und es ist ein würdiger Abschied für zwei Musiker. Wir fangen noch heute Abend zu üben an.«

Shalom spürte, wie glücklich Elise gerade war. Es tat ihm gut, dass er der Grund dafür war. Zwar hatte er versucht, ihr vorzumachen, dass ihm sein Rauswurf aus dem Konservatorium nichts ausmachte, aber in Wirklichkeit verletzte ihn das Ganze zutiefst.

Sie waren auf ihrem Spaziergang in dem Teil des Parks angelangt, der von einem Wald aus hohen Buchen bewachsen war. Im Schatten des dichten Blätterdachs kühlte sich die feucht-heiße Luft fühlbar ab, aber schon hörte Elise die ersten dicken Regentropfen auf den Blättern über ihnen. Ein Blitz zerteilte die Dunkelheit unter den Wolken, ein fernes Donnern rollte über den Lahnbergen hin und her. Sie schauten einander an, nickten sich zu und liefen wie auf Kommando zurück zum Schloss. Die Regentropfen begannen, dicht und schwer herunterzuprasseln. Als sie atemlos unter dem Torbogen beim Eingang zum Empfangsraum angekommen waren, lachten sie vor Erleichterung wie Kinder. Erleichterung, dass sie nicht zu sehr nass geworden waren, Erleichterung, dass sie gesund beieinander sein konnten, Erleichterung, dass sie an einem sicheren Platz Musik miteinander machen durften. Das war es, was im Moment zählte. Das Heute war wichtig. Der nächste Tag würde für sich sorgen.

Zur Freude von Frau Friedel blieb Konrad dann doch bis zur Mitte der Woche als Gast im Schloss. Nach dem unverhofften Besuch des jungen Herrn Müller fühlte sich die Situation ganz anders an als vorher – allein mit der immer etwas bedrückt wirkenden jungen Frau. Es gab trotz ihres deutschen Namens und ihrer blauen Augen manche Gesten, manche Sätze, bei denen die Hausdame stutzte. Wer weiß, was für eine Geschichte hinter ihrem überraschenden Eintreffen steckt, dachte sie manchmal bei sich.

Konrad und Elise übten fast pausenlos. Manchmal vergaßen sie das Essen, und die Hausdame nutzte die Gelegenheit so oft es ging, die aufregend neue Musik der beiden zu genießen. Auch das Personal hörte zu, wann immer es konnte.

Am Dienstag hatten die beiden Gärtnerlehrlinge Edu und Herbert sich für den Abend mit zwei der Dienstmädchen aus dem Dorf auf der Parkwiese unter dem Salonfenster verabredet, in der Hoffnung, dass Fräulein Hermann und Herr Müller wieder diese zündenden

Jazz-Stücke spielten, die einem so in die Beine gingen. Dann würden sie auf der Wiese miteinander tanzen, in ihrem privaten Tanzsaal im Schatten des Schlosses, unter dem Mond und den Sternen.

Auch Heinz hatte sich an dem Abend zu ihnen gesellt, aber er hatte keinen Sinn für einen Tanz mit den Dorfmädchen. Stattdessen stopfte er seine Pfeife und schaute verträumt den würzigen Rauchwolken hinterher, die über die untere Terrasse zum offenen, von innen golden erleuchteten Salonfenster hochstiegen, wo Elise und Konrad im Licht des funkelnden Kronleuchters ihre großartige Musik lebendig werden ließen.

Musiker sind wie Zauberer, die aus Schwingungen der Luft das Schwingen der Herzen machen können, ging es Heinz durch den Kopf.

Nie hätte der Chauffeur sich träumen lassen, dass er als Junge aus armen Verhältnissen einmal vor einem Schloss sitzen und von Konservatoriums-Musikern aufgespielt bekommen würde. Wenn er beim nächsten Treffen vor seinen Freunden in der SA damit angeben würde, wie würde ihn Ulrich Kelzenberg darum beneiden. Der kannte Fräulein Hermann ja schon von ihrer kurzen Begegnung vor dem Café Klingelhöfer, er hatte eine Vorstellung davon, wie hinreißend sie war.

Am Donnerstag war Shalom ganz früh morgens aufgebrochen. Er wollte vermeiden, sich von Elise zu verabschieden. Nur in der Musik konnten sie so miteinander verbunden sein, wie er es sich für das ganze Leben gewünscht hätte. Seine Liebe zu Elise konnte, wollte und durfte er nicht nach außen lassen. Das war er jetzt auch Max schuldig, der ihm so furchtlos geholfen hatte.

Also legte er ihr ein paar Zeilen in einem verschlossenen Briefumschlag mit der Aufschrift »Fräulein Elise Hermann« auf den Tisch in der Empfangshalle. Dann verschwand er ebenso überraschend, wie er auf dem Schloss erschienen war.

Als Elise nach ihrem morgendlichen Spaziergang zum Frühstück in den Raum neben dem Goldsalon kam, lag ein Brief neben ihrem Teller. Sie sah, dass nur ein Gedeck auf dem Tisch stand, und wusste:

Shalom war nicht mehr hier. Im Brief gab es keine Anrede, keine Unterschrift, nur vier kurze Sätze.

»Froh bin ich, weil wir dem Schicksal vier glückliche Tage mit unserer Musik gestohlen haben. Zehren werde ich davon – und dafür unversehrt bleiben will ich, dass wir einen solchen Tag in Konstanz erleben, noch einmal, nein, wieder. Wann ich dort sein muss, werde ich erfahren. Mach Dir keine Sorgen.«

Elise verstand, dass er Konrad als Unterschrift nicht hatte schreiben wollen und Shalom nicht hatte schreiben dürfen. Sie verstand auch sein Weggehen am frühen Morgen, so ohne Abschied. Sie hatten sich in ihrer gemeinsamen Musik alles gesagt. Mehr wäre nicht gut gewesen.

24 Bist du bei mir

Die Tage im sommerlichen Schloss folgten nach Shaloms Abreise dem gleichen Rhythmus wie zuvor, aber nun schienen sie für Elise schneller vorüberzugehen. Viele Gespräche mit ihrem Freund aus dem Konservatorium hatten sie ermutigt, sich der Unsicherheit ihrer neuen Situation anzuvertrauen.

»Es gibt im Leben keine Sicherheit, Eli. Das ist unser Wunsch, aber es bleibt immer eine Illusion. Also kannst du dich gleich auf die Unsicherheit einlassen. Ich jedenfalls mache es so.«

Es klang merkwürdig aus dem Mund dieses noch so jungen Mannes, aber Elise spürte eine überzeugende Wahrheit in seinen Worten. Sie versuchte, diese Leichtigkeit von Shalom zu lernen, mit der man sich bewegen muss, wenn man auf der Flucht ist.

»Ich fliehe doch nicht, Elise, ich bin nur auf meinem Weg. Jeder ist auf seinem eigenen Weg, du auch. Ob man es Flucht nennt oder anders, ist doch völlig gleichgültig.«

So beschrieb er sein Leben auf der Wanderschaft. Als sie ihn nach dem spärlichen Bündel mit Gepäck gefragt hatte, war seine Antwort ein knapper Satz auf Englisch gewesen: »Travel lightly.« Er hatte mit den Schultern gezuckt und Elise erklärt, dass er es besser fand, unbeschwert zu reisen. Der Rest würde sich ergeben, weil er sich ergeben musste.

Dieser Satz leuchtete Elise sehr ein – er hätte von ihrem Vater stammen können. Von ihrem Vater, so wie er früher gewesen war.

Die Nachrichten über ihn machten Elise große Sorge.

Durch die regelmäßigen Anrufe von Max wusste sie, dass die Mutlosigkeit ihres Vaters immer beängstigender geworden war, auch als Belastung für ihre Mutter. In Bad Ems hatten die Sommerferien begonnen, und die letzten Wochen des Unterrichts an der Schule waren für Willy zur Qual geworden. Schüler der Hitlerjugend ignorierten die Anweisungen des früher so beliebten Lehrers einfach, und er konnte sich nicht einmal dagegen wehren, auch weil der frühere Direktor entlassen worden war. Der hätte so ein Betragen keinesfalls durchgehen lassen. Zweimal hatte man die Ventile aus Willys Reifen herausgeschraubt, sodass er das Fahrrad, mit dem er immer gern zur Schule gefahren war, schließlich zu Hause stehen ließ und zu Fuß von der Bahnhofstraße zur Viktoria-Allee ging. Allmählich verließ er kaum noch die beiden Kammern unterm Dach von Josserts Schneiderei, es schien, als ob ihn aller Lebenswille verlassen hätte. Eine hoffnungslose Düsternis schwer wie Blei hatte sich über sein gesamtes Dasein gelegt und schien sich dichter und dichter um ihn zusammenzuziehen. Sein innerer Kern war zerstört.

In mancher Nacht beschäftigten die Lage ihres Vaters und ihre eigene Hilflosigkeit Elise so beharrlich, dass sie keinen Schlaf fand. Einen Lichtblick jedoch gab es, und der bedeutete ihr alles.

Für das Ende ihrer dritten Woche auf Schloss Rauischholzhausen hatte Max einen Besuch angekündigt. Die Tourneeplanung für Elise durch Hans Wilhelm Steinberg war soweit abgeschlossen, die Säle gebucht und die Wohnmöglichkeiten organisiert, meist bei jüdischen Musikern. Max würde ihr die Unterlagen mit allen Details bringen. Sie fieberte dem Samstag entgegen, an dem sie Max in Marburg am Bahnhof abholen würde, chauffiert von Heinz im schönen Horch-Automobil.

Am Mittwoch dieser Woche traf ein Paket von ihrer Mutter ein. Es enthielt ein zweireihiges Kostüm aus nachtblauem Stoff. Die Jacke war in der Art eines klassischen englischen Blazers gerade gehalten, hüftlang, und mit zwei Reihen silbriger Metallknöpfe ausgestattet. Der Rock mit hoher Taille reichte Elise bis zur Mitte der Wade, war nicht zu eng geschnitten und für die Bequemlichkeit beim Sitzen nach unten leicht glockenförmig ausgestellt. Sehr chic. Das Wunder an diesem Kostüm aber war die dazugehörige Bluse. Silbrig schimmernde Plissee-Seide fiel lose und weich am Oberkörper herab, sie modellierte Elises kleine Brüste diskret, aber aufregend.

Sie probierte Kostüm und die Bluse vor dem Ankleidespiegel in ihrem Zimmer an und war hingerissen. Ihre Mutter war eine Künstlerin. Mit einem eigenen Modeatelier in einer größeren Stadt hätte sie sicher viel Erfolg haben können.

Unter der Kleidung lag ein Brief von Clara.

»In jeder permanenten Plissee-Falte steckt ein guter Gedanke für Dich, liebste Elise. Jetzt bist Du alles, was wir noch haben. Ich bin meinem Schicksal so dankbar, dass es mir Dich als Tochter geschenkt hat, selbst wenn Du durch Deinen Beruf, Deine Berufung nicht bei uns sein kannst. Deinem Vater geht es jetzt so schlecht, dass er morgens nicht mal mehr aufstehen mag. Komm bei Deiner Tournee bitte in Bad Ems vorbei, dann können wir uns sehen. Ich kann bestimmt mit Hilfe von Fanny und Fritz einen passenden privaten Veranstaltungsort für Dich finden.«

Der kurze und mutlose Satz über ihren Vater ließ Elise das Herz schwer werden. Sie beschloss, ihre Mutter sofort bei Josserts in der Schneiderei anzurufen und sich zu bedanken. Das war alles, was sie im Moment tun konnte.

Clara selbst war am Telefon und freute sich sehr, die Stimme ihrer Tochter zu hören. Trotzdem klang ihre Stimme genauso entmutigt wie ihr Brief. Es gab keine positive Veränderung bei Willy, eher war alles schlimmer geworden.

Elise sagte der Mutter zu, dass sie auf jeden Fall ihre Tournee in Bad Ems beginnen würde. Dann könnten sie sich bald sehen, vielleicht würde das den Vater aufrichten. Ja, Fanny und Fritz würden

Elise helfen, einen guten Veranstaltungsort zu finden, an dem sie ihr Bad Emser Konzert geben konnte. Die Einnahmen würde sie ihren Eltern zur Verfügung stellen.

Als sie diese Pläne am Telefon mit ihrer Mutter besprach, merkte sie, wie Frau Friedel hinter ihr in den Flur trat. Die Hausdame entschuldigte sich sofort, als sie mitbekam, dass Elise ihr Gespräch erschrocken unterbrach. Dann huschte Frau Friedel wieder davon. Elises Mutter am anderen Ende der Leitung spürte, dass Elise nicht mehr offen sprechen konnte und wollte den Anruf schnell beenden. Sie würde mit Fanny reden. Elise sollte Anfang nächster Woche noch einmal anrufen.

Am 21. Juli nachmittags kam Max am Marburger Bahnhof an, fast drei Wochen nach dem Vorfall im Frankfurter Hof. Es war ein trüber Freitag, deutlich zu kühl für die Jahreszeit.

Max hatte seinen hellen Sommermantel noch nicht wieder über den dunkelblauen Flanellanzug gezogen, als er Elise bereits auf dem Bahnsteig entdeckte.

Sie trug unter einer rehbraunen Strickjacke, die er nicht kannte, ihr weißes Leinenkleid. Die Geste darin machte ihn glücklich. Es war das Kleid vom Bodensee, das in seiner und Elises Erinnerung für immer mit dem bisher glücklichsten Tag ihrer Liebe verbunden bleiben würde. Bestimmt hatte Elise es nicht zufällig angezogen.

Sie erblickte Max im gleichen Moment und drängte sich trotz der vielen Leute auf dem schmalen Bahnsteig entschlossen zu ihm durch. Kaum konnte sie die Tränen zurückhalten, so bewegt war sie, ihn wiederzusehen. Wie sie ihn vermisst hatte, wie ungeschützt sie sich ohne ihn fühlte – aber jetzt war er endlich wieder hier, bei ihr. Die ganze Anspannung der vergangenen Wochen brach plötzlich aus ihr heraus.

»Ich bin so dumm, Max. Vor Freude sollte ich lachen, weil du wieder bei mir bist, aber ich bin traurig, weil du mir so gefehlt hast.«

Max nahm Elises Gesicht zwischen seine Hände und küsste sie zärtlich auf Wangen und Lider. Mit dem Daumen strich er ihr langsam über die Lippen. Wie lange hatte er darauf warten müssen.

Seine schmalen und doch kräftigen Hände, die Elise vom ersten Tag an so geliebt hatte, umschlossen ihr Gesicht, sanft und sicher.

In diesem Moment fühlte Max nur eins: Was immer auch die Partei von ihm verlangen würde, diese Frau war die Liebe seines Lebens. Nie aufgeben würde er sie, was man ihm auch befehlen würde.

Genau in diesem Moment, den Heinz sofort als unpassend empfand, kam der junge Chauffeur verlegen zu ihnen und bat Max um seinen Koffer, damit er ihn im Horch verstauen konnte. Elise stellte beide einander vor.

«Das ist Heinz Riefer, der Chauffeur der von Stumms, und hier ist mein Verlobter Max von Hochem, von dem ich erzählt habe.«

Die beiden jungen Männer gaben sich die Hand. Max hatte die Erfahrung gemacht, dass Männer sich auf Anhieb entweder sympathisch finden oder nicht, dass der erste Moment alles entscheidet. Heinz fand er sympathisch, sofort.

Der wiederum war überrascht, dass Max trotz seiner adligen Herkunft und seiner akademischen Ausbildung kein bisschen überheblich wirkte. Im Gegenteil, eigentlich verhielt er sich genauso normal wie die Kameraden von der SA in Marburg. Aber wenn er in der Partei war, würde man sich ohnehin verstehen, es gab ja die gleichen Ziele. Überrascht war Heinz, dass Max als Mitglied der NSDAP einen Zivilanzug trug. In Marburg erschienen gerade die jungen Parteigenossen mit Vorliebe und zu allen sich bietenden Gelegenheiten in ihren braunen Uniformen. Flagge zu zeigen war das Gebot der Stunde, so wurde es ihnen von ihren Gruppenführern immer wieder eingeschärft.

»Heinz wird uns zum Schloss zurückbringen, aber wenn du Lust hast, Max, könnten wir auch einen kurzen Umweg nach Stausebach machen. Dort gibt es eine kleine, alte gotische Kirche. Sie soll sehr ursprünglich sein und etwas ganz Besonderes. Sie heißt Sankt Mariae Himmelfahrt, ich würde sie gern mit dir ansehen.«

Unterdessen waren sie alle drei auf dem Bahnhofsvorplatz angekommen und gingen auf den Horch zu. Heinz startete, Elise und

Max saßen schweigend und glücklich eng nebeneinander im Fond, das trübe Wetter war ihnen gleichgültig. Der Moment zählte, ihn wollten sie genießen. Ihre Augen glitten über die lieblich hügelige Landschaft. Üppige Felder und Weiden mit eingestreuten kleinen Baumgruppen schimmerten in den verschiedensten Schattierungen von Grün, während Heinz gemächlich durch die stattlichen Fachwerkorte Cölbe, Bürgeln und Anzefahr fuhr. Gern und oft bediente der Chauffeur in den Dörfern die schlangenförmige Ballhupe aus Messing mit dem auffälligen Doppelton, wenn er Hühner oder Katzen von der Straße scheuchen wollte. Max lachte Elise zu, und sie wusste, was er dachte. Der Chauffeur wollte die Anwohner vor allem auf dieses wunderbare Automobil aufmerksam machen, das er mit so viel Stolz fuhr. Dieses kleine spontane Lachen des Mannes, den sie so sehr liebte und den sie seit einen halben Jahr immer ernster erlebt hatte, tat Elise ungeheuer gut. Sie nahm seine Hand zärtlich in ihre und strich mit den Fingern sanft über seinen Handrücken. Schließlich verschränkten sich ihre Finger ineinander und sie spürte an dem kaum hörbaren Seufzer von Max, wie auch für ihn die Anspannung der vergangenen Wochen nachließ und er wieder durchatmen konnte.

Der Chauffeur stoppte den Horch in Stausebach am zentralen Dorfplatz bei der ehrwürdigen Kirche. Sankt Mariae Himmelfahrt war über Jahrhunderte hinweg aus massigen, unregelmäßigen Feldsteinen und behauenen Sandsteinen errichtet worden, wenn Zeit und Geld der Dorfbewohner übrig gewesen waren. Die Kirche lag in einer katholischen Enklave dieses sonst so evangelischen Marburger Landes, weitläufig umschlossen von einer altertümlichen Wehrmauer, zugehörig zum Erzbistum Mainz.

Als Max und Elise die schwere Südpforte aus massiven Eichenbohlen mit den vor langer Zeit geschmiedeten Türbändern aufgedrückt hatten, umfing sie die unerwartete Stille im Inneren wie ein warmer und weicher Mantel.

Beide setzten sich schweigend nebeneinander in die zweite Reihe auf die alte Kirchenbank aus Eichenholz. Das diffuse Licht des Nachmittags fiel durch drei hohe, im gotischen Stil bemalte Fenster in den Chorraum und zeichnete zarte Farbflecken vor ihnen auf den rötlichen Sandsteinboden. Der Geruch von Weihrauch, das Gefühl der Jahrhunderte von Andacht und überwundenem Leid verbreitete einen inneren Frieden, der den beiden einzigen Besuchern unendlich guttat. Wie viele Menschen mochten die Nöte ihres Lebens hier überwunden haben und waren stärker dabei geworden.

Plötzlich hörten sie ein Geräusch im Hintergrund. Ein alter Mann schloss die Tastatur der kleinen Orgel auf und begann zu üben, wohl für die Messe am kommenden Sonntag.

Zu Elises Erstaunen spielte er ein ganz bestimmtes Kirchenlied, das sie vom Konservatorium her gut kannte. Betan hatte es einmal mit ihrem warmen klaren Sopran bei einer Aufführung des Dr. Hoch's in der Katharinenkirche an der Frankfurter Hauptwache gesungen. Komponiert von Heinrich Stölzel, war es von Johann Sebastian Bach in das Notenbuch für seine junge Frau Anna Magdalena aufgenommen worden: »Bist du bei mir.«

»Merkwürdig«, dachte Elise, »wie genau das Lied zu unserer Situation passt. Als wäre es ein Hinweis für uns.«

Max war bei ihr. Für zwei gestohlene, geheime Tage war er mit ihr zusammen, wo sie doch ein ganzes Leben miteinander teilen wollten. Aber das erschien immer unwahrscheinlicher. Sie selbst war auf der Flucht, Max geriet unter politischen Druck. Es passierten Dinge, die beide nie vorhergesehen oder auch nur geahnt hatten. Ausgeliefert waren sie. Am Schluss würde man sie, einen Arier und eine Jüdin in Deutschland, nicht miteinander sein lassen. Obwohl dies ihr Land war.

»Bist du bei mir …«, leise flüsterte sie die Worte vor sich hin, und Max, der den Text nicht kannte, hörte erstaunt zu. Die erstickende Belastung der letzten Wochen stieg in Elise hoch. Sie schluckte, aber die Tränen waren stärker. Und es war ihr auch gleichgültig. Keinen Grund gab es, ihre Bewegung in der Stille dieser kleinen ländlichen Kirche zurückzuhalten. Max sah Elises Erschütterung, er fühlte ihren Kummer und er wusste nichts anderes zu tun, als ihren Kopf zu sich zu ziehen, an seine Schulter.

Wie damals in Heiligenberg war es, beim Tod der Großmutter. Elises Weinen blieb stumm. Gerade das quälte Max so, dass auch ihm vor Hilflosigkeit die Tränen kamen. Hoffnung hatte er ihr bringen wollen mit dem Tourneeplan, nicht Trauer. Aber jetzt konnte er sie nicht einmal trösten.

Der Organist hatte das kurze Lied dreimal hintereinander geübt, dann war er mit seiner Interpretation zufrieden. Das Ende der Musik ließ auch Elises Kummer wieder versiegen. Max zog ein gefaltetes Taschentuch aus seiner Hosentasche und reichte es Elise, die ihre Tränen abwischte. Dann nahm er es, um seine eigenen Augen zu trocknen. Schließlich faltete Max das Taschentuch sorgfältig wieder zusammen.

»Ich werde es für uns aufbewahren, Elise. Ich will unsere Tränen nicht vergessen, später, wenn wir lange und glücklich beieinander gewesen sind. Alice, mein Herz«, flüsterte er in ihr Ohr.

Sie schaute ihn an, und dann küssten sie sich mit einer Intensität, die ihr Angst machte.

Max war bei ihr, jetzt. Das Heute zählte, ihr gemeinsames Heute. Der nächste Tag würde für sich sorgen müssen, anders konnte man in diesen Zeiten nicht leben und nicht überleben. Bist du bei mir …

Zion streckt ihre Hände aus 25

Heiligenberg
Sonntagmorgen, 22. Oktober 1933

Liebe Seppi,
vermutlich hast Du meinen ersten Brief aus Schloss Rauischholzhausen schon bekommen und weißt Bescheid über die dramatischen Ereignisse nach Deiner Abreise.

So wie ich Dich kenne, hast Du Dich in Deinem heimatlichen Christchurch wieder wunderbar eingerichtet. Ich bin froh über das schöne Buch mit den vielen Fotos von Deiner Stadt, das Du mir in Frankfurt gelassen hast. Auf der ganzen Tournee habe ich es mitgenommen. Immer wieder schaue ich die Bilder an und überlege, wie es wohl bei Dir zu Hause aussieht, wie Du lebst im Haus Deiner Großeltern in der River Road am neuseeländischen Avon. Ich stelle mir vor, wie der Kamelienbaum im Garten mit den üppig rotweiß gestreiften Blüten, von dem Du so oft gesprochen hast, seinen Schatten über dem Pfad hinunter zum Fluss ausbreitet. Er müsste jetzt in voller Blüte stehen. Auch die üppige Liliensorte, von denen Du nur den englischen Namen »Naked Madonna« wusstest und deren dicke rosa Blütenbüschel Du so genau beschrieben hast, treibt wohl gerade ihre schlanken Stängel aus der Frühlingserde in Deinem Land.

Komisch, bei uns ist der »goldene Oktober« in vollem Gange und die Bäume schmücken sich mit leuchtenden Herbstfarben. Wie unbeeindruckt die Natur ihrem Lauf folgt, obwohl unser Leben hier in Deutschland immer mehr aus den Fugen gerät.

Die Schikanen der NSDAP *gegen uns Juden in Deutschland werden von Tag zu Tag bedrohlicher, jetzt greifen sie in meine unmittelbare Umgebung ein und in mein eigenes Leben. Auch andere Gruppen geraten allmählich ins Fadenkreuz. Als ob wir alle Wild auf einer großen Treibjagd wären, die gerade erst begonnen hat.*

Juden könnten jetzt nicht mehr deutsch sein, heißt es. Es ist sonderbar mit den Deutschen und den Juden und der Musik. Eigentlich ist es doch die gemeinsame Liebe zur Musik, die deutsche und jüdische Seelen am tiefsten miteinander verbindet. Deshalb versuchen die Nationalsozialisten zuerst durch Auftrittsverbote für uns jüdische Musiker, diese Verbindung zu zerschneiden. Und aus genau diesem Grund ist der Besuch jüdischer Konzerte für Deutsche eine Form des Widerstandes, und für Juden sowieso. Das habe ich bei meiner Tournee erlebt.

Manchmal frage ich mich, ob es mir nicht heute in Neuseeland besser ginge, wenn ich Deinem Vorschlag gefolgt wäre. Aber ohne Max …

Es ist mir wichtig, Seppi, dass ich Dir ganz offen schreiben kann. Vermutlich wird meine Post überwacht. Deshalb schicke ich Dir diesen Brief über einen guten Freund, der ihn in die Schweiz mitnehmen und dort aufgeben wird. Ich hoffe, meine Gedanken erreichen Dich auf diese Weise. Wenn Du mir antworten willst, schreib an die Adresse von Therese, das ist vielleicht weniger verdächtig.

Nach meiner Tournee ruhe ich mich ein wenig beim Vater von Max und der rührend fürsorglichen Therese in Heiligenberg aus. Du kennst beide ja von meiner Verlobung.

Max ist nach dem Abschlusskonzert in Konstanz am nächsten Tag wieder nach Frankfurt zurück, weil er dort mit Wulf Sörger sprechen wollte. Er hat sich vorgenommen, zu erreichen, dass ich trotz der Ohrfeige wieder als Klavierlehrerin in Frankfurt arbeiten darf.

Weißt Du, der Adjutant des Gauleiters hat zwar versucht, die Liebe zwischen Max und mir zu zerstören, aber wir fühlen uns so nah wie nie zuvor, obwohl wir uns wegen der Tournee zu selten gesehen haben. Ich selbst war durch mein unüberlegtes Verhalten gezwungen, ein unruhiges Leben zu führen.

Shalom ist jetzt wohl schon auf dem Schiff nach Palästina. Max hat ihm einen Pass besorgt. Als ich mich später bei Max dafür bedanken wollte, hat er mir leise und kurz angebunden bedeutet, nie wieder davon zu sprechen.

»Du weißt nichts, Shalom und ich auch nicht. Es ist nichts passiert, Elise.«

In seiner Stimme habe ich plötzlich so eine nie gekannte Härte gehört, dass ich erschrocken still geschwiegen habe. Hinterher habe ich überlegt, dass ich vielleicht total unterschätze, wie sehr auch Max gefährdet ist. Zum Glück kann ich sicher sein, dass dieser Brief nicht in falsche Hände gerät. Irgendwo muss ich mich ja aussprechen.

Von der Hausdurchsuchung bei Rosa hatte ich Dir geschrieben. Sie überlegt jetzt gelegentlich, doch nach Bad Ems zu ihrer Tochter Fanny zu ziehen. Auch weil David und Gittel mit ihren beiden Söhnen nach Palästina umsiedeln wollen, vielleicht schon im kommenden Jahr. Rosa rät ihnen, diese Entscheidung zu treffen, »solange es möglich ist«.

Trotzdem, alle tun sich ungeheuer schwer, solche Schritte tatsächlich in Gang zu setzen, weil sie so endgültig sind.

Für sich selbst zweifelt Rosa, ob es richtig wäre, aus Frankfurt wegzugehen, und nach Palästina will sie sowieso nicht. Sie möchte in der Nähe von Wills Grab bleiben. Oft hat sie mir von der jungen Birke er-

zählt, die dem Grabstein ihres Mannes Schatten spendet. Vielleicht hofft sie, dass sie nicht mehr allzu lange warten muss, bis sie neben ihrem geliebten Will liegen darf.

Von Shalom habe ich etwas Wichtiges gelernt, nämlich dass es besser ist, mich auf die Ungewissheit unserer Zeit einzulassen. Flucht könnte ich jetzt als einen Weg verstehen, gegen den ich mich nicht wehren muss, falls er auf mich zukommt. Vor einem halben Jahr im Konservatorium habe ich mich noch heftig mit Shalom darüber gestritten, heute kann ich diesen Schritt für mich nicht mehr ausschließen. Ich glaube, auch Max denkt manchmal darüber nach, aber wir sprechen nicht darüber. Der Gedanke macht mir Angst, ihm wohl auch. Immerhin sind Max, meine Eltern, seine Familie und auch Rosa alle hier in Deutschland. Die wichtigsten Menschen in meinem Leben will ich nicht im Stich lassen, deshalb kann ich nicht weg.

Max, der mir den Tourneeplan von Steinberg mitgebracht hatte, war ohne Wissen von Wulf Sörger auf dem Schloss, so glaubten wir jedenfalls. Aber der hat das private Telefon der von Lammers überwachen lassen. So wusste er die ganze Zeit, wo ich war. Katz und Maus, dieses Spiel liebt er. Ende Juli hat er mich zu meinem Entsetzen im Schloss angerufen und gezwungen, dass ich die Erlaubnis für meine Konzerte persönlich bei ihm in Frankfurt abhole. Sonst hätte ich nicht auf Tournee gehen dürfen. Er hat so getan, als ob mein Verlobter ihn über jeden meiner Schritte informiert hätte, aber ich habe keine Sekunde an Max gezweifelt.

Sörger hat mich bei dieser Gelegenheit, weil ich ihm nicht zu Willen sein wollte, für genau einen Tag und eine Nacht im Frankfurter Polizeigefängnis Klapperfeld festsetzen lassen, bevor Max mich mit Hilfe seines Paten wieder rausgeholt hat.

Diesen Tag und diese Nacht werde ich nie vergessen. Vor allem nicht die Schreie der Verhörten und das Stöhnen der Verwundeten. Mir selbst ist nichts passiert, aber eine junge Jüdin kam mit zerschlagenem, blutigen Gesicht in meine Zelle. Sie konnte kaum gehen, du kannst Dir vorstellen, weshalb.

Sörger hat mir anschließend zu verstehen gegeben, dass er bisher nett zu mir war, wegen Max und dessen politischer Verbindungen. Aber wir sollten uns beide klarmachen, dass er auch anders kann. Anschließend hat er den Tourneeplan abgesegnet. Ich muss wieder bei ihm vorsprechen, wenn ich die Tournee beendet habe. Dann will er entscheiden, ob ich als Klavierlehrerin arbeiten darf.

Nach der Haft habe ich versucht, meine Konzertreise trotzdem unbeeindruckt zu beginnen. Zu meinem Erstaunen ist mir das weitgehend gelungen, weil ich jeden Tag einzeln erlebe und alles Schlimme verdränge. Zwar hat sich eine Grundangst über mein Leben gelegt, aber ich werde mich durch sie nicht lähmen lassen. Diesen Triumph erlaube ich Sörger nicht.

Steinberg hatte ab Mitte August pro Tourneewoche ein bis zwei Auftritte für mich vorgesehen, und manchmal hat sich spontan noch ein weiterer ergeben, mit entsprechend gestiegenen Einnahmen. Wegen der Schabbatruhe hat er die Abende von Freitag und Samstag ausgespart, meine Konzerte finden ja offiziell nur für Juden statt. Das hat mir Gelegenheit gegeben, die Samstage für Besichtigungen der Städte zu nutzen, in denen ich gespielt habe.

Meist fanden meine Auftritte in privaten jüdischen Villen mit großen Salons statt. Wir haben am Schluss jeweils Spenden gesammelt, es gab keine festen Eintrittspreise. Insofern sind meine Konzerte vom finanziellen Rahmen her private Veranstaltungen, zumal die Eigentümer der Säle und Salons aus jüdischer Solidarität fast alle keine Mietkosten von mir wollten. Steinberg bekommt 5 % meiner Einnahmen, soviel wie ein sehr bescheidener Agent. Gewohnt habe ich privat, oft bei Musikern aus seiner Bekanntschaft. Meistens habe ich kostenlos dort wohnen dürfen, und viele interessante jüdische Menschen kennengelernt habe ich auch.

Zwischen den Auftritten bin ich mit der Bahn hin und her gereist, habe auf den unbekannten Instrumenten geprobt und Ortschaften angeschaut.

Die Schönheit von Deutschland im Spätsommer und Herbst hat mich auf meinen Zugfahrten stark berührt. Deutschland, das ich jetzt nach dem Willen der Nationalsozialisten nicht mehr »mein Land« nennen darf, bleibt meine Heimat, was auch immer sie sich ausdenken. Ich merke, wie ein großer Trotz in mir aufsteigt.

Der allererste Konzerttermin war von Steinberg gar nicht vorgesehen. Er hat nämlich auf spezielle Bitte meiner Mutter am Sonntag, dem 6. August, nachmittags in Bad Ems stattgefunden.

Nach meiner Ankunft aus Frankfurt am Donnerstag haben Clara und ich zuerst die Gräber von meinem Bruder Moritz und meiner Großmutter besucht. Das hat uns beiden gutgetan. Meine Mutter hat manchmal heftig gehustet, aber sie sagt, alles sei in Ordnung. So ist meine Mutter eben, sie reißt sich zusammen, Hauptsache ich mache mir keine Sorgen. Mein Vater ist wegen seiner Depressionen zu Hause geblieben.

Stell Dir meine Eltern nicht mehr so lebendig und stark vor, wie sie waren, als Du sie an Ostern 1930 kennengelernt hast. Damals, als wir alle noch glücklich und voller Hoffnung waren. Heute sind sie nur noch ein Schatten ihrer selbst. Es bricht mir das Herz, meinen Vater anzusehen, wie er ständig in seinem abgenutzten Ohrensessel sitzt und stumm auf die Wände starrt.

Meine Mutter versucht, alles für ihn zu regeln, aber sie findet es ungeheuer schwer, den überwältigenden Kummer ihres früher so lebensfrohen Mannes auszuhalten. Zum Glück kann sie oft in ihre Arbeit unten in der Schneiderei flüchten.

Das Konzert für meine Eltern hat durch die Vermittlung von Fanny und Fritz Goldmann im eleganten großen Salon der weißen Villa des »Schlosshotel Balmoral« stattgefunden, ganz dicht bei der Russischen Kirche. Diese Kapelle mit den fünf blauen Kuppeltürmen ist der Platz, an dem Sergej von Borowski, die große Liebe meiner Großmutter Louise, als Vergolder für den Zaren gearbeitet hat, damals, als beide noch jung waren.

Mein erstes Vor-Tournee-Konzert war gepackt voll mit Besuchern, bei weitem nicht nur Juden. Viele Bad Emser waren neugierig, die junge Pianistin wieder zu sehen, deren Konzert 1929 von Hitlerjungen so spektakulär gestört worden war, viele wollten ihre Unterstützung für mich zeigen.

Der anhaltende Applaus in meiner Heimatstadt hat mich sehr bewegt, vor allem als zwei Bad Emser jüdische Sängerinnen mich als Zugabe um ein besonderes Lied gebeten haben. Es ist ein berühmtes Duett für Sopran und Alt aus dem Oratorium »Elias« von Felix Mendelssohn-Bartholdy. »Zion streckt ihre Hände aus, und da ist niemand, der sie tröste.« Wir haben es gemeinsam vom Blatt vorgetragen. Viele Menschen im Publikum sind aufgestanden und haben geweint. Und das waren nicht nur wir Juden.

Weißt Du, Seppi, nie zuvor habe ich mich wirklich jüdisch gefühlt. In dem Moment schon.

Es ist verrückt. Meine Eltern oder ich haben unsere Freunde nie danach ausgesucht, ob sie jüdisch waren. Das hat früher einfach keine Rolle gespielt, für uns nicht und für niemand, mit dem wir zu tun hatten. Bildung, gemeinsame Interessen, sicher auch politische Anschauungen, das war wichtig. Jetzt, wo die ganze deutsche Welt nach »Jude« oder »Arier« sortiert wird, »Juden« und »Menschen« hätte ich fast geschrieben, scheint Rasse das zwingende Merkmal einer Trennung zu sein, nach dem alles andere entschieden wird. Ich frage mich oft, ob wir den Nationalsozialisten Angst machen, dass sie uns so sehr hassen müssen.

Im Anschluss an das Konzert, bei dem mein Vater nach vielen Bitten von mir doch anwesend war, haben meine Eltern und ich im Licht des Vollmonds hinter der Schneiderei im Garten gesessen und diesen Sommerabend mit einem Glas Rheinwein beschlossen, einem Geschenk der Josserts für mich. Fritz und Fanny wollten heim zu ihren Kindern, deshalb sind sie nicht geblieben. Mein Vater war lebhafter als sonst. Offenbar hat ihm meine Anwesenheit wirklich so gutgetan, wie meine Mutter es gehofft hatte. Ich habe jede Sekunde genossen, weil ich immer daran denken musste, wann wir beim nächsten Mal wieder so innig zusammensitzen können. Heimlich habe ich ihnen meine Konzerteinnahmen in einem Umschlag in den Küchenschrank gelegt.

Zuerst hatte ich vorgehabt, meine Eltern zum Essen einzuladen, aber in ein Lokal wollte meine Mutter nicht mehr gehen, weil es inzwischen auch im kleinen Bad Ems diese Schilder gibt, dass Juden als Gäste unerwünscht sind.

Viele der jüdischen Bekannten von damals sind »verzogen«. Man weiß nicht so genau, wohin, jedenfalls sind sie nicht mehr in unserer Stadt. Man spricht hinter vorgehaltener Hand, dass sie in Richtung Palästina aufgebrochen sind. Je nach Einstellung der Erzählenden sind sie glücklich oder zu bedauern. Die meisten deutschen Juden finden aber ganz eindeutig, dass Palästina mit seiner Hitze, dem Staub und dem entschiedenen Mangel an europäischer Kultur kein Ziel für zivilisierte Deutsche sein kann, jedenfalls kein erstrebenswertes. Keine Heimat eben.

In Bad Ems passiert alles mehr unter der Oberfläche, leise. Nicht so brutal wie in Berlin, auch nicht so offen wie in Frankfurt. Aber es passiert, hier wie überall in den Städten, die ich besucht habe.

Die meisten Deutschen jedoch haben das Gefühl, dass es aufwärts geht mit ihrem durch die Kriegsreparationen so bös geschundenen Land und dass sie ihr Schicksal endlich wieder selbst in der Hand halten – dank Adolf Hitler. Natürlich übersehen sie, dass Stresemann mit seinen Verhandlungen in Den Haag weit mehr dazu beigetragen hat als Hitler. Die Arbeitslosigkeit ist ein wenig zurückgegangen, aber die Not springt einem immer noch überall ins Auge. Nur das Selbstbewusstsein der Deutschen ist wieder deutlich gewachsen, und das ist offenbar entscheidend. Man spürt überall eine neue Zuversicht.

Parallel werden die Juden von immer mehr Deutschen als Sündenböcke für all das Schlechte empfunden, das ihnen in den letzten Jahren zugestoßen ist.

Uns deutsche Juden zerreißt diese Situation innerlich. Ich kann nur mit meiner Mutter sagen: »Ich weiß nicht, wo das noch hinführen wird.«

Die Glocken der Heiligenberger Schlosskapelle haben vor 10 Minuten das Ende der Morgenmesse eingeläutet. Therese ist mit Arko, dem Hund meines Schwiegervaters, hereingekommen und hat mich gefragt, ob ich Äpfel für einen Apfelkuchen zum Nachmittagskaffee für sie pflücken will. Gern gehe ich mit Arko in den Obsthof unter dem Schloss. Das verjagt meine trüben Gedanken, hoffentlich.

Es ist jetzt später am Abend. Der Apfelkuchen war köstlich.

Resl ist wirklich ein lieber Mensch. Sie hat mich genauso ins Herz geschlossen wie »ihren« Max und sie spürt, wenn ich mich zu sehr verkrieche. Dann fällt ihr immer etwas ein, bei dem sie meine Hilfe braucht. Eigentlich hätte ich gar keine Äpfel pflücken müssen, es stand eine Steige voll im Vorratsraum. Aber die Unterbrechung hat mir gut getan. Ich habe immer noch den herbstlichen Duft vom Obsthof in der Nase und Arko hat sich auch sehr gefreut, mit mir zu kommen. Ich bin in einer alten Arbeitshose von Max auf den Baum mit den guten Boskoop-Äpfeln geklettert, um ein paar besonders schöne Früchte zu pflücken.

Hinterher haben wir beieinander in der Küche gesessen und erzählt, während wir den Kuchen vorbereitet haben. Die Streusel für obendrauf habe ich geknetet, bis sie mir mürb von den Fingern gefallen sind, wie ich das schon als Kind für meine Großmutter Louise machen durfte. Es gibt mir ein Gefühl von Heimat und Geborgenheit, und das brauche ich im Moment. Resl hat mich sofort verstanden, ich musste gar nichts sagen. Sie wollte noch von der Tournee hören, so wie Du ja eigentlich in meinem Brief auch davon erfahren solltest. Aber jetzt bin ich zu müde vom Tag. Morgen schreibe ich weiter.

Montagabend, 23. Oktober 1933

Liebe Seppi, der Freund, der den Brief an Dich in der Schweiz aufgeben soll, muss unbedingt morgen in aller Frühe los. Deshalb wird dieser erste Teil vorab an Dich weitergeleitet. Die Fortsetzung schicke ich später. Von Max soll ich Dich ganz herzlich grüßen, er weiß natürlich, dass ich Dir schreibe.

Wulf Sörger, so erzählt Max, scheint seit neuestem eine sehr blonde und sehr arische Verlobte zu haben. Der Gauleiter und vor allem seine Frau waren die vielen Affären des Adjutanten leid. Es gab auch einen

Ratschlag Hitlers diesbezüglich, als der zum ersten Spatenstich für die Autobahn im September nach Frankfurt kam. Hitler stiftet offenbar gern Ehen und bleibt selbst lieber unverheiratet. Meine Ohrfeige für Sörger hatte verschiedene Gerüchte in Frankfurt ausgelöst, sie scheint die Verlobung des Adjutanten beschleunigt zu haben. Vielleicht schützen mich Adolf Hitler und die Existenz der Verlobten, ohne dass sie es ahnen.

Oft denke ich an Deine Idee, liebe Seppi, dass ich ja auch in Neuseeland als Pianistin arbeiten könnte. Weißt Du, ich kann mich nicht entscheiden, noch nicht, vor allem wegen Max und meinen Eltern. Mit Karl habe ich schon darüber gesprochen. Mein Schwiegervater hat sich heimlich erkundigt und herausgefunden, dass Max jetzt als NSDAP-Mitglied wohl kein Ausreisevisum mehr für das britische Empire bekommen würde, zu dem Ihr in Neuseeland gehört. Karl sieht unseren Konflikt und sagt mir, dass die Situation ihm das Herz zerreißt. Er hatte sich so gewünscht, die Kinder von Max und mir in Deutschland aufwachsen zu sehen, am liebsten hier auf Schloss Heiligenberg. Ich weiß nicht, wie es weitergeht.

All the best, my dear Seppi. I miss you so much, I really do.
Deine Elise

26 Auf dem Weg

Frankfurt
Montag, 6. August 1934

Liebe Seppi,
eigentlich wollte ich Dir die Fortsetzung meines vorigen Briefes nach Neuseeland schon längst geschickt haben, aber das Leben überrennt mich ständig mit neuen Situationen, auf die Max und ich reagieren müssen, um überhaupt noch beieinander in Deutschland bleiben zu können.

Deshalb folgt dieser zweite Teil meines Briefes erst jetzt, fast zehn Monate nach dem ersten, über den Du Dich ja, wie ich aus Deiner Weihnachts-Antwort an Therese weiß, in Christchurch sehr gefreut hast. Danke für Dein Angebot, nach Neuseeland zu kommen. Die Dinge entwickeln sich hier so, dass ich mir die Möglichkeit offen halten muss, wenn Dir das zuzumuten wäre.

Zum einem wollte ich Dir ja noch die versprochen Einzelheiten von der Tournee berichten. Wundere Dich nicht über das Datum der nächsten Seiten. Diesen Teil des Briefes habe ich noch in Heiligenberg geschrieben, bevor ich wieder zurück nach Frankfurt durfte.

Später berichte ich Dir, wie es uns hier weiter ergangen ist. Es sind gute und schlimme Dinge passiert, die schlimmen überwiegen. Aber jetzt kommt erst mal die Fortsetzung des Heiligenberg-Briefes …

Heiligenberg
Dienstag, 24. Oktober 1933

Hans Wilhelm Steinberg hatte als Konzertorte Wiesbaden, Hagen in Westfalen, Bad Oeynhausen, Oldenburg, Lübeck, Rostock, Güstrow, Schwerin, Braunschweig, Göttingen, Kassel und Gotha eingeplant. Bad Ems, Gießen und Konstanz haben wir selbst organisiert.

Zum offiziellen Eröffnungskonzert ist Rosa nach Wiesbaden gekommen, wo ich am Sonntagnachmittag im Gesellschaftssaal einer privaten Augenklinik in der Taunusstraße auftreten durfte, direkt neben der Oranien-Apotheke. Gerüchteweise habe ich von Rosa vor dem Konzert gehört, dass das schöne Hotel »Kronprinz« schräg gegenüber wegen seiner »israelitischen« Kundschaft schon im März 1933 durch Wiesbadener SA-Trupps so verwüstet worden ist, dass die jüdische Eigentümerin, die Witwe Rückersberg, einen Nervenzusammenbruch bekommen hat, von dem sie sich nicht wieder erholt hat.

David hat mir in dem Zusammenhang erzählt, dass er die Ausreise nach Palästina mit seiner Familie jetzt fest für den Mai 1934 plant. Einen Frühling noch möchte er in seinem geliebten Frankfurt erleben. Rosa will nicht mit. Sie kann sich nicht vorstellen, Wills Grab zu ver-

lassen, wie ich vermutet hatte. Aber mir geht es genauso, ich will ja auch unbedingt in der Nähe von Max bleiben.

Ähnlich wie in der Gießener Augenklinik hat es auch in Wiesbaden wieder ein sehr gutes Instrument gegeben, einen Bösendorfer-Flügel aus Wien. Rosa als mein Ehrengast hat in der ersten Reihe gesessen, zusammen mit Max, Gittel und David und deren Söhnen.

Als Einführung habe ich speziell für Max das Lied »Bist du bei mir« gespielt und auch selbst gesungen, obwohl meine Stimme nur eine untrainierte Altstimme ist. Er hat mich so glücklich angesehen, dass ich vor Freude hätte weinen können. Die Eindringlichkeit dieses Auftakts ist von uns zum Publikum übergesprungen und hat meine gesamte Aufführung bis zum überwältigenden Schlussapplaus getragen.

Am Ende des Konzerts habe ich Rosa nach vorn gebeten und mich vor allen Anwesenden für die Unterstützung von Will und ihr während meines Studiums in Frankfurt und für das Geschenk ihres Flügels bedankt. Sie, die nicht auf den Mund gefallen ist, war so gerührt, dass sie nicht antworten konnte. Stattdessen musste sie sich Tränen aus den Augen wischen, und wir haben uns in den Arm genommen. Im Publikum entstand für einen Moment diese atemlose Stille – dann brach noch einmal ein begeisterter Applaus los, diesmal für Rosa.

Übrigens hatte ich in Wiesbaden zum ersten Mal die Kombination an, die seitdem so etwas wie ein Markenzeichen für meine Tournee geworden ist.

Rückblende: In Schloss Rauischholzhausen, wo niemand wusste, dass ich eine untergetauchte Jüdin war, gab es eine äußerst nette Hausdame, Frau Friedel. Ein paar Mal hatte ich Angst, dass sie meinen Unterschlupf dort an die Nationalsozialisten verraten würde, aber das war völlig unbegründet.

Im Gegenteil. Als ich mich nämlich zum Abschied bei ihr bedanken wollte, machte sie mir ein unerwartetes Geschenk. Im Frühjahr hatte sie sich eine Marlene-Dietrich-Hose mit weiten Beinen aus feinem Wollcrêpe in einem sehr dunklen Grau als Konfektionsmodell gekauft, die Hose dann aber für ihre Tätigkeit als unpassend gefunden und nie getragen. In meinem Zimmer war ihr auf dem Bügel am Schrank die silbergraue Plissee-Seidenbluse von meiner Mutter aufgefallen. Sie fand, dass diese Hose wunderbar dazu passen würde. Nach den Maßen meines Kostümrocks hat Frau Friedel die Hose dann für mich umgeändert und sie mir zum Abschied geschenkt. Ihren letzten Satz bei dieser Gelegenheit sagte sie so leise zu mir, dass nur ich ihn verstehen konnte.

»Ich habe Ihnen noch nie meinen vollen Namen genannt, Fräulein Hermann. Eigentlich heiße ich Gertrud Rebecca Friedel.«

Sie lächelte vielsagend, schüttelte mir noch einmal die Hand und war aus meinem Leben verschwunden. Übrig blieb ihre elegante dunkelgraue Hose, die ich im mondänen Weltkurbad Wiesbaden zum ersten Mal mit der silbernen Plissee-Bluse beim Eröffnungskonzert meiner Deutschlandtournee getragen habe.

Die ungewöhnliche Kombination hat sofort großes Aufsehen erregt, aber auch für einiges Stirnrunzeln bei konservativen Besuchern gesorgt. Frauen mit Hosen haftet ja immer ein lesbisches Flair an, obwohl eine Hose einfach nur praktisch ist. Erst als ich nach dem Konzert am Arm von Max aus dem Saal ging und dabei für das »Frankfurter Israelitische Gemeindeblatt« fotografiert wurde, legte sich die Aufregung etwas.

Max hatte Sorge, dass er durch das Foto in einer jüdischen Zeitung Probleme mit den Nationalsozialisten bekommen würde. Deshalb habe ich den Redakteur zur Seite genommen und gebeten, mich noch einmal allein fotografieren zu lassen. Dieses Foto von mir haben sie dann veröffentlicht. Ich finde es sehr gelungen, darf es als mein Pressefoto benutzen und habe einen Abzug für Dich in den Umschlag gelegt.

So ist mir beim Rest der Tournee der Ruf einer extravaganten, aber begabten Pianistin in Hosen vorausgeeilt. Auch das hat geholfen, die Tournee zu dem Erfolg zu machen, der sie geworden ist. Übrigens war Wiesbaden das einträglichste Konzert meiner gesamten Gastspielreise. Es gibt in dem alten »Weltkulturbad« viele und sehr wohlhabende Zuhörer, die äußerst großzügig gespendet haben.

Mit jedem Auftritt bin ich sicherer geworden. Selten hat meine Fähigkeit, Menschen zu berühren, die Fritz Malata so früh erkannt hat, nicht gewirkt. Auch wenn dies nicht die unbehinderte Karriere als Pianistin ist, die sich meine Großmutter für mich erträumt hat, im Prinzip haben die Nationalsozialisten durch eine Kette glücklicher Fügungen meine erste Tournee in Deutschland nicht verhindern können.

Außer meinem Debüt in Frankfurt. Bei und in dieser Stadt, die ich so lieb gewonnen habe, hätte ich mich gern mit dem ersten Auftritt nach meiner durch ein Frankfurter Stipendium finanzierten Ausbildung bedankt. Aber das wird jetzt wohl nicht mehr passieren.

Bei meinem Konzert in Gießen habe ich David und Gittel wieder getroffen und auch Professor Jess, der meine Großmutter ja damals kostenlos am Grauen Star operiert hat. Du erinnerst Dich bestimmt. Ich durfte wieder in seiner Augenklinik spielen, obwohl er im September in die NSDAP eingetreten ist, aus beruflichen Gründen, wie er mir ganz offen gesagt hat. Aber das würde nichts an seiner Unterstützung für mich ändern, hat er mir versichert. Er scheint es wirklich ernst gemeint zu haben, weil er selbst mit seiner Frau zu den zahlreichen Konzertbesuchern gehört hat und bei der Spendensammlung am Schluss besonders reichlich gegeben hat.

Nach meinem Konzert sind David, Gittel und ich wegen des strömenden Regens zusammen in einer Taxe zum »Hessischen Hof« an der Frankfurter Straße gefahren, in der Nähe der Augenklinik. Dort gab es ein Gericht namens »Bellschuh«, das David mir mit einem Augenzwinkern empfohlen hat. Seine Mutter, die in genau diesem Viertel von Gießen aufgewachsen ist, hätte ihm als Kind oft davon erzählt. Ich bin seiner Empfehlung gefolgt, weil ich mich gern überraschen lasse. Es war dann zu meiner Freude ganz einfach ein leckerer Hackbraten, wie ihn auch meine Mutter manchmal gemacht hat.

Die beiden haben mir bestätigt, dass sich ihre Pläne wegen der Auswanderung konkretisiert haben. Ob Max und ich mich denn ab Mai nächstes Jahr um Rosa kümmern, solange sie noch in Frankfurt bleiben will? Natürlich habe ich David und Gittel das sofort zugesagt. Ich spüre, das Weggehen fällt ihnen äußerst schwer. Sie sind kluge Leute.

Sie würden es nicht auf sich nehmen, wenn sie es nicht für überlebensnotwendig hielten. Das bringt mich ins Grübeln.

Konstanz war die letzte und wichtigste Station meiner Tournee für mich, nicht nur musikalisch, sondern vor allem auch privat. Ich habe dort nämlich Mitte Oktober wieder Max getroffen. Wir hatten ein paar wunderbare Tage zusammen. Zeit mit ihm ist jetzt so kostbar geworden in meinem neuen Leben in diesem neuen Deutschland, das uns alle zu zerstören droht.

Max hatte das Konzert für mich organisiert. Der 21. Oktober, ein Samstag, war ein fantastisch sonniger Herbsttag. Das Konzert hat in einer Villa nahe der Seepromenade von Konstanz stattgefunden. Sie gehört Freunden seines Patenonkels. Ich habe mich gewundert, dass sie, obwohl sie keine Juden sind, ihr Haus für das Konzert einer Jüdin öffnen. Aber sie haben es wohl eher für die Verlobte von Max geöffnet, vermutlich wissen sie nicht einmal, dass ich Jüdin bin.

Pünktlich zum Konzert war Shalom in Konstanz eingetroffen. Ihm hatte ich in Rauischholzhausen versprochen, dass wir als Tribut an Josh die »Rhapsody in Blue« von Gershwin gemeinsam aufführen, mit Klavier und Klarinette als »Rhapsody for Josh« sozusagen. Der wird inzwischen in Amerika gerade als Komponist für Filmmusik bekannt. Ich hatte dieses Stück ja schon bei allen Konzerten im regulären Programm in der Klavierversion gespielt, immer mit Erfolg. Bei dem Duo zwischen Shalom und mir wurde die Musik plötzlich so leidenschaftlich, dass die Luft im Saal vibriert hat. Am Schluss haben wir das Stück als gemeinsame Zugabe wiederholt.

Maxi und Hugo, die Fürstenberg-Zwillinge, waren auch zum Konzert gekommen. Bloß ihre Freunde nicht mehr. Die Salem-Jungs wissen wohl, dass ich Jüdin bin, im Gegensatz zu den meisten Besuchern aus Konstanz, die keine Ahnung hatten. Mein Name ist ja sehr neutral, er könnte auch arisch sein. Obwohl Salem immer noch als liberal gilt, ist der Besuch eines privaten jüdischen Konzerts wohl doch nicht mehr so akzeptabel, nachdem Kurt Hahn als jüdischer Gründer und Leiter nach England hat fliehen müssen.

Maxi, der inzwischen noch offener und selbstbewusster ist als früher, hat mich nach unserer Zugabe prüfend beiseitegenommen. Auf der Terrasse mit einem wunderbaren Blick über das Wasser des weiten Bodensees bis hin zu den Alpen hat er mich ganz direkt gefragt, ob Shalom in mich verliebt sei.

Ich habe ihm geantwortet, dass ich das schon glaube, aber dass ich Max liebe, niemanden sonst. Maxi hat genickt und war zufrieden mit meiner Antwort. Ich glaube, er mag Max sehr.

Auch Shalom hat mich auf dem kleinen Empfang nach meinem Abschlusskonzert allein sprechen wollen, auf der gleichen Terrasse wie zuvor Maxi. Eindringlich hat er mir klarzumachen versucht, dass wir musikalisch zusammengehören. Der Rest würde sich ergeben. Er jedenfalls würde mich auf Händen tragen. Ich soll jetzt einfach alles stehen und liegen lassen und mich mit ihm nächste Woche auf den Weg nach Palästina machen. Ich habe ihm gesagt, dass das nicht geht, was er ja auch weiß.

Diesmal war Shalom sehr traurig. Er, der immer versucht, alles wegzulachen, wollte seine Enttäuschung nicht verstecken, weil er verstanden hat, dass unser Abschied diesmal endgültig ist. Er hat auf den Bodensee und die Alpen am Horizont geschaut und dann den Kopf von mir weggedreht, um sich die Tränen wegzuwischen. Shalom Herzheim, vielleicht sehen wir uns nie wieder!

Abends hat Max mich gefragt, weshalb ich mich für ihn und gegen Shalom entschieden habe, für Deutschland und gegen Palästina. An seiner Stimme habe ich gehört, dass er darüber mehr als glücklich war. Shalom hätte ihn gefragt, ob er mir diesen Vorschlag machen dürfte, und er hätte ja gesagt. Er hätte gewollt, dass ich dieses Angebot bekomme, damit ich eine bewusste Entscheidung für mich und meine Zukunft außerhalb von Deutschland treffen kann.

»Max, was meinst du damit?«, habe ich ihn gefragt.

»Alice, mein Herz, unsere Lage wird nicht besser. Schau dich um. Vielleicht willst du ja eine Chance haben, woanders unbehelligt zu leben und zu arbeiten. Vielleicht ist das langfristig wichtiger als eine unsichere Zukunft mit mir in diesem Deutschland.«

»Wenn ich das wollte, Max, könnte ich mir das nur bei Seppi in Neuseeland vorstellen, und zwar mit dir zusammen. Aber dein Vater hat mir gesagt, dass es wegen deiner NSDAP-Mitgliedschaft nicht möglich ist. Also bleibe ich hier und bei dir. Ich würde dich doch auch mit meinem Leben beschützen, nicht nur du mich. Verstehst du das nicht?«

Max hat stumm genickt und mir in die Augen geschaut, in meine blauen Augen mit der »falschen Farbe«, wie er mir damals im Mosler gesagt hat. Unendliche Zärtlichkeit für diesen Mann, den ich mehr als mein Leben liebe, ist in diesem Moment durch meinen Körper geflutet, bis ich gezittert habe und er mich in den Arm genommen und gehalten hat.

Ach, etwas Wichtiges von dem Konzert in Konstanz habe ich noch vergessen, etwas Berufliches. Nach meinem Auftritt hat mir der Vertreter einer französischen Konzertagentur, Jean Gruenberg, angeboten, Ende 1934 für mich eine Tournee durch Frankreich zu organisieren, und, wenn das gut läuft, später eine durch Ungarn. Ich bin nicht sicher, ob ich mich über den Vorschlag freuen soll. Ich würde viel Zeit ohne Max sein müssen. Aber der rät mir zu. Er ist immer so vernünftig.

Und etwas anderes ist nach meiner Tournee in Heiligenberg ganz unerwartet passiert, etwas sehr Gutes sogar. Bei einem Spaziergang habe ich in einer Hecke ein winziges weißes Kätzchen gefunden, festgeklemmt zwischen zwei Ästen. Vielleicht hat jemand es absichtlich dorthin gesteckt, um ihm eine bessere Chance für sein Leben zu geben. Vielleicht wollte es jemand aber auch quälen. Wie auch immer, ich habe es mitgenommen, weil keine Katzenmutter gekommen ist, nachdem ich es aus der Hecke befreit und auf den Boden gesetzt habe. Es ist ein kleiner Kater mit wunderbar saphirblauen Augen, der bestimmt verhungert wäre, wenn ich ihn nicht mitgenommen hätte. Beaux Yeux haben wir ihn wegen seiner schönen Augen genannt. Therese hat mir geholfen, ihn wieder aufzupäppeln. Das war gar nicht so einfach. Der kleine Kerl war zuerst so verstört über den Verlust seiner Mutter, dass er kein Futter und keine Milch bei sich behalten hat. Fast wäre er doch noch gestorben. Schließlich habe ich mich zu ihm auf den Boden gelegt und eine halbe Stunde leise mit ihm gesprochen. Ich wusste halt sonst nicht, was ich hätte machen sollen.

Wenn du gesund wirst, so habe ich Beaux Yeux versprochen, werde ich immer auf dich acht geben und dir die Welt zeigen. Er hat aufmerksam zugehört, und seit diesem Tag geht es ihm besser.

Der Brief wird zu dick, liebe Seppi. Ich beende ihn jetzt, verspreche Dir aber, dass ich gleich morgen Abend mit dem nächsten Brief beginne. Es gibt noch so viel zu erzählen.

All the best to you, my dear Seppi.
Yours, Elise

27 Damoklesschwert

Frankfurt
Dienstagabend, 7. August 1934

Liebe Seppi,
Jetzt muss ich zu den schwierigen Dingen kommen, von denen ich Dir auch schreiben will. Lange habe ich es vor mir hergeschoben, ewig habe ich mich nicht getraut, Dir davon zu berichten.

Mein Vater ist gestorben, Seppi. Nicht gestorben, er hat sich letztes Jahr im November das Leben genommen. Aufgehängt hat er sich, ein paar Tage vor seinem 54. Geburtstag. Allein gelassen hat er uns. Ich weiß nicht, ob ich wütend oder verzweifelt war. Vielleicht beides.

In seinem Abschiedsbrief hat er uns geschrieben, dass meine Mutter nicht für zwei Menschen den Lebensmut aufbringen könne. Der Rest an Leben, der ihm noch bleibe, sei bedeutungslos. Hilf- und hoffnungslos fühle er sich, er könne und wolle die Schwierigkeiten dieser neuen Zeit in Deutschland einfach nicht mehr meistern. Um Vergebung bitte er uns und wünsche, dass wir leben. Trotz allem und vor allem das: leben. Er, der früher nie mit Gott hätte sprechen wollen, habe für uns gebetet. Obwohl er zweifle, dass der Allmächtige gerade ihn hört, ihn, den Ungläubigen, der sich selbst das Leben nimmt.

Dieser Satz hat mich am meisten erschüttert.

Mein zärtlicher Vater, der mir als Kind winzige »Appetithäppchen« aus Butterbrot mit Johannisbeergelee geschnitten hat, damit sein Elisekind mit Vergnügen isst. Er, den ich groß und sportlich und lebendig in meiner Erinnerung bewahren will, er war so klein in seinem Sarg, so kalt, so fern, so einsam, als ob er es gar nicht mehr selber wäre. Er war es wohl auch nicht mehr. Vielleicht auch schon vorher nicht mehr, als er so schwermütig geworden ist. Deshalb hat er wohl beschlossen, sein Leben zu beenden. Vielleicht wollte er, dass wir ihn anders in Erinnerung behalten. Diesen letzten Wunsch will ich ihm erfüllen.

Das Herz haben sie ihm herausgeschnitten mit seiner Entlassung aus dem Schuldienst, den er so geliebt hat, der seinem Leben Freude und Inhalt gegeben hat. Vielleicht ist er jetzt bei Moritz, der ihm immer so gefehlt hat seit seinem allzu frühen Tod. Diese Hoffnung tröstet mich ein wenig.

Max und ich haben bei der Beerdigung, die Fritz als Rabbiner gestaltet hat, eng neben meiner Mutter gestanden. Seltsam gefasst hat sie reagiert, als ob sie es erwartet hätte. Außer uns haben nur noch zwei frühere Lehrerkollegen Vaters letzten Weg begleitet, abgesehen von den alten Josserts und Fanny mit ihren Kindern. Sonst niemand, kein einziger Schüler. Dabei hatte er früher so viele Freunde, und seine Schüler haben ihn geliebt. Zu anderen Zeiten wäre seine Beerdigung wohl eine große Sache gewesen. Wie traurig, wie unendlich traurig.

Erstaunlicherweise bekommt meine Mutter nach seinem Tod doch noch eine kleine Witwenrente, und mit dem Verdienst in der Schneiderei und ihren geringen Ansprüchen kommt sie gerade so über die Runden. Sie lehnt es strikt ab, dass ich sie unterstütze. Nur die Beerdigung durften wir bezahlen, das wenigstens hat sie erlaubt. Ich habe vier weiße Rosen von allen Seiten auf seinen Sarg gelegt, weil er so gern in die vier Richtungen des Himmels gereist ist. Mein Vater, mein lieber Vater.

Meine Mutter hat bei der Beerdigung ab und zu gehustet, es hat sich nicht gut angehört. Später habe ich gesehen, dass ihr Taschentuch blutig war, als sie von der Toilette gekommen ist und das Tuch versehentlich noch in der Hand gehalten hat. Sie hat mir erzählt, dass sie vor lauter Kummer Nasenbluten hatte. Ich fürchte, dass sie Tuberkulose hat und das Geld für eine Behandlung nicht aufbringen kann. Und außerdem, Kuren für Juden sind sowieso kaum noch möglich …

Ich habe versucht, ihr mit Hilfe von Elsa von Lammers einen Aufenthalt in einem der beiden privaten jüdischen Sanatorien zu verschaffen, die es in Deutschland heute noch gibt. Die »Kuranstalt für Israeliten« ist eine Gründung von Baron Rothschild in Bad Soden am Taunus. Ich hätte sie dort häufig mit Max besuchen können, Bad Soden liegt ja ganz nah bei Frankfurt. Aber meine Mutter will das auf keinen Fall. Sie wird bald meinem Vater folgen, das ist mein Eindruck. Dabei ist sie doch erst 56 Jahre alt.

Vielleicht hat sie recht. Vielleicht ist der Tod nicht unbedingt etwas, das wir fürchten müssen.

Mittwoch, 8. August 1934

Noch eine wichtige Neuigkeit, Seppi, diesmal eine gute: Seit letzen November, ausgerechnet seit diesem schrecklichen Monat, darf ich durch die Verhandlungen von Max wieder als private Klavierlehrerin in Frankfurt arbeiten.

Auf der Rückfahrt von Heiligenberg nach Frankfurt habe ich meinen kleinen Kater in einem geflochtenen Katzenkorb mit mir in der Reichsbahn transportiert. Die Mitreisenden in meinem Abteil waren von Beaux Yeux ganz begeistert. Ein junger Mann in schnittiger Parteiuniform hat mir den Hof gemacht, indem er sich besonders liebevoll um meinen kleinen Kater gekümmert hat. Wenn er gewusst hätte, dass ich Jüdin bin, hätte er mich vielleicht angespuckt.

Genau wie früher wohne ich bei Erika in der Rossertstraße. Das tut mir gut, wir verstehen uns nach wie vor bestens. Auch Siggi und ich sind froh, dass wir wieder regelmäßig miteinander reden können. Zehn Jahre ist Siggi jetzt schon und stolz darauf, dass ihre Mutter ihr endlich erlaubt hat, an den Sommerausflügen und Winterheimabenden vom BDM, dem Bund Deutscher Mädel, teilzunehmen. Die Heimabende finden im Frankfurter Westend einmal die Woche mittwochs statt, in der Schumannstraße am Beethovenplatz, nicht weit von der Rossertstraße.

Siggi ist sich durchaus bewusst, dass sie Klavierunterricht bei einer jüdischen Klavierlehrerin bekommt. Aber sie findet, dass auf mich gar nicht zutrifft, was im BDM über die Juden erzählt wird. Und durch Max wäre ich ja eigentlich so gut wie arisch, hat sie neulich gemeint, nachdem sie mit einer Freundin wegen mir in Streit geraten ist.

Meine Wahlschwester hat sich eng mit Beaux Yeux angefreundet und versorgt ihn, wenn ich mal nicht da sein kann. Inzwischen ist er ein eleganter junger Kater geworden, der den Katzen der Gegend den Kopf verdreht. Gerade eben ist er mit Schwung die Birke vor meinem Balkon hochgeklettert, über das Geländer balanciert und dann nach einem temperamentvollen Sprung auf den Boden durch die offene Balkontür hereinstolziert. Er freut sich seines Lebens im Frankfurter Westend, genauso wie ich.

Besonders gern kringelt er sich auf meinem Schoß zusammen und schaut mir mit seinen saphirblauen Augen interessiert beim Schreiben zu. Es sieht aus, als wundere sich Beaux Yeux, wieso Menschen so viele kleine Vögel in Reihen hintereinander auf raschelndes Papier malen und damit Stunden verbringen. Meist schläft er bei solchen Überlegungen ein und schnurrt glücklich. Ich setze ihn dann behutsam auf das Fußende von meinem Bett. Er wacht nicht einmal auf, wie ein kleines Kind ist er dann. Merkwürdig, wie glücklich ein Tier einen machen kann, obwohl es so klein und machtlos ist.

Vielleicht ist es genauso, wenn man ein Kind hat. Oft fühle ich Sehnsucht danach, ein Kind von Max in mir zu tragen. Aber das wäre derzeit einfach nicht machbar für uns beide. Ich bin für meinen Lebensunterhalt auf das Geld angewiesen, das ich als Klavierlehrerin von meinen immerhin elf Schülern einnehme. Max schießt von seinem auch nicht allzu üppigen Gehalt jeden Monat etwas zu, so kommen wir gut über die Runden. Zumal wir für ein Kind ja heiraten müssten, wodurch Max' Stelle als Rechtsreferent in der Frankfurter Universitätsverwaltung gefährdet wäre. Eine Mischehe, das will ich nicht. Überhaupt, dieses Wort! Was mischt sich denn, etwa Menschen mit Menschen?

Max will ich nicht gefährden. Dazu kann er an der Universität zu viel für Verfolgte bewirken, wie ich bei Shalom erfahren habe. Etwas Genaues weiß ich zwar nicht, soll ich von Max aus auch nicht wissen, aber ich bin sicher, dass er dort einigen Leuten hilft.

Max und ich sind froh, wenn wir einfach nur beieinander bleiben können.

Meine »Arbeitserlaubnis« muss ich mir jedes Monatsende persönlich vom Adjutanten des Gauleiters abholen. Sie gilt immer nur für einen Monat. Ständig hängt die Möglichkeit wie ein Damoklesschwert über mir, dass ich nicht mehr arbeiten darf, wenn er sich's anders überlegt. Sörger schafft es jedes Mal, dass ich mich gedemütigt fühle. Zwar ist er verlobt und Max hat gehört, dass er bald heiraten wird, aber das Interesse an mir hat Sörger nicht verloren. Vielleicht will er mir auch nur zeigen, dass er die Ohrfeige nicht vergessen hat.

Ich versuche, ihn nicht zu hassen. Das würde mich lähmen.

Die französische Tournee habe ich zuerst hinausgeschoben. Die jetzt wieder mögliche Nähe zu Max genieße ich im Moment viel zu sehr. Jean Gruenberg sagt aber, dass ich nicht zu lange warten soll. Ich weiß nicht so genau, wie er das meint. Vielleicht glaubt er, dass ich als Jüdin bald keine Erlaubnis mehr für eine Auslandstournee bekomme. Max rät mir auch zu, er hat schon von Heiligenberg aus bei einer Filiale der Zürcher Kantonalbank in St. Gallen ein Konto für mich eingerichtet. Die Schweiz ist sicherer für mein Geld, sagt er.

Also werde ich dieses Jahr im November die Tournee beginnen und bin an Silvester wieder bei Max und Rosa zu Hause in Frankfurt. Den Jahreswechsel will ich unbedingt mit ihnen verbringen. Meine Mutter will auch kommen. Rosa hat sie eingeladen, eine Woche bei ihr in Niederrad zu verbringen, sie freut sich schon sehr auf den Besuch. Das wird beiden guttun, und Max und mir auch.

David und Gittel sind mit ihren Söhnen tatsächlich im Juni dieses Jahres nach Palästina ausgewandert. Jetzt leben sie in Haifa, in einem Stadtteil namens Hadar HaCarmel, der praktisch komplett von jüdischen Aussiedlern bewohnt wird. Die Hafenstadt hat etwa 80 000 Einwohner, zur Hälfte europäische, zumeist deutsche Juden, die geflohen sind, zur anderen Hälfte Araber. Das hört sich nach Spannungen an. Wenn ich mir vorstelle, dass plötzlich die Frankfurter von der gleichen Menge Einwanderer aus einer fremden Kultur überflutet werden würden …

Die Ausreise von David und seiner Familie hat mich viel mehr getroffen, als ich gedacht hätte. Ich war unglaublich glücklich über die Tatsache, Max jetzt wieder täglich in Frankfurt sehen zu können. Also habe ich die Zeit mit ihnen nicht so gründlich genutzt, wie es richtig gewesen wäre. Seit dem Anfang meiner Tournee habe ich ja eigentlich schon gewusst, dass ihre Ausreise ansteht. Vielleicht wollte ich es auch nicht wahrhaben, weil sie das in Angriff nehmen mussten, was möglicherweise auch mir noch bevorsteht.

Jedenfalls bin ich oder sind wir, also Max und ich, jetzt oft bei Rosa in der Bruchfeldstraße, die sich jedes Mal ungeheuer über unsere Besuche freut. Fanny drängt immer wieder, dass ihre Mutter bald zu ihr nach Bad Ems ziehen soll, aber Rosa hat immer schon ihren eigenen Kopf gehabt … Wills Grab, Du weißt schon.

Dann ist kürzlich noch etwas anderes passiert, das mich ziemlich verstört hat. In meinem letzten halben Jahr in Frankfurt habe ich mich öfter mit Arno getroffen. Wir haben uns richtig gut verstanden, so wie früher in Bad Ems.

Er hat mir gebeichtet, dass er öfters Kokain schnupft, seit er in Frankfurt arbeitet, weil er findet, dass es seine Kreativität und sein Selbstbewusstsein stimuliert. Ich glaube, dass es ihn unbeständig und kalt macht, manchmal sogar aggressiv. Einmal haben wir uns bei mir im Zimmer in der Rossertstraße ziemlich darüber gestritten. Danach ist seine Stimmung unerwartet in ein Schluchzen umgekippt. Ich war be-

stürzt, das hatte ich doch nicht beabsichtigt. Arno hat erklärt, »kalt« wäre schon richtig, weil ihm mit Kokain seine enttäuschenden Beziehungen eben nicht so weh tun. Er würde sich immer die falschen Männer aussuchen, anders als ich. Bei diesem Satz ist gleich wieder das alte Grinsen durchgekommen, aber ich wusste, es war nur Oberfläche.

»Wer sind denn die falschen Männer für dich?«, habe ich nachdenklich gefragt.

»Na, die starken Männer eben, die auch Frauen lieben, die egoistisch sind, die mich nur benutzen. So wie Martin Weißensee eben.«

Ich muss ihn ziemlich entsetzt angeschaut haben. Da hat er mir von seinem drei Jahre älteren Bruder erzählt, der ihn verführt hat, als Arno 14 Jahre alt war.

»Es war keine Gewalt, nicht so richtig. Ich habe Bertie ja bewundert und gern gemocht. Ich war froh, dass er meine Nähe wollte, ich war bereit, alles für ihn zu tun. Und das habe ich dann ja auch.«

Arno schluckte, dann holte er langsam Luft. Nach einer kurzen Pause erzählte er weiter.

»Ich habe noch nie jemandem davon erzählt, außer einem Sturmführer von der SA, den ich gut kenne und dem es ähnlich gegangen ist. Aber dem war es eh klar, als er mir in die Augen gesehen hat. Er hat sich selbst in mir erkannt.«

»Haben deine Eltern was geahnt?«, wollte ich wissen.

»Sie haben uns zwei Jahre später erwischt. Ich war damals gerade 16 Jahre alt geworden. Erst gab es einen Riesenkrach, dann wurde ich sofort nach Bad Ems verfrachtet, weil sie geglaubt haben, es wäre mein Fehler. Mein Bruder hatte damals schon eine Freundin, er hat natürlich mir die Schuld gegeben. Seitdem kennt meine Familie mich nicht mehr. Aber Geld geben sie für mich aus, das schon. Vielleicht haben sie ein schlechtes Gewissen.«

»Glaubst du, dass du auch ohne deinen Bruder Männer lieben würdest?«, habe ich Arno gefragt. Darüber hatte ich schon oft nachgedacht. Max glaubt, dass Homosexualität angeboren ist.

»Vermutlich ja. Schon als Junge habe ich mir erotische Dinge vorgestellt, aber immer nur mit Männern.«

Dann hat Arno einen Moment nachgedacht und noch einmal gelacht. Diesmal echt.

»Egal. Es ist, wie es ist. Aber so habe ich dich kennengelernt, Elle. Du warst immerhin das Beste, was mir in Bad Ems passiert ist.«

Ich habe es Dir ja früher schon erzählt, Seppi: Arno konnte so lieb sein, so unschuldig-schuldig, so großartig und manchmal auch so gemein.

Ich schreibe »konnte«, weil wir uns an dem Abend zum letzten Mal gesehen haben. Jetzt ist Arno verschwunden, seit Anfang August. Es hat vermutlich etwas mit dem Röhm-Putsch oder seinem Kontakt zu diesem SA-Sturmführer zu tun, den er erwähnt hat.

Am Schauspielhaus, wo einige Homosexuelle arbeiten, habe ich mich vorsichtig erkundigt. Es wird gemunkelt, dass Arno »abgeholt« worden ist. Das heißt wohl, in ein Lager gebracht. In Dachau bei München zum Beispiel, hat mir einer der Schauspieler erzählt, internieren sie jetzt Homosexuelle zur »Umerziehung und Gesundung«. Sie sollen dort als Abzeichen ein rosa Dreieck bekommen, damit es jeder gleich weiß.

Das ist verrückt. Ende der Zwanziger Jahre waren viele Homosexuelle erleichtert, weil sie sich endlich nicht mehr verstecken mussten. Manche waren sogar stolz darauf. Es gab doch auch am Dr. Hoch's Professoren und Studenten, die so empfunden haben und ihre Neigung nicht verstecken wollten.

Jetzt ist es plötzlich wieder strikt untersagt, ein »175er« zu sein. So werden sie in Deutschland heute genannt, nach dem Paragrafen des Strafgesetzes, der sexuelle Beziehungen zwischen Männern verbietet. Man wird eingesperrt deswegen oder sogar umgebracht, obwohl die Leute es sich ja offenbar nicht aussuchen.

Zum Beispiel Ernst Röhm, der offen homosexuelle SA-Chef. In einem internen Machtkampf der NSDAP ist er dieses Jahr Ende Juni in Bad Wiessee am Tegernsee von Hitler persönlich entmachtet, gefangen genommen und am 1. Juli in München im Gefängnis Stadelheim erschossen worden. Außerdem noch viele andere um ihn herum, durchaus nicht nur Homosexuelle. Vielleicht wollte Hitler ihn als Rivalen ausschalten und hat deshalb SA und SS gegeneinander ausgespielt.

In Frankfurt sind am 30. Juni 1934 bewaffnete SS-Mannschaften durch die Straßen patrouilliert. Max hat gesehen, dass sie ihr Hauptquartier an der Bockenheimer Landstraße mit Wachen und Maschinengewehren gesichert haben. Das SS-Gebäude liegt nämlich zwei Straßen neben der Ulmenstraße, wo er wohnt.

»Röhm-Putsch« hat Hitler das in der Presse nennen lassen. Röhms eher linken Stellvertreter Heines hätte Hitler persönlich sogar mit einem Mann im Bett angetroffen, das hat mir Max erzählt. Hitler hat öffentlich behauptet, er habe ja gar nicht gewusst, was für ein »verkommenes Subjekt« Röhm gewesen sei. Deshalb habe er mit Hilfe der SS ganz entschieden gegen ihn vorgehen müssen.

Was für ein Heuchler. Röhm war einer von Hitlers ältesten Freunden. Max weiß das so genau, weil Röhm einer der wenigen war, die Hitler duzen durften. Viele führende Mitglieder der SA waren homosexuell, ganz offen, so wie Röhm und Heines auch. Hitler muss davon gewusst haben.

Aber nach dem Röhm-Putsch sind diese homosexuellen Männer plötzlich alle von der Bildfläche verschwunden, verhaftet worden, untergetaucht, sie haben sich in Ehen geflüchtet oder irgendwie anders getarnt. Einige sind sogar ausgewandert.

Ihnen geht es jetzt ähnlich wie uns Juden. Wir sind alle Wild auf einer Treibjagd, und das Ende scheint unausweichlich.

Der zweite Teil meines Briefes ist jetzt lang genug, liebe Seppi, und ich bin ganz traurig geworden dabei. Hoffentlich geht es Dir besser in Neuseeland, als wir das von uns hier in Deutschland berichten können.

Schick Deine Antwort diesmal an Elsa von Lammers, Schaumainkai Nr. 17, Frankfurt am Main. Vielleicht kannst Du vorsorglich eine Einladung nach Neuseeland bei einer offiziellen Stelle deponieren, falls es eng für mich wird. Max hat mir dazu geraten, das wäre wichtig als Voraussetzung für die neuseeländische Einreiseerlaubnis.

In inniger Freundschaft
Deine Elise

Das kommende Jahr 28

Wie schmal meine Mutter geworden ist, dachte Elise, wie gebückt und schleppend sie jetzt geht. Wie sie sich beim Husten krümmt, diesem lauten Husten, der rau und tief in ihrer Brust festsitzt. Ein paarmal, als es besonders schlimm wurde, verschränkte sie die Arme gegen den Schmerz in ihrer Brust. Sie stand dann auf und ging ins benachbarte kleine Zimmer, wo sie provisorisch auf einer Liege übernachtet. Durch die geschlossene Tür bellte ihr Husten und ließ die Unterhaltung verstummen.

Die Tage um Weihnachten hatte Rosa in diesem Jahr zum ersten Mal bei Fanny und Fritz mit den inzwischen fünf Enkeln in Bad Ems verbracht, obwohl das Fest an sich im Haus des Rabbiners nicht begangen wird. Alle freuten sich auf die Zeit miteinander, das war wichtig. Anschließend war sie gemeinsam mit Clara zurück nach Frankfurt gereist, um den Silvesterabend, der in diesem Jahr auf einen Montag fiel, gemeinsam mit Max und Elise in Rosas Wohnung in der Bruchfeldstraße zu begehen.

Obwohl, es gab nicht viel zu feiern an diesem letzten Tag des Jahres 1934.

Max hatte die Zutaten für eine kleine Feuerzangenbowle besorgt. Auf der Arbeitsplatte der »Frankfurter Küche« vor dem Küchenfenster mischte er Rotwein mit Gewürzen und der Schale von einer Orange und einer Zitrone im Kochtopf. Auch den Saft der Früchte gab er dazu, bevor er alles langsam miteinander auf dem Herd erhitzte. So entwickelte das Getränk mehr Aroma, das wusste er von seinem Vater, den er am Nachmittag extra deswegen angerufen hatte. Bloß nicht kochen lassen, hatte der ihn ermahnt.

Von ihrer französischen Tournee war Elise aus Reims mit einer Flasche echtem Champagner zum Anstoßen für die Jahreswende zurückgekehrt. Eine weitere Flasche hatte sie Erika, ihrer Freundin und Vermieterin, mitgebracht. Die hatte kurz vor Weihnachten einen neuen Mann kennengelernt, Wolfgang Schabert, der sie zum bunten Silvesterabend mit Tanz ins luxuriöse Gesellschaftshaus des Palmengartens eingeladen hatte. Siggi würde den Abend bei ihren

BDM-Mädels in der Schumannstraße feiern und sich dann so gegen 22 Uhr mit ihrer Mutter und deren Verehrer im Gesellschaftshaus treffen, um mit ihnen die Jahreswende zu begehen.

Für die Feier mit Max, Clara und Rosa hatte Elise vormittags bei Feinkost Ebert auf der Fressgass Kartoffelsalat und Frankfurter Würstchen eingekauft. Rosa mochte die Würstchen von Ebert besonders gern, das wusste Elise. Während sie an der Kasse wartete, versuchte sie sich nicht von den verlockend präsentierten Delikatessen in den Glastheken zu weiteren Käufen verführen zu lassen. Dabei fiel ihr auf, dass sorgfältig auf Eisschnee gelagerte blaue Kaviardosen mit dem Namen »Beluga« angeboten wurden, das Kilo zu 148 Mark. Sie wunderte sich, wer so viel Geld für schleimige Fischeier ausgeben würde, die sie selber eklig fand. Vor allem, wenn die Versorgung der allgemeinen Bevölkerung und vor allem die der Arbeiter seit der Weltwirtschaftskrise immer wieder durch Teuerung, Mangel und Rationierung empfindlich eingeschränkt wurde.

Bei ihren Einkäufen war Elise aufgefallen, dass sämtliche Kunden jüdischer Geschäfte von SA-Posten am Betreten der Läden gehindert wurden, genau wie im April 1933. Die ganze Vorweihnachtszeit sollte das in Frankfurt und Hessen schon so gegangen sein, das hatte sie auf ihrer Frankreich-Tournee in dem von deutschen Emigranten herausgegebenen »Pariser Tageblatt« gelesen.

Elise versuchte zwar, sich nicht von der erneuten Ächtung der jüdischen Ladenbesitzer beeindrucken zu lassen, aber das gelang ihr nicht wirklich. Trotzdem hatte sie noch ein Dutzend Bethmännchen im Cellophanbeutel mit aufgedruckten goldenen Sternen besorgt, auf dem Rückweg im Café Laumer. Sie wusste, dass ihre Mutter sich auf dieses bekannte Frankfurter Marzipankonfekt freute. Die Bethmännchen aus Laumers Café schmeckten Clara seit ihrem Osterbesuch vor vier Jahren besonders gut, als Erinnerung an bessere Zeiten sozusagen.

Rosa hatte am Vormittag noch ihre legendären Käseplätzchen mit guter Butter und bröckelig altem, fein geriebenem Gouda gebacken. Und Clara war am Vormittag schnell zum Bäcker an der Ecke gegangen, um vier Silvesterkreppel beizusteuern. So nannte man in Frankfurt die in siedendem Öl gebackenen Hefekrapfen, die mit roter Marmelade gefüllt und mit feinem Puderzucker winterweiß bestreut wurden.

Gut vorbereitet waren die vier verbliebenen Freunde also für ihre kleine Feier, aber niemand war mit seinen Gedanken im Frankfurt von heute.

Der Schnee an diesem feuchten kalten Silvesterabend fiel dicht und schwer vor den Fenstern. Clara beobachtete das Licht der gelblichen Straßenlaternen, wie es sanft zu ihnen ins Wohnzimmer schimmerte, vom fallenden Schnee gefiltert wie durch einen Vorhang aus feinem weißen Wollmusselin.

Die beiden Witwen, in Schwarz wie stets seit dem Tod ihrer Männer, saßen schweigend nebeneinander auf dem Sofa, beide in Gedanken versunken. Vor ihnen auf dem niedrigen Couchtisch stand ein Adventskranz aus Fichtenzweigen, mit einem roten Seidenband gebunden, in dessen Messinghaltern vier rote Kerzen mit ihren ruhigen Flammen in das blaue Licht der Winterdämmerung leuchteten.

Die Hängelampe über dem Esstisch hatte Clara ausgeschaltet. Schweigend beobachteten die beiden Frauen Max und Elise durch den offenen Durchgang zum Wohn-Esszimmer. Es war schön zu sehen, wie die jungen Leute all die kleinen Silvestergenüsse miteinander servierfertig machten. Ein bisschen wie früher fühlten sie sich, auch wenn jetzt nur noch vier von ihnen übrig waren und in ihrem eigenen Land auf Abruf leben mussten.

Alle nahmen am Esstisch Platz, wo Rosa die beiden Schabbatkerzen in den alten silbernen Leuchtern angezündet hatte. Sie beleuchteten den Tisch mit ihrem Licht, so wie sie seit Hunderten von Jahren bei den gemeinsamen Schabbatabenden für die Familie von Rosas Vater Zuversicht gespendet hatten, in freudigen wie in schweren Zeiten. Gewiss, heute war kein Schabbat, sondern Montag, der Ausklang eines schlimmen Jahres. Aber Rosa saß mit dem Rest ihrer Frankfurter Freunde zusammen wie früher mit ihrer Familie – und Trost konnte man in schweren Zeiten gut gebrauchen.

Zuerst stießen sie alle mit dem Champagner von Elise an. Auf eine bessere Zukunft, so formulierte es Max. Dann ließen sie sich Kartoffelsalat mit heißen Frankfurter Würstchen und scharfem Senf schmecken, trotz allem. Vielleicht würde es ja doch ein schöner Abend.

Beim Essen erzählte Elise von ihrer französischen Tournee, die sechs Wochen gedauert hatte, vom 15. November bis zum 27. Dezember 1934, mit einer vergleichsweise glanzvollen Abschlussvorstellung am zweiten Weihnachtstag in Paris.

Trotz der schwierigen Zeiten waren die 14 Auftritte Elises zum größten Teil ausverkauft gewesen. Jean Gruenberg hatte klugerweise nur kleinere Konzertsäle für die sechs Hauptorte der deutschen Emigration in Frankreich eingeplant. So waren die Kosten niedrig geblieben und Elise konnte auf der Rückreise durch St. Gallen einen respektablen Gewinn auf ihrem Konto bei der Zürcher Kantonalbank deponieren.

Kurz nach 20 Uhr war es inzwischen. Ihren Radioapparat hatte Rosa zur Nachrichtenzeit noch ausgeschaltet gelassen. Es machte keinen Sinn, dem nationalsozialistischen Propagandagerede zuzuhören, das man besonders zur Jahreswende den Deutschen im Rundfunk vorsetzte.

Heute aber wurden die Nachrichten zu Rosas Freude gefolgt von einer Stunde klassischer Musik. Das hatte sie in der Frankfurter Zeitung gelesen und deshalb schaltete sie den Apparat von ihrem Enkel Hans jetzt ein.

Es sollte heute die »Die Unvollendete« gespielt werden, Schuberts berühmte Symphonie, die Rosa so liebte. Eine Aufführung mit den Berliner Philharmonikern war angekündigt, aber nicht mehr unter ihrem berühmten Dirigenten Wilhelm Furtwängler, dessen Aufführungen zum Entsetzen der Musikwelt seit Kurzem nicht mehr im Reichsrundfunk gesendet werden durften.

Furtwängler hatte sich 1934 mit einer Mendelssohn-Aufführung, mit der Uraufführung von Hindemiths »Mathis-Symphonie« und einem Presseartikel zur öffentlichen Verteidigung des Komponisten so exponiert, dass Goebbels ihn am Jahresende schlichtweg zum Rücktritt gezwungen hatte. Vorher hatte er Hindemith als »atonalen Geräuschemacher« und »Kulturbolschewisten« diffamiert. Jetzt wurden die Berliner Philharmoniker von eher zweitrangigen Dirigenten geleitet. Unter anderem kam ein junger, gut aussehender Dirigent aus Österreich namens Herbert von Karajan ins Gespräch, der in Aachen am Stadttheater arbeitete und gelegentlich auf speziellen Wunsch des Führers bei Parteiveranstaltungen dirigierte.

»Die Unvollendete« mochte Rosa nicht nur wegen der Musik. Sie fand, dass eine nicht vollendete Symphonie große Ähnlichkeit mit dem wahren Leben hatte.

Man beginnt eine Aufgabe und kann sie doch nicht abschließen. Andere führen sie nach uns fort, so wie wir die Aufgaben derjenigen, die vor uns gewesen sind, aufnehmen und fortsetzen. Wir sind Teil von etwas Größerem, das wir nicht verstehen, weil es lange vor uns begonnen hat und noch lange nach uns weitergehen wird. Ein Glied in einer Kette, mehr sind wir nicht. Aber genau das macht uns auch stark, dachte sie.

Als die Klarinette leicht und leise mit dem melancholischen Thema des ersten Satzes einsetzte, musste Elise sofort an Shalom denken. Ob er wohl jetzt schon seine eigene Unvollendete in Jerusalem dirigierte? Oder vielleicht spielte er die Musik gerade seinen Eltern im Kibbuz vor? Traurig dachte sie an ihr letztes Konzert mit dem Musikerfreund, dieses Vibrieren zwischen ihnen beiden, diese Erfüllung, die ihre gemeinsame Musik ihnen schenkte. Es wäre so viel einfacher gewesen, wenn sie Shalom hätte lieben können. Aber ihre große Liebe war Max. Sie hatte es sich nicht ausgesucht.

Rosa erinnerte sich, wie immer an solchen Tagen, an die Feiern, die sie damals mit Will und den Kindern im Mauerweg verbracht hatte, oder in den letzten beiden Jahren mit David, Gittel und deren Söhnen in deren schöner Altbauwohnung ganz vorn in der Bruchfeldstraße, mit Blick auf die Frankfurter Rennbahn. Vor der Ausreise hatten sie sich täglich besuchen können, und diese Nähe vermisste Rosa jetzt schmerzlich, obwohl sie es gewesen war, die auf Auswanderung in ein sicheres Land gedrängt hatte. Vor allem die beiden Enkel konnte sie nun nicht mehr aufwachsen sehen. Wie ihre Lieben jetzt wohl im fremden Haifa Silvester feiern mochten?

Max hatte inzwischen die Teetassen für ihre Feuerzangenbowle mit Gabeln und Zuckerstücken auf dem Esstisch vorbereitet. Er goss den Punsch ein, legte Zuckerstückchen auf die Gabeln darüber und zündete sie an, nachdem er sie mit hochprozentigem Rum getränkt hatte.

Elise schaltete das Licht wieder aus, und sie stießen noch einmal auf alle an, die ihnen jetzt fehlten.

»Hast du eigentlich wieder etwas von Arno Kolp gehört?«, fragte Clara ihre Tochter bange.

Elise schaute auf den Boden und schüttelte den Kopf.

»Nein. Er ist einfach verschwunden, und niemand weiß, wo er ist.«

Sie erzählte, was sie und Max hatten in Erfahrung bringen können, dass er wohl nach Dachau gebracht worden war, dort aber nicht mehr auf der Häftlingsliste stand.

»Vielleicht haben sie ihn umgebracht.«

Entsetzt erinnerte sie sich plötzlich an seine Bemerkung, die er im Frühjahr 1929 ihr gegenüber gemacht hatte, als sie das Konzert für Louise geplant hatten: »Eines Tages werden sie mich erschlagen und in den Fluss werfen, so wie den Liebknecht und die Luxemburg. Und wenn du morgens zur Schule gehst, werde ich dich aus meinen Wasserleichenaugen anschauen und du wirst dich zu Tode erschrecken.«

Damals hatte sie ihn wegen seines leichtfertigen Ausspruchs zurechtgewiesen. Aber jetzt war es genauso gekommen, vielleicht, nein, wahrscheinlich.

»Und ihr beiden, wollt ihr eigentlich im kommenden Jahr noch in Frankfurt bleiben oder denkt ihr auch über eine Ausreise nach?«

Diesmal traute sich Rosa, das Thema anzuschneiden. »Seht mal, ich habe ja auch David und Gittel zu diesem Schritt ermutigt, obwohl sie mir jetzt so schrecklich fehlen. Das Überleben meines jüngsten Sohnes und seiner Familie ist mir wichtiger gewesen. Für euch sehe ich das genauso.«

Die Kuppe ihres rechten Mittelfingers fühlte nachdenklich über den oberen Rand ihrer Ohrmuschel. Elise sah die sanfte Berührung, es machte sie unsäglich traurig. Da war sie, die von Will übernommene Geste: Alles wird gut, Rosel.

Aber nichts wurde gut, alles schien immer nur noch hoffnungsloser zu werden.

Die Antwort von Max auf Rosas bange Frage war klar und sicher. Allerdings sprach er nur für sich selbst.

»Weißt du, Rosa, mein Vater hat meine Mutter viel zu früh verloren. Es würde ihn umbringen, wenn ihm das jetzt auch noch mit mir passieren würde. Ich bringe es einfach nicht übers Herz, ihm das anzutun. Außerdem ist es mit meiner Parteizugehörigkeit offenbar schwierig bis unmöglich, ein Permit für Neuseeland zu bekommen. Mein Vater und ich haben uns erkundigt, ich gelte nicht als ›verfolgt‹. Elise könnte sich ohnehin nur vorstellen, in ein Land zu gehen, wo es keine Rolle spielt, ob sie Jüdin ist oder nicht. Seppi hat uns ja bei ihrem Abschied erzählt, Rosa, dass das in ihrem schönen Land am anderen Ende der Welt der Fall ist. Du erinnerst dich bestimmt an die Geschichte von ihrem Großvater und seinem Freund, dem deutsch-englisch-jüdischen Julius Vogel, der Ministerpräsident wurde. Das hat mich sehr beeindruckt.«

Max machte eine nachdenkliche Pause und strich sich in seiner charakteristischen Art die Haare aus der Stirn.

»Wisst ihr, solange wir hier leben können, wollen wir bei euch bleiben. Ich habe durch meine Position in der Rechtsabteilung der Universität Möglichkeiten, Menschen zu unterstützen, die sonst keine Hilfe finden. Es gibt noch andere Frankfurter, die mithelfen, und ich will dazu beitragen, solange es geht. Das dürft ihr niemandem erzählen, das ist euch sicher klar. Wir Helfer wissen auch nur so wenig wie möglich voneinander.«

Max hielt wieder inne und seufzte bedrückt.

»Allerdings heißt es in Parteikreisen, dass für nächstes Jahr ein neues Gesetz vorbereitet wird. Der private Kontakt von Ariern und Nichtariern soll unter Strafe gestellt werden. Vermutlich, damit die germanische Rasse ›sauber‹ bleibt. Wir dürften uns dann nicht mehr treffen, ich als Arier nicht mit euch als Juden, geschweige denn dürfte ich mit einer Jüdin verlobt sein. Wenn das so kommt, wird es auch für Elise und mich eine Frage des Überlebens werden. Und ich will, dass sie ungehindert leben kann, das ist mir am wichtigsten.«

Fragend schaute er zu Elise hin.

»Sag doch selbst, was du dir überlegt hast, mein Herz.«

Nie in den ersten 20 Jahren ihres Lebens hätte Elise sich vorstellen können, dass ihre Familie eine solche Frage je würde stellen müssen. Dies war ihr Land, sie war hier geboren, sie liebte es. Frankfurt war ihre Stadt geworden. Aber jetzt war es soweit: Andere Deutsche sprachen ihr das Recht auf ihre Heimat ab, weil sie Jüdin war.

»Wisst ihr, ich liebe Max umso mehr, weil er seinen Vater nicht verlassen wird. Ich möchte genauso wenig, dass er das Karl antut, dazu ist der Schwiegervater mir viel zu wichtig. Wir wissen ja alle nicht, wie lange wir noch füreinander da sein können. Solange es ohne bedrohliches Risiko möglich ist, werde ich bei euch und bei Max bleiben, hier in Frankfurt. Ich habe mein Auskommen. Wenn ich so wie bisher eine Tournee pro Jahr machen kann, fällt es mir nicht mal schwer, auch dich ein wenig zu unterstützen.«

Sie vermied es, ihre Mutter direkt anzusehen, aus Angst vor ihrer Ablehnung dieses Angebots. Tatsächlich schüttelte Clara gleich entschieden den Kopf. Elise antwortete auf die unausgesprochene Absage ihrer Mutter.

»Bitte, lass mich doch wenigstens das für dich tun. Du liegst mir so am Herzen, Clara, du bist die Einzige aus meiner Familie, die noch bei mir ist. Verstehst du das, die Einzige? Vielleicht kannst du ja doch in das Bad Sodener Kurheim gehen, vielleicht wirst du dort wieder gesund. Bitte, Mutter. Es würde mir soviel bedeuten, wenn du dir wenigstens diese eine Chance geben könntest.«

Max stand auf und setzte sich zu Clara auf die Armlehne des Sofas. Liebevoll legte er seiner Schwiegermutter den Arm um die Schulter. Dabei beugte er sich vor und schaute sie aus seinen braunen Augen an. Clara war eine kluge Frau. Sie musste doch verstehen, dass er und Elise hofften, dass sie wieder gesund werden würde.

»Clara, ich wünsche mir von dir das Gleiche. Wenn du nicht für dich nach Bad Soden kommen willst, tu es doch für uns. Wir würden dich ganz oft besuchen, und ab und zu könntest du nach Frankfurt zu Rosa kommen. Bitte, Mutter.«

»Mutter« nannte er sie nur sehr selten, dann, wenn ihm etwas sehr wichtig war. Meist sagte Max »Clara«, und ihr gefiel das auch. Sie fühlte sich dann jünger, lebendiger.

Noch einmal versuchte sie zu erklären, was die jungen Leute nicht verstehen wollten, vielleicht auch nicht verstehen konnten.

»Oft denke ich, dass dein Vater in seinem Abschiedsbrief recht hatte, Elise. Du bist unser letztes Kind und du bist auf deinem Weg. Unser Leben hat sich mit dir erfüllt, unsere Zukunft ist nicht mehr wichtig. Der Tod kann auch eine Erlösung sein. Ich finde es falsch, sich selbst das Leben zu nehmen. Aber wenn der Tod zu mir kommen will, werde ihn nicht wegschicken. Für welche Zukunft soll ich denn kämpfen?«

Aus dem Ton ihrer Stimme hörte Elise, dass die Mutter ihre Entscheidung getroffen hatte und dass sie selbst nichts anderes tun konnte, als Claras Weg zu respektieren. Ihre Mutter wollte nicht mehr weitergehen, die Tuberkulose kam ihr gelegen.

Elise räumte die leeren Tassen von der Feuerzangenbowle in die Küche – Max folgte ihr. Er spürte Elises Enttäuschung und nahm sie in die Arme. Als seine Wange an ihrer lag, fühlte sie sich seltsam getröstet. Mit Max würde ihr nichts Böses geschehen, das hatte sie schon im Mosler gewusst. Er trocknete ihre Tränen ab, genau wie damals in der Kirche in Stausebach, aber diesmal mit seinen Lippen.

»Bist du bei mir …«, summte sie. Zärtlich strich sie ihm die Haare aus der Stirn. Bei der Umarmung und seinem Kuss waren sie ihm nach vorn gefallen, wie immer.

29 Eine Frage der Zeit

Nur eine kurze Frist hatten sie gewonnen, das spürte das junge Paar in den kommenden Monaten genau.

Max ermutigte Elise, ihre ungarische Tournee, die Jean Gruenberg für sie organisieren wollte, bald zu beginnen.

Elises monatliche Arbeitserlaubnis als Klavierlehrerin konnte von Sörger jederzeit widerrufen werden. Wenn das passierte, hatte sie keine wirtschaftliche Grundlage mehr für ihr Leben in Frankfurt. Sie musste jetzt alles Geld verdienen, was sie einnehmen konnte. Das jedenfalls war der Rat von Max.

Also nahm Elise umgehend Kontakt mit Jean Gruenberg auf. Sie einigten sich auf eine sechswöchige Tournee von Mitte April bis Ende Mai, mit je zwei Auftritten pro Woche.

Am 29. März 1935, einem schönen Frühlingsfreitag, fuhr Elise auf Fannys altem Rad durch die milde Vormittagssonne in die vordere Gutleutstraße zum Adolf-Hitler-Haus, um ihren genehmigten Tourneeplan bei Sörger abzuholen. Als sie von der adretten Sekretärin mit aschblondem Haarkranz in sein frisch eingerichtetes Büro gebeten wurde, stand er sofort aus dem ledergepolsterten Armsessel hinter seinem Schreibtisch auf und grinste sie so erfreut wie anzüglich an.

Im Unterschied zu ihrem Treffen 1933 im Frankfurter Hof trug der Adjutant des Gauleiters heute kein Zivil mehr. Die schwarze Uniform der SS betonte seine Größe. Elise sah sofort, dass die Uniform maßgefertigt war. Max hatte ihr erzählt, dass die schwäbische Schneiderei Hugo Boss in verschiedenen großstädtischen Filialen Uniformen für die höheren Chargen nach Maß anfertigen ließ, im Gegensatz zur Konfektionsware für die Masse der gewöhnlichen SS-Mitglieder. Genau, das Boss-Etikett seines Zivilanzugs hatte sich ihr ins Gedächtnis eingebrannt, als Sörger seine Jacke damals lässig über die Stuhllehne im Frankfurter Hof geworfen hatte, kurz bevor Elise ihm die Ohrfeige gab.

Die Tür schloss sich hinter der Sekretärin. Das bedrohliche Gefühl in Elises Magen verstärkte sich, als der Adjutant des Gauleiters zielstrebig auf sie zukam.

»Wie schön, unsere kleine Protektionsjüdin wiederzusehen«, begrüßte er sie ironisch, die Hand zum Hitlergruß ausgestreckt. Elise spürte am Ton seiner Stimme ganz genau, wie heftig er sie nach wie vor begehrte und wie mühsam er seinen Zorn darüber verbarg, dass er sie bisher nicht bekommen hatte.

Sie blieb wortlos, nachdem sie ihm einen guten Tag gewünscht hatte. Sie wusste, jede Antwort konnte seine Wut über ihren stummen Widerstand nur noch mehr anfachen.

»Übrigens heißt das jetzt ›Heil Hitler‹, falls du es noch nicht kapiert hast. Ihr seid doch sonst nicht so begriffsstutzig, du und deinesgleichen. Es ist mir immer ein Vergnügen, dich zu sehen und mir dann vorzustellen, was wohl wäre, wenn … na ja, du weißt schon. Wie ich dir bei unserem legendären Treffen im Frankfurter Hof gesagt habe – schade, dass du keine Volksgenossin bist, Elise Hermann. Aber so …«

Sörger schaute sie durchdringend an und kam noch einen Schritt näher. Sie roch den schwachen Duft seines Rasierwassers.

»Na ja, der Gauleiter hat schon immer gemeint, ich soll mir die Finger nicht an dir schmutzig machen. Wer weiß, vielleicht überlege ich's mir irgendwann doch noch anders. Rumkriegen kann man jede, und wenn's im Klapperfeld ist. Du hast ja bestimmt noch nicht vergessen, was im Untersuchungsgefängnis mit Volksfeinden wie dir passiert.«

Noch einmal grinste er, diesmal breiter.

»Aber was rede ich, wir wollen unseren guten Maximilian ja nicht verprellen. Den brauchen wir noch, obwohl er denkt, dass wir nicht wissen, was im Rechtsreferat der Universität hinter unserem Rücken so abläuft. Und das, während wir gerade das Saarland heim ins Reich geholt haben und der Führer dem deutschen Mann seine soldatische Ehre zurückgegeben hat durch die wiedereingeführte Wehrpflicht, 17 Jahre nach dem ehrlosen Schandfrieden von Versailles.«

Der Triumph in der Stimme des Adjutanten war nicht zu überhören, als er genüsslich die überall in Deutschland verbreiteten Schlagworte der nationalsozialistischen Propaganda aneinanderreihte.

»Und in zwei Monaten wird Adolf Hitler das erste Stück Autobahn im Reich eröffnen, und zwar hier bei uns in Frankfurt. Das wird Gauleiter Sprenger den Dank des Führers auf immer sichern. Grüß doch deinen Verlobten von mir. Vielleicht nimmt er ja irgendwann Vernunft an und sucht sich eine ebenbürtige arische Verlobte, nicht sowas Jiddisches wie dich. Oder vielleicht machen wir das für ihn.«

Elise hielt die Luft an, der Zorn stieg wieder in ihr hoch. Dieses perverse Vergnügen, das Sörger an ihrer Demütigung fand, beunruhigte sie. Irgendwann würde er sich nicht mehr zurückhalten, und dann war sie ihm vollständig ausgeliefert. Das sagte ihr Instinkt, und auf den konnte sie sich verlassen.

Aber wenn sie sich jetzt zur Wehr setzen würde, bekäme sie die Genehmigung für ihre Ungarn-Tournee nicht, das wollte sie auf keinen Fall riskieren. Den Fehler mit der Ohrfeige würde sie nicht wiederholen.

Also duzte sie Sörger, obwohl ihr nicht danach war. Sie wusste von allen früheren Begegnungen, dass er darauf bestand. Offenbar gab ihm das ein Gefühl von Nähe zu ihr – oder auch von Macht über sie.

»Wulf, bitte. Ich möchte nur die Genehmigung für die Tournee abholen, wie Gauleiter Sprenger es mit Herrn von Lammers und Maximilian ausgemacht hat.«

Er schaute sie direkt an und wiegte den Kopf.

»Ach ja, drohst du mir mit Herrn von Lammers und deinem Maximilian? Mach dir eines klar, Elise: Dies wird die letzte derartige Ausnahme bleiben. Danach gibt es keine Tourneen mehr, das verspreche ich dir heute persönlich. Der Gauleiter und ich legen dir dringend eine Ausreise ans Herz, dringend. Deine guten Beziehungen zu Kapital und Partei werden eventuelle Hindernisse ja wohl beiseite räumen können.«

Sörger kam noch einen Schritte näher. Jetzt stand er so dicht bei ihr, dass sie seinen Atem an ihrem Ohr spürte. Gleich wird er versuchen, mich anzufassen, dachte Elise voller Panik. Sie wusste nicht, was sie dann machen sollte. Sie war ihm ausgeliefert, und er hatte diese Situation genüsslich über zwei Jahre hinweg aufgebaut. Er sah, dass sie verstanden hatte, trat einen Schritt zurück und lachte.

»Ich werde jetzt meiner Sekretärin sagen, dass ich nicht gestört werden möchte.«

Gerade wollte er zum Telefonhörer greifen, da ging die Tür vom Vorzimmer auf, ohne dass vorher geklopft worden war. Elise beobachtete den zornigen Blick von Sörger und erwartete, dass er seinem Ärger über die Störung scharf Luft machen würde. Zu ihrem Erstaunen veränderte sich jedoch sein gesamtes Verhalten, als er sah, wer hereinkam. Aufgeräumt ging er auf die schwangere junge Frau zu, die seine Tür geöffnet hatte, und nahm sie fürsorglich in den Arm.

»Wie schön, dass du mich so überraschend im Büro besuchst, Liebes«, begrüßte er sie geschmeidig.

Mit seiner rechten Hand zeigte er auf die Pianistin.

»Darf ich dir Fräulein Hermann vorstellen, die gerade eine Tourneegenehmigung von mir abholt. Fräulein Hermann, das ist meine Frau.«

»Ich glaube, ich habe schon von Ihnen gehört«, bemerkte Frau Sörger. Elise wusste nicht genau, wie sie diesen Satz deuten sollte, ging zu ihr hin und begrüßte sie mit ausgestreckter Hand. Etwas jünger als sie selber war Sörgers Frau und genauso hübsch wie auf dem Hochzeitsfoto in der »Frankfurter Zeitung«. Sie schien wenig Berührungsängste zu haben, was Elise erstaunlich fand. Nachdem sie selbstsicher die Hand der Pianistin geschüttelt hatte, zu Elises Überraschung ohne das obligatorische »Heil Hitler«, wandte sie sich wieder an ihren Mann. Seine Frau verstand es, ihm Anweisungen zu geben, ohne dass es zu offensichtlich wurde.

»Vielleicht kannst du Fräulein Hermann ihre Genehmigung ja jetzt gleich holen lassen. Ich habe nämlich die Stoffmuster für unsere neue Chaiselongue dabei, die wollten wir doch heute zusammen aussuchen. Da freue ich mich schon den ganzen Morgen drauf.«

Sie lächelte ihren Mann an. Zu Elise gewandt, wünschte sie ihr Erfolg bei der Tournee, während Sörger folgsam die Genehmigung von seiner Sekretärin hereinbringen ließ und sie der Pianistin ohne weitere Bemerkungen aushändigte.

Elise verabschiedete sich, so schnell sie konnte, und Sörger schloss rasch die Tür hinter ihr. Bis ins Vorzimmer konnte man das helle Gelächter seiner Frau hören, auch der hastige Seitenblick der Sekretärin entging Elise nicht.

Max und Elise hatten sich nach ihrem Termin bei Wulf Sörger im Café Falk verabredet, in der Eschenheimer Anlage an der Ecke Oederweg, gegenüber vom früheren Volksbildungsheim. Volksbildungsstätte wurde das Gebäude des früher links orientierten Bundes für Volksbildung jetzt genannt, nach der Gleichschaltung durch die Nationalsozialisten.

Das Falk mit seiner auffälligen Art-Déco-Leuchtschrift über dem Eingang und auch oben am Gebäude war eines der wenigen Cafés der Frankfurter Innenstadt, die 1935 noch von Juden besucht werden durften. Immer mehr Schilder waren an den Türen anderer Cafés aufgetaucht, die zeigten, dass »Juden hier unerwünscht« waren. Außerdem war das Falk die zentrale Frankfurter Vorverkaufsstelle für den »Kulturbund Deutscher Juden Rhein-Main«.

Als Elise mit dem Rad an der Eschenheimer Anlage ankam, winkte Max ihr schon vom umlaufenden Balkon zu. Oben angekommen, bat sie ihn gleich, doch den Platz zu wechseln. Lieber innen am Fenster wollte sie sitzen, wo man nicht sofort von der Straße aus gesehen wurde. Es könnte ja jemand von der Partei vorbeikommen und sie zusammen auf dem Balkon entdecken. Andreas Henn zum Beispiel, der frühere Studienfreund, jetzt strammer Parteigenosse, würde sich bestimmt ein Vergnügen daraus machen, Max wegen seiner unbeirrten Treue zu Elise in der Partei anzuschwärzen.

»Was möchtest du essen?«, fragte Max, nachdem er ihr einen liebevollen Kuss gegeben hatten.

Elise zitterte. Jetzt, da sie wieder in Sicherheit war, wurde ihr Körper durchströmt von dem überwältigenden Gefühl, einer gefährlichen Bedrohung gerade noch so entgangen zu sein. Max spürte sofort, wie schlecht es ihr ging. Fürsorglich bestellte er Elises Lieblingskuchen für sie: Bienenstich mit der berühmt leckeren, knusprigen Mandel-Honig-Kruste, dazu eine heiße Schokolade. Essen hält Leib und Seele zusammen. Das hatte Therese immer zu dem kleinen Max in Heiligenberg gesagt, wenn ihm ein Kummer die Fröhlichkeit genommen hatte.

Das Servierfräulein in weißer Schürze brachte den Kuchen und das Getränk. Nachdenklich blies Elise auf ihre heiße Schokolade, bevor sie einen Schluck probierte. Max hatte recht. Das tat gut und brachte sie auf andere Gedanken. Mit diesem Mann an meiner Seite kann mir nichts passieren, dachte sie wohl zum tausendsten Mal. Wann immer ihr etwas zu nah kam, dieses Gefühl verfehlte nie seine tröstliche Wirkung auf sie.

Sie beruhigte sich wieder etwas. Ihr Blick schweifte aus dem Fenster über den regen Automobilverkehr vor dem Eschenheimer Turm. Im Vergleich zum Ende der Zwanziger Jahre hatte sich die Zahl der Kraftfahrzeuge so sehr vermehrt, dass die Straßen Frankfurts kaum noch Raum für langsame Pferdefuhrwerke boten, gerade an diesem zentralen Bereich der Innenstadt.

Von ihrem Fensterplatz oben konnte sie in ein weißes Adler-Cabriolet mit offenem Verdeck hineinschauen. Auf roten Ledersitzen saßen zwei junge Männer. Einer trug die schwarze ss-Uniform, der andere einen hellen Anzug. Sie hielten an, um eine alte Dame über die Straße zu lassen. Während der kurzen Pause sprachen sie eindringlich miteinander, vertraut stecken sie die Köpfe zusammen und lachten einander an. Von oben bemerkte Elise, was von der Straße aus nicht sichtbar war: Der Beifahrer im hellen Anzug hatte seine Hand auf das Knie des Fahrers gelegt und streichelte es sanft. Eine winterblasse Männerhand mit schmalen Fingern auf einer schwarzen Uniformhose – dieses Bild prägte sich ihr ein.

Ihre Gedanken wanderten prompt zu Arno, von dem Max und sie seit seinem Verschwinden nichts mehr gehört hatten, absolut nichts. Wahrscheinlich war er umgebracht worden, auch wenn sie sich das nicht eingestehen wollten.

»Was grübelst du?«, fragte Max voller Sorge. Er spürte, wie Elise sich in letzter Zeit mehr und mehr von der Außenwelt abschloss, auch von ihm. Elise atmete leise aus. Ihre Antwort flüsterte sie, aus Sorge, dass jemand sie belauschen könnte.

»Hast du eben das Adler-Cabriolet unten am Turm gesehen, das mit den beiden jungen Männern? Ich habe an Arno denken müssen, und dass er vermutlich schon tot ist. Und ob wir Juden die nächsten sind, denen sie das Leben nehmen. Man wird den Tod nicht mehr selbst suchen müssen wie mein Vater. Sie werden das unter diesem oder jenem Vorwand einfach übernehmen. Die Sündenböcke werden jetzt geschlachtet, nicht mehr nur ausgeblutet.«

Max erschrak. So bitter hatte er Elise noch nie gehört. Seit dem Freitod ihres Vaters hatte sie von ihrer früheren Fröhlichkeit so viel verloren. Auch Arnos Verschwinden und die Tuberkulose ihrer Mutter hatten sie massiv getroffen, abgesehen von ihren eigenen Arbeitsbedingungen, die von Wulf Sörgers Launen abhingen. Er merkte es an Kleinigkeiten, wie Elise sich veränderte, und das beunruhigte ihn extrem. Unwichtig war ihr geworden, was sie anzog, solange es nur unauffällig war. Sie verbarg ihr gutes Aussehen, sie versuchte sich kleinzumachen. Nicht bemerkt werden wollte sie. Max, der nur hilflos danebenstehen konnte, tat das im Herzen weh. Seine strahlend schöne Alice. Die politischen Verhältnisse zerstörten sie, und ihre Liebe zueinander ebenfalls, wenn sie noch lange in Deutschland blieb. David hatte mit seiner Ausreise den absolut richtigen Schritt für sich und seine Familie unternommen.

Max winkte der Bedienung und zahlte für beide.

»Komm, wir gehen etwas spazieren, mein Herz. Ich schiebe dein Fahrrad für dich, wie damals beim Nassauer Hof, als ich dich an unserem ersten Abend abgeholt habe. Weißt du noch?«

Er versuchte sein strahlendes Lachen, aber es gelang ihm nicht mehr so gut.

Natürlich erinnerte sich Elise, auch an das Klingeln der Straßenbahn, aber ihr inneres Echo fehlte. Still erhob sie sich. Nicht einmal den unberührten Lieblingskuchen beachtete sie, sondern folgte Max hinaus in den Frühlingssonnenschein, mechanisch und teilnahmslos. Während sie um die Ecke zur Eschersheimer Landstraße einbogen, versuchte Elise zu erklären, was in ihr vorging.

»Max, die ganze Situation lähmt mich. Ich will keine Fehler machen, ohne dich will ich nicht leben, bei meiner Mutter will ich bleiben und sie oft besuchen, solange es noch geht. Aber diese ständige Angst um dich und mich und uns, diese andauernde Bedrohung zerstört meinen Lebensmut. Wir haben keine Zukunft mehr. Meinen Vater kann ich inzwischen so gut verstehen, das hätte ich nie geglaubt.«

Musik drang aus einem offenen Fenster des vorderen Übungssaals in Dr. Hoch's Conservatorium, an dem sie gerade vorübergingen. Elise blieb einen Moment stehen, ihre Augen trafen sich mit denen von Max. Sie legte ihre Hand auf seine, mit der er den Fahrradlenker festhielt.

»Manchmal weiß ich nicht, wie ich mich noch zusammenhalten kann, Max. Meine Musik hat mir bisher immer dabei geholfen, aber selbst sie verliert allmählich ihre Kraft. Ich spiele nicht mehr so kraftvoll wie früher, ich habe das Gefühl, dass ich leer geworden bin.«

Sie schaute ihn sanft an.

›Bitte, bezieh das nicht auf dich. Max, mein Max. Ich weiß genau, dass du mich liebst wie immer. Aber die Gewissheit deiner Liebe wärmt mich nicht mehr, weil ich nur noch auf der Hut sein muss. An nichts anderes kann ich denken als daran, dass ich deine Zukunft zerstöre. Weißt du, ich fühle mich oft wie der Klotz an deinem Bein, der dir Verderben bringt. So verzweifelt macht mich das, und dann denke ich, dass es besser wäre, nicht mehr hier zu sein.«

Max war nach links in den ruhigen Gärtnerweg eingebogen. Jetzt hatte er nur einen Wunsch. Er lehnte das Rad an einen Zaun und nahm Elise in seine Arme. Halten wollte er sie, schützen in seinen

Armen, ungestört von Passanten, bis ihre Angst vergangen war und seine auch. Er spürte, wie auch sie sich danach sehnte, in seiner Nähe geborgen zu sein, aber sie traute sich nicht. Besorgt schaute sie sich um. Wenn jemand sie sah und erkannte … hier, mitten auf der Straße.

Sie drängte Max weiterzugehen. Stumm liefen sie nebeneinander her. Der Umschlag mit der Tourneegenehmigung steckte in Elises Umhängetasche, die sie hinten auf dem Gepäckträger von Fannys altem Fahrrad festgeklemmt hatte.

Die Liebigstraße gingen sie hoch bis zum oberen Ende, wo sie in die Zufahrt zum Grüneburgpark einmündete. Der private Park der Rothschilds war in diesem Jahr durch die nationalsozialistische Stadtregierung zur »Arisierung einer privaten Grünfläche für die Frankfurter Öffentlichkeit«, wie es geheißen hatte, von der jüdischen Familie erpresst worden. Schnell hatte man an der sorgfältig angelegten Zufahrt der Rothschilds öffentliche Bänke aufgestellt. An der Rückenlehne sprangen Max auffällige Messingschilder ins Auge: »Nur für Arier«.

Als Max die Schilder betrachtete, wurde ihm endgültig klar, was er seit Jahren mit aller Kraft zu verdrängen versuchte.

Elise würde nicht mehr lange in diesem Deutschland existieren können, ohne zu zerbrechen. Irgendwann würde sie ihrem Vater in den Tod folgen, weil ihr Lebensmut und ihre Zuversicht sie zunehmend verließen. 1929 waren sie beide mit so viel Hoffnung und Zuversicht in diese schöne alte Stadt am Main gekommen, aber jetzt …

Es stimmte, ihre gemeinsame Zukunft wurde von Tag zu Tag unwahrscheinlicher. Etwas musste geschehen – solange es noch nicht zu spät war.

In der Partei hatte er mitbekommen, dass das neue Gesetz, das er Rosa, Clara und Elise schon an Silvester angekündigt hatte, Ehen oder gar »außerehelichen Verkehr zwischen Ariern und Juden zum Schutz des deutschen Blutes« streng bestrafen würde. Wenn das Gesetz tatsächlich in Kraft gesetzt würde, und es sah ganz danach aus, machten er und Elise sich strafbar mit ihrer Liebe. Willy hatte recht gehabt in seinem Abschiedsbrief: Leben musste Elise, vor allem leben. Dazu würde er, Max, einen Weg finden. Er holte Luft.

»Mein Herz, lass uns in Ruhe überlegen, was wir machen müssen. Ich werde nicht zusehen, wie sie dich zerstören. Nach der Tournee habe ich einen Plan fertig, das verspreche ich dir. Aber du musst leben wollen. Das musst du mir versprechen. Bitte. Du bist die Liebe meines Lebens, das weißt du doch, meine Alice.«

Sie hörte am verzweifelten Ton seiner Stimme, dass es ihm ernst war, todernst. Er blieb stehen.

»Bitte, sieh mich an. Versprich mir, dass du alles tun wirst, um zu leben. Egal ob hier oder woanders. Ich bitte dich darum.«

Eindringlich blickte er ihr in die Augen, während er seine linke Hand um ihre Taille legte und mit der rechten das Fahrrad festhielt.

Wenn sie doch nur ihre Großmutter fragen könnte. Und als ob Louise sie tatsächlich in diesem Moment gehört hätte, schoss ihr plötzlich eine Erkenntnis aus deren Leben durch den Kopf: Manchmal macht es keinen Sinn, gegen die Geschichte, gegen Zeiten, gegen Umstände zu kämpfen. Immer existiert ein anderer Weg als der, den man sich in den Kopf gesetzt hat. Das war es, genau. Wenn Elise diese Erkenntnis richtig umsetzte, würde sie leben wollen und leben können. Es würde nicht einfach werden und etwas Glück gehörte noch dazu, aber …

Max sah, wie ihre Augen sich weiteten. Und er spürte, wie ihre Bedrücktheit mit einem Mal von Elise abfiel. Sie nahm seine Hand von ihrer Taille, legte ihre eigene Hand dagegen und verschränkte ihre Finger in seinen.

»Max, dein und mein Leben sind so eng miteinander verflochten wie unsere Finger hier. Ich verspreche es dir, mein Liebster, ich werde leben, für dich und für mich. Ich werde das weiterreichen, was Louise und Willy und Clara mir als Geschenke für mein Leben mitgegeben haben, aber auch Rosa und Will. Sie alle würden wollen, dass wir glücklich sind, solange wir beieinander sein dürfen. Sie würden darauf dringen, dass wir uns selbst nicht verlieren, trotz der schrecklichen Zeiten.«

Elise ließ einen Seufzer der Erleichterung hören. Zu seinem Erstaunen küsste jetzt sie Max, zum zweiten Mal an diesem Tag, aber diesmal nicht mehr voller Furcht. Die Angst war verschwunden. In ständiger Sorge würde sie nicht mehr leben, dazu war die verbliebene Zeit zu kostbar. Und Sinn machten ihre Sorgen ohnehin nicht, weil sich dadurch nichts änderte.

Max überraschte ihre Innigkeit. Wie früher fühlte sich der Kuss an, als ob in ihrem Herzen ein Vorsatz Wurzeln geschlagen hätte, der ihre Lebensfreude zurückbrachte, die unbeirrte Zuversicht, die Max immer so bewundert hatte.

»Ich werde leben, Max, und wir werden einen Weg finden. Ich verspreche es dir, bei allem, was mir wichtig ist.«

Max spürte genau, dass Elises Versprechen galt. Er ahnte nicht, was ihr plötzlich die Hoffnung zurückgegeben hatte. Objektiv gesehen, war an diesem Märztag 1935 nichts anders als zuvor …

30 Weil ich sie liebe

Heiligenberg
Sonntagmorgen, 22. Dezember 1935

Liebe Seppi,
dieser Brief wird wieder über die Schweiz zu Dir kommen. Ich weiß aus Deiner Antwort im vergangenen Frühjahr, dass Deine Karriere sich gut entwickelt hat und Du mit deinem Leben in Neuseeland zufrieden bist. Du bist der Ruhepol in meiner unruhigen Welt, Seppi. Ich bin so froh, dass Du so weit weg von Deutschland lebst und dort in Sicherheit bist. Das gibt mir Hoffnung.

In wenigen Tagen wird bei uns Weihnachten gefeiert. Ich sitze am runden alten Eichentisch von Schwiegervater Karls Wohnung in Heiligen-

berg und schaue aus dem Erkerfenster im Turm, während ich Dir schreibe.

Vor mir liegt eine tief verschneite Bodenseelandschaft. Durch die klare Winterluft kann ich heute bis hinüber zu den Alpen auf der Schweizer Seite des teilweise zugefrorenen Sees blicken. Der Himmel ist blau, die Sonne scheint, der Schnee glitzert vom Raureif der frostigen Nächte. Weihnachtswetter vom besten.

Resl hat mir gerade heiße Milch mit Honig und ein paar leckere Weihnachtsplätzchen aus ihren geheimen Blechdosen auf den Tisch gestellt, würzige Spekulatius, buttrig-zarte Vanillekipferl und knusprige Hafertaler. Hier in Heiligenberg gibt es keinen Mangel an Butter, anders als immer wieder in Frankfurt. Resl findet, dass sie mich aufpäppeln muss, »so verhärmt, wie unser Lieserl ausschaut«. Am liebsten nennt sie mich »unser Lieserl«. Es tut mir ungeheuer gut, dass ich mich so willkommen fühlen darf, obwohl … genau, fast hätte ich geschrieben, obwohl ich doch nur eine Jüdin bin.

Das passt zu dem Hinweis in Deiner Antwort, dass ich in der Application für meine neuseeländische Aufenthaltserlaubnis bei der New Zealand High Commission in London keinesfalls meine Religionszugehörigkeit erwähnen soll. Das würde alles viel komplizierter machen. Deine Idee mit dem musikalischen Duo »Ocean Crossings« finde ich genial. Wenn Du mir meine Aufenthaltsgenehmigung beschaffst, weil du nur mit mir dieses Duo zur Bereicherung des neuseeländischen Kulturlebens gründen kannst, das wäre fantastisch.

Meine Ausreise von hier wird immer wahrscheinlicher, vor allem, nachdem dieses verbohrte »Gesetz zum Schutz des deutschen Blutes und der deutschen Ehre« im September tatsächlich von den Nationalsozialisten in Nürnberg verkündet worden ist. Nürnberger Gesetze nennt man die Bestimmungen hier, auch Ariergesetze. Max hatte am vergangenen Jahresende bei unserer kleinen Feier mit Rosa schon vermutet, dass die Partei bald den nächsten Schritt zur Vertreibung von noch mehr Juden in Gang setzen würde. Das ist Wahnsinn, anders kann ich es nicht beschreiben. Vermutlich habt sogar Ihr am anderen Ende der Welt von dieser Schande für Deutschland erfahren. So nennt Max das unfassbare Gesetz: eine Schande für alle Deutschen.

Aber, Ariergesetze hin oder her – ich bin inzwischen nicht nur zu Besuch in Heiligenberg. Seit Oktober lebe ich hier mit Max, was mich unendlich glücklich macht, und auch mit meinen Kater Beaux Yeux. So sehr wir Frankfurt geliebt haben, wir haben unsere Zelte dort abgebrochen. Es ist einfach zu schwierig geworden.

Aber der Reihe nach, Seppi.

Meine Tournee durch Ungarn und Siebenbürgen im April und Mai war überraschend erfolgreich, finanziell jedenfalls. Ich habe mich viel wohler gefühlt als während meiner französischen Tournee. Sowohl in Ungarn wie auch in Rumänien gibt es große deutschsprachige Bevölkerungsgruppen, die auf alles Deutsche »aus dem Reich« warten wie auf den Messias. In vier Städten waren meine Konzerte so schnell ausverkauft, dass ich fünf zusätzliche Termine anbieten konnte. Jean Gruenberg hatte für die Plakate das Wiesbadener Foto von mir mit der extravaganten Plisseebluse meiner Mutter benutzt. Vielleicht hat das die Leute neugierig gemacht.

Ich denke, den Zuhörern dort war nicht bewusst, dass ich Jüdin bin. Viele haben mich mit meinem unauffälligen Namen für eine arische Pianistin gehalten, die deutsche Kultur zu ihnen bringt, aus dem Reich zu den Deutschen in der Diaspora. Das stimmt ja irgendwie auch. Und so weit von Frankfurt entfernt habe ich mir nicht die Mühe gemacht, sie über meine jüdische Herkunft aufzuklären. Froh war ich, dass meine Abstammung einmal nicht das wichtigste Thema war, sondern dass mein musikalisches Können im Vordergrund stand. So sind weniger Schwierigkeiten für mich entstanden. Zum Beispiel konnte ich – anders als bei meiner deutschen Tournee – in ganz normalen Hotels absteigen, und es war auch kein Problem, in regulären Konzertsälen aufzutreten. Natürlich gab es ein paar Eingeweihte, aber die haben ihr Wissen für sich behalten. Außerdem leben hier zahlreiche Juden, und die sind bisher noch viel weniger unter Druck als wir Juden in Deutschland. Wohlgemerkt: bisher und noch. Alles wirkt entspannter, obwohl es auch hier nationalsozialistische Gruppen gibt, die durch die politische Situation im Reich immer mehr an Einfluss gewinnen.

Abgesehen von dieser erfreulichen Tournee mit ihren sehr überzeugenden Einnahmen, die jetzt in der Sicherheit meines St. Gallenener Kontos auf den Notfall warten, kann ich Dir sonst kaum gute Nachrichten mitteilen.

Am traurigsten war, dass meine Mutter während meiner Tournee gestorben ist. Am 11. Mai, anderthalb Jahre nur nach dem Tod meines Vaters.

Der 11. Mai war ein Samstag, und ausgerechnet an dem Tag habe ich in der Hochburg der Volksdeutschen namens Hermannstadt in Siebenbürgen gastiert. Die Stadt mit dem Namen meiner Familie soll nach einem Kölner Erzbischof benannt worden sein, sagte man mir. Merkwürdigerweise ist der 11. Mai der Geburtstag von Louise und auch von Max. Er ist 26 Jahre alt geworden, meine Großmutter wäre in diesem Jahr 85 Jahre gewesen. Zum Glück ist ihr das Leid erspart geblieben, ihre Tochter so elend sterben zu sehen.

Traurig war, dass ich in ihrer letzten Stunde nicht bei ihr sein konnte. Aber Clara hat ganz entschieden darauf bestanden, dass meine Tournee stattfindet. Im Frühjahr hatte ich sie noch zweimal in Bad Ems besucht. Wir haben offen über ihren bevorstehenden Tod gesprochen. Sie hat immer Wert darauf gelegt, dass ich mir eine Zukunft öffne.

»Du musst leben – so wie dein Vater es uns in seinem Abschiedsbrief ans Herz gelegt hat.«

Am Wochenende vor meiner Tournee habe ich meine Mutter zum letzten Mal gesehen. Schrecklich abgemagert sah sie aus, nur noch Haut und Knochen. Kalt, windig und nass war unser letzter Tag, mit einer graufeuchten Luft, in der sich alle Töne verwaschen anhören. Die Stimme meiner Mutter konnte ich zwischen ihren Hustenanfällen kaum noch verstehen, so viel Mühe hat ihr das Reden bereitet. Noch einmal hat sie mir das Versprechen abgenommen, dass wenigstens ich einen Weg zum Leben finden muss. Sie selbst habe die Kraft nicht mehr, aber ich als ihre Tochter mit meiner Musik sei das Vermächtnis von Willy und Clara an die Welt. Ich habe es ihr versprochen, wie schon Max kurz vorher.

Zwei Scheiben Königskuchen hatte ich in ihre kleine Dachwohnung oben bei den Josserts mitgebracht. Früher war Königskuchen ihr abso-

luter Lieblingskuchen, wegen der vielen saftigen Rosinen und Korinthen im Teig. Wir haben beim Tee zusammengesessen, den Kuchen hat sie nicht einmal angerührt. Zum letzten Mal haben wir unsere Stimmen gehört und uns in die Augen geschaut, aber das wussten wir nicht. Nur gefürchtet habe ich es. Gern hätte ich meine Mutter zum Abschied in den Arm genommen, aber das hat sie mir wegen der Ansteckungsgefahr nicht erlaubt. Eigentlich ging es ihr an diesem Tag wieder besser. Ich habe gehofft, dass ich sie nach meiner Tournee vielleicht doch noch einmal sehen darf.

Aber sie hat es nicht geschafft. Es war wohl auch nicht ihr Wunsch. Nur noch zu meinem Vater wollte sie. Das Leben, ihr Leben in diesem Deutschland war ihr nur noch eine Last. Sie hat geglaubt, dass sie ihn und Moritz und ihre Eltern »in der Ewigkeit« wiedersieht, wie alle, die ihr etwas bedeutet haben. Hauptstadt der Zeiten, so hat sie diesen Platz in der Ewigkeit genannt, wo wir alle hingehen. Danach hat sie sich gesehnt.

Und so ist sie an einem Samstag im Mai 1935 mit 58 Jahren gestorben, in ihrer Dachwohnung und allein. Herr Jossert hat sie am Sonntagmittag in ihrem Bett gefunden. Ruhig und still und kalt lag sie dort, die Augen geschlossen, wie aufgebahrt. So hat Herr Jossert es Max erzählt.

Fritz und Fanny haben meine Mutter beerdigt, wie vor nicht einmal zwei Jahren auch meinen Vater. Sie liegt in dem Grab neben ihm. Max ist zur Beerdigung gekommen und Rosa, die alten Josserts und vier frühere Kundinnen, die ihrer Schneiderin die Treue gehalten haben, trotz allem. Rosa hat sie um ihren Tod beneidet, das hat sie Max anvertraut, als ihre Tochter es nicht hören konnte.

Im August ist Rosa doch nach Bad Ems umgezogen, zu Fanny und Fritz. Kurz nach dem Tod meiner Mutter hat Ende Mai in der Bruchfeldstraße eine zweite Hausdurchsuchung stattgefunden, einfach so, ohne erkennbaren Grund. Dabei ist der Hausstand der alten Dame von der Polizei, die solche Aktionen jetzt offenbar ebenfalls durchführt und dafür SA- und SS-Mitglieder eingestellt hat, erneut und vorsätzlich beschädigt worden. Vielleicht mit dem Zweck, sie zu vertreiben. Daraufhin hat Rosa aufgegeben. Zuerst war sie noch kurz bei einem Onkel von Davids Frau Gittel in Frankfurt-Höchst, um die Reste ihres

Hausstands von dort aus zu sortieren. Außerdem wollte sie immer noch versuchen, in der Nähe von Wills Grab zu bleiben, so lange wie nur eben möglich.

Im Juli hat sie von David und Gittel erfahren, dass ihre beiden Söhne während einer schrecklichen Epidemie in Haifa innerhalb von 14 Tagen an Diphtherie gestorben sind. Mit so viel Hoffnung auf ein besseres Leben haben David und seine Frau sich einen neuen Platz für ihr Leben erkämpft, und dann überwältigt sie so ein Schicksalsschlag in der Fremde. Die beiden haben nach Michaels und Arnos Tod überlegt, wieder nach Deutschland zurückzukehren. Aber Rosa hat dringend davon abgeraten. So sind sie doch in Haifa geblieben.

Die Nachricht vom Tod ihrer beiden Enkel hat Rosa ihre letzte Lebenskraft genommen. Frankfurt und die ständige Erinnerung an ein erfülltes Leben dort mit ihren Lieben konnte sie schließlich nicht mehr ertragen. Ihr Umzug nach Bad Ems hat Fanny und Fritz über die Maßen erleichtert. Ihre Enkel in Bad Ems bringen sie ein wenig ins Leben zurück, hat Rosa mir am Telefon berichtet.

Nach dem Telefongespräch mit ihr ist mir wieder bewusst geworden, dass ich meine gesamte eigene Familie verloren habe. Anders als bei den meisten Menschen, die ich kenne, gibt es keine Onkel oder Tanten, keine Vettern und Cousinen, keine sonstigen Verwandten mehr in Deutschland, von denen ich weiß. Nur Max und Karl und Resl fühle ich mich familiär verbunden. Das war ausschlaggebend für meine Entscheidung, nach Heiligenberg umzuziehen.

Wulf Sörger, der in Frankfurt so mächtig geworden ist als Adjutant des Gauleiters, beeinflusst schon seit 1933 durch seine führende Position im Kuratorium des Hoch'schen Konservatoriums alle Musikentscheidungen. Er hat ständig den Druck auf mich erhöht, und Max ist auch immer mehr in seine Schusslinie geraten. Schließlich hat der Fürst, von Karl über die Probleme informiert, Max angeboten, bei ihm in der Heiligenberger Liegenschaftsverwaltung als Jurist zu arbeiten. Das sei doch naheliegend.

Max hat sofort zugesagt und pro forma meinen Schimmel-Flügel ganz offiziell von Rosa gekauft, mit Kaufvertrag. So kann ihn mir nie-

mand wegnehmen, weil er ja Max gehört. Das Instrument steht jetzt unten im Turm, im Erdgeschoss unter der Wohnung meines Schwiegervaters, wo es einen größeren Raum gibt, ungenutzt und mit einem wunderbaren Kachelofen. Auch der Damensekretär aus Bad Emser Kirschholz, das Geschenk meines Vaters, hat dort einen schönen Platz gefunden, darüber das Rosenaquarell von meiner Großmutter. So ist meine Familie wieder bei mir.

Nachdem das Zimmer gemütlich hergerichtet war, habe ich begonnen, Klavierunterricht zu geben. Jetzt brauche ich Wulf Sörger nicht mehr um Erlaubnis zu bitten, Max' Taufpate hat hier mehr Einfluss.

In Konstanz bin ich auf das Werk eines interessanten Münchener Komponisten gestoßen, Carl Orff, das ich begeistert für die rhythmische Schulung in meinem Unterricht benutze. Er soll an einer neuen Komposition namens »Carmina Burana« arbeiten, die mit einer Riesenbesetzung alles bisher Dagewesene über den Haufen wirft und in der Frankfurter Oper uraufgeführt werden wird.

Sechs Klavierschüler haben sich derzeit schon bei mir gemeldet. Sie sind recht unterschiedlich begabt und kommen zum großen Teil aus Heiligenberg direkt, wo Max und Karl erst recht Gott und die Welt kennen. Zusätzlich spiele ich in der Kirche, wo ich im Moment Orgel lerne. Sogar zwei Klavierkonzerte habe ich schon gegeben, eins im Schloss und das andere in Konstanz. Du siehst, hier kann ich meinen Berufungsberuf endlich wieder ungehindert ausüben, anders als in Frankfurt.

Wohnen dürfen wir in der Wohnung unseres Schwiegervaters, die hatte ja zwei ungenutzte Zimmer. Das von Max und das frühere Elternschlafzimmer, wo ich bei meinen bisherigen Besuchen immer übernachtet habe. Wir beide genießen das Zusammensein mit Karl und Resl sehr, für Max könnte alles so bleiben. Er hat mir gesagt, dass er vor allem mit Rücksicht auf meine Karrieremöglichkeiten in Frankfurt arbeiten wollte. Hier ist es viel einfacher, bloß dass wir nicht heiraten dürfen. So ungehindert sollten wir immer leben können, Max und ich und der Rest meiner Familie.

Weißt Du, Seppi, es kümmert mich nicht, wie lange ich hier bleiben kann und wie es für uns Juden weitergeht. Nur der Tag heute zählt, nur das Zusammensein mit Max ist mir wichtig. Im Schutz des Fürsten sind wir völlig sicher, mehr denn je seit 1933. Wir alle sind aufgeblüht. Die Nähe zueinander und das Wegfallen der ständigen Angst hat wieder so viel Unbekümmertheit in unser Zusammenleben gebracht, wie Max und ich es seit damals nicht mehr erlebt haben. Und Resl ist glücklich, dass sie uns alle auf einem Fleck hat und mit ihren leckersten Gerichten verwöhnen kann.

In der letzten Zeit hatten sich bei Erika in der Rossertstraße immer mehr Probleme ergeben. Ihr neuer Freund Wolfgang Schabert ist ebenso wohlhabend wie ängstlich und deshalb vorbeugend früh in die Partei eingetreten, damit sich für ihn bloß keine Nachteile ergeben. Alle neuen Gesetze der Nationalsozialisten befolgt er bis aufs i-Tüpfelchen. Von der Arisierung jüdischen Besitzes hat er als Kaufmann reichlich profitiert. Für ein Butterbrot sind ihm etliche Geschäfte und Immobilien zugefallen, weil er die wichtigen Leute an den richtigen Stellen gekannt und geschmiert hat. Er findet es überhaupt nicht in Ordnung, dass seine Erika eine jüdische Untermieterin hat. Sie haben sich schon mehrfach wegen mir gestritten. Erika will sich ihre Freunde nicht von einem Mann vorschreiben lassen, dazu war sie zu lange unabhängig.

»Wo sollte das denn hinführen, wenn wir erst mal verheiratet wären?«, hat sie mich eines Tages gefragt. Jedenfalls ist sie mir gegenüber merklich vorsichtiger geworden, das ist nicht zu verkennen. Der Streit mit Wolfgang wiederum ängstigt ihre Tochter Siggi, weil die gern bei den anderen Mädchen ihrer BDM-Gruppe einen realen Vater vorzeigen möchte und jetzt mit Wolfgang endlich die Chance dazu hätte. Deshalb wollte Erika sich ja auch mit Wolfgang verloben.

Ich will Siggi und ihre Mutter nicht in diesen Zwiespalt bringen, dazu mag ich beide zu gern.

Du weißt, dass Siggi mir nah wie eine Schwester war. Daher hat mich ihre Reaktion mehr getroffen als alles andere. Zuletzt ist sie immer stärker unter den Einfluss ihrer BDM-Führerin geraten und hat sich mehr und mehr von mir distanziert, einen Schritt nach dem ande-

ren. Total traurig gemacht hat mich das, aber wehren konnte ich mich nicht.

Siggi war es zunächst nur peinlich, wenn jemand aus dem BDM mitbekam, wie eng sie mit ihrer jüdischen Klavierlehrerin befreundet war.

»Ich sag es niemand, dass du Jüdin bist, aber du darfst es auch nicht verraten«, hat sie mir einmal verschwörerisch auf der Straße zugeflüstert, als eine Gruppe BDM-Mädel auf uns zukam.

Dann wollte Siggi plötzlich keine Klavierstunden mehr nehmen. Das würde sie neben Schule und BDM zu viel Zeit kosten. Erika hat zu Recht gesagt, dass sie ihre Tochter nicht zwingen will. Schließlich hat Siggi noch einen allergischen Schnupfen gegen Beaux Yeux gekriegt. Da ist mir klar geworden, dass es Zeit wird, woanders hinzuziehen.

Wir haben uns so lange so eng miteinander verbunden gefühlt, Siggi und ich, wirklich vertraut haben wir uns. Gerade deswegen habe ich ihr Verhalten wie einen Verrat empfunden. Ich weiß, Siggi ist fast schon ein Backfisch, da ist man leicht zu beeinflussen. Trotzdem …

Zum Glück ist der Fürst etwa zur gleichen Zeit mit seinem Angebot auf Max zugekommen, und so hat sich erst einmal alles glücklich gelöst. Beaux Yeux lebt hier in Heiligenberg freier als in der Stadt, obwohl er sich am Anfang einen Platz zwischen den anderen Katzen im Wirtschaftshof hat erkämpfen müssen. Aber das war er aus dem Frankfurter Westend gewohnt, wo es in den großen Villen viele Katzen gab.

Eigentlich ist Beaux Yeux so eine Art schiefgegangener Hund. Besonders gern mag er es, wenn wir zusammen spazieren gehen. Jeden Abend besteht er darauf. Er läuft einfach mit, vielleicht weil er sich in meinem Schutz wohler fühlt in dieser immer noch etwas ungewohnten Umgebung. Manchmal versteckt er sich unter einem Busch oder hinter einer Mauer. Wenn ich ihn dann suche und rufe, freut er sich und kommt aus seinem Versteck geschossen. Ich erschrecke ein wenig und er ist glücklich, dass ich ihn vermisst habe. Dann sind wir beide froh, dass wir zusammen sind.

Neulich sind Max und ich mit Beaux Yeux an der Stelle vorbei gekommen, wo ich ihn als kleines Kätzchen in der Hecke entdeckt habe. Er hat angehalten, erst die Hecke angeschaut und dann mich und Max.

Wir haben beide das klare Gefühl gehabt, dass Beaux Yeux sich erinnert. Früher hätte ich geglaubt, solche Geschichten sind Märchen, aber seit Beaux Yeux mich ausgesucht hat, um mein Leben zu bereichern, denke ich anders darüber.

Mit Karls kleiner Jagdterrier-Hündin Faxl versteht sich mein Kater bestens. Eigentlich, wenn man es genau überlegt, gar nicht so merkwürdig für einen schiefgegangenen Hund. Seit dem Tod von ihrem großen Deutsch-Drahthaar Hundefreund Arko im vorigen Jahr kam uns Faxl ganz traurig und verlassen vor. Inzwischen schlafen Faxl und Beaux Yeux in genau der Box im Pferdestall, wo früher Arko und Faxl beieinander gelegen haben. Ich überlege ernsthaft, ob ich Beaux Yeux nicht besser hier bei Max lasse, statt ihn auf die lange Schiffsreise mit nach Neuseeland zu nehmen. Wer weiß, ob er die Fahrt ans andere Ende der Welt wohlbehalten überstehen würde.

Max findet, dass sich Dein Plan einer Reise nach Christchurch im Schutz der kleinen Gruppe neuseeländischer Schlachtenbummler nach der Berliner Olympiade zwar etwas abenteuerlich anhört, aber eigentlich gut funktionieren könnte. Vor allem, wenn Du einen der Sportler, die dabei sein werden, persönlich aus Christchurch kennst und der mich unter seine Fittiche nimmt.

Weißt Du, Seppi, es bewegt mich ungeheuer, dass Du sogar Eure Labour-Abgeordnete Elizabeth McCombs extra für mich nach Wellington begleitet hast, um die entscheidenden Leute dort für Deine Idee mit unserem Duo »Ocean Crossings« und meine Einreiseerlaubnis zu gewinnen. Ich kann mir genau vorstellen, wie betörend Du in Deinem grünen Samtkleid ausgesehen hast, als Du im Zollministerium vorgespielt hast. Und es freut mich, dass mein Pressefoto aus Wiesbaden mit der silbernen Plisseebluse meiner Mutter auch geholfen hat.

Du glaubst ja eher, dass Elizabeth mit ihren guten Verbindungen als erste und einzige weibliche Parlamentsabgeordnete Neuseelands den zuständigen Abteilungsleiter erweicht hat, für meine Einreisegenehmigung eine Ausnahme zu machen und mein Permit bei der New Zealand High Commission in London zu hinterlegen.

Verstehen kann ich schon, dass die neuseeländische Regierung lieber Maurer als Pianisten ins Land holen möchte für den Aufbau des Landes. In Palästina ist das ja nicht anders, und zusätzlich gibt es dort gerade im Moment viel antijüdischen Hass. Ich frage mich manchmal, was ausreisewillige Juden machen, die nicht den richtigen Beruf und solche Helfer haben wie Dich.

Liebe Seppi, deshalb danke ich Dir (und unbekannterweise auch Elizabeth) von Herzen für Eure Mühe. Und ja, Ihr habt alle Recht: Ich will diese Chance wahrnehmen, weil ich aus Deutschland weg muss. So wie ich es Max versprochen habe.

Den ersten Schritt zu meiner Ausreise habe ich noch in Frankfurt vorbereitet. Er ist mir schwergefallen, unglaublich schwer. Das wunderschöne mohnrote Abendkleid, das meine Mutter 1933 für mein Debütkonzert entworfen und geschneidert hat, liegt jetzt sorgfältig zwischen Lagen von feinem Seidenpapier, glatt gestrichen in dem großen flachen Karton, den meine Mutter mir damals in die Rossertstraße geschickt hat. Das Kleid werde ich nicht tragen, außer zu meinem ersten Konzert in Frankfurt, wann immer das sein wird. Das nie gespielte Programm für mein verbotenes Debütkonzert habe ich dazugelegt.

Unter dem Kleid liegt ein Bildband der »Blauen Bücher«, den Will mir 1930 geschenkt hat, um seine Begeisterung für die modernen »Bauten der Gemeinschaft aus deutscher Gegenwart« an mich weiterzugeben. Zur Seite 90, wo die Frankfurter Westend-Synagoge abgebildet ist, habe ich vier kleine schwarzweiße Postkarten von meinen Frankfurter Lieblingsplätzen hineingelegt. Den Römer zeigen sie, den Main mit Kaiserdom und Eisernem Steg, das Schauspielhaus und die Oper.

Auch in Seidenpapier eingewickelt und in den Karton gelegt habe ich den kleinen Stein in der Form von Australien. Dieses abgebrochene Stückchen von einer Stufe der Westend-Synagoge hatte Max aufgehoben und mir geschenkt, als er mich vor dem Eingang zur Synagoge gefragt hat, ob ich als seine Frau das Leben mit ihm teilen und mit ihm Kinder haben will. Nichts hat mich bisher glücklicher gemacht als diese Frage. Der kleine Stein ist mein Symbol für das Glück mit ihm. Unsere »Verlobungs-Synagoge« haben Max und ich die Westend-Synagoge seit diesem Tag im Herbst 1930 genannt.

Im heutigen Deutschland würden wir für eine Heirat mit Zuchthaus bestraft. Die Zeiten lassen eine Ehe zwischen einem Arier und einer Jüdin nicht mehr zu, jetzt im Dezember 1935. Ab nächstes Jahr werden das Gesetz und alle Ausführungsbestimmungen gültig sein.

Max und meine Eltern haben recht – leben muss ich, weil ich sie liebe. Nein, leben will ich, aus eben diesem Grund – weil ich sie liebe. Es ist an der Zeit, dass ich meine Ausreise so konkret in Angriff nehme, wie Du sie von Neuseeland aus vorbereitet hast.

Aber bis dahin … wie es jetzt ist, könnte es von mir aus bleiben. Max und ich sind absolut glücklich hier, nur geht es mir plötzlich wie David und Gittel: Noch ein Winter, noch ein Frühling, noch ein Sommer. Und dann nie wieder Deutschland. Ich will nicht darüber nachdenken, das bringt nichts. Ich will die Zeit genießen.

Oft erinnere ich mich wehmütig an uns vier Studenten im Dr. Hoch's, an unsere wunderbaren Jahre in Frankfurt und all die Dinge, die wir vier miteinander erlebt haben. Wie selbstverständlich ich das alles fand, unser unbeschwertes Zusammensein, die aufregende alte und neue Musik, die Freiheit der Weimarer Zeit trotz der dunklen Wolken der Weltwirtschaftskrise. Wie naiv ich war und wie glücklich.

Betan und Lasse haben in Stockholm am 15. Dezember 1933 ihren ersten Sohn bekommen. Mikkel haben sie ihn genannt. Ein süßer Name, findest Du nicht? Im folgenden Jahr ist Morten gefolgt und in diesem Jahr Nora. Betan hat mir in ihrem Weihnachtsbrief geschrieben: Falls diese Tochter meine entgangene Karriere nachholt, hat sie schon mal einen Namen, den man überall auf der Welt gut aussprechen kann. Ich beneide sie, weil sie ein normales Leben mit dem Mann ihrer Wahl in Freiheit und Sicherheit führen kann, einfach so.

Josh ist jetzt oft in Hollywood, als Filmmusiker und Komponist. Er wird vielleicht mal berühmt, unser »Slave of Sound and Rhythm«. Das »vielleicht« kannst Du streichen. Josh wird berühmt, sicher. Aber er ist noch allein. »Die Musik lässt mir keine Energie für einen anderen Menschen«, hat er mir im Sommer auf eine Ansichtskarte vom Hotel Chateau Marmont aus Los Angeles geschrieben. Dort wohnt er, wenn er an einer Filmmusik arbeitet, wie auch viele der jungen Hollywood-Stars.

Josh und Betan habe ich nicht erzählt, wie sehr ich durch die Nationalsozialisten in Bedrängnis gekommen bin. Ich weiß nicht, weshalb. Sie hätten mir bestimmt auch ihre Hilfe angeboten. Aber in Schweden könnte ich mich nicht sicher fühlen, das ist zu nah an Deutschland. Und die USA, ich weiß nicht… nach Hollywood sehne ich mich nicht, selbst wenn dort jetzt so viele deutsche Künstler Fuß zu fassen versuchen. Man hört so viel von den Selbstmorden unter deutschen Emigranten in Los Angeles.

Aber bei Euch in Neuseeland… manchmal sehe ich das kleine weiße Ferienhaus Deiner Großeltern am Meer vor mir, im französisch-neuseeländischen Akaroa bei Christchurch. Du hast davon erzählt, damals bei Rosa. So fühlt es sich richtig an für mich: ein kleines, idyllisches Land, abgeschieden vom Rest der Welt, wo ich in Ruhe und Frieden als Pianistin und Klavierlehrerin arbeiten kann, endlich.

Das scheint jetzt in greifbare Nähe zu rücken. Bloß ohne Max werde ich sein. Ich muss mich wohl damit abfinden. Ob ich das kann? Max hat mir im März am Grüneburgpark ein Versprechen abgenommen: dass ich vor allem leben muss. Leben! Recht hat er. Alle, die mich lieben, würden das wollen. In diesem Gespräch mit Max ist mir ein Weg eingefallen, wie ich mein Leben nach ihm lebenswert machen könnte, außer mit meiner Musik. Ich hoffe inständig, dass es so klappt, wie ich es mir wünsche. Dazu gehört auch ein wenig Glück. Dann werde ich es hinbekommen, ohne Max in Neuseeland zufrieden zu leben, meine ich. Wenigstens zufrieden, wenn mir schon mein Schicksal nicht erlaubt, ihn, mein Glück, festzuhalten.

Danke, liebe Seppi, dass Du eine Einladung mit einer Bürgschaft für mich in der New Zealand High Commission in London hinterlegt hast und einen Durchschlag davon im Ministerium in Wellington. Und ich danke Dir auch, dass Du alles andere so umsichtig vorbereitet hast. Meinen Einreise-Antrag werde ich im Februar mit Max zusammen in London bei der New Zealand High Commission stellen. Er muss für den Fürsten eine Dienstreise wegen eines Immobiliengeschäftes dort-

hin machen, das trifft sich gut. Dort schick bitte auch Deine Antwort für mich postlagernd hin. Wer weiß, ob sie hier nicht abgefangen wird.

Gerade ist Max mit Beaux Yeux von einem Winterspaziergang hereingekommen. Auf den von Therese gestrickten Schafwollsocken ist er ganz leise von hinten an mich herangeschlichen und hat seine kalte, weich-stoppelige Winterwange an meiner gerieben. Und Beaux Yeux schnurrt und schmiegt seinen eisbärfelligen Kopf in meine Streichelhand. Besser könnte es mir nicht gehen.

Schade, dass Du nicht sehen kannst, wie aufregend gut Max in seinem dunkelblauen Pullover mit den schönen Norwegermustern aussieht, schneebestäubt vom Wald draußen, mit den hellblonden Haaren in der Stirn. Gerade streift er sie mit den Fingern zurück (Du weißt ja, wie ich diese Geste liebe) und schaut mir über die Schulter, weil er wissen will, was ich Dir wohl schreibe. Er grinst, wahrscheinlich hat er nur den Satz über sich und »aufregend gut« überflogen. Ganz lieb grüßen soll ich Dich von ihm und Dir danken.

Er und Beaux Yeux haben im Forst einen kleinen Tannenbaum für Weihnachten ausgesucht. Max hat ihn mit unserer Axt selbst geschlagen und auf einem Schlitten heimgeschafft. Die Tanne steht jetzt zum Abtauen unten im Treppenhaus. Morgen werden wir den Baum zusammen hier im Erker aufstellen und mit dem schönen alten Christbaumschmuck aus dem ersten Ehejahr seiner Eltern schmücken.

Karl hat keinen Weihnachtsbaum mehr gewollt, seit Max zum Studium nach Tübingen gegangen ist. Mein Schwiegervater hat mir gesagt, dass dies sein glücklichstes Weihnachtsfest seit Langem ist, mit allen, die er liebt, hier bei sich in Heiligenberg. Es stimmt, Max darf nicht aus Deutschland weggehen, das würde seinen Vater umbringen. Schlimm genug, dass meine Eltern nicht mehr leben.

Gerade küsst Max mich mit seinen kalten Winterlippen auf mein Ohr.

Liebe Seppi, ich melde mich wieder und danke Dir von Herzen für Deine unentbehrliche Hilfe bei meiner Einreise. Genieß die Rosen in Eurem Garten. Du hast mir ja erzählt, dass die Weihnachtszeit in Neu-

seeland Rosen und Strandpicknicks bedeutet. Im nächsten Jahr werde ich es wohl selbst erleben. Jetzt kann ich es mir noch nicht vorstellen.

Alles Gute für das kommende Jahr, wenn wir uns wiedersehen, hoffentlich unversehrt bei Dir in Christchurch.

With lots of love from Heiligenberg, Germany
Deine Elise

31 Berlin 1936

Früh am 6. August öffnete die junge Frau ihre geräumige Umhängetasche aus altmodisch dunkelbraunem Leder, die ihr der Schwiegervater überlassen hatte. Sie nahm ihre Olympia-Zehntageskarte für 13,50 Reichsmark heraus, mit der sie in Berlin und Umgebung alle öffentlichen Verkehrsmittel unbegrenzt benutzen durfte, und gab sie dem Busschaffner. Der knipste mit seiner Zange ein Loch in das entsprechende Tagesfeld der blauen Karte und reichte sie ihr mit einem Lächeln zurück.

Vom Lietzensee aus war Elise im allerersten Sonderbus des Morgens auf direktem Weg zum Olympiastadion. Am Haupteingang wollte sie sich mittags zum ersten Mal mit Cecil Matthews treffen. Der würde als Mitglied des Olympiateams von Neuseeland heute am frühen Nachmittag seinem Teamkollegen Jack Lovelock beim Finale des 1500-Meter-Laufs zujubeln, gemeinsam mit Schlachtenbummlern aus seinem fernen Land im Pazifik.

Elise spürte, wie ihre leichte weiße Batistbluse am Rücken klebte. Das lag nicht an der sommerlichen Hitze, auch nicht an dem trotz des Morgens schon überfüllten Sonderbus zum Olympiastadion. Ursache war die Anspannung, die ihren gesamten Aufenthalt in Berlin überschattete. Deshalb trug sie auch diese Tasche mit allen wichtigen Unterlagen ständig bei sich. Am Stadion würde Elise die Dokumente in einem der Schließfächer deponieren, dort waren sie am sichersten aufgehoben.

Als sie noch einmal den Inhalt kontrollierte, fiel ihr in einem kleinen Extrafach für Schlüssel der Ring von Max in die Hand. Zunächst reagierte sie entsetzt. Das war doch sein Verlobungsring, das Gegenstück von ihrem. Elise verstand nicht. Gestern Nacht hatte sie den Ring bei den Berührungen ihres Geliebten noch gespürt. Max musste ihn letzte Nacht in die Tasche gesteckt haben, als sie schon schlief. Aber weshalb jetzt schon?

Offenbar hatte er gewollt, dass sie beide Ringe, die ursprünglich von seinen Eltern stammten, bei sich trug, falls sie sich in Berlin vorzeitig trennen mussten. Aber das hätte er ihr doch sagen müssen.

Die angeregten Gespräche der anderen Fahrgäste traten in den Hintergrund, stattdessen zogen die Ereignisse der letzten Monate noch einmal an der ratlosen jungen Frau vorbei.

Deutschland war noch immer nicht aus der Mangelwirtschaft herausgekommen. Das erlebten die Menschen täglich am eigenen Leib. Mal konnte man in den Städten kaum Eier bekommen, mal kein Fleisch, dann wieder kein Fett oder keine Butter. Und das, obwohl Hitler bei seinem Antritt 1933 wortreich beschworen hatte, wie seine Partei in nur vier Jahren die wirtschaftlichen Schwierigkeiten beseitigt haben würde.

Importe von in Deutschland nicht vorhandenen Rohstoffen oder Produkten waren aufgrund der gespannten Wirtschaftsbeziehungen zu vielen ausländischen Staaten praktisch auf Null geschrumpft, und dann gab es nicht genügend Devisen in Deutschland. Darüber durfte allerdings öffentlich nicht berichtet werden, also kursierten unzählige Gerüchte, die umso mehr hinter vorgehaltener Hand weitergereicht wurden.

Gleichzeitig waren die Parteibonzen immer dicker geworden. Ständig wurden durch Parteimitglieder auf den Straßen und in den Häusern Beiträge für diverse Vorhaben zur Linderung der kaum übersehbaren Armut gesammelt, und wer sich zu zahlen weigerte, konnte mit einem offiziellen Besuch zu Hause und gezieltem Ärger rechnen. Diese gesammelten Gelder landeten oft in der Parteikasse und noch öfter in den Privatschatullen von Parteioberen, obwohl die Korruption nach der Ermordung Röhms vor zwei Jahren aus Angst vor parteiinternen Konsequenzen diskreter gehandhabt wurde.

Auf keinen Fall wollte Hitler zur Olympiade Gästen aus fremden Ländern den Eindruck einer wirtschaftlich gescheiterten Regierung oder einer judenfeindlichen Diktatur vermitteln. Diese Absicht schien so völlig absurd, weil die Nürnberger Gesetze doch ohnehin für sich sprachen, auch im Ausland. Jedenfalls fand Elise das genauso wie Max, zusammen mit den vielen andersdenkenden Deutschen, die ihre Meinung aber aus Angst vor Konsequenzen für sich behielten.

Direkt vor der Olympiade hatten die braunen Machthaber jede offensichtliche Diskriminierung der Juden aus taktischen Gründen zurückgefahren. So waren paradoxerweise in Berlin ausgerechnet SS- und SA-Männer abkommandiert worden, um die überall angebrachten Schilder »Juden unerwünscht« für die Zeit der Olympiade zu entfernen. Bei ihrem Abschiedsbesuch in Frankfurt hatten Max und Elise einen Spottvers der Hitlerjugend über diese Lockerung mitbekommen: »Wenn die Olympiade ist vorbei, die Juden schlagen wir zu Brei.« Die Botschaft war deutlich: die Verfolgung würde dann wieder aufgenommen werden, und zwar verschärft.

Ohne Diskussion war das junge Paar deshalb übereingekommen, nicht gemeinsam nach Berlin zu fahren. Falls sie jemandem begegnen würden, der sie kannte und der ihnen nicht gut gesonnen war, schien das sicherer. Vielleicht befanden sich ja auch Wulf Sörger oder Andreas Henn zur Olympiade in Berlin. Das hielt Elise für möglich. Was geschehen würde, wenn man sich zufällig traf, wollte sie sich lieber gar nicht erst ausmalen.

Vielleicht würde es Wulf Sörger aus persönlichen Rachegelüsten im letzten Moment doch noch gelingen, ihre Ausreise zu verhindern. Es war zwar nicht wahrscheinlich, dass in Frankfurt Ziel oder Weg ihrer geplanten Ausreise bekannt waren, aber Elises Angst saß tief.

Ihre Nacht im Klapperfeld-Untersuchungsgefängnis direkt vor der ersten Tournee hatte sie nie vergessen.

Das Schweizer Guthaben bereitete Elise in diesem Zusammenhang ebenfalls Sorge. Devisenvergehen und geheime Konten im Ausland galten in Deutschland heute als Kapitalverbrechen. Zuweilen waren gerade Juden dafür sogar mit dem Tod bestraft worden, wenn ihre Konten ausfindig gemacht wurden. Zur Abschreckung wurden solche Strafen in jeder Zeitung ausführlich publiziert.

Mit Max sprach Elise lieber nicht über ihre Ängste, obwohl sie spürte, dass ihn ähnliche Befürchtungen beschäftigten.

Bisher hatten sie miteinander alle Vorbereitungen zur offiziellen Emigration der jungen Pianistin von Heiligenberg aus in Gang setzen können, zu ihrer Erleichterung ohne größere Hindernisse und vor allem ohne Aufsehen.

Die offizielle Einreise- und Aufenthaltserlaubnis für Neuseeland, das dringend erhoffte »Permit«, war Elise im Februar bei der New Zealand High Commission in London nach Prüfung ihrer Reisedokumente, der Unterlagen aus Wellington und Zahlung einer erstaunlich moderaten Gebühr erteilt worden. Zum Glück zeigte ihr 1932 neu ausgestellter Pass auf den vorausschauenden Rat von Max unter Konfession nicht den Eintrag »jüdisch«. Stattdessen gab es die Bemerkung »ohne«. Viele assimilierte Juden hatten diese Version gegen Ende der Weimarer Republik klüger oder auch einfach nur zutreffender gefunden.

Zur ungeheuren Erleichterung von Max und Elise war damit die schwierigste Hürde überwunden. Der Beamte der neuseeländischen Vertretung hatte die geringe Gebühr damit erklärt, dass sein Land ein Interesse an der Einreise einer so begabten Pianistin aus Europa habe, um das kulturelle Leben der einsamen Insel am Rande der Welt zu bereichern. Seppi war also mit ihrer Strategie des Duos »Ocean Crossings« erfolgreich gewesen.

Trotz aller Besorgnis war es ein großes Glück, dass Elises Ersparnisse aus den Tourneen durch die kluge Voraussicht von Max auf dem Konto in St. Gallen lagen. Hätte Elise die Einnahmen ihrer

Tourneen auf einer Bank in Deutschland deponiert, wäre das Geld 1936 dort geblieben und sie hätte ihr neues Leben ohne finanziellen Rückhalt beginnen müssen. Die Reichsregierung hatte 1935 den Transfer von Barvermögen ins Ausland generell verboten. Die Einhaltung dieser Bestimmung wurde streng überprüft, bei Nichteinhaltung drohten drakonische Strafen, auch von vorbeugender Beschlagnahme ganzer Vermögen hatte man gehört. So wurden die zur Flucht aus Deutschland gezwungenen Menschen vorher noch systematisch und von Staats wegen ausgeplündert.

Durch ihr Konto in der Schweiz aber konnte Elises Geld nach Neuseeland auf das von Seppi angelegte Konto bei der Bank of New South Wales in Christchurch übertragen werden. Den Transfer hatte Elise Mitte Juni in Gang gesetzt und das Schweizer Konto gleich anschließend aufgelöst. Sie wollte nicht, dass Max noch mehr als bisher in ihre Devisenvergehen hineingezogen wurde. Deshalb hatte sie sich allein und ohne offiziellen Grenzübertritt über den Bodensee nach St. Gallen auf den Weg gemacht.

In ihrem Herzen fand Elise, dass der Schimmel-Flügel von Rosa und Will nach Frankfurt gehörte. Aber jetzt, da ihr Frankfurt verboten war, hatte Max mit seiner pragmatischen Betrachtung der Dinge recht. Die Bambergs hätten sich bestimmt gefreut, dass ihr Flügel zum wichtigsten Startkapital für Elises neuen Anfang in Neuseeland wurde. Den Transport des Flügels nach Christchurch, offiziell in den Frachtpapieren als Verkauf des Instruments durch den Besitzer Max von Hochem aus Heiligenberg an die Käuferin Josepha English in Christchurch deklariert, hatte Max während der ersten Juliwoche nach Zahlung hoher Verkaufssteuern auf den Weg gebracht. Im gleichen Transport wurde der Damensekretär aus Kirschbaum verschifft. Dies war der einzige größere Gegenstand aus ihrem Bad Emser Elternhaus, der sie in Neuseeland an ihre Herkunft erinnern würde. Außerdem mitgeschickt wurden die von der Mutter geschneiderten Kleider und das vertraute Rosenaquarell der Großmutter, ebenso wie der Karton mit dem roten Abendkleid und den wenigen anderen Dingen, die sie schon in Frankfurt eingepackt hatte, weil sie an ihnen hing.

Jedoch waren es letztlich nicht die Dinge, die für Elise wichtig schienen. Wichtig waren die Bilder und vor allem die Töne ihres deutschen Lebens, die in ihr nachklangen. Niemand konnte ihr diese Erinnerungen nehmen, die konnte man nicht verbieten.

Auf dem Weg zur Olympiade mussten sie und Max einfach noch einmal miteinander Frankfurt besuchen, trotz aller befürchteten Risiken. Sie konnten nicht anders.

Das letzte Mal die Stadt am Main … Jetzt ging es ihr so wie David und Gittel vor zwei Jahren. Einen Tagesausflug nach Bad Ems hatten sie natürlich auch eingeplant.

Elsa von Lammers war so freundlich gewesen, das junge Paar nach Frankfurt einzuladen. Bei ihr am Schaumainkai mit Blick auf den Fluss durften sie wohnen, nachdem Max sie vom Telefon im Büro der Liegenschaftsverwaltung, das vermutlich nicht abgehört wurde, mit einem kurzen Gespräch ohne genaue Angabe von Gründen danach gefragt hatte.

Frühmorgens am 12. Juli, einem Sonntag, waren sie getrennt mit der Bahn von Heiligenberg nach Frankfurt gefahren, um sich in der Bankiersvilla zu treffen. Nach ihrer Ankunft hatte Elise im Hauptbahnhof die Morgenausgabe der »Frankfurter Zeitung« gekauft, die mit der deutsch-österreichischen Verständigung als Schlagzeile aufmachte. Diese Zeitung würde sie mit nach Neuseeland nehmen, als Erinnerung an Frankfurt und an ihre Eltern, die dieses liberale Blatt abonniert hatten, solange sie zurückdenken konnte. Trotz Gleichschaltung und Zeitungssterben existierte die linksliberale »Frankfurter Zeitung« erstaunlicherweise immer noch, vermutlich als Vorzeigeobjekt des Propagandaministers gegenüber dem Ausland, als Beweis für die angebliche deutsche Pressefreiheit.

Lange hatte Elise überlegt, ob sie sich in Frankfurt von Erika verabschieden sollte. Die Gefahr, dass sie über deren Verlobten Wolfgang oder über Siggis BDM-Führerin doch noch verraten und im letzten Augenblick von Wulf Sörger verhaftet werden könnte, war ihr zu groß erschienen. Also entschied sich Elise schweren Herzens gegen dieses Treffen.

Deshalb war ihr Abschied von Bad Ems und Frankfurt bedrückend ausgefallen. In der Kurstadt an der Lahn hatten sie sich in einem Gespräch mit Fanny, die sich kurz mit ihnen in der Stadt getroffen hatte, beschlossen, Rosa die Aufregung eines erneuten Abschieds nicht zuzumuten. Es ging ihr ohnehin schon schlecht nach dem Tod von Davids Söhnen im vorigen Jahr und nach seinen dramatischen Nachrichten über den arabischen Aufstand gegen Briten und jüdische Einwanderer in Palästina ab dem Frühjahr 1936.

Ihr Lebewohl an den Gräbern von Moritz, Louise und ihren Eltern brachte Elise zum Weinen. Zum Glück hatte sie Max an ihrer Seite, noch.

Das Mosler, das berühmte Mainschwimmbad, wo Elise und Max sich 1930 zum ersten Mal begegnet waren, durften sie nicht mehr gemeinsam besuchen. Auch dort waren jetzt »Juden unerwünscht«. Bad Ems und Frankfurt waren nicht mehr die geliebten Städte ihrer Kindheit und ihres Studiums.

Ständig grüßten Menschen sich mit ausgestrecktem Arm und einem betont lauten »Heil Hitler« auf der Straße, andauernd marschierten Kolonnen von jungen Männern in Parteiuniformen vorbei, Hakenkreuzfahnen selbst an privaten Häusern ließen einen die Diktatur nie vergessen. Aufgefallen war Elise allerdings, dass in Frankfurt außer den offiziellen Gebäuden erstaunlich wenige Privathäuser beflaggt waren, im Gegensatz zu der Situation jetzt in Berlin.

Dort hatte man die Hauptverkehrsachsen wie eine Filmkulisse mit nicht enden wollenden Reihen von meterhohen Hakenkreuzfahnen geschmückt, die ganze Stadt war zur Olympiade mit großen und kleinen Flaggen und Wimpeln der Nationalsozialisten zugehängt. Elise musste an Davids Worte bei seiner ersten Stadtführung durch Frankfurt denken. Der alte politische Gegensatz zwischen Frankfurt und Berlin, zwischen liberalem Bürgertum und preußischem Militarismus, in der Art der Beflaggung wurde er für Elise wieder sichtbar.

Die Gedanken der jungen Frau kehrten zur bevorstehenden Begegnung mit der Gruppe neuseeländischer Sportler und Schlachtenbummler zurück.

Cecil Matthews, ein freundlicher 21-jähriger Langstreckenläufer aus der neuseeländischen Provinz Canterbury, hatte von Seppi in Christchurch einen Abzug von Elises Pressefoto in die Hand gedrückt bekommen. Ihm war von der jungen Geigerin nämlich eine Aufgabe anvertraut worden, auf die er sich schon seit seiner Abfahrt mit dem Schiff »Wanganella« freute. Im Auftrag von Josie, wie Seppi in Neuseeland genannt wurde, sollte Cecil diese außerordentlich gut aussehende deutsche Pianistin in Berlin treffen, mit den neuseeländischen Mitreisenden bekannt machen und sie dann sicher auf dem Schiff zurück nach Christchurch zu Josie begleiten.

Cecil und Josie hatten sich vor zehn Jahren in Richmond, einem an das Stadtzentrum angrenzenden Vorort von Christchurch, kennengelernt. Dort hatten sie in derselben Bäckerei in der Stanmore Road Brot gekauft und waren dabei ins Gespräch gekommen. Obwohl er eigentlich noch zu jung dafür war, hatte Cecil sich ein wenig in das attraktive rothaarige Mädchen verliebt. Seitdem hatte er Kontakt zu ihr gehalten.

Später erfuhr er von der deutsch-französisch-schottischen Herkunft der aparten jungen Frau, was dem weltoffenen Neuseeländer umso mehr gefiel. Einmal hatte Josie ihm als sportbegeistertem Schüler eine Ansichtspostkarte vom neuen Waldstadion in Frankfurt geschickt, die er wie ein Heiligtum hütete. Um ihre Auslandserfahrung in den Jahren am Frankfurter Konservatorium hatte er Josie glühend beneidet.

Als Cecil Anfang 1936 aufgrund seiner außerordentlichen Leistung beim 3-Meilen-Rennen in Christchurch als Vertreter Neuseelands für die Berliner Olympiade nominiert wurde, machte ihn das überaus glücklich. Jetzt würde er selbst die ersehnte Gelegenheit bekommen, dieses Land zu erleben, von dem Josie ihm nach ihrer Rückkehr mit so viel Begeisterung und Liebe erzählt hatte. Und er konnte sich auch ein eigenes Bild von der politischen Situation machen, über die man in Neuseeland nur verwirrende Informationen bekam. Meist waren die Zeitungsartikel dort von Journalisten verfasst, die die Welt durch ihre britische Empire-Brille sahen. Josie hatte ihm Hitler und seine »Diktatur«, wie sie das Deutsche Reich unter den Nationalsozialisten nannte, sehr ablehnend beschrieben. In der britischen Presse wiederum gab es einflussreiche Gruppierungen, die sich für die Idee eines nationalen Sozialismus nach deutschem Muster starkmachten. In Neuseeland konnte sich deshalb kaum jemand ein Bild von den wirklichen Verhältnissen in Deutschland machen. Am ehesten glaubte Cecil noch dem, was Seppi sagte, die immerhin jahrelang dort gelebt hatte.

Andererseits, was man über die großartige Organisation der Olympiade durch die Deutschen gehört oder gelesen und an Fotos von den Bauten vorab gesehen hatte, war Cecil ungeheuer beeindruckend vorgekommen. Sogar ein eigenes Dorf mit massiv gebauten, komfortablen und gleichzeitig familiären Unterkünften war für die knapp 4000 Athleten aus allen Erdteilen errichtet worden. Großartig, wie das Deutsche Reich die Jugend der Welt bei sich empfing, wie alles bis ins kleinste Detail vorbereitet war, wie keine Kosten, keine Mühen gescheut wurden, um alles perfekt zu organisieren, wenn die Sportelite aus 49 Nationen sich zum Olympischen Wettkampf in Berlin versammelte.

So beurteilten das auch seine fünf Teamkollegen an Bord, die sich während der knapp sechswöchigen Überfahrt auf ihrem Schiff immer wieder ausgemalt hatten, wie es wohl in Berlin sein würde.

Als die jungen neuseeländischen Sportler endlich in der deutschen Hauptstadt angekommen waren, spürten sie die ehrliche Begeisterung der Menschen für die Olympiade und auch den Stolz der Bevölkerung auf ihre mustergültigen Vorbereitungen am deutlichsten. Nothing wrong with that, fanden die jungen Neuseeländer. Die Deutschen hatten doch recht, stolz auf den Erfolg ihrer Bemühungen zu sein.

Tatsächlich hatte das Deutsche Reich gewaltige Ressourcen in den Ehrgeiz gesteckt, diese Olympischen Spiele zum bestausgestatteten und bestorganisierten Sportwettbewerb der Neuzeit zu machen.

Dies war die einmalige Gelegenheit, der Weltöffentlichkeit einen ordentlichen und bestens organisierten Staat zu präsentieren. Unvergessliche Erinnerungen sollten die jungen Sportler mit zurück in ihre Heimatländer nehmen. Jetzt konnte das Deutsche Reich die nicht abreißenden Pressegerüchte aus dem Ausland über Mangelwirtschaft, Wiederaufrüstung und Kriegsvorbereitung Lügen strafen, und zwar durch ein weltweit beachtetes, friedliches und fröhliches Fest der Völker und der Jugend.

In den Jahren seit 1933 waren allerdings im Ausland, vor allem in den USA, heftige Diskussionen darüber entbrannt, ob eine Diktatur überhaupt geeignet sein könnte, die Olympische Idee von Frieden, Freiheit und Völkerverständigung durch Sport überzeugend zu vertreten.

Heinrich Mann, der wegen der politischen Bedrohung durch Hitler bereits 1933 ins französische Exil nach Nizza hatte fliehen müssen, fand auf der »Konferenz zur Verteidigung der Olympischen Idee« am 6. und 7. Juni 1936 in Paris folgende Worte: »Ein Regime, das sich stützt auf Zwangsarbeit und Massenversklavung, ein Regime, das den Krieg vorbereitet und nur durch verlogene Propaganda existiert, wie soll ein solches Regime den friedlichen Sport und freiheitlichen Sportler respektieren? Glauben Sie mir, diejenigen der internationalen Sportler, die nach Berlin gehen, werden dort nichts anderes sein als Gladiatoren, Gefangene und Spaßmacher eines Diktators, der sich bereits als Herr dieser Welt fühlt.«

Lange Zeit hatte es so ausgesehen, als ob die USA tatsächlich die Spiele boykottieren würden, besonders nach den im Herbst 1935 verkündeten Nürnberger Gesetzen.

Schließlich entschloss man sich in den USA aber doch für eine Teilnahme, und zwar zugunsten all der Sportler, die viele Jahre ihres Lebens in das sorgfältige Training für diese einmalige Chance eines internationalen Wettbewerbs investiert hatten. Und man wollte nicht die Möglichkeit aufgeben, den allzu sehr von sich eingenommenen Nationalsozialisten im sportlichen Wettkampf zu beweisen, dass Amerika Deutschland immer noch weit überlegen war. Mit der

Entscheidung zur Teilnahme des größten Olympiateams der Geschichte aus Amerika war die Boykottbewegung international gescheitert.

32 Königskinder

In dem winzigen Dorf Rohrbeck in der Nähe des Olympischen Dorfes hatte Elise ein überteuertes möbliertes Zimmer gefunden. Max wohnte bei Roger Kerstein, einem vertrauenswürdigen Studienkollegen aus Tübingen, der inzwischen als Jurist bei der evangelischen Kirche in Berlin arbeitete und in einer kleinen Charlottenburger Neubauwohnung am Lietzensee-Ufer lebte. Der See war genau zwischen Olympiastadion und Berlin-Mitte gelegen. Roger wusste von Elise und ihrem Ausreiseplan. Er war einer der Menschen gewesen, über die Max Hilfe für verfolgte Kommilitonen und Kollegen an der Universität arrangiert hatte, immer wieder in der Zeit seit Februar 1933. Aber das wusste Elise nicht. Sie kannte Roger als Freund von Max, den er gelegentlich erwähnte, den sie aber erst jetzt persönlich kennenlernen konnte.

Roger war gerade drei Monate jünger als Max und hatte am Abend zuvor seinen 27. Geburtstag mit ihnen als einzigen Gästen gefeiert. In der Wärme des Sommerabends saßen sie auf dem kleinen Balkon seiner Zweizimmer-Wohnung mit Blick auf den See und genossen Elises gute Pfannkuchen mit selbst gesammelten Heidelbeeren vom Nachmittag. Die Zeit in Heiligenberg hatte die junge Frau genutzt, um bei Resl besser kochen zu lernen.

Nach dem Essen stießen Elise, Roger und Max mit einem leichten Spitalsekt aus Konstanz an, den Max mitgebracht hatte.

Max besprach mit Elise, dass er morgen erst um 18 Uhr nach den Wettkämpfen mit Roger zusammen zu Elise und den Neuseeländern stoßen würde. Sie würden sich als Freunde von Elise ausgeben. Max fand es besser, wenn er sie nicht zu dem ersten Zusammentreffen begleitete. Elise musste genügend Raum für diese erste, vielleicht entscheidende Begegnung mit den Neuseeländern haben, ihre gesamte Zukunft hing davon ab.

So leicht war der Sekt aber doch nicht, weil Elise, die kaum Alkohol gewohnt war, schließlich einen kleinen Schwips hatte. Die Männer wollten sie daraufhin keinesfalls allein im Bus zu ihrem Zimmer nach Rohrbeck fahren lassen. Sie würde in der Wohnung bei Roger übernachten, beschlossen beide, ohne sie zu fragen.

Mit einem Lachen meinte Roger, dass er sie wohl auf seinem breiten Ausziehsofa miteinander allein lassen könnte, sie würden sich ja schon länger kennen. Er könnte auch bei einem Bekannten in der Nachbarschaft übernachten, das wäre wohl heute besser so. Rücksichtsvoll und leise zog er die Wohnungstür hinter sich zu. Er ahnte nicht, dass er und seine Wohnung überwacht wurden.

Nackt und stumm lagen Elise und Max zwischen zwei großen kühlen Leintüchern auf dem Sofa, einander zugewandt, das Herz schwer vom bevorstehenden Abschied. Elise rückte ganz nah zu Max hin. Fast berührten ihre Lippen sich, als sie ihm leise und innig seine von der Bodenseesonne weißblond gebleichten Haare aus der Stirn zurückschob.

»Weißt du noch, wie du mir das Versprechen abgenommen hast, dass ich leben muss, damals bei der Bank mit diesem unsäglichen Schild ›Nur für Arier‹ am Grüneburgpark?«

Seine Lippen streiften zart über ihre Stirn, er nickte. Natürlich wusste er noch. Er erinnerte sich genau an die Panik, die ihn plötzlich überrollt hatte, an sein erleichtertes Erstaunen, als die Stimmung von Elise nach einer langen Zeit der Niedergeschlagenheit so unerwartet umgeschlagen war, sich wieder in Zuversicht verwandelt hatte, ohne dass er die Ursache dafür nachvollziehen konnte.

Sie sah seine Gedanken hinter seiner Stirn, er brauchte nichts zu sagen.

»So hoffnungslos fand ich alles, so vernichtend. Meine Großmutter, mein Vater, Arno, meine Mutter, alle tot. Man sah und hörte nur noch Parteipropaganda, unser ganzes Volk war davon unterdrückt und infiziert gleichzeitig. Ich habe wirklich überlegt, ob es besser ist, wenn ich nicht mehr da bin. Wie du es befürchtet hast. Aber in dem Moment bei dieser Bank ist mir plötzlich die Geschichte meiner Großmutter und ihrer großen Liebe Sergej wieder eingefallen.«

Max schaute fragend, Elise erinnerte ihn.

»Im Amilcar auf dem Rückweg von Heiligenberg zu Louises Beerdigung habe ich dir davon erzählt. Von Sergej hat nie jemand erfahren, bis sie mir von ihm erzählt hat. Ihr Leben lang hat meine Großmutter mit Clara als dem Kind dieser Liebe zufrieden in Bad Ems leben können. Ich habe sie dafür bewundert. Nie ist sie bitter geworden, weil das Schicksal sie und Sergej nicht zusammen hat alt werden lassen. Sie war dankbar für Carlo an ihrer Seite und sie hatte ja Clara.«

Sie spürte, wie ein Schauder über die glatte gebräunte Haut von Max lief, als er ihre Absicht verstand. Im schwachen Licht des fast noch vollen Mondes über dem Lietzensee sah sie, wie seine Augen sich mit Tränen füllten. Er atmete schwer, erwiderte aber nichts. Nur ahnen konnte sie, wie verlassen er sich fühlen musste, vielleicht aber auch, wie glücklich ihre Andeutung ihn machte. Sie konnte und wollte einen Teil von Max in sich für ihre Zukunft mitnehmen, möglicherweise, hoffentlich. Er würde allein mit der Erinnerung an ihre gemeinsame Vergangenheit zurückbleiben, das war sicher.

Nur schwer konnte Max die Melodie erkennen, die sie leise in sein Ohr summte.

»Es waren zwei Königskinder …«

Das Lied von den Liebenden, die nicht zueinanderfinden konnten, weil das Wasser zwischen ihnen viel zu tief war. Elise spürte eine Gewissheit in sich wie noch nie zuvor. Sie würde nicht ertrinken wie der Jüngling in dem Lied.

Sie würde leben, für Max und Louise und Clara und Willy.

Elises Atem wärmte und kitzelte das Ohrläppchen ihres Geliebten. Max nahm sie in seine Arme und zog sie so fest an sich, dass es beiden wehtat. Er flüsterte zärtliche Worte in ihr Ohr. Dieses Glück mit ihr wollte er genießen, jede Minute einzeln, nachdrücklich wie einen kostbaren Schatz. Ihre weiche Haut streichelte er mit drängendem Verlangen, seine Hände schlossen sich um ihr Gesicht, sie spürte, wie sich der Verlobungsring an seinem Finger gegen ihre Wange presste. Seine Daumen strichen zart über ihre Wangen, seine Lippen glitten über ihre Ohrläppchen hinunter zur Beuge des Halses, zu dieser verlockenden Grube direkt über ihrem Schlüsselbein. Max' Atem und die berauschende Nähe seiner schweißfeuchten Haut an diesem warmen Sommerabend erregten Elise über die Maßen.

»Noch ein paar Tage, Alice. Ich werde jetzt nicht an den Abschied denken. Du hast recht, wir wollen die Zeit nutzen.«

Seine Küsse waren so leidenschaftlich wie seit Langem nicht mehr, seine Haare fielen aus der Stirn zurück, als er sich auf den Rücken warf und sie über sich zog. Sie spürte die Härte seiner Erektion an ihrem Schenkel, sein Verlangen, seine Ungeduld. Sie war bereit, in diesem Augenblick erfüllte sich all ihre Hoffnung der letzten Jahre. Sein Kind wollte sie in sich mitnehmen in das ferne fremde Land, wo sie Rettung finden konnte. Er versank schnell in ihr, seine Bewegungen wurden heftig, sie schloss ihre Schenkel um seine und unterdrückte ihre Seufzer der Lust, indem sie ihre Lippen gegen seine muskulöse Schulter presste. Dann richtete sie sich über ihm auf, ihre gelösten Haare streichelten sein Gesicht, seinen offenen Mund, seine Lippen. Sie hob sich und glitt hinunter, wieder und wieder, mal leicht und langsam, mal heiß und hart.

Mit seinen Händen hielt er sie, die Augen geschlossen, konzentriert auf die Stelle, wo ihre Körper eins wurden. Nie hatte sie ihn stärker in sich und bei sich gespürt. Die Erregung überschwemmte ihren Körper, eine rote Welle trug sie mit sich fort.

Elise bäumte sich auf ihm auf, ihr Körper begann zu zittern, sie beugte sich nach vorn. Ihre harten Brustwarzen strichen über seine festen Muskeln, er stieß zu, immer fester. Endlich entlud sich sein Höhepunkt in ihr. Ihre Erregung wuchs noch einen Moment, als sie sich schaudernd vor Lust auf Max schmiegte. Ihre Haut und seine sollten die zitternde Hitze ihrer Vereinigung so lange wie möglich füreinander bewahren.

Mit der Zunge schob Elise die verschwitzten Haare aus seiner Stirn zurück, küsste Max auf seine geschlossenen Augen und sog das Geräusch seines heftigen Atems, fast ein Schluchzen, und den Duft seiner Haut in sich hinein. Sie spürte, wie seine Erektion nachließ, aber sie hielt ihn in sich fest, und beide genossen die Nähe des geliebten Körpers, lange und stumm. Kein Wort durfte die Intensität dieser Nähe verringern.

Zu ihrer Überraschung spürte Elise, wie ein Schwall von Hitze erneut in ihr hochstieg. Sie merkte, wie das Glied von Max wieder hart wurde, sie ausfüllte, ihren Körper von innen zum Glühen brachte, bis er seinen zweiten Höhepunkt erreichte. Der kleine Tod, in dem die Seelen der Liebenden sich begegnen und eins werden dürfen.

Mit ihrer Wange lag Elise an seiner Schulter und spürte den rhythmischen Schlag seines Herzens. Sie wartete, bis ihr Herz und das von Max den Gleichklang miteinander fanden.

»Der glücklichste Moment meines Lebens? Vielleicht …«, flüsterte Elise mehr zu sich selber als zu Max. Sie fielen in einen unruhigen Schlaf, immer noch vereinigt, erschöpft, dem allzu raschen Verstreichen der Zeit entkommen. Für eine Weile nur …

Ihre bevorstehende Abreise überschattete Max mit einer so unendlichen Traurigkeit, dass er bald aus dem kurzen gnädigen Schlaf erwachte und keine Ruhe mehr fand. Still blieb er, weil er Elise nicht stören wollte. Aber ihr ging es ähnlich. Bald konnte sie nicht mehr schlafen in Rogers Wohnung, trotz der wohltuenden Nachtkühle, die vom See her durch das offene Balkonfester herein strich. In aller Herrgottsfrühe erhob sie sich schließlich, leise und ohne Max zu wecken, und zog sich im Bad an. Nicht stören wollte sie seine Ruhe.

Max ließ sie in dem Glauben, dass er noch schlief. Als sie im Bad war, stand er verstohlen auf und steckte seinen Ring in ihre Umhängetasche. Man wusste nie… Schnell schlüpfte er wieder ins Bett. Mit geschlossenen Augen blieb er liegen, als Elise geräuschlos die Wohnungstür hinter sich zuzog. Heute Abend würden sie sich zwar wiedersehen, aber ihr endgültiger Abschied rückte mit jeder Stunde unerbittlich näher. Seine Fassungslosigkeit über den Verlust dieser Liebe seines Lebens, der jetzt so unmittelbar und unabwendbar bevorstand, ließ ihn immer regungsloser werden. Max dachte über den Verlust nach, der sein Leben so verstümmeln würde, dass er sich vielleicht nie mehr davon erholen konnte.

Das gewaltsame Splittern der Eingangstür zu Rogers Wohnung riss ihn aus seiner Grübelei. Wie gut, dass Elise nicht mehr bei mir ist, war sein einziger Gedanke, als einer von drei SS-Männern ihn aus dem Bett riss und mit vorgehaltener Pistole zwang, sich an die Wand zu stellen, die Hände erhoben, nackt, wie er war.

FLUCHT 33

Elise versuchte, nicht an Max und ihre bevorstehende Trennung zu denken, so früh an diesem Morgen, im Bus zum Olympiastadion.

Sie ging in Gedanken ihre Verabredung mit Cecil Matthews durch, mit dem sie im Olympischen Dorf telefoniert hatte. Vor dem Haupteingang unter den Olympischen Ringen wollte man sich treffen. Dann wollten sie sich zusammen mit den übrigen neuseeländischen Sportlern, deren Betreuern vom Nationalen Olympischen Komitee und den Schlachtenbummlern Neuseelands auf den Weg zu ihren reservierten Plätzen im Stadion machen, um das Finale im 1500-Meter-Lauf mitzuerleben. 1936 war dies ohne Zweifel der aussichtsreichste Wettkampf der Olympischen Spiele für das kleine pazifische Land.

Von den drei nominierten neuseeländischen Leichtathleten hatte nur einer das Finale erreicht: Jack Lovelock, der, bestens trainiert, direkt von seiner Stipendien-Universität Oxford nach Berlin gekommen war.

Cecil Matthews hatte die deutsche Pianistin nach der ersten Begrüßung neben sich platziert. Er nahm seine von Seppi aufgetragene Pflicht sehr ernst und versuchte, der schönen jungen Frau mit den traurigen blauen Augen dieses großartige Sportereignis und die neuseeländische Gruppe nahezubringen. Es half, dass sie alle jung waren und dem für die Neuseeländer wohl wichtigsten Sportereignis dieser Sommerspiele gemeinsam entgegenfieberten. Bald war auch Elise angesteckt von der aufsteigenden Erregung im Stadion. Sie saß umrahmt von Cecil Matthews und Geoffrey Clannogh, dem sportbegeisterten Sohn eines vermögenden Kaufmanns aus Christchurch. Geoffrey fand Elise auf Anhieb interessant und fragte, ob er neben ihr sitzen dürfe. Sie nickte abwesend.

Elise erlebte im Stadion einen der dramatischsten Kämpfe dieser Spiele, einen grandiosen Lauf, der von den überall präsenten Kameras der jungen deutschen Regisseurin Leni Riefenstahl eingefangen wurde. Schließlich gewann der neuseeländische Oxford-Stipendiat Jack Lovelock diesen 1500-Meter-Lauf nach einem überragenden Endspurt gegen die amerikanischen und italienischen Favoriten, angespornt vom mitreißenden Applaus des voll besetzten Stadions. David gegen Goliath – und David gewann. Das Publikum jubelte, und Jack siegte mit der besten Leistung seiner Karriere und einem neuen Weltrekord.

Erschöpft und überglücklich stand der schmächtige Mann im schwarzen Sweater der neuseeländischen Sportler mit dem silbern aufgestickten Farnblatt wenig später auf der Siegertribüne und nahm seine Goldmedaille entgegen, zusammen mit dem deutschen Eichensteckling im Topf, wie ihn jeder Goldmedaillengewinner 1936 in Berlin geschenkt bekam.

Wie verabredet wartete Elise mit den Neuseeländern um 18 Uhr am Haupteingang des Olympiastadions auf Max und Roger. Sie hatte Cecil und Geoffrey nur erzählt, dass dies Freunde seien, die den neuseeländischen Gästen gern die deutsche Hauptstadt bei Nacht zeigen wollten. Ihre wahre Geschichte würde sie ab heute in sich verschlossen halten. Niemand in Neuseeland würde je erfahren, dass sie als Jüdin aus Deutschland hatte fliehen müssen. Wirklich niemand. Seppi würde sie nicht verraten, mit Sicherheit nicht.

Cecil war begeistert von der Idee, gemeinsam mit jungen Deutschen deren beeindruckende Hauptstadt zu erkunden. Am Haupteingang zum Olympiastadion standen die Neuseeländer und freuten sich auf Elises Freunde.

Eine halbe Stunde später aber waren weder Max noch Roger eingetroffen, auch um 19 Uhr noch wartete die Gruppe vergebens. Die Ordnungskräfte des Stadions hatten schon höflich gefragt, ob man ihnen denn helfen könne. Die Neuseeländer in ihren schicken Blazern mit der verzagten jungen Frau in ihrer Mitte fielen auf, vor allem an diesem Abend ihres großen Sieges. Schließlich beschlossen die Sportler, Jacks Goldmedaille ohne ortskundige Führung auf eigene Faust im bis nach Neuseeland berühmten »Haus Vaterland« am Potsdamer Platz zu feiern.

Nur Geoffrey, der instinktiv spürte, wie gefährdet die bestürzte junge Pianistin sein musste, blieb bei ihr. Er überzeugte Cecil, dass er mit seinen Sportkollegen ruhig feiern gehen konnte. Er würde stattdessen mit Elise zusammen warten und bestens auf sie aufpassen.

Dass Max und Roger um 19.30 Uhr immer noch nicht eingetroffen waren, alarmierte Geoffrey. Anfang des Jahres hatte er nämlich in einer britischen sozialistischen Zeitschrift den Artikel eines geflohenen deutschen Sozialdemokraten über das Leben in Deutschland nach den Nürnberger Gesetzen gelesen. Unter Adolf Hitlers Herrschaft verschwanden Menschen, einfach so: Sie wurden verhaftet, gefoltert, umgebracht oder in Konzentrationslager gesteckt. Niemand, der überlebte und wieder freigelassen wurde, durfte davon berichten, wenn er nicht Gefahr laufen wollte, endgültig beiseite geschafft zu werden.

Geoffrey konnte sich so etwas nicht vorstellen. Für linke Propaganda hatte er diesen Bericht gehalten. An Elises verzweifelter Reaktion jedoch merkte er schlagartig, dass der Autor die Wahrheit beschrieben hatte. Er fragte Elise, sie vertraute sich Geoffrey an. Sie konnte nichts anderes machen in diesem Moment.

Nach kurzem Nachdenken beschloss Geoffrey, dass er selbst sich mit einem Taxi zur Adresse von Rogers Wohnung am Lietzensee bringen lassen würde. Dort konnte er versuchen, unauffällig etwas über Max oder Roger in Erfahrung zu bringen. Elise als Deutsche war diesem Staat schutzlos ausgeliefert, sie konnte keinesfalls dorthin fahren. Auch für ihn war es erforderlich, seine Erkundigungen mit äußerster Vorsicht und ohne seinen auffallenden Blazer anzugehen.

Elise schien gute Gründe zu haben, nach Neuseeland auszuwandern, außer dem musikalischen Duo, das sie mit Josie English gründen wollte. Das spürte Geoffrey. Vielleicht war sie ja Sozialistin wie das SPD-Mitglied, das diesen entlarvenden Artikel über Hitler-Deutschland verfasst hatte. Aber Geoffrey musste Elises eigentliche Beweggründe für die Auswanderung nicht wissen. Er würde tun, was er konnte, um sie in Sicherheit zu bringen. Diese junge Frau rührte an sein Herz. Ihr wortloser Kummer, ihre aussichtslose Traurigkeit, ihre stolze Haltung und ihre bemerkenswerte Schönheit – eine solche Frau war dem jungen Mann noch nie begegnet.

Elise war so verwirrt und verstört, dass sie froh war, jemanden zu haben, der ihr sagte, was jetzt zu tun war. Sie vertraute auf ihren Instinkt. Geoffrey wirkte entschlussfreudig, realistisch und sehr umsichtig. Vor allem: Er verstand, ohne dass sie etwas erklären musste. Der junge Neuseeländer war ihre einzige Chance, trotz des Verschwindens von Max und Roger ihre jetzt noch dringlicher gewordene Ausreise erfolgreich zu Ende zu bringen. Und genau das hätte Max gewollt. Das konnte Elise mit Bestimmtheit sagen.

Von seinen Nachforschungen vor Ort brachte Geoffrey nur eine wesentliche Erkenntnis mit: Die Tür zu Rogers Wohnung war offenbar gewaltsam aufgebrochen worden, das Holz war gesplittert. Durch die Löcher in der Tür sah man getrocknete Blutflecke auf dem Boden im Flur und ein Einschussloch in der Wand. Die Tür war mit einem Polizeisiegel verschlossen worden. Geoffrey wurde sofort klar, wie brisant die Lage war, als er die Grabesruhe im Flur des Hauses registrierte.

Da Max und Roger nicht zum vereinbarten Treffpunkt gekommen waren und sich auch seitdem nicht mehr gemeldet hatten, musste man nach dem Anblick vor Ort annehmen, dass beide jungen Männer zumindest verhaftet worden waren, falls sie überhaupt noch lebten. Elises spürbare Verzweiflung sprach dafür, dass es Gründe geben musste, das Schlimmste zu befürchten. In dem Fall war auch sie akut gefährdet.

Geoffrey hatte sich mit ihr in einer belebten Gaststätte in der Nähe des Stadions verabredet. Elise konnte schließlich nicht einfach am Haupteingang des Stadions stehenbleiben und warten, zumal sie dem Ordnungsdienst ohnehin schon aufgefallen war. Also hatte Elise ihre Tasche mit den Dokumenten aus dem Schließfach geholt und hoffte jetzt erschöpft und ungeduldig im Schutz der sportbegeisterten Menschen um sie herum, dass Geoffrey bald zurückkehren würde.

Dicht gedrängt und euphorisch diskutierten die Gäste ihre Erlebnisse an diesem Olympiatag miteinander. Für Elise aber zog sich die Zeit nur bedrohlich in die Länge. Als sie endlich Geoffrey sah, wie er am Eingang nach ihr Ausschau hielt, stand sie sofort auf und zahlte ihren Kaffee bei dem Kellner, der die Unruhe der scheuen jungen Frau bereits bemerkt hatte. Mit entschlossenen Schritten ging Elise hinter dem Neuseeländer nach draußen, ihre Ledertasche eng an sich gepresst.

Geoffrey zog sie von der übervölkerten Stadionallee in eine ruhigere Nebenstraße. Ein Blick in seine Augen machte Elise klar, dass er keine guten Nachrichten mitbrachte. Er hatte erwartet, dass sie zusammenbrechen würde, aber sie hielt sich aufrecht.

So hätte Max es gewollt: »Diesen Triumph gönnen wir ihnen nicht.«

Nachdem Geoffrey für Elise das Ergebnis seiner Nachforschungen zusammengefasst hatte, fragte er sie zögernd, ob sie sich vorstellen könnte, sofort mit ihm nach Liverpool zu reisen, zur englischen Abfahrtsstelle ihres Schiffes, das sie nach Neuseeland zurückbringen würde. Der ursprüngliche Plan, in Bremerhaven gemeinsam mit den Neuseeländern aufs Schiff zu gehen, war jetzt zu gefährlich geworden.

Elise nickte wortlos. Sie verstand, dass er ihre Situation zutreffend einschätzte, und überließ ihm die Entscheidung. Falls überhaupt noch irgendetwas wichtig war, dann, dass sie ihr Ziel erreichte, für ihre Großmutter, für ihre Eltern und vor allem für Max. Wenn er noch am Leben war, konnte sie nichts für ihn tun, ohne sich selbst zu gefährden. Das würde er nicht wollen. Elise wollte keinesfalls all die Mühen von Seppi und ihm für ihre Ausreise durch unbedachte Schritte ihrerseits zunichte machen. Und außerdem hoffte sie, ein Kind von dieser letzten Nacht mit Max ins sichere Neuseeland mitzunehmen – das war das Wichtigste, was sie in ihre Zukunft begleiten konnte.

Elise wartete auf Geoffrey vor der Charlottenburger Pension, in der er mit einigen anderen Neuseeländern untergekommen war. Der junge Mann packte eilig seinen Koffer, zahlte bei der Zimmerwirtin und hinterließ eine Nachricht für Cecil. Elise verzichtete darauf, ihre Kleidung aus dem Zimmer in Rohrbeck zu holen, nachdem Geoffrey ihr dringend davon abgeraten hatte. Das Geld für die Reise würde er ihr vorlegen, sie konnte es ihm später in Christchurch zurückgeben. Alles, was sie an Kleidung für ihre Überfahrt benötigte, würde man in England besorgen können. Shaloms Rat »Travel lightly« schoss Elise durch den Kopf, während sie zustimmend nickte. Der Rest würde sich ergeben, weil er sich ergeben musste.

Ein Taxi brachte beide zum Bahnhof Zoologischer Garten. Während der Olympiade hielt dort täglich abends ein zusätzlicher Fern-D-Zug Berlin – London über die Fährstrecke am Hoek van Holland. Nach dem Übersetzen mit dem Fährschiff in der Nacht würden sie London mit dem Zug von Harwich aus schon am frühen Nachmittag des nächsten Tages erreichen. Ihre Strecke führte über Hannover, Osnabrück und Utrecht nach Rotterdam. Ab dem holländischen Grenzübertritt bei Oldenzaal waren sie in Sicherheit.

Sie waren übereingekommen, dass Elise sich nicht an Unterhaltungen mit Zugpersonal oder Fahrgästen beteiligen würde, so würden sie und Geoffrey wie ein junges neuseeländisches Paar wirken, das zur Olympiade nach Deutschland gekommen war. Um diesen

Eindruck zu verstärken, nahm Elise das Gegenstück ihres Verlobungsringes von Max aus ihrer Tasche und schob ihn Geoffrey wortlos in die Hand. Er verstand und streifte ihn an seinen Ringfinger. Sie brauchten nicht darüber zu sprechen, er wusste genau, was sie meinte.

Die Fahrkarten löste Geoffrey direkt beim Schaffner im Zug, der zum Glück ein wenig Englisch sprach. Er nahm wegen des gemeinsamen Koffers und der zueinander passenden Eheringe an, dass Elise die Frau dieses netten jungen Mannes sein musste, den er an der auffälligen Anstecknadel mit dem silbernen Farn auf seinem Blazer sofort als Neuseeländer erkannte. Der spektakuläre Endspurt des Oxford-Studenten Jack Lovelock war Tagesgespräch in ganz Berlin.

Erfreut gratulierte der Schaffner den Besuchern zu ihrer Goldmedaille. Geoffrey erzählte, dass er mit seiner Frau auf ihrer Hochzeitsreise die Olympiade in Berlin besucht hatte und jetzt mit ihr einen Abstecher nach London machen wollte. Der Schaffner lächelte und wünschte ihnen einen angenehmen Aufenthalt.

Ein paar Tage wollten sie dort bleiben, so hatten sie ausgemacht, und die notwendigsten Dinge für Elises lange Schiffsreise einkaufen. Von London aus würden sie dann Mitte August mit der Bahn nach Liverpool reisen, um an Bord der »Wanganella« wieder zur Reisegruppe der neuseeländischen Olympia-Besucher zu stoßen. Von dort aus würden sie mit Geoffreys Landsleuten nach Christchurch zurückkehren, genau gesagt in den Hafen des benachbarten Lyttelton.

Das schwierigste Stück des Weges aber lag noch vor ihnen. Erst wenn sie den Grenzübertritt nach Holland unbeschadet hinter sich gebracht hatten, war Elise in Sicherheit. Nur in den großen Bahnhöfen hielt dieser D-Zug. Geoffrey zählte die Stationen bis Oldenzaal in ängstlicher Vorahnung. Für sein Gefühl war bisher alles zu glatt gelaufen.

Elises Gedanken kreisten um Max und Roger. Gestern Abend noch hatte sie sich in Berlin bei Blaubeerpfannkuchen und Sekt unterhalten. Anschließend hatte sie mit Max ihre eindringlichste Liebesnacht erlebt. Vielleicht war damit der beste Teil ihres Lebens schon vorbei, mit 25 Jahren. Der Teil voller Vorfreude auf ein erfülltes Leben mit dem Menschen, den sie liebte.

Zutiefst unglücklich hätte Elise sich fühlen müssen, aber sie spürte nur eine alles überdeckende Betäubung. Sie verbot sich ihre Gedanken daran, dass Max etwas Schreckliches zugestoßen war. Leben musste sie, genau wie Max es wollte. Jetzt erst recht, sonst hätte Max sich vielleicht umsonst geopfert. Hoffentlich hatte sie gestern Nacht sein Kind empfangen. An diese Aussicht musste und würde sie sich in den nächsten Wochen klammern, bis sich herausstellte, ob ihr Wunsch in Erfüllung gegangen war.

Direkt nach dem Halt in Hannover hatte Geoffrey Elise gebeten, mit ihm in den Speisewagen zu gehen. Immerhin hatten beide seit der Mittagszeit vor lauter Aufregung nichts mehr gegessen, erst wegen des Olympiasiegs, dann wegen der Suche nach Max und Roger. Elise kam Geoffrey zu Gefallen mit, ohne Appetit quälte sie sich mit einer Tasse Fleischbrühe ab. Geoffrey bestellte für seine Reisegefährtin zum Abschluss des Essens einen Cognac, ohne sie vorher zu fragen. Elise akzeptierte. Vielleicht half der Alkohol, ihre unablässig kreisenden Gedanken abzuschalten. Von dieser Zugfahrt hing alles ab.

Lange blieben sie schweigend im Speisewagen sitzen. Elise dachte, wie viel Glück im Unglück sie mit dem umsichtigen Neuseeländer hatte. Als ob Max ihn ihr geschickt hätte… Geoffrey wiederum wunderte sich über den merkwürdigen Zufall dieser Begegnung mit Elise. Ein Zufall, der schon am ersten Tag ihrer Bekanntschaft sein gesamtes Leben durcheinanderwirbelte. Aber er bedauerte es nicht, im Gegenteil. Es war, als ob er lange auf diese Frau gewartet hätte.

Nach der Rückkehr in ihr kleines Abteil mit den sechs Plätzen, in dem sich glücklicherweise so spät abends keine anderen Fahrgäste aufhielten, saßen sie nebeneinander, erschöpft von den Strapazen des Tages. Das monotone Rattern der Eisenbahnräder auf den Schienen ermüdete Elise. Sie nickte ein.

Im Einschlafen wurde ihr das in den letzten Jahren immer eindringlicher gewordene Gefühl zur inneren Gewissheit, einer Gewissheit, die fortan ihr Leben bestimmen sollte, wenn es ihr denn gelang, unversehrt in Neuseeland anzukommen. Nie wieder würde jemand erfahren, dass sie Jüdin war. Nie wieder würde es eine Rolle spielen, auch nicht für ihr Kind von Max, auf das sie so sehr hoffte. Dafür würde sie sorgen. *Nie wieder …*

Langsam rutschte ihr Kopf an Geoffreys Schulter, allmählich überzog ein Lächeln ihr Gesicht. Sie träumte von besseren Tagen in einem anderen Land, sie verließ den schlimmsten Tag ihres Lebens und tauchte ein in das kurze Vergessen des Schlafs.

Geoffrey genoss das Gefühl, ihr die Geborgenheit zu schenken, die das Leben in diesem schönen, aber auch mörderischen Deutschland ihr offenbar versagte. Es machte ihn froh, diese Frau an seiner Seite zu wissen, obwohl sie jetzt so gefährdet und bedrückt wirkte. Gerade deshalb. Zufrieden machte ihre Nähe ihn, obwohl er kaum etwas von ihr wusste. Sanft und ohne sie zu wecken, breitete er seinen Blazer über Elise aus, damit sie es an seiner Seite behaglich und warm hatte und sie sich beschützt fühlen konnte.

Geoffrey sah sie an, ihre geschlossenen Augen und ihre dunklen Haare. Er roch den besonderen Duft ihrer sommerlich gebräunten Haut, er spürte, wie ein Glück in ihm hochstieg, das so überhaupt nicht zu ihrer bedrohlichen Lage passte. Aber das Leben fragt nicht, ob Gefühle passen.

Inzwischen waren sie kurz vor dem holländischen Grenzübergang angekommen. Die zugestiegenen Grenzkontrolleure gingen durch alle Abteile und überprüften die Pässe der späten Fahrgäste im Nachtzug nach England. Geoffrey hielt den Atem an. Elise schlief, ihr Kopf lag entspannt an seiner Schulter. Als der deutsche Kontrolleur die Tür zum Abteil der beiden aufschob, legte Geoffrey mit einem Blick auf die Frau neben ihm die Finger auf seine Lippen. Der junge Beamte dachte an seine eigene Frau, bei der er jetzt auch lieber gewesen wäre. Flüchtig kontrollierte er den Pass des jungen Mannes. Ein Neuseeländer, der vermutlich von der Olympiade kam. Genau, die hatten ja heute eine spektakuläre Goldmedaille gewonnen. Er gab den Pass zurück. Alles in Ordnung. Auf die Kontrolle des Ausweises der jungen Frau verzichtete er – er wollte das junge Glück nicht weiter stören. Leise wünschte er eine gute Fahrt und nickte dem jungen Ehemann mit einem verständnisvollen Lächeln zu, bevor er die Tür behutsam hinter sich zuzog.

Überrascht sah Geoffrey durch die Abteiltür in den Gang des Wagens, wo sich die Schritte der beiden Zollbeamten entfernten. So unproblematisch hatte er sich den Grenzübergang nicht vorgestellt. Er blickte auf die schlafende Elise und flüsterte sich zu:

»Alice werde ich sie nennen. Das hört sich auf Englisch fast so an, wie sie ihren Namen auf Deutsch ausspricht. Ja, Alice ist gut.«

II.
1993

Die tropisch schwüle Nachthitze von Hawaii schlug Sarah heftig entgegen, als sie um 4.30 Uhr morgens aus der Kühle der Klimaanlagen von Honolulu Airport nach draußen trat. Hinter den Landebahnen kündigte sich der Sonnenaufgang mit leuchtend rosa-blauen Streifen zwischen den Wolken am meeresdunstigen Horizont an. Eine lebendige Brise brauchte Sarah jetzt, mehr als alles andere.

Den durch eine Verspätung ausgedehnten Aufenthalt in der Transit Lounge vor ihrem Weiterflug nach Los Angeles hatte sie genutzt, um den letzten Teil des Manuskripts ihrer Mutter zu lesen. Das Wechselbad der Gefühle am Schluss, dieses jahrelange Ausharren zwischen verzweifelter Hoffnung und zerstörerischer Mutlosigkeit musste Elise ganz grundlegend verstört haben, trotz der unverbrüchlichen Liebe von Max.

Natürlich waren Sarah all die Einzelheiten aus Neuseeland, die in dem Manuskript erwähnt waren, vertraut und lieb.

Ja, Alice und Geoff Clannogh waren ihre Eltern. Sarahs Mutter, eine deutsche, in Frankfurt am Main ausgebildete Pianistin, war 1936 nach Neuseeland eingewandert. Ihren Vater, einen irischstämmigen Kaufmann aus Christchurch, hatte Alice bei den Olympischen Spielen in Berlin kennengelernt. Bald danach hatten sie geheiratet, im Mai 1937 war ihre Tochter zur Welt gekommen.

Sarah hatte immer eine sehr romantische Vorstellung von dieser Episode im Leben ihrer Eltern gehabt. Die Wirklichkeit war meilenweit davon entfernt, was ihr aus den letzten Kapiteln im Manuskript der Mutter klar geworden war. Erst heute, im Alter von 56 Jahren, hatte sie davon erfahren. Trotzdem, ihre Eltern hatten eine gute Ehe geführt, selbst wenn keine weiteren Kinder mehr gefolgt waren, nachdem ihr jüngerer Bruder Morris 1940 sofort nach der Geburt wieder verstorben war. Dabei fiel ihr ein: Ihre Mutter hatte doch auch einen Bruder gehabt, Moritz, der als Kind in einer Diphtherie-Epidemie nach dem Ersten Weltkrieg hingerafft worden war. Wie sich tragische Ereignisse in der Geschichte von Familien zu wiederholen scheinen. Das hatte sie schon oft festgestellt.

Jeden Abend in Christchurch hatte das Üben der Mutter und der Klang ihres geliebten Schimmel-Flügels Sarah als Kind und Jugendliche im großen Haus der Eltern an der Bealey Avenue in den Schlaf begleitet. Ihr Zimmer lag über dem schönen Musiksalon der Mutter mit dem kunstvoll gestalteten Erkerfenster aus farbigem Tiffany-Glas. Sarah erinnerte sich genau, wie ihre Mutter den Schülern und auch der eigenen Tochter aufgegeben hatte, zur Übung »noch einen Scarlatti« zu spielen. Unbeirrt sagte Alice diesen Satz zu allen ihren Klavierschülern auf Deutsch, was am Anfang manchen der betont anglophilen Christchurch-Bewohner irritierte, später aber nur noch Grund für spöttische Belustigung war. Deutsch zu sein war nach dem Zweiten Weltkrieg in Neuseeland nichts Positives, im Gegenteil …

Das Duo »Ocean Crossings« von Tante Josie und ihrer Mutter hatte mit seiner klassischen Musik Sarahs Kindheit und Jugend geprägt. Wie oft war sie nach den Proben gemeinsam mit ihrer Mutter von Tante Josies Haus in der River Road über den schattigen Pfad hinunter zum Fluss gegangen, vorbei an dem alten Kamelienbaum mit seiner Überfülle von rot und weiß gestreiften Blüten. Tante Josies Garten am Hang über dem Ufer des Avon River konnte sie sich im milden Klima dieser Region ohne verschwenderische Blütenpracht nicht vorstellen. Die verführerisch duftende Lilienart mit Namen »Naked Madonna«, das sanfte Wiegen der rosafarbenen Blütenbüschel in den Brisen des langen Sommers, die Geräusche der dort landenden Hummeln, all diese Einzelheiten blieben bis heute in Sarah lebendig. Oder auch die Erinnerung an das kleine weiße Holzhaus nah an der türkisblauen Meeresbucht von Akaroa, wo sie oft um Weihnachten herum ein paar sommerliche Ferienwochen bei Tante Josie verbrachte.

Diese Bilder erfüllte Sarah immer wieder mit Sehnsucht nach dem verlorenen Paradies ihrer Kindheit in Neuseeland, wie vielleicht auch damals Tante Josie, als sie ihrer Mutter und Max von Hochem bei Rosa Bamberg in Frankfurt von dem Land ihrer Kindheit erzählt hatte.

Der Preis, den ihre Mutter für ein Leben in Sicherheit und Freiheit hatte zahlen müssen, letztlich für das unbeschwerte Aufwachsen ihrer Tochter, schien Sarah unvorstellbar hoch. Das lebenslange Schweigen über ihre Herkunft und über die Verfolgung als Jüdin in Frankfurt, den Verlust von Heimat und Familie, die mutmaßliche Ermordung ihres Geliebten Max durch die Nationalsozialisten, all das hatte Sarah nie auch nur einen Augenblick lang geahnt, wohl auch nicht ahnen sollen. Schweigen war der Preis, und nur so konnte die Mutter die Beschwernisse ihres eigenen Lebens von dem ihrer Tochter fernhalten, nur so konnte sie weiter leben. Und das war, wenn Sarah es so betrachtete, ihrer Mutter erfolgreich gelungen.

Sarah wollte nicht darüber nachdenken, wer denn jetzt wirklich ihr leiblicher Vater war. Vermutlich Max, vielleicht auch Geoff. Ohne Zweifel, Geoff war ein wunderbarer Vater gewesen. Niemand hätte sie stärker lieben, niemand hätte ihr mehr Vertrauen schenken, niemand hätte sie besser auf ihrem Weg in die Welt begleiten können. Alles, was ihm möglich war, wollte Geoff ihr geben.

Sarah hatte, als sie ein Teenager war, zu Hause einmal darüber gescherzt, wer ihrer dunkelhaarigen Eltern ihr die hellblonden glatten Haare vererbt hatte. In seiner vermittelnden Art hatte ihr Vater eingeworfen, dass man doch letztlich nie genau wüsste, welches der vielen über die Generationen eingelagerten Gene beim eigenen Kind wieder durchschlagen würde. Ihre Mutter hatte etwas betreten in eine andere Richtung geschaut.

Heute war es für Sarah nicht mehr wichtig, wer ihr leiblicher Vater war, nicht mit 56 Jahren. Ein erfülltes Leben war auch ihr vergönnt gewesen, aber anders als ihre Mutter hatte sie sich ihrer Aufgabe als Musikerin ganz und ohne Familie verschrieben – nach den Beispielen von Tante Josie und Onkel Josh. Ihre besondere Begabung trug eine Verpflichtung in sich: Sie hatte eben die Aufgabe, mit Musik das Leben anderer Menschen schöner, reicher und weiter zu machen, vielleicht auch leichter.

Lange war Sarah nicht klar gewesen, ob sie lieber Pianistin oder Schauspielerin werden sollte. Der erste Aufenthalt bei Onkel Josh, dem berühmten Filmmusiker, Studienkollege ihrer Mutter aus der Frankfurter Zeit, hatte sie schnell davon überzeugt, dass ein Leben als Pianistin sie und andere mehr beglücken würde, weil dort ihr wahres Talent lag.

Wie traurig, dass Onkel Josh heute nicht mehr lebte. Ihn hätte sie gerne immer wieder um Rat gefragt, so wie ihre Mutter früher ihre Großmutter Louise oder Rosa Bamberg um eine Meinung gebeten hatte.

Sarahs Anschlussflug wurde zum letzten Mal aufgerufen, sie musste sich beeilen. Auf die ersten Ankündigungen hatte sie nicht geachtet, weil sie so sehr in ihre Gedanken versunken war.

Die automatischen Türen schlossen sich hinter Sarah, die Kühle des Flughafengebäudes empfing sie wieder. Auf dem Weg zum Gate hielt sie ihre Mappe mit dem Manuskript an sich gepresst.

III. 1996

Nahezu drei Jahre lang hatte Sarah versucht, sich die Beweggründe für das Schweigen ihrer Mutter über ihre Schilderung ihres Lebens in Deutschland zu erschließen. Immer wieder waren ihr einzelne Passagen aus dem Manuskript durch den Kopf gegangen, immer genauer hatte sie allmählich nachvollziehen können, was die Mutter dazu gebracht hatte, ihre jüdische Herkunft und ihre Liebe zu Max in Neuseeland so entschieden für sich zu behalten.

Sarahs frühe Ahnung, dass das Schweigen der Mutter kein Zeichen für mangelnde Liebe oder mangelndes Vertrauen zu ihrer Tochter war, sondern die Folge eines bodenlosen Schmerzes, einer Qual über jedes Maß hinaus, war ihr inzwischen zur Gewissheit geworden. Der Verlust einer großen Liebe durch radikale Lebensumstände oder, besser gesagt, Sterbensumstände in Hitlers Diktatur musste so herzzerreißend gewesen sein, dass ihre Mutter nie wieder daran rühren wollte. Nie wieder…

Die vielen lebensbedrohlichen und unauslöschlichen Erfahrungen mussten sie traumatisiert haben, wie Psychologen es heute nennen würden. Zu ihnen kam der Verlust ihrer inneren Heimat in Frankfurt am Main hinzu sowie der massive moralische Verfall eines musikalisch und kulturell reichen Landes, das ihre Mutter im künstlerischen Aufbruch der späten Weimarer Zeit so sehr geliebt hatte. Der aus allem entstandene Schmerz musste Elise für lange Zeit betäubt haben, wie nach einer Amputation.

Trotzdem, für Alice hatte es doch auch ein gutes Leben »danach« gegeben. Sie war nicht unglücklich gewesen in Christchurch, soweit Sarah das beurteilen konnte. Ihre Mutter war eine in Neuseeland überaus geschätzte Pianistin, sie hatte einen liebenden Mann und eine begabte Tochter, die das musikalische Erbe der Mutter weiterführen konnte. All das hatte Alice im Alter Gelassenheit und Zufriedenheit geschenkt. So jedenfalls war es Sarah aus ihrer Perspektive als Kind, Tochter und junger Frau früher erschienen.

Aber wer kann schon wirklich in das Herz eines anderen Menschen schauen, mag er einem noch so nahe sein.

Regelmäßig hatte Sarah das Manuskript hervorgeholt und Teile daraus wieder und wieder gelesen.

Für sie enthielt die Seiten einen Auftrag, den sie noch nicht erledigt hatte: Sie musste die Erlösung für ihre Mutter vollenden, auch wenn Sarah noch nicht klar war, wie das geschehen könnte.

An einem für die Stadt am Pazifik ungewöhnlich kalten Winterabend war sie nach langem Üben auf dem Steinway von Onkel Josh übermüdet und mit dem vagen Gefühl zu Bett gegangen, dass etwas Wichtiges bevorstand.

Mitten in dieser Nacht dann war Sarah Clannogh mit Tränen in den Augen aus einem eindringlichen Traum hochgeschreckt. Er wirkte wie der Vorbote eines Geschehens, das noch in der Dunkelheit des Kommenden liegt, sich aber trotzdem schon wie Realität anfühlt. Sie wusste plötzlich, dass ihre offenen Fragen nach der Art der Erlösung ihrer Mutter und auch die nach der Zukunft des in Gore zurückgelassenen deutschen Flügels ihrer Kindheit bald eine Antwort finden würden. Noch nie in ihrem Leben hatte sie eine Vorahnung so intensiv im Schlaf erlebt …

Vom ersten Konzert der Mutter 1933 nach ihrem Konservatoriumsabschluss in Frankfurt hatte sie geträumt, diesem ersten geplanten Auftritt im Schumanntheater, der ihr verboten worden war und nie hatte stattfinden dürfen. Die Personen von Elise und Sarah waren ineinander verschmolzen.

Je länger sie wieder wach war, desto weiter entfernte sich die Traumszene aus ihrer Erinnerung. Unter dem breiten Fenster des Living Room im von Onkel Josh geerbten Haus lag der silbern schimmernde Lichterteppich von Los Angeles zwischen Santa Monica und Hollywood, berückend schön wie jede Nacht. Alles war wie immer, und trotzdem hatte sich alles geändert durch diesen Traum. Sarah saß auf dem Sofa, in ihr stieg ein überwältigend klares Gefühl auf, dass sie jetzt den Schlüssel zur Erlösung ihrer Mutter in der Hand hielt. Sie spürte, wie eine entscheidende Tür sich öffnete.

Sarah holte das Manuskript der Mutter und suchte nach der Stelle, die sich in ihrer Erinnerung festgehakt hatte und die all ihre Fragen beantworten konnte. Alice hatte ihre deutsche Geschichte ja bewusst für ihre Tochter und die Nachwelt aufgeschrieben. Endlich fand Sarah den Text, nach dem sie suchte. Im vierten Kapitel, nach ihrer Beschreibung des gestörten Konzerts, hatte die gerade 18-jährige Elise in zwei knappen Sätzen ihre wichtigste Erkenntnis aus diesem Ereignis zusammengefasst.

»Wer hatte denn schon Einfluss darauf, wie und wann und wohin er geboren wurde? Es durfte doch nicht sein, dass solche Zufälle das ganze Leben bestimmen.«

Elise hatte in Neuseeland dafür gesorgt, dass der Zufall ihrer Geburt nie wieder ihr Leben bestimmen würde, nachdem er es fast vernichtet hatte.

Durch den Traum war Sarah so viele Jahre nach dem Tod der Mutter klar geworden, was geschehen musste. Wie sie die Erlösung erreichen konnte, nach der sich Alice, nein Elise, ihr Leben lang so sehr gesehnt hatte und die sie nie gefunden hatte. Der Weg lag in dem Satz, mit dem ihre Mutter die Verschiffung des Flügels von Heiligenberg nach Neuseeland kommentiert hatte.

»In ihrem Herzen fand Elise, dass der Schimmel-Flügel von Rosa und Will nach Frankfurt gehörte.«

Sarah schüttelte den Kopf darüber, dass sie als Pianistin und vor allem als Tochter so lange nicht verstanden hatte, was getan werden musste. Sie würde diesen Flügel zurückbringen, der die gesamte Vergangenheit ihrer Mutter enthielt. Nach Frankfurt am Main musste das Instrument heimkehren, als Stiftung an Dr. Hoch's Konservatorium, wo Elise als junge Musikstudentin so glücklich gewesen war. Wo sie Josie und Josh und Betan kennengelernt hatte, bevor das Unheil der Naziherrschaft über Deutschland und die Deutschen hereinbrach und die Ausgesonderten zerstörte.

Das Debütkonzert ihrer Mutter, das dieser 1933 verboten worden war, würde ihre Tochter Sarah in Dr. Hoch's Konservatorium auf dem Schimmel-Flügel in das Herz der Menschen spielen, unvergesslich in dem mohnroten Abendkleid, das ihre Großmutter Clara, die Sarah nie hatte kennenlernen dürfen, einst mit so viel Liebe und Stilgefühl für ihre Tochter Elise entworfen und geschneidert hatte. Das war jetzt ihre Aufgabe, so würde die Mutter Erlösung finden.

Und danach würde sie das Manuskript ihrer Mutter als Buch veröffentlichen. Viele Menschen würden Elises Geschichte miterleben. Auch darin lägen Trost und Abschluss.

Diesmal war es anders als in dem Lied von Mendelssohn:

»Zion streckt ihre Hände aus, und da ist jemand, der sie tröstet.«

IV.
1997

Zwei der wichtigsten Neubauten der europäischen Finanzwelt sollten nach dem Willen der Frankfurter Stadtplaner in den kommenden Jahren an der Sonnemannstraße des früher eher bescheidenen Ostends errichtet werden – so jedenfalls hatte der Magistrat der Mainmetropole es beschlossen.

Vor einem Jahr erst war Dr. Hoch's Konservatorium aus dem Provisorium des beengten Philantropin im Frankfurter Nordend in die Sonnemannstraße gezogen. In einen transparenten Neubau aus Stahl und Glas, entworfen für Licht, Luft und Sonne gemäß dem Credo des Bauhauses aus den späten Weimarer Jahren. Das neue Konservatorium war in unmittelbarer Nachbarschaft eines anderen Gebäudes aus jener Weimarer Zeit errichtet worden, der Frankfurter Großmarkthalle. Die 13 riesigen, freitragenden Tonnengewölbe dieser Halle waren als technische und gestalterische Meisterleistung unter weltweiter Beachtung in Architektenkreisen 1928 von Martin Elsaesser konstruiert und eröffnet worden, gerade ein Jahr, bevor Elise aus Bad Ems nach Frankfurt kam. Die besondere Bedeutung der Großmarkthalle für die Stadt am Main zeigte sich schnell in dem volkstümlichen Namen. »Unser Gemieskersch«, unsere Gemüsekirche, nannten die Frankfurter das Gebäude fast zärtlich.

Ab 1941 jedoch organisierten Nationalsozialisten von hier aus die Transporte hessischer Juden zu den Vernichtungslagern im Osten mit präziser und erbarmungsloser Effizienz, wie Sarah bei ihrer ersten Führung durch die Lieblingsstadt ihrer Mutter erfuhr.

In jedem Winkel Frankfurts fand Sarah Erinnerungen an frohe oder traurige Ereignisse von damals. Wie einen Reiseführer hatte sie das Manuskript der Mutter auch heute noch benutzen können. Viele der von Elise erwähnten Straßen, Plätze und Sehenswürdigkeiten gab es nach wie vor, an einigen Orten überkamen Sarah heute die gleichen Gefühle wie ihre Mutter damals.

Das alte Konservatorium war gegen Ende des Zweiten Weltkriegs in einer Bombennacht zerstört worden, das frühere Gebäude existierte nicht mehr.

Das Hoch'sche Konservatorium summte an diesem Tag vor aufgeregtem Leben. Heute, am 29. November 1997, würde um 18 Uhr das große Ereignis beginnen, das von Sarah und vielen weiteren Helfern seit einem Jahr so sorgfältig vorbereitet worden war.

Als letzten Schritt für die Realisierung ihres Traums hatte Sarah im Januar den Flügel ihrer Mutter vom neuseeländischen Gore zu Schimmel Pianos verschiffen lassen, heute ansässig im deutschen Braunschweig. Nachdem der Firmenchef die Geschichte dahinter erfahren hatte, war es ihm eine Ehrensache gewesen, das vor fast 100 Jahren in der damaligen Pianofortefabrik Leipzig gefertigte Instrument vollständig und kostenlos zu überholen und für die Heimkehr in das berühmte Frankfurter Konservatorium vorzubereiten. Auch Clara Schumann, »Erste Klavierlehrerin« dort, stammte ja ursprünglich aus Leipzig.

Bis auf den letzten Platz gefüllt war der große Clara Schumann Saal, ein moderner holzverkleideter Konzertsaal mit hervorragender Akustik, an den sich Sarah vage aus ihrem hellsichtigen Traum in Los Angeles erinnerte.

Die dramatische Geschichte von Elise Hermann und ihrem Flügel hatte sich zwischen Frankfurt und dem anderen Ende der Welt durch die modernen Medien rasch verbreitet. Es herrschte ein so unerwarteter Andrang zu diesem Konzert, dass man Reihen zusätzlicher Stühle in sämtlichen Gängen aufstellen musste. Junge Leute, die keinen Sitzplatz mehr fanden oder für ältere Besucher aufgestanden waren, hatten sich dicht gedrängt auf dem Boden rings um das Podium mit dem restaurierten Flügel niedergelassen.

Die Studenten des Konservatoriums brannten darauf, Zeuge dieses ungewöhnlichen Ereignisses zu werden, aber nicht nur sie. Gäste aus aller Welt waren anwesend, um die Rückkehr des Flügels in seine Heimat mitzuerleben. »My Schimmel Grand« nannte Sarah das Instrument, genau wie ihre Mutter, wenn sie in Christchurch liebevoll darüber gestrichen hatte.

Für einige Zuhörer hatte das Ereignis eine persönliche Bedeutung, die in ihrer eigenen Lebensgeschichte begründet lag. Für sie fand heute eine persönlich, eine andere Heimkehr statt. Vor mehr als 50 Jahren waren ihre Familien aus der benachbarten Großmarkthalle in den Tod deportiert worden. Einzelne nur hatten entkommen können, entgegen jeder Wahrscheinlichkeit. Nach ihrer Flucht hatten sie in einem fremden Land überlebt, das oft nicht einmal ihren Kindern zur Heimat werden wollte. Diese zweite Generation verstand am klarsten die symbolische Erlösung, die mit der Rückkehr des Flügels in seine Heimat verbunden war.

Mitglieder der örtlichen Gruppe der Zionistischen Jugend Deutschlands verteilten am Eingang Fragebögen an ältere Gäste, in der Hoffnung, neue Spuren der Geschichte, neue Zeitzeugen unter den Angereisten aus Amerika, Neuseeland und Israel, aus Südafrika, England, Südamerika und Australien zu finden.

Heute, im Jahr 1997, war es Sarah, die sich in der zum ersten Mal getragenen mohnroten Abendrobe ihrer Mutter auf dem Podium befand. Schon in ihrem Traum hatte sie diese Szene durchlebt, jetzt wurde ihre Vision Wirklichkeit. Sarah gab genau das Konzert, das ihre Mutter am Ostersamstag, dem 23. April 1933, im Schumanntheater in Frankfurt gespielt hätte, wenn der Adjutant des Gauleiters es ihr nicht verboten hätte, weil sie Jüdin war.

Vor dem schwarz in frischem Glanz lackierten Schimmel-Flügel der Mutter verbeugte Sarah sich tief berührt, nachdem sie das damalige Debüt-Konzert von Elise Hermann gespielt hatte. Dreimal Bach, Scarlatti, Beethoven. Eine Pause, dann zweimal Schumann, Schubert, Chopin, Debussy. Die Anspannung im Saal war stetig angestiegen, spürbar auch in der schweißtreibenden Wärme, die im übervollen Saal herrschte.

Am Rahmen des Flügels musste sich die erfahrene Pianistin beim Verbeugen festhalten, so weich waren ihre Knie. Sie schaffte es nicht, ihre Rührung zurückzuhalten, und die Zuhörer fühlten sich genauso aufgewühlt wie die Pianistin selber. Sarahs Chiffon-Stola glitt von ihrer Schulter, als sie ihre Tränen mit einer Geste der Erschöpfung von den Wangen trocknete. Das Papiertaschentuch dazu hatte ihr ein groß gewachsener junger Musikstudent direkt vorn am Podium gereicht. Täuschte sie sich, oder sah er tatsächlich so aus, wie Max damals ausgesehen haben musste, mit glatten hellblonden Haaren, die ihm etwas zu weit in die Stirn fielen?

Sarah war an Aufführungen und Applaus gewöhnt – aber dieses Konzert war völlig anders. Es hatte sie ihre ganze Kraft gekostet. Die Geschichte ihres eigenen Lebens genau wie die des nie wieder gutzumachenden Verlustes von Max für ihre Mutter, letztlich aber auch der Sieg von Liebe und Hoffnung über Elises von deutschen Schergen geplantem Tod, all diese Gefühle und Erfahrungen waren in das Klavierspiel hineingeflossen, hatten Sarahs Auftritt seine überwältigende Emotionalität gegeben. Nach über 60 Jahren war es der Pianistin allein durch die Kraft ihrer Musik gelungen, die Wunden einer vergangenen Zeit zu heilen. Frankfurt war nicht mehr verboten, weder für Menschen jüdischen Glaubens noch für alle, die anders waren oder dachten. Die Freiheit hatte gesiegt, die Heimkehr des Flügels und das Konzert waren der Beweis.

Genau das fühlten auch alle Menschen im Saal. Nach der atemlosen Stille einer langen Pause brandete heftiger Applaus um Sarah auf, der wie eine dramatische Welle in den Saal hineinschlug. Die jungen Leute am Podium sprangen hoch, in vielen Augen schimmerten Tränen. Da war sie, die Erlösung, die Elise ihr gesamtes Leben lang vergeblich gesucht hatte. Hier geschah sie, im Clara Schumann Saal von Dr. Hoch's Konservatorium, für alle spürbar und von Hunderten von Herzen vielfach zurückgegeben.

Sarah hatte für ihre Mutter nach einer »Auswanderung, die ich nicht Flucht nennen will« und für die vielen anderen Menschen mit einer ähnlichen Geschichte den inneren Frieden zurückgebracht, der allen in jener Epoche so brutal genommen worden war. Wenn sie denn überlebt hatten. Der Sieg der Zeit über verbrecherische Willkür in kranken Köpfen, ein Sieg der Hoffnung und der Liebe war heute erkennbar. Man brauchte bloß hinzuhören …

Elises Flügel war wieder in Frankfurt, wieder zu Hause. Endlich.

Als letzte Zugabe kündigte Elises Tochter »noch einen Scarlatti« an, diesmal auf Deutsch, mit den unvergessenen deutschen Worten ihrer Mutter aus dem neuseeländischen Exil. Ein Lächeln erhellte die Gesichter im Publikum, lebendige Freude gemischt mit Trauer über die unvorstellbaren Schrecken der Vergangenheit, die nur etwas mehr als zwei Generationen zurücklagen. Niemals wiederholen sollten sie sich, diese Schrecken. Dafür musste Elises Geschichte hinaus in die Welt gehen.

Dank und Hoffnung

Immer wieder ist in Zusammenhang mit Verfolgung oder Flucht die ratlose Frage der nächsten Generationen aufgekommen, weshalb solche Erlebnisse kaum jemals weitergegeben werden. Daraus ist das zentrale Motiv meines Romans »Frankfurt verboten« entstanden. Als Psychotherapeut erhelle ich innere Triebfedern für äußeres Verhalten. Fast immer gibt es plausible Gründe, man muss nur genau genug aus der Perspektive der betreffenden Menschen in die Welt schauen. Ich habe versucht, allen handelnden Personen und ihren Motiven mit Offenheit nachzuspüren, mich anzunähern, so, als ob ich dabei gewesen wäre.

Dieses Verständnis lebt vom Eintauchen in die Sprache und den Geist einer Epoche. Im politischen Gezeitenwechsel zwischen der Weimarer Republik und der Hitler-Diktatur bekommt Elise Hermanns Überlebenskampf als jüdische Pianistin gemeinsam mit ihrem »arischen« Verlobten Max von Hochem eine packende Dramatik, die uns zwingt, zu fragen, wie wir selbst gehandelt hätten.

Viele Menschen haben für diesen Roman ihr Wissen, ihre Erfahrungen und persönlichen Geschichten freigiebig mit mir geteilt, auch im Internet und in vielen Büchern bin ich fündig geworden. Es ist mir ein Bedürfnis, für all die erlebte Unterstützung zu danken.

Catherine Huston und Bennett Friedmann haben schon 1993 bzw. 2004 in Neuseeland mit ihren Erlebnissen erste Anstöße zu meiner Hauptfigur Elise Hermann gegeben. Durch sie ist die fiktive Handlung außer in Bad Ems und Frankfurt am Main auch in Christchurch auf der neuseeländischen Südinsel angesiedelt.

Durch Dr. Ulrich Brandt, Herausgeber der »Bad Emser Hefte«, und Dr. Hans-Jürgen Sarholz, Historiker und Leiter des Museums Bad Ems, habe ich grundlegende Hinweise zum Leben in der schönen Kurstadt während der Zwanziger und Dreißiger Jahre des letzten Jahrhunderts bekommen.

Dr. Caroline Prassel, Leiterin der Presse- und Öffentlichkeitsarbeit an Dr. Hoch's Konservatorium, hat den wichtigen Kontakt zu Professor Cahn, Musikwissenschaftler und emeritierter Hochschullehrer am Konservatorium, hergestellt.

Professor Peter Cahn wollte mir nicht nur sein Werk »Das Hoch'sche Konservatorium 1878– 1978« samt seinen Anmerkungen und privaten Aufzeichnungen öffnen. An der Überlebensgeschichte von seiner Familie und ihm selbst als Sohn jüdisch-protestantischer Eltern in Frankfurt während der Hitler-Diktatur haben er und seine Frau Charlotte mich ebenfalls teilnehmen lassen.

Dr. Helga Krohn, Historikerin mit zahlreichen Publikationen für das Frankfurter Jüdische Museum, hat ganz wesentlich zur Figur von Rosa Bamberg, der wichtigen Frankfurter Mentorin von Elise Hermann, beigetragen.

Mit Details aus der Geschichte ihrer Familie und ihrem Aufwachsen als Jüdin im Frankfurt von heute hat mir meine Psychologie-Praktikantin Rebecca Ajnwojner geholfen, die letzten Kapitel um den Begriff »Erlösung« besser nachzuvollziehen.

Allen danke ich von Herzen die Unterstützung meiner Arbeit und für ihr unkompliziertes Entgegenkommen.

Ganz zum Schluss möchte ich die Menschen erwähnen, die immer für mich da waren– meine Familie, die mir während der Arbeit an diesem Roman mit ihrer Geduld, ihrem Interesse und dem Glauben an das Thema die Kraft zur Fertigstellung des Buches gegeben hat. Danke.

Abschließen möchte ich mein Buch mit einem Zitat von Bennett Friedmann aus einer neuseeländischen Mailnotiz vom Dezember 2010, das auch meiner Hoffnung Ausdruck gibt.

»For me it is exemplary of how tragedy can build on tragedy, sending out waves of unhappiness into the world. Sarah's return of the piano to Germany and her performance seem symbolic of reversing that process, restoring some kind of order, and bringing back joy to others.«

Dieter David Seuthe
Frankfurt, im April 2012

Artur Becker

Vom Aufgang der Sonne bis zu ihrem Niedergang

Roman

Ausgerechnet an Allerseelen stirbt er, Karol, ehemaliger Fabrikdirektor und unbelehrbarer Kommunist, bei einem Deutschlandbesuch – und seine Tochter Mariola und ihr Cousin Arek verbringen eine Nacht im Zimmer des Aufgebahrten.

Vor einem Vierteljahrhundert hatten sie eine verbotene Liebe miteinander. In den Stunden bei Karol kommen alte Erinnerungen hoch: an längst verstorbene und vergessene Freunde, an gefährliche Abenteuer wie an philosophische Diskurse; an lange Tage am See im schönen Masuren – auf dem Hintergrund der politischen Transformation Polens zwischen 1980 und 1994.

»Artur Becker ist ein herrlicher Erzähler: In seinen Geschichten kommt jeder zu Wort, und der Leser entscheidet, wer ein Schuft ist und wer ein Heiliger.« Feridun Zaimoglu

Roman
Geb., 440 Seiten
978-3 940888-06-8
weissbooks.com
Auch als eBook erhältlich

weissbooks.w

Dieter David Seuthe
Frankfurt verboten
Roman

Konzept Design
Gottschalk+Ash Int'l

Umschlaggestaltung
Julia Borgwardt, borgwardt design
unter Verwendung alter Postkarten aus der Sammlung des Autors

Foto Dieter David Seuthe
© Michael Utz

Druck und Bindung:
Grafica Veneta S. P. A., Trebaseleghe
Printed in Italy
Erste Auflage 2013
ISBN: 978-3-86337-049-7

Dieses Buch ist auch als eBook erhältlich
ISBN 978-3-940888-87-7 (EPUB)

weissbooks.com